国际关系学院中央高校基本科研业务费专项资金资助

唐詩

艺术探赜

高玉昆 著

知识产权出版社
全国百佳图书出版单位
——北京——

图书在版编目（CIP）数据

唐诗艺术探赜/高玉昆著. —北京：知识产权出版社，2019. 11
ISBN 978 - 7 - 5130 - 6560 - 3

Ⅰ. ①唐… Ⅱ. ①高… Ⅲ. ①唐诗—诗歌研究 Ⅳ. ①I207. 227. 42

中国版本图书馆 CIP 数据核字（2019）第 232863 号

内容提要

本书以丰赡的第一手材料，展开对唐诗艺术的探析，将唐诗艺术与前代诗歌比较、与唐代其他诗人比较、与现当代诗歌比较、与英国诗歌比较、与音乐书法等其他艺术门类比较。学科融合，视域开阔，论点新颖。时有惊人之语，间见理趣之论，开阔了唐诗艺术探析欣赏的新视域，肯定会激起读者的阅读愿望。不论是爱好古典诗歌的普通读者，抑或从事古代文学研究的学者，都会从中受到启发和教益。

策划编辑：蔡　虹　　　　　　　　责任校对：潘凤越
责任编辑：高　超　　　　　　　　责任印制：刘译文
封面设计：臧　磊

唐诗艺术探赜

高玉昆　著

出版发行：知识产权出版社有限责任公司	网　址：http：//www. ipph. cn	
社　址：北京市海淀区气象路 50 号院	邮　编：100081	
责编电话：010 - 82000860 转 8324	责编邮箱：caihong@ cnipr. com	
发行电话：010 - 82000860 转 8101/8102	发行传真：010 - 82000893/82005070/82000270	
印　刷：北京嘉恒彩色印刷有限责任公司	经　销：各大网上书店、新华书店及相关专业书店	
开　本：880mm×1230mm　1/32	印　张：14.375	
版　次：2019 年 11 月第 1 版	印　次：2019 年 11 月第 1 次印刷	
字　数：350 千字	定　价：59.00 元	

ISBN 978 - 7 - 5130 - 6560 - 3

《浔阳江头》（本书作者书画白居易《琵琶行》诗意）

《空谷幽兰图》（本书作者写）

前　言

北京大学中文系教授　费振刚

　　唐诗是中国人的情感所系、涵咏必至，是华夏传统文化发展的重要基因。1978 级北大中文系校友高玉昆君的这部唐诗研究专著，体现了作者唐诗研究的历程和用力所在，具有较高的学术价值。这部学术专著立论新颖，材料丰赡，以扎实的学术研究功底，展开对唐诗艺术的考据探析，同时也将唐诗艺术与现当代诗歌比较、与西方诗歌比较、与音乐书法等艺术门类比较。时有新颖之语，间见理趣之论，开拓了对唐诗艺术理解、欣赏的新视域，肯定会激起读者的阅读愿望。我相信不论是爱好诗歌艺术的普通读者，抑或从事文化研究的学者，都会从中受到启发和教益。

　　说起来，到玉昆君考入北京大学中文系的 1978 年，我已经是具有 18 年教龄的教师了。可是，我在此之前用在专业教学上的时间还是很少。自 1960 年毕业留校以后，除了开始两年跟着游国恩先生参加 4 卷本《中国文学史》教材的编写外，由于连接不断的"政治运动"（包括十年"文革"），我在工厂、在农村、在兵营，接受工农兵的再教育，在政治的大风大浪中经受锻炼，所用去的时间，要比在书桌前读书、讲桌后讲课的时间多得多。说真的，在玉昆进入北大之前，作为大学古代文学专业的教师，我除了给海淀业余大学和中文系其他专业讲过一些古代文学课之外，还不曾为真正文学专业的同学讲过课。因此，为玉昆所在的 1978 级文学专业讲授中国古代文学课程，是我第一次为中文系

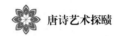

文学专业讲课。为他们讲课而写的讲稿，是我在教学工作中第一份完整的讲稿。以后虽然每讲一次，我都会有所变动和修改，但是，其基础就是这一份。

在此后的20多年里，我在每次讲课之前备课时，摊开讲稿，手抚那些逐渐泛黄的稿纸，看到那些不同时间、不同颜色修改的笔迹，我都会想到为玉昆他们班级上课时的情形。十年动乱之后，百废待兴，物质困乏，而78级同学的精神面貌是令人振奋的，表现在他们身上的是：衣着朴素，承袭着北大的老传统；人人整天背着书包和饭碗口袋（用一条白毛巾对折缝成），饭碗多为搪瓷的。下课时大家起立，搪瓷碗与书桌相碰的声音，也许是当年北大教室里独有的"乐章"。而从宿舍、到教室、到饭厅、到图书馆，就成为他们生活的"基本路线"。

在课堂上，他们认真听讲，大胆发问，师生之间有着很好的交流。每当我走上讲坛，我就会感受到他们渴求知识的期待的目光，使我受到鼓舞。随着讲课的进行，我会从他们的表情中读到他们的思考、理解或疑惑，从而不断调整自己的讲课的内容，也因此使师生对相关问题有了共识，产生了共鸣，活跃了课堂的气氛，更使自己感到作为教师所特有的快乐。现在尽管北大校园比过去更漂亮了，新建或改建的教室更加整洁明亮，学生们的衣装也是丰富多彩，但我仍十分怀念那时的北大校园，怀念那时师生共勉要把过去损失的一切补回来的昂扬的精神状态。

玉昆的论述，材料丰富，清新流畅，但作为过来人，我是深知在论著写作过程中的苦涩和付出的心血。当年的翩翩少年青衿，现在已是成果卓然的学者。祝愿玉昆今后有更多更好的学术成果问世。

玉昆的研究生导师倪其心教授，也是我的好友，不幸于2002年7月27日逝世。如果他还在的话，这篇前言本该由他来写。愿借此表达玉昆和我对倪先生的深切怀念！

序　言

北京大学中文系教授　程郁缀

我国是诗的国度。从先秦时期的歌谣、诗三百、楚辞，到汉魏六朝的乐府诗、古诗，再到隋唐五代直至宋元明清的诗词和散曲，犹如一道灿烂的银河，横亘中国文学的广袤星空。在这道银河中最璀璨夺目的星群，毫无疑问要数唐代诗歌。唐代诗歌代表了唐代文学的最高成就，堪称有唐一代文学的典范。

在文学史上有这样一种现象：某一历史时期的某种文学样式的作品（如先秦的《诗经》、楚辞等），或者某一伟大作家的作品（如《论语》、陶渊明的诗歌等），或者某一作家所创作的伟大作品（如刘勰的《文心雕龙》、曹雪芹的《红楼梦》等），因为其意蕴丰厚、博大精深，而引起后代人们无穷无尽的研究兴趣和热情；其研究成果连篇累牍，留下的研究文字的数量甚至是原著作文字的百倍千倍，如老子的《道德经》原文只有五千多字、孔子的《论语》原文也不到两万字，但历代研究《道德经》和《论语》所撰著述的文字却多得无法统计。这样一种怎么研究也研究不完、每一个时代都可以产生新研究成果的研究对象，我们就往往以"某某学"来称之，如"诗经学""楚辞学""龙学""红学"，等等。凡是能以"某某学"称之的，一定如同一座永远也开采不完的矿藏，既有十分丰富的蕴藏量，又有吸引人们去开采的永不衰竭的魅力。毫不夸张地说，唐诗正是这样一座永远也开采不完的金矿！

摆在我们面前的这部《唐诗艺术探赜》，正是唐诗研究学者

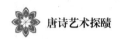

"矿工"高玉昆君长年累月从唐诗艺术的金矿中探勘挖掘出来的一筐含金量很高的金矿石。

本书共分三编。第一编是"论证编",主要关于唐诗艺术发展的史论研究,达到很高的学术水平。第二编是"比较编",主要是对唐诗艺术进行跨学科研究,这是作者所开拓的一个新的学术研究角度,显示了作者不断拓展、提高的学术研究能力。视角新颖,视野开阔,体现了一位从事古典诗歌研究的学者努力实践学科融合的情怀。第三编是"抉微编",亦具有较高的学术价值。或小题深作,或由微见著,颇具独到的学术见解。另列附编,汇集作者伴随唐诗艺术研究的诗歌创作。这些诗作深受唐诗艺术的浸润,诗意醇厚,兴寄抒情,格调古雅,声律精严,可谓这部学术著作的有机组成部分。

这部研究唐诗的学术专著题名为《唐诗艺术探赜》,其最大的特色就是坚持古人做学问"实事求是"的原则,力求在充分掌握丰赡的第一手材料的基础之上,探索唐诗艺术发展的规律。

探索创新是一切学术研究的内在要求和本质特点。学术的发展是在不断创新的基础上不断前进的。在通往真理的大道上,每向前迈进一步的价值,比在前人已经开辟的大道上来回重复走一千步的价值,还要高千百倍。明代文学家袁宏道曾经说过这样一段精辟之语:"且夫天下之物,孤行则必不可无;必不可无,虽欲废焉而不能。雷同则可以不有;可以不有,则虽欲存焉而不能"(《序小修诗》)。玉昆君正是如此,在唐诗研究领域里,能一如既往,以健笔作犁头,在尚未开垦或已经初垦尚未深垦的土地上,犁出自己的一垄新田,结出丰硕的果实!

以往有学者把唐诗的盛衰与唐王朝政治经济的盛衰相对应,以天宝末年的安史之乱作为诗歌发展史上"盛唐"时代的结束。而玉昆君在《"盛唐之音"新论》这一章节中指出:安史之乱其实并没有导致"诗道"的衰落,唐诗最繁荣的"盛唐"时期与唐代社会政治最开明、经济最发达的时期并不一致，不能以唐代历史上的"明时""盛世"去取平诗歌史上的"盛唐"。实际上，唐诗创作的黄金时代一直延续到代宗大历初年，此乃因为伟大诗人杜甫那些艺术上炉火纯青的七律，大多作于安史之乱后。"诗圣"的整体诗歌艺术成就不可割裂。我们既然认定杜甫为盛唐诗人，就应把杜甫创作最丰盛的肃宗、代宗时期归为唐诗发展的盛唐时期之中。这样，"盛唐之音"的时间下限应延至肃、代时期。玉昆君的这一观点发人之所未发，把握了艺术发展的独特规律，新颖而富有启发性。

玉昆君于 1978 年考入北京大学中文系文学专业，当时我忝为他们的班主任老师，深知他为人诚笃，品行淳厚，学业勤奋，资质优秀，实乃可堪造就之良材也。本科毕业后他又继续攻读古典文学专业研究生，专攻唐代诗歌研究。后在高校执教至今，不管在什么情况下，他对唐诗艺术的研究兴趣始终是十分饱满的，几十年孜孜不倦，与古神会，不忘初心，笔耕不辍，已经出版发行的学术专著有《增订注释全唐诗·储光羲诗注》《初唐四杰暨陈子昂诗传》《中国古典诗歌艺术研究》《国学经典导读》《国学典籍述疏》等多部。天道酬勤，人道亦助勤也！我为玉昆君在唐诗研究方面所取得的成就而由衷地高兴！

是为序。

2019 年于北京大学未名湖畔

自　序

有唐一代，诗人辈出。唐诗上承风骚之传统，嗣继汉魏风骨、齐梁神韵。篇什灿烂，玓珠玑珠；众体悉备，诗艺鼎盛，雄踞诗国之峰巅，光耀日月之贯天。非特华夏诗史之奇迹，亦为世界文学之伟观也。

余自求学于博雅燕园，辄神驰乎古典诗苑。于广泛涉猎古今中外文史典籍之外，尤为沉醉于唐音之品赏，潜心于资料之数辑。后跋涉于教学科研之途，灯下笔耕，孜孜不倦；历涉艰辛，兀兀穷年；人或起窥牖外之冠盖，我自沉浸诗什于有唐。今以弘扬唐诗艺术为鹄的，以成兹著。略分三编：曰论证、曰比较、曰抉微。

顾亭林《日知录·序》曾喻治学如采铜于山，从而求真得实。唐音悠悠，已逾千载。探幽寻微，首应甄辨史实，考据本事，知其人，论其世。探赜其发展规律，钩沉其艺术真质，力求成一家之言。故曰"论证"。

中外前贤研究诗艺，时用比照之法，西人亦颇重比较文学（Littérature Comparée）。鲁迅《摩罗诗力说》云："欲扬宗邦之真大，首在审己，亦必知人，比较既周，爰生自觉。"探析唐诗，亦应拓展视阈，沟通东西；古今中外，旁求会通；贯穿比较，以新耳目。故曰"比较"。

诗圣诗仙，韩柳郊岛，距今千年，风韵或稀；智者仁者，各抚象身。余以意逆志，剔抉幽微，细推诗理辞情。辨诗法，正讹误；谈书画，涉音乐；庶希神会唐人，体味出新也。故曰

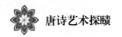

"抉微"。

又列"附编",汇集自己半生沉浸于唐诗艺术海洋之诗歌创作实践。慕摩诘、太白之高古,仰子美、义山之淳厚。感于哀乐,涉世唏嘘。作诗之本,岂忘孔圣之兴观群怨;摛辞之用,力求唐贤之比兴寄托。类孟郊捻须灯前,效贾岛推敲月下。苦吟何如子美,呕心应输长吉。叶韵缀字,以抒性情。承古韵之纯粹,明诗道乃不孤。冀觅知音,或颔首,或会心,不亦乐乎!

高玉昆　己亥仲夏记于京华坡上村大有书斋

目　录

抉微编　唐诗艺术探幽研究

附编　高玉昆诗集

论证编

唐诗艺术史论研究

第一章　初唐诗歌艺术研究

一、初唐"四杰"的诗歌艺术成就

中华民族的诗歌艺术至唐朝初期，已发展到一个崭新的阶段，犹如一条滔滔大河，已由条条支流汇成宽阔的江面；又犹如一部交响乐，已由铜号奏起主旋律的音符。下一步就是壮丽浩荡的江面——盛唐诗歌，就是变奏发展极为丰富的高潮部——盛唐之音。而唐高宗至武周时期初唐"四杰"的诗歌创作，就是那浩瀚江面的起始，就是那盛唐之音的前奏。只因有王、杨、卢、骆的歌唱，才使初唐时期弥漫诗坛的"宫廷诗歌""齐梁诗风"的萎靡之音戛然而止，才有了盛唐诗歌题材的空前开拓、艺术形式的臻于完美。①王勃"海内存知己，天涯若比邻"（《送杜少府之任蜀川》）这联流畅的对仗，开启了盛唐送别诗那宽广的旋律。杨炯"宁为百夫长，胜作一书生"（《从军行》）的豪语奠定

---

① 本节主要参考文献：

刘昫等撰：《旧唐书》，中华书局1975年版。

欧阳修、宋祁等撰：《新唐书》，中华书局1975年版。

彭定求等辑：《全唐诗》，中华书局1960年版。

蒋清翊：《王子安集注》，上海古籍出版社1995年版。

陈熙晋：《骆临海集笺注》，中华书局1961年版。

祝尚书：《卢照邻集笺注》，上海古籍出版社1994年版。

朱自清等编：《闻一多全集》，开明书店1938年版。

傅璇琮：《唐才子传校笺》，中华书局1987年版。

张志烈：《初唐四杰年谱》，巴蜀书社1993年版。

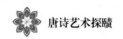

了盛唐边塞诗中那立功报国的强音。卢照邻一曲《长安古意》，"放开了粗豪而圆润的嗓子，"① 给大唐帝国上层浮华而癫狂的社会鸣起了警钟。就连骆宾王"鹅、鹅、鹅"的清辞丽语，也使千百年来的幼稚少儿触摸到了唐人对生活的热爱之心。

（一）"四杰"的名称

初唐"四杰"王勃、杨炯、卢照邻和骆宾王生活以及创作活动的时代，是自唐太宗贞观年末至武周初年，约为 50 年，但具体说来，他们的年辈互相是有一定的先后跨度的。闻一多先生在《唐诗杂论·四杰》中曾考证，卢、骆比王、杨"平均大了十岁的光景"。又引《唐会要》第 82 卷载："显庆二年，诏征太白山人孙思邈入京，卢照邻、宋令文、孟诜皆执师赞之礼。"宋令文即宋之问的父亲，而宋之问则为杨炯的同辈好友，可知"卢、骆与王、杨简直可算作两辈子人"。据今人张志烈《初唐四杰年谱》所考，卢照邻生于贞观八年（634），骆宾王生于贞观九年，而王、杨皆生于永徽元年（650），相差约 16 岁。因王、杨才华早著，他们在诗坛上同卢、骆才名埒敌的时间，应该是同步的，所以并称"四杰"，以概括他们在诗文创作上的共同才名和气质以及格调。

关于"四杰"这个称号的内涵，闻一多先生《唐诗杂论·四杰》曾说："王、杨、卢、骆都是文章家，'四杰'这徽号，如果不是专为评文而设的，至少它的主要意义是指他们的赋和四六文。谈诗而称四杰，虽是很早的事，究竟只能算借用。"② 后来许多学者则据这番话，强调王、杨、卢、骆是由于文章写得好，才获得"四杰"这一美称，其实理解并不准确。"四杰"确是因文章好而获此称号，但这里的"文章"一词在唐代实际上

① 闻一多：《唐诗杂论》，上海古籍出版社 1998 年版，第 12 页。
② 同上书，第 20 页。

包含了诗歌，即唐人所常说的"诗赋"，并非现代意义上的文章（散文）概念。南朝颜之推《颜氏家训·文章篇》论"文章"，即包括了"歌咏赋颂"。刘勰《文心雕龙·总术》的观念是："有韵者，文也。"萧绎《金楼子·立言》也说："吟咏风谣，流连哀思者，谓之文。"李白在《宣州谢朓楼饯别校书叔云》诗中写道，"蓬莱文章建安骨，中间小谢又清发"，即把"文章"跟"建安诗歌"并称。杜甫《戏为六绝句》说："庾信文章老更成，凌云健笔意纵横。""文章"即包括诗与赋。又说"王杨卢骆当时体，轻薄为文哂未休"，"为文"即指吟诗作文。又《偶题》说："文章千古事，得失寸心知。"又《春日忆李白》说："白也诗无敌，飘然思不群。……何时一樽酒，重与细论文。"韩愈《荐士》说："国朝盛文章，子昂始高蹈。"又《调张籍》说："李杜文章在，光焰万丈长。"唐人的"文章"概念，皆同时涵盖诗歌，甚至有时专指诗歌。可见，当时人们不只是因为王、杨、卢、骆赋奏书启得好，也是因为他们的诗歌风行一时，而予以"四杰"这个殊荣。骆宾王的《帝京篇》，"当时以为绝唱"（《旧唐书·文苑传》），说明"四杰"也是因为诗好而并获盛誉，此乃客观事实，毋庸置疑。

王、杨、卢、骆在世时，即时称"四杰"。张鷟《朝野佥载》载，卢照邻"为益州新都县尉，秩满，婆娑于蜀中，放旷诗酒，故世称'王、杨、卢、骆'"。宋之问《祭杜学士审言文》载："复有王、杨、卢、骆，继之以子跃云衢。王也才参军于西陕，杨也终远宰于东吴，卢则哀其栖山而卧疾，骆则不能保族而全躯。"郗云卿《骆宾王文集序》说："骆宾王……高宗朝与卢照邻、杨炯、王勃文词齐名，海内称焉，号为'四杰'，亦云'卢、骆、杨、王四才子'。"张鷟、宋之问和郗云卿皆与"四杰"同时代或稍后，所述当不误。

具体何时始传"四杰"之称？张说《赠太尉裴公神道碑》

载："在选曹，见骆宾王、卢照邻、王勃、杨炯，评曰：'炯虽有才名，不过令长；其余华而不实，鲜克令终。'"这里"裴公"指裴行俭。《旧唐书·裴行俭传》载："时有后进杨炯、王勃、卢照邻、骆宾王，并以文章见称。吏部侍郎李敬玄，盛为延誉，引以示行俭。行俭曰：'才名有之，爵禄盖寡。杨应至令长，余并鲜令终。'"据李昉《太平广记》载此次引荐时间为咸亨二年（671）李敬玄任吏部侍郎时。因此清代陈熙晋推断："四杰之名，著于裴行俭典选之时，在总章、咸亨间。"（《续补唐书骆侍御传》）今人刘开扬认为应为再早一些时间："'四杰'称号出现的时期，当在龙朔（661—663）和麟德元年（664）间。"（《唐诗通论》）而明代胡应麟《补唐书骆侍御传》却提到王、杨、卢、骆"号垂拱四杰"，垂拱年（685—689）已至武后时期，似太晚，不知何据，陈熙晋已驳其误。

"四杰"的排名次序，当时似无定说。上述张鷟和宋之问所载称王、杨、卢、骆，张说和宋说所载称骆、卢、王、杨，郗云卿所载称卢、骆、杨、王，似乎是从年齿而言。另外，张鷟《朝野金载》还记载卢照邻曾说"喜居王后，耻在骆前"，见出卢照邻对时人的排列有不同看法，所指未详。刘肃《大唐新语》载杨炯曾说"耻居王后，愧在卢前"亦不知何据。因为杨炯曾为王勃集作长篇序论，并且对王勃推崇备至，看不到其负才自傲之情，恐怕没有说那样的话。但从盛唐以来，世人接受的还是"王、杨、卢、骆"这样的排序，可能是看重王、杨的才华与气质。杜甫《戏为六绝句》称"王杨卢骆当时体"（有别本作"杨王卢骆当时体"），以至到晚唐人称"王、杨、卢、骆"，如沈嵩为诗人罗隐而作的《罗给事墓志》称："若遇王、杨、卢、骆，必共争鞭，"这样的排序成为定断，从刘肃《大唐新语》和旧、新《唐书》诸籍，到后世诗话以至今天评论，不再有异说。

（二）王勃的生平及其诗歌创作

王勃，字子安，原籍为太原祁县，后移居绛州龙门（今山西省河津县）。其生卒年，杨炯《王子安集序》及旧、新《唐书》本传记载不同，当以王勃自己的记述为可靠。其《春思赋序》自谓："咸亨二年，余春秋二十有二。"由咸亨二年（671）上推22年，可知他生年为高宗永徽元年（650）。

王勃的祖父王通，是隋代著名的大学者，"秀才高第"，为"蜀郡司户书佐，蜀王侍读"（杨炯《王子安集序》）。隋亡时弃官归家，从事讲学，著有《元经》《中说》等，颇有时名，思想上基本上是儒家思想，死后被门人谥为"文中子"。王勃叔祖是著名诗人王绩，在隋末唐初做过几任小官，后自叹才高位卑，不愿在官场沉浮，就隐居故乡，崇慕阮籍和陶渊明，饮酒赋诗，描写田园风光，以抒胸臆。这两位颇有文学成就的祖辈，早在王勃出生前即已去世，但他们的思想和品格，对王勃产生了很大影响。王勃的父亲王福畤，"历任太常博士、雍州司功，交趾、六合二县令，为齐州长史"。（同上）史传载王勃幼时即聪颖过人，与兄王勔、王勮俱有才名，曾被大诗人杜甫的叔祖杜易简赞为"王氏三珠树"。王勃6岁时即能作文，"构思无滞，词情英迈"。9岁时，阅大学者颜师古的《汉书注》，作《指瑕》10卷，以纠颜氏之误。10岁时，就已精通了儒家经典"六经"。12岁时，又到长安跟从名医曹元研习《周易章句》以及《黄帝素问》《难经》。

王勃14岁时即有入仕途、济苍生的抱负，屡次向公卿上书谒求上进。唐高宗龙朔三年（663），右相刘祥道巡行关内，王勃写《上刘右相书》求荐，并条陈国家大事，批评考选制度的流弊，指责朝廷的连年扩边政策使百姓疲苦，反对讨伐高丽，认为是"辟土数千里，无益神封；勤兵十八万，空疲帝卒"。"图

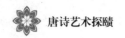

得而不图失，知利而不知害，移手足之病，成心腹之疾。"希望朝廷"崇文""使德"，"信赏而必罚"，"重耕耘之务"。刘祥道读后叹为"神童"，"因加表荐，对策高第，拜为朝散郎"。（同上）后来，高宗封禅泰山，王勃奏《宸游东岳颂》；东都洛阳建乾元殿，他又奏《乾元殿颂》，传诵一时。在他16岁时，高宗的儿子沛王李贤闻其文名，选招为王府修撰，王勃撰《平台秘略论》10篇，献给沛王，受到激赏，赏帛50匹。当时诸王盛行斗鸡之嬉，王勃戏代沛王之鸡写了一篇讨英王之鸡的檄文，本为游戏文字，但高宗读后却大怒，说他蓄意挑拨诸王之间的关系，下令革除官职，逐出王府。这年王勃19岁。

王勃在仕途上遇到了重大打击，远游巴蜀，寄居剑南近3年，先后到过江州、剑州、绵州、益州等地，登临山水，寄情河洲，写诗作赋，借蜀中风物抒写胸中的郁闷及不平，"每有一文，海内惊瞻"。（同上）他在蜀中还结识了卢照邻，成为文友，一起作诗酬唱。后来，他回京参加时选，于咸亨四年（673），补得虢州（今河南省灵宝县）参军之职。不久，因匿藏并又擅杀了有罪的官奴曹达，被判极刑，幸逢上元元年（674）八月改元大赦，才免于一死，但当时正任雍州司户参军的父亲却受到牵连，贬为南荒交趾县令。

王勃政治途穷，则致力于著述，计有《舟中纂序》5卷、《周易发挥》5卷、《次论语》10卷、《大唐千岁历》数卷、《黄帝八十一难经注》数卷、《合论》10卷、《读文中子书序诗序》数篇、《玄经传》数篇、《文集》30卷。可见，王勃是位不畏挫折、不断进取的有才之士。闻一多《唐诗杂论·四杰》认为这"一大堆著述"，大部分是王勃后期撰成的。可惜到今天，它们大多已失传。上元三年（670），27岁的王勃从龙门南下，赴交趾看望父亲，不幸渡南海时溺水，惊悸而卒。

王勃的一生，才高而位下，早慧而早逝，犹如夜空中灿烂的流星，一闪而逝。但其留在人间的诗作，却内容丰富，情感充沛，格调高华。在诗名上，世人把他列为"四杰"之首，亦说明人们看到其创作成就高于其他三人之上。王勃的诗歌，流传至今的有90多首，大致有如下几方面思想内容。

首先，王勃的诗作反映了社会现实生活，寄予了对民众痛苦的同情。受儒家传统中优秀思想的影响，王勃关心现实社会生活，其《平台秘略论·艺文》中说："故文章，经国之大业，不朽之能事。而君子等，役心劳神，宜于大者远者，非缘情体物、雕虫小技而已。"认为文学应着眼于社会现实题材，而不能以雕饰之辞，咏风花雪月。他的不少诗篇反映现实社会中百姓的苦难，具有一定的人民性。其《秋夜长》写一位闺妇在深秋之际为征战边塞的亲人赶制寒衣：

> 调砧乱杵思自伤，征夫万里戍他乡。
> 鹤关音信断，龙门道路长。
> 君在天一方，寒衣徒自香。

表达了对唐朝统治者发动长期边疆征伐的不满，以及人民反侵略、爱和平的情绪，具有一定的现实主义精神。其《采莲曲》也是一篇反对朝廷穷兵黩武、同情征夫思妇的诗作，描写连年不断的边战给民众带来的灾难：

> 叶屿花潭极望平，江讴越吹相思苦。
> 相思苦，佳期不可住。
> 塞外征夫犹未还，江南采莲今已暮。……
> 共问寒江千里外，征客关山路几重？

诗篇由一位采莲女的境遇生发开去，写到许许多多这样的家庭饱受战争之苦，有力地深化了诗作的主题，可堪与杜甫的"三吏三别"相比埒。

王勃的一些吊古之作也有充实的内容和进步的思想。其《临

高台》一诗铺陈描写汉代长安的繁华盛况：

> 俯瞰长安道，萋萋御沟草。
> 斜对甘泉路，苍苍茂陵树。
> 高台四望同，佳气郁葱葱。
> 紫阁丹楼纷照耀，璧房锦殿相玲珑。
> 东迷长乐观，西指未央宫；
> 赤城映朝日，绿树摇春风。
> 旗亭百隧开新市，甲第千甍分戚里。
> 朱轮翠盖不胜春，叠榭层楹相对起。
> 复有青楼大道中，绣户文窗雕绮栊。
> 锦衣昼不襞，罗帷夕未空。
> 歌屏朝掩翠，妆镜晚窥红。
> 为君安宝髻，蛾眉罢花丛。
> 狭路尘间黯将暮，云开月色明如素。
> 鸳鸯池上两两飞，凤凰楼下双双度。
> 物色正如此，佳期那不顾。
> 银鞍绣毂盛繁华，可怜今夜宿倡家。

这实际上指的是当时唐朝长安的情况。诗篇客观描写了唐王朝开国半个世纪来的繁荣，同时，从上层统治者的衣食住行、歌舞游宴，到陵园货市、青楼狭邪，由外在的亭台楼阁，到内在的腐败魂灵，揭露了统治集团奢侈浮华、荒淫丑恶的生活。接着，诗人又从一位清醒旁观者的角度写道：

> 倡家少妇不须颦，东园桃李片时春。
> 君看旧日高台处，柏梁铜雀生黄尘。

指出帝王将相们的繁华与享乐不会长久，乐极悲至，楼台终将化为土墟黄尘。这篇七言歌行的思想内容具有很强的人民性，讽刺深刻，感慨无穷。人们公认，卢照邻的《长安古意》是一篇用铺张畅丽的艺术手法揭露上层封建统治阶级豪奢生活的优秀诗篇，而王勃这篇《临高台》与之相比，可以说并不逊色，对后来李白的《苏台览古》《越中览古》也有一定的影响。

王勃的《滕王阁》也可谓吊古名篇：

> 滕王高阁临江渚，佩玉鸣鸾罢歌舞。
> 画栋朝飞南浦云，朱帘暮卷西山雨。
> 闲云潭影日悠悠，物换星移几度秋。
> 阁中帝子今何在？槛外长江空自流。

咏古今盛衰之变，感叹物是人非，人去江流，当年滕王佩玉鸣鸾、歌舞不休的盛况一去不返，富贵不长，繁华易失，政治权势也只不过是昙花一现。另外，《铜雀妓》也是吊古之作，但一反叹息朝代兴亡、凭吊帝王的写作常规，而集中表现封建社会中受压迫、被玩弄、人贱位卑的弱小女子——宫中歌妓：

> 妾本深宫妓，层城闭九重。
> 君王欢爱尽，歌舞为谁容？
> 锦衾不受襞，罗衣谁再缝？
> 高台西北望，流涕向青松。

通过古代曹操等帝王修台阁、赏歌舞的骄奢淫逸生活，表现了歌妓们的不幸命运，吐泄她们的苦思哀怨，控诉了封建统治者的残暴，具有深刻的社会意义。

其次，抒写怀乡别友之情，是王勃诗歌创作的主要内容之一。王勃罢沛王府修撰后，仕途受挫，西入剑南，奔波旅途，写下许多怀乡送别之作，反映了诗人切身的生活遭遇，哀怨中同时还透露着一种少年英气，在"四杰"中独具特色。其《普安建阴题壁》写道：

> 江汉深无极，梁岷不可攀。
> 山川云雾里，游子几时还！

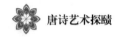

抒写远游蜀地、乡关阻隔的浓浓思乡之情，具有敲击心灵的艺术感染力。又《山中》写道：

> 长江悲已滞，万里念将归。
> 况属高风晚，山山黄叶飞。

思归心悲，反嫌江水缓滞，又逢秋高风急，枯叶纷飞，倍增客愁，情景融浑，格调悲壮，不禁使人想到杜甫"无边落木萧萧下"（《登高》）的诗意。其《别薛华》写道：

> 送送多穷路，遑遑独问津。
> 悲凉千里道，凄断百年身。
> 心事同漂泊，生涯共苦辛。
> 无论去与住，俱是梦中人。

诗人被赶出王府，离京赴蜀，路遇知己，顿生共鸣之情，想到又将离别，各奔东西，更感凄苦万分，真有白居易"同是天下沦落人"（《琵琶行》）之感，同时也流露了对世路艰险的愁闷与愤激。

其《蜀中九日》写道：

> 九月九日望乡台，他席他乡送客杯。
> 人情已厌南中苦，鸿雁那从北地来。

抒发重阳登高、他乡他席客中送客的情怀，以人之有情衬托雁之无情，又以雁之无情加深人之有情。明代唐汝询《唐诗解》评道："唐人绝句类于无情处生有情，此联是其鼻祖。"又《寒夜怀友杂体二首》之二写道：

> 复阁重楼向浦开，秋风明月度江来。
> 故人故情怀故宴，相望相思不相见。

此篇和《蜀中九日》在艺术手法上有一个共同点，即运用间隔叠字重复的修辞技巧，富于节奏，音韵回环，加强了艺术感染力，且便于吟诵歌唱。王勃这类表现乡思友别的佳作颇多，但最为传诵的是《送少府之任蜀川》：

> 城阙辅三秦，风烟望五津。
> 与君离别意，同是宦游人。
> 海内存知己，天涯若比邻。
> 无为在歧路，儿女共沾巾。

诗篇情感充沛而真挚，失意中透有一种旷达之气，虽熔铸古诗古语，但格调为之一新，气象为之一阔，笔力为之一健，韵律严谨而完美，诗末以开朗昂扬的情绪作结，表现了新的时代精神。"海内存知己，天涯若比邻"成为千古名句，传遍人口。而德国汉学家沃尔夫冈·顾彬（Wolfgang Kubin）评论这首诗"无论是声律还是形象结构，都违背正常诗歌的原则"①，是不准确的。

另外，王勃的写景诸作，也是构思精致，画面清新明朗，情景交融。如《春庄》：

> 山中兰叶径，城外李桃园。
> 岂知人事静，不觉鸟声喧。

诗篇着重表现春光迷人的视觉感受，以致冲淡了听觉感受，"不觉鸟声喧"，与孟浩然《春晓》中"处处闻啼鸟"的诗意有异曲同工之妙。其《林塘怀友》写道：

> 芳屏画春草，仙杼织明霞。
> 何如山水路，对面即飞花。

把诗笔变为画笔，有具有动感的画面、绚丽的色彩，宛如一幅立体画，读起来如临其境。王勃的田园风光诗也多有佳作，如《仲春郊外》：

---

① ［德］顾彬：《中国诗歌史》，刁承俊译，华东师范大学出版社2013年版，第124页。

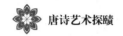

东园垂柳径，西堰落花津。

物色连三月，风光绝四邻。

鸟飞村觉曙，鱼戏水知春。

初晴山院里，何处染嚣尘。

描绘了山村田庄的仲春景色，那样幽美、朴实和清静，流露了诗人的羡往之情。王勃这类诗大多写得色彩明丽、画面整洁。苏轼说王维的诗"诗中有画"，其实，王勃的山水田园诗也具有这个特点，如：

断山疑画障，悬溜泻鸣琴。（《郊园即事》）

鱼床侵岸水，鸟路入山烟。（《春日还郊》）

繁莺歌似曲，疏蝶舞成行。（《对酒》）

雨去花光湿，风归叶影疏。（《郊兴》）

江旷春潮白，山长晓岫青。（《早春野望》）

桂密岩花白，梨疏林叶红。（《冬郊行望》）

影飘垂叶外，香度落花前。（《圣泉宴》）

皆展开有声有色的画面，感觉逼真，可谓诗中有画，诗中有声。

（三）杨炯的生平及其诗歌创作

杨炯，华阴（今属陕西省）人。其《浑天赋》自序说："显庆五年，炯时年十一。"显庆五年为 660 年，可推知他生于高宗永徽元年（650），与王勃同龄。他的曾祖父杨初在北周时曾任大将军，但其祖父、父亲名号与仕履俱不见于史载，可知家世已降为中下层，因而杨炯说自己"吾少也贱"（《梓州官僚赞》）。他幼时即聪慧博学，善于著文，10 岁即应神童举及第，次年待制弘文馆。但直到 27 岁时，才又在京应制举及第，授校书郎。这一时期，他写下《浑天赋》《公卿以下冕服议》及《王勃集序》等重要赋论，颇具文名。33 岁时，因中书侍郎薛元超荐举，任太子李显府中的詹事司直，后来又任崇文馆学士，在京城前后度过了近30年的优裕生活，其诗歌创作多为应酬光景的平庸之作，题材内容比较狭窄。

杨炯本可以身居"清职"，迁升可待。但在垂拱元年，他的伯父杨德翰之子杨神让因参加徐敬业的讨武行动，因罪受戮，使杨炯受到株连，贬为梓州（今四川省三台县）任司法参军，政治上遇到了极大打击。但贬谪生活也使他走出了原来狭窄的生活圈子，从而接触到了帝京之外的社会现实以及河川风物，使诗歌创作出现了新的风貌，或抒写仕途失意的苦闷忧愁，或抒发还乡离别的情绪，取得较高的成就。3年后又回到洛阳。如意元年（692），杨炯向武则天献《盂兰盆赋》，文词雅丽，闻名一时，不久即调任盈川（今浙江省衢州市东）县令，为官似乎也很不得志，大约一两年后即卒于任上，其具体事迹及卒年皆不详。

杨炯是位恃才耿直之人。宋之问《祭杨盈川文》赞扬他"气凌秋霜"，"行不苟合"。托名晚唐冯贽的《云仙杂记》中记载："杨炯每呼朝士为'麒麟楦'。或问之，曰：'今假弄麒麟者，必修饰其形，覆之驴上，宛然异物，及去其皮，还是驴耳！无德而朱紫，何以异是！'"唐时曾有一种耍弄假麒麟的文娱表演，事先把饰有麒麟图案的外皮覆盖在驴子身上，然后绕场地跑动，宛然神圣的麒麟。表演完毕后，就脱下画皮，恢复原形，驴子还是驴子。杨炯以这个生动而形象的比喻，讽刺那些惯于弄虚作假的豪绅高官，只不过是身穿一套华丽的官服，而并没有真才实德。

杨炯的诗作现存33首，在"四杰"中数量较少，并且题材及表现形式也都不及其他三人那样广泛而多样，但亦有不少佳篇。乡思送别诗在杨炯诗歌中占较多数量，如其《途中》诗写道：

悠悠辞鼎邑，去去指金墉。

> 途路盈千里，山川亘百重。
> 风行常有地，云出本多峰。
> 郁郁园中柳，亭亭山上松。
> 客心殊不乐，乡泪独无从。

表现诗人在东往洛阳的旅途上对家乡的思念，意境阔大，"郁郁园中柳，亭亭山上松"，这既是对沿途实物的描写，又是化用古人诗句的虚写，还有比兴的意味，贴切而含蓄，具有回味无穷的艺术效果，颇有汉魏风致。又《夜送赵纵》写道：

> 赵氏连城璧，由来天下传。
> 送君还旧府，明月满前川。

比喻巧妙，联想丰富，由友人的姓名联想到古代美玉赵国连城璧，以喻赵纵品德高洁，天下闻名。又因赵纵还旧府，又联想到战国时蔺相如奉璧归赵国。诗末又以满川明月，以喻前途的光明。诗篇虽短小，却构思新奇，清新活泼，含意丰富。《送丰城王少府》一诗写道：

> 愁结乱如麻，长天照晚霞。
> 离亭隐乔树，沟水浸平沙。
> 左尉才何屈，东关望渐赊。
> 行看转牛斗，持此报张华。

诗思由低落的愁苦情绪，发展到展望未来的满怀希望。情景交融，又由王少府去丰城联想到晋代张华和雷焕宝剑的故事，赠以勉友，用典贴切。

　　杨炯诗歌中成就较高的是那些以边塞为题材的乐府题诗，风格慷慨感奋，军戎气息浓厚，充满杀敌报国之情，在"四杰"中独树一帜，对盛唐边塞诗的发展也具有一定的开启作用，产生了积极的影响。最具代表性的是《从军行》：

> 烽火照西京，心中自不平。
>
> 牙璋辞凤阙，铁骑绕龙城。
>
> 雪暗凋旗画，风多杂鼓声。
>
> 宁为百夫长，胜作一书生。

诗中用烽火、寒风、大雪、战鼓来渲染战争场面，表现了昂扬的
战斗精神以及爱国思想，诗风刚健，深厚有力，读后令人产生阵
前请缨、投笔从戎之思。另外，其《出塞》写道：

> 塞外欲纷纭，雌雄犹未分。
>
> 明堂占气色，华盖辨星文。
>
> 二月河魁将，三千太乙军。
>
> 丈夫皆有志，会见立功勋。

也是情调豪迈。使人振奋。但另一方面，杨炯不只是一味地颂扬
边疆立功的豪情。他也在诗中表现了战争给人民带来的痛苦，如
《有所思》写道：

> 贱妾留南楚，征夫向北燕。
>
> 三秋方一日，少别比千年。
>
> 不掩嚬红缕，无论数绿钱。
>
> 相思明月夜，迢递白云天。

由于连年的征战，闺妇征夫远距万里，难以相见。其《折杨柳》
写道：

> 边地遥无极，征人去不还。
>
> 秋容凋翠羽，别泪损红颜。
>
> 望断流星驿，心驰明月关。
>
> 藁砧何处在，杨柳自堪攀。

诗中的"藁砧"一词，是指古代罪人被用斧头斩首时所用的草
席和砧垫，此词自然隐有"鈇"（"斧"）的字义字音，故又成为

17

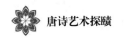

"夫""丈夫"的隐语。杨炯此诗运用汉代乐府民歌中双关语的艺术手法,感情真挚、朴实而含蓄。其《梅花落》写道:

> 窗外一株梅,寒花五出开。
> 影随朝日远,香逐便风来。
> 泣对铜钩障,愁看玉镜台。
> 行人断消息,春恨几裴回。

也是表现战争带来的亲人阻隔、离愁无限,具有普遍意义。

杨炯的纪游诗也较著名。诗人在被贬为梓州司法参军任期满后,沿长江出蜀,经三峡归洛,写下《广溪峡》《巫峡》和《西陵峡》,在写景上皆能捕捉各峡的特点,加以描绘,给人以深刻的印象。如写广溪峡的风光:

> 乔林百尺堰,飞水千寻瀑。
> 惊浪回高天,盘涡转深谷。

突出浪大水险。而写巫峡:

> 重岩窅不极,叠嶂凌苍苍。
> 绝壁横天险,莓苔烂锦章。

突出写峭壁高耸。写西陵峡:

> 盘薄荆之门,滔滔南国纪。……
> 自古天地辟,流为峡中水。

则又突出写江面及原野的开阔。这组三峡诗还把写景、咏史、怀古和抒怀融合为一体,写广陵峡则叹惜三国蜀国的兴亡,写巫峡则缅怀古时忠信之士的失意悲哀,叹息"美人今何在,灵芝徒自芳",最后诗人悲叹"山空夜猿啸,征客泪沾裳"。写西陵峡则回想战国时强大的楚国被秦兵毁之一炬,感怀无端。这组三峡诗皆情景相生,现实与历史相交错,诗思的安排层次分明而又一气贯注,感情充沛,可谓纪行诗中的佳篇。

（四） 卢照邻的生平及其诗歌创作

卢照邻，字升之，患风疾后自号"幽忧子"，幽州范阳（今河北涿州市）人，约生于唐太宗贞观七年（633）。他祖父和父亲的名字及仕履俱不见于史载，卢照邻本人在诗文中也未曾提及。可知他家当属于中小地主阶层，社会地位并不高。他少年时代的生活可能比较优裕，10岁左右即南下游学，先到扬州江都向著名学者曹宪学习文字学，又北上至洹水（今河北省大名县西）向博通五经的王义方学习经史，学业有成，尤善诗文。后随家族迁居京城长安。20岁时，前往寿州（今安徽省寿春县）为邓王元裕府典签，因渊博的学识而得到邓王的赏识，也得以有机会披阅了王府中丰富的藏书。后又随邓王居官襄州，直到邓王去世，这时他才30多岁。在这一期间，他目睹了上层统治阶级的生活情况，为他创作反映上层社会现实的诗篇准备了条件。

离开邓王府后，卢照邻回到长安，曾奉使到过西北边地及蜀地一带，这期间还曾因横事入狱问罪。其《穷鱼赋》序中说："余曾有横事被拘，为群小所使，将致之深议，友人救护得免。"大概是因为秉性耿直，跟某些权贵难以相容，冒犯了当地的官吏而致。年近40岁时，他被任为益州新都（今属四川省）县尉，与王勃在蜀中相遇。这期间，他游览了巴蜀风物，还与平民女郭氏相爱并且结合。离蜀北归后，居太白山（在今陕西省郿县东南）。这时，他的"风疾"逐渐恶化，似即麻风病或风痹症，开始了他不幸的后半生。他迁居长安，又客居洛阳附近的东龙门山佛寺。因合药无资，曾赋诗致书洛阳朝士遍求周济，生活孤独而凄苦，一心寄托在炼服丹砂、求仙念佛上。有的研究者认为，正是因为他盲目服用丹砂"玄明膏"，而导致沉疴难愈，后来完全成为残疾者。他在《释疾文》序中写道，"赢卧不起，行已十年。宛转匡床，婆娑小室"，"一臂连蜷"，"两足匍匐"，"寸步

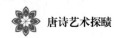

千里，咫尺山河"。数年后，又移居阳翟县具茨山（在今河南省禹县）下，置田园数十亩，疏导颍水流经住所；并预先造好坟墓，偃卧其中。最后，因实在不堪忍受心灵的重负和躯体的痛苦而带来的折磨，自投颍水而殁，结束了悲凉的一生。其绝笔《释疾文》喊出绝望的悲叹：

> 岁去忧来兮东流水，地久天长兮人共死。
> 明镜羞窥兮向十年，骏马停驱兮几千里。
> 麟兮凤兮，自古吞恨无已。……
> 岁将晏兮欢不再，时已晚兮忧来多。
> 东郊绝此麒麟笔，西山秘此凤凰柯。
> 死去死去今如此，生兮生兮奈汝何！

关于卢照邻的卒年，《旧唐书》谓40岁，而《新唐书》则提到"武后尚法"，则说明卒于武后临朝之后。傅璇琮《卢照邻简谱》、张志烈《初唐四杰年谱》俱考订卢照邻为50岁左右时去世，值高宗后期，未遇武后临朝。闻一多《唐诗大系》定为689年卒，而任国绪笺注《唐才子传》中"卢照邻"条，认为《释疾文》当作于武后垂拱元年（685），据此，卢照邻当卒于本年前后，寿命为60多岁。但祝尚书《卢照邻年谱》则据以在嘉靖时《翼城县志》第3卷中发现的照邻佚文《翼令张怀器去思碑》，定为武后天册万岁元年（695）后数年间去世，享年近70岁，在"四杰"中最为长寿，认为《新唐书》所记不误。若如此，则卢照邻饱受的人生痛苦更加长久了，无怪乎后人深深地感叹道："古今文士奇穷，未有如卢升之之甚者。"（明代张燮《幽忧子集题词》）卢照邻的自沉，不仅仅是因为不堪病魔的折磨，而更可以说是一位杰出的诗人对那个不能人尽其才的封建社会制度的无言抗议。

卢照邻的思想是复杂的，他早年热心仕进，人生态度积极，以儒家思想为主，渴望在政治上一展宏图，施展其"兼济天下"

的抱负。他"周游几万里，驰骋数十年"（《对蜀父老问》），在流传下来的89首诗作中，有许多反映、批判现实的诗篇。如《咏史四首》，借古咏今，以汉人事迹抒自家情怀，才气横溢，奔放有力，把历史与现实交织在一起，具有鲜明的现实主义精神。首篇歌颂汉代的正直之士季布：

> 汉祖广招纳，一朝拜公卿。
> 百金孰云重，一诺良匪轻。
> 廷议斩樊哙，群公寂无声。
> 处身孤且直，遭时坦而平。
> 丈夫当如此，唯唯何足荣。

远慕季布恃才逢时，功业有成，为人正直，一诺千金，流露了卢照邻积极入世的思想。次篇写郭泰行迹：

> 大汉昔云季，小人道遂振。
> 玉帛委奄尹，斧锧婴缙绅。
> 邈哉郭先生，卷舒得其真。
> 雍容谢朝廷，谈笑奖人伦。
> 在晦不绝俗，处乱不违亲。
> 诸侯不得友，天子不得臣。……
> 谁知仙舟上，寂寂无四邻。

反映了封建王朝小人当道、奸邪擅权、朝政旁落，崇慕郭泰处乱世而守贞操，诗末流露了贤士不见容于世的寂落心情。《咏史四首》第三首赞誉汉末郑泰急国家之急的作为：

> 公业负奇志，交结尽才雄。……
> 一为侍御史，慷慨说何公。
> 何公何为败？吾谋适不同。
> 仲颖恣残忍，废兴良在躬。
> 死人如乱麻，天子如转蓬。

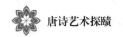

> 干戈及黄屋，荆棘生紫宫。
>
> 郑生运其谋，将以清国戎。

诗篇表现了对董卓一类败坏天下的邪恶势力的憎恨，希望国家太平。第四首景仰忠直之士朱云：

> 直发上冲冠，壮气横三秋。
>
> 愿得斩马剑，先断佞臣头。
>
> 天子玉槛折，将军丹血流。
>
> 捐生不肯拜，视死其若休。……
>
> 名与日月悬，义与天壤俦。
>
> 何必疲执戟，区区在封侯！
>
> 伟哉旷达士，知命故不忧。

赞美朱云对昏乱的朝政保持清醒的认识，蔑视富贵荣华，身居显位，关心民生疾苦和国家命运，刚直敢言，不怕报复，敢于同庸臣佞人做斗争，视死如归，保持一腔耿耿忠心。《咏史四首》继承左思《咏史诗》的精神，在对历史人物事迹的歌咏中，体现了诗人关心国家和人民的高尚情操和壮气奇志。

卢照邻一生几乎是在仕途颠簸与恶疾缠身的交错中度过的，饱受人生的苦难，郁郁寡欢，老庄哲学中愤世疾俗以及齐荣辱、等死生的思想，也渗透在他的世界观中，使他对现实社会中的不合理现象保持着一种清醒的认识，对上层统治者的骄奢保持着一种冷静的旁观，在诗歌创作中把对现实社会的批判和对自己遭际的悲愤与不平结合起来，具有充实而真挚的思想内容和撼人的艺术感染力，在"四杰"当中颇具成就。其七言歌行《长安古意》就是一首优秀篇章。诗作托古意而抒今情，借汉代长安以咏唐代京城，利用历史题材，首写长安大道的车水马龙，以浓丽的笔墨，由货市之盛写到宫阁之丽，写到权豪侠客、达官贵人的腐化堕落生活。"如云的车骑，载着长安中各色人物 Panorama 式的一幕幕出现，通过'五剧三条'的'弱柳青槐'来'共宿娼家桃李蹊'。"① 公孙王侯骄逸无比，妖童娼女恣情冶游，朝臣恃宠专权、相互倾轧，自谓歌舞千载、富贵永在：

> 玉辇纵横过主第，金鞭络绎向侯家。……
> 娼家日暮紫罗裙，清歌一啭口氛氲。
> 北堂夜夜人如月，南陌朝朝骑似云。……
> 罗襦宝带为君解，燕歌赵舞为君开。
> 别有豪华称将相，转日回天不相让。
> 意气由来排灌夫，专权判不容萧相。
> 专权意气本豪雄，青虬紫燕坐春风。
> 自言歌舞长千载，自谓骄奢凌五公。

诗人以冷眼看着这一幅幅摇镜头全景（Panorama），扫视着这派令人眼花缭乱的狂热世态，笔锋一转：

> 节物风光不相待，桑田碧海须臾改。
> 昔时金阶白玉堂，即今唯见青松在。

诗篇"让人以一个清醒的旁观者的自我，来给另一自我一声警告。"② 富贵有沧桑，主第为丘墟，这一片畸形的繁华将会走向冷寂。当代美国学者宇文所安（Stephen Owen）研究唐诗的专著《初唐诗》（The Poetry of the Early Tang）也指出，此诗揭示了贵族与帝国的繁华只是"脆弱短暂的美。"③ 全诗主旨鲜明，在浓丽的辞藻之间含有冷冷的讥讽，具有很强的现实针对性，充满了一定的批判现实主义精神。

　　同样地，在另一篇七言歌行《行路难》中，诗人以长安城

---

①　闻一多：《唐诗杂论》，上海古籍出版社1998年版，第12页。

②　同上书，第13页。

③　［美］宇文所安：《初唐诗》，贾晋华译，生活·读书·新知三联书店2004年版，第80页。

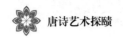

外渭桥边横卧荒野的枯木为比兴，描绘了也曾有过的胜景与繁华：

> 昔日含红复含紫，当时留雾亦留烟。
> 春景春风花似雪，香车玉舆恒阗咽。
> 若个游人不竞攀，若个娼家不来折。
> 娼家宝袜蛟龙帔，公子银鞍千万骑。
> 黄莺——向花娇，青鸟双双将子戏。

但美景不常，虚假的荣华终被自然的规律所摧倒，谁也无法抗拒：

> 巢倾枝折凤归去，条枯叶落任风吹。
> 一朝零落无人问，万古摧残君讵知。
> 人生贵贱无终始，倏忽须臾难久恃。
> 谁家能驻西山日？谁家能堰东流水？
> 汉家陵树满秦川，行来行去尽哀怜。
> 自昔公卿二千石，咸拟荣华一万年。
> 不见朱唇将玉貌，唯闻青棘与黄泉。

诗篇告诉人们，对社会、人生应持有一种冷峻的目光和清醒的认识，给那些得意忘形的上层统治者以洪亮的警钟，对帝王将相"春光永存""山日永驻""荣华万年"的幻想予以无情的否定。

卢照邻反映边塞征战的诗歌，也写得慷慨激昂，时出雄句。《紫骝马》中写道："骝马照金鞍，转战入皋兰"，"不辞横绝漠，流血几时干！"借马喻人，歌颂爱国将士转战边漠，不辞远戍之苦，勇赴疆场、浴血奋战。又如《战城南》中写道：

> 珊弓夜宛转，铁骑晓骖驔。
> 应须驻白日，为待战方酣。

也表现了豪迈的杀敌报国精神。同时，他也在诗篇中反映连年边战给民众带来的痛苦。如《关山月》中写道：

> 塞垣通碣石，虏障抵祁连。
> 相思在万里，明月正孤悬。
> 影移金岫北，光断玉门前。
> 寄言闺中妇，时看鸿雁天。

以悬挂在夜空中的明月为诗中的主要意象，把内地与边塞联结起来，把思妇的孤单凄凉与征夫的乡关之思熔合一起，做到了情景兼备。另外，《折杨柳》中写道："攀折将安寄，军中音信稀。"《梅花落》中写道："匈奴几万里，春至不知来。"皆对征戍所造成的家人生离死别倾注了深深的同情，反映了时代的情感，写得哀婉凄切真挚感人。

卢照邻咏物诗中的佳作，也多形象生动，宛转附物，诗意盎然。如《曲池荷》写道：

> 浮香绕曲岸，圆影覆华池。
> 常恐秋风早，飘零君不知。

借物寓意，以荷之芳美喻己志之高洁，又写唯恐秋风早起而致花叶零落，以喻自己怀才不遇、依托无门的身世之感。《芳树》《失群雁》皆以比兴寄托之体制，在咏物中融入贤士失志之感，"毛翎频顿飞无力，羽翮摧颓君不识""惆怅惊思悲未已，徘徊自怜中罔极"，这受伤失群的大雁，正是诗人"羸卧空岩"、有志不伸的写照，幽忧悲苦，凄厉哀怨，催人泪下。

（五）骆宾王的生平及其诗歌创作

骆宾王，字观光，婺州义乌（今属浙江省）人，其生年不见于史传，后世学者亦有不同的推断。骆宾王有《咏怀古意上裴侍郎》诗，清人陈熙晋《骆临海集笺注》考订为咸亨元年（670）作，时骆宾王任东台详正学士，因获罪而上诗裴行俭求

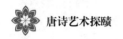

援，其中写道："三十二余罢，鬓是潘安仁。四十九仍入，年非朱买臣。"骆发祥《骆宾王生卒年考辨》据陈熙晋的推断，以"四十九仍入"上推，认为骆宾王生于唐高祖武德二年（619）。似太早。任国绪《关于"三十二余罢"与"四十九仍入"——考骆宾王生年兼与骆发祥商榷》一文定为622年。亦似太早。而王增斌《骆宾王系年考》又认为《咏怀古意上裴侍郎》诗作于调露元年（679），由此推论骆宾王生于贞观二年（628），认为陈熙晋对骆宾王此诗考证有误，不能作为推算的标准。亦备一说。而闻一多《唐诗大系》定为贞观十四年（640），又似太迟，当有误。刘开扬《论初唐四杰及其诗》定为638年。张志烈《初唐四杰年谱》据"三十二余罢"诗句，上推定骆宾王生年为贞观九年（635）。当以刘、张的考订为可信，骆宾王的家世亦失考，他在诗文中只提到家父曾为青州博昌（今山东省博兴县）县令，但并未提及名字，清代学者说其父名履元，恐未可信。

骆宾王年幼时即聪敏过人，诗才早露，史载他7岁时即作《咏鹅》诗，流传千载，至今仍为少儿古诗读本中的必选篇目。10岁左右，骆宾王随父居博昌，向当地学者求教，同文士交往，学业长进。数年后，父亲死于任上，骆宾王便同母亲迁居兖州瑕丘县，生活拮据，其《上瑕丘韦明府启》中说："糟糠不赡，甘旨之养屡空；箪笥无资，朝夕之欢宁展。"约20岁时，他进京求取功名，但落第而归。曾南下游历。25岁前后，经人举荐，至滑州（今河南省滑县）聘为道王李元庆府属，后又随道王官居徐州、沁州、卫州。麟德元年（664），道王卒，骆宾王出府。后上书求谒于司列太常伯右相刘祥道，陈述自己的见解及抱负，经刘祥道表荐，入朝对策而及第，拜为奉礼郎，在京城文坛上活跃了数年。

高宗咸亨元年（670），骆宾王因事获罪而革职。但他对政治前途并没有失去信心，正值吐蕃进犯西北边地，他上诗吏部侍郎裴行俭，自表"为国坚诚款，捐躯忘贱贫"的决心，弃笔从戎，随薛仁贵大军西征抗敌，直抵祁连山及天山一带，写下许多军旅气息极浓的边塞诗。次年，他满怀壮志未酬的惆怅，东归回京，宦游蜀中，游览了巴蜀大地的风物和胜迹，并结识了王勃与卢照邻，建立了友情。卢照邻北归后，骆宾王写下《艳情代郭氏赠卢照邻》，劝说卢照邻不要抛弃曾共同生活过的郭氏女，可知骆宾王是位坦易而倜傥的诗人，多才而多情。

上元二年（675），骆宾王离蜀回京参选，授武功县主簿，又调明堂县主簿，写成《帝京篇》，传遍京城。仪凤三年（678），任长安主簿，官至侍御史。因他性格耿介，受到佞臣谗言，诬陷他在任主簿时有贪赃枉法行为，因而被捕入狱，仕途上遭到重大的打击。他满怀怨忿，在狱中写下《在狱咏蝉》诗并序，抒写不平之情。次年因改元被赦，遂作《畴昔篇》，追述平生行迹，同时痛定思痛，进一步吐露了内心的余愤和幽情。调露二年（680），任临海（今浙江省天台县）县丞，郁郁不得意，很快就离职了。次年，徐敬业在扬州起兵反对武后政权，骆宾王出于维护李唐王朝的正统思想，基于对武则天政权的政治弊端的不满，也是因为个人长期饱受政治上的迫害和压抑，侘傺失志，便毅然加入了徐敬业的幕府，参加这场极为冒险的军事行动，为徐敬业撰写了著名的《讨武曌檄》，表达了对讨武斗争的必胜信心。又作《在军登城楼》诗：

> 城上风威冷，江中水气寒。
> 戎衣何日定，歌舞入长安。

此时的骆宾王已步入晚年，是50岁以上的老者，但还是富于诗人气质的乐观和幻想，满怀激情，壮志不减，毫无衰暮之气，令人叹服。

徐敬业兵败后，骆宾王的下落遂成千古疑案。唐人张鷟《朝野佥载》说骆宾王投江自尽，《旧唐书》本传及《资治通鉴》说他遭诛杀。郗云卿《骆宾王文集序》则谓骆宾王逃遁，《新唐书》本传及清代陈熙晋《骆临海集笺注》皆持"逃遁"之说。而《旧唐书·李勣传》又载徐敬业及部下兵败后"乘小舸将入海投高丽"。《新唐书·李勣传》更提到在将入海投高丽的人当中有骆宾王，后来元代辛文房《唐才子传·骆宾王》又进一步肯定："浮海而去。"这种说法又极富传奇色彩。更具有戏剧性的是，唐代孟棨《本事诗·征异》中记载骆宾王于兵败后落发为僧，遍游名山，还曾在灵隐寺中与宋之问相遇，推敲诗句。这种记载引起后代许多学者的驳难，现在只能存疑了。无论怎样，骆宾王以那令人慨叹不已的悲惨结局，走完了自己屡遭困厄的人生旅程，"用不平凡的方式自动的结束了不平凡的一生。"①

骆宾王的诗歌现存120余首，在"四杰"当中数量最多。跟其他三人相比较，他年辈最长，阅历最丰富，遭际更多波折，其诗作的思想内容也最丰富复杂。他本受儒家积极用世精神的影响，锐意进取，有政治向往，却一生辗转宦游，沉沦下僚，屡遭冤狱。他的一些优秀诗篇把对个人际遇的愤慨不平同对封建社会黑暗面的不满交织在一起，反映现实，批判尖刻。其《帝京篇》就是这样的一篇代表作。此诗在题材、体制及艺术风格上，都跟卢照邻的《长安古意》很相近，后人称为姊妹篇，但词华更加富赡，篇幅更加恢宏，明代胡应麟曾评道："长歌，宾王《帝京篇》为冠。"（《诗薮·内编》）

在《帝京篇》中，诗人首先以纵横驰骋之笔，征引秦、汉古典，叙写唐朝国威以及帝京宫室的壮丽：

> 山河千里国，城阙万重门。
>
> 不睹皇居壮，安知天子尊。……
>
> 秦塞重关一百二，汉家离宫三十六。

---

① 闻一多《唐诗杂论》，上海古籍出版社1998年版，第23页。

> 桂殿嵚岑对玉楼，椒房窈窕连金屋。
> 三条九陌丽城隈，万户千门平旦开。
> 复道斜通鸩鹊观，交衢直指凤皇台。
> 剑履南宫入，簪缨北阙来。
> 声名冠寰宇，文物象昭回。

接着，写王侯贵戚生活骄奢，官官相通，权势熏天，不可一世：

> 小堂绮帐三千户，大道青楼十二重。
> 宝盖雕鞍金络马，兰窗绣柱玉盘龙。
> 绣柱璇题粉壁映，铿金鸣玉王侯盛。
> 王侯贵人多近臣，朝游北里暮南邻。
> 陆贾分金将宴喜，陈遵投辖正留宾。
> 赵李经过密，萧朱交结亲。

同时，王侯贵人们又争权夺利，尔虞我诈，世风败坏：

> 始见田窦相移夺，俄闻卫霍有功勋。
> 未厌金陵气，先开石椁文。
> 朱门无复张公子，灞亭谁畏李将军。……
> 黄金销铄素丝变，一贵一贱交情见。
> 红颜宿昔白头新，脱粟布衣轻故人。
> 故人有湮沦，新知无意气。
> 灰死韩安国，罗伤翟廷尉。

面对这一幅幅上层社会的丑恶万象图以及世态炎凉图，诗人指出衰败灭亡是这种"热闹"社会的必然归宿，豪权贵官的不可一世将如同"冰山"，终究要融化在时间的海洋之中，他们的权势与风流，终归被历史的长河荡涤尽净：

> 桂枝芳气已销亡，柏梁高宴今何在？
> 春来春去苦自驰，争名争利徒尔为。

> 久留郎署终难遇，空扫相门谁见知。
>
> 当时一旦擅豪华，自言千载长骄奢。
>
> 倏忽抟风生羽翼，须臾失浪委泥沙。
>
> 黄雀徒巢桂，青门遂种瓜。

诗末，诗人感慨身世，以汉代的司马相如、扬雄和贾谊作比，表现自己高尚的人格，与腐败社会决不同流合污，同时，又抒发了满腹苦闷，以及壮志难酬的复杂心情：

> 已矣哉！归去来。
>
> 马卿辞蜀多文藻，扬雄仕汉乏良媒。……
>
> 谁惜长沙傅，独负洛阳才。

综观全篇，《帝京篇》以诗人自己所熟悉的帝京都市生活以及秦、汉典为题材，通过亲身的经历和感受，大胆地揭露了统治集团的腐朽荒淫及其爪牙们的骄奢不法，撕开了他们内部相互倾轧的内幕，仿佛在用一面显微镜，显示了封建社会帝京肌体中的溃疮，富有批判现实主义精神。清代沈德潜《唐诗别裁集》站在封建统治阶级温柔敦厚诗教的立场评道："作《帝京篇》自应冠冕堂皇，敷陈主德。"认为骆宾王此篇以皇城衰飒和自己湮滞不遇作结，"此非诗之正声"。[①] 这正可以从反面说明此篇具有进步的思想内容，是唐太宗等人所作的《帝京篇》所无法比拟的。

比《帝京篇》更为宏伟的歌行巨作是《畴昔篇》，长达1990多字，内容极为丰富、复杂。诗篇首叙诗人前半生的蹭蹬失意：

> 卿相未曾识，王侯宁见拟。
>
> 垂钓甘成白首翁，负薪何处逢知己。
>
> 判将运命赋穷通，从来奇舛任西东。
>
> 不应永弃同刍狗，且复飘飘类转蓬。

---

① 沈德潜：《唐诗别裁集》，上海古籍出版社1979年版，第150页。

虽言一己之不遇，但同时也表现出封建社会人才制度的不合理，贤才不能尽其用。最后，诗篇又从古贤的衔悲抱怨写到自己的遭诬坐狱：

> 冶长非罪曾缧绁，长孺燃灰也经溺。
> 高门有阅不图封，峻笔无闻敛敷妙。
> 适离京兆谤，还从御府弹。
> 炎威资夏景，平曲况秋翰。
> 画地终难入，书空自不安。
> 吹毛未可待，摇尾且求餐。
> 丈夫坎壈多愁疾，契阔迍邅尽今日。
> 慎罚宁凭两造辞，严科直挂三章律。
> 邹衍衔悲系燕狱，李斯抱怨拘秦桎。
> 不应白发顿成丝，直为黄沙暗如漆。
> 紫禁终难叫，朱门不易排。……
> 含冤欲谁道，饮气独居怀。

以酣畅淋漓的诗笔，揭露了封建社会法律制度的黑暗面，反映了牢狱的阴森恐怖，控诉了权势狱吏不问公正、毫无正义以及对正直之士严加迫害的罪行。

骆宾王的诗歌，还对在男尊女卑的封建社会中遭受婚姻爱情不幸的妇女，寄予深深的同情。卢照邻在蜀中为官时曾结识了郭氏女，实际上成为夫妻，但后来卢照邻离蜀北归，音讯断绝，置郭氏相约嫁娶的愿望于不顾。当骆宾王至蜀时，郭氏已生下孩子，生活艰难，孩子夭折，郭氏女仍在悲哀中苦苦地等待。骆宾王了解她的苦衷后，就写下《艳情代郭氏答卢照邻》一诗，抒发了郭氏女的哀怨与思念：

> 当时拟弄掌中珠，岂谓先摧庭际玉。
> 悲鸣五里无人问，肠断三声谁为续。

> 思君欲上望夫台，端居懒听将雏曲。
> 沉沉落日向山低，檐前归燕并头栖。
> 抱膝当窗看夕兔，侧耳空房听晓鸡。
> 舞蝶临阶只自舞，啼鸟逢人亦助啼。
> 独坐伤孤枕，春来悲更甚。……
> 传闻织女对牵牛，相望重河隔浅流。
> 谁分迢迢经两岁，谁能脉脉待三秋。

希望卢照邻能和郭氏女在一起，以免除郭氏女的相思之苦。在这里，也可能如同有的学者所认为的那样，"卢照邻给郭氏的原诗已不存，可能是他患了重病，没有实践临别对郭氏的诺言"（刘开扬《唐诗通论》），情有可谅，不属文人薄幸，骆宾王也可能不了解卢照邻的具体处境。但在封建社会中确有不少品质恶劣的士人歧视、玩弄甚而抛弃女性，喜新厌旧，趋富贵弃贫贱，也确有不少妇女遭受不幸。骆宾王这篇歌行的普遍意义即在于：在同情郭氏本人的艰难和痛苦的同时，批判了封建社会中的丑恶现象，具有进步的社会意义。

骆宾王的朋友李荣道士，曾跟长安女道士王灵妃相恋，但离京至蜀后，却对王灵妃置之不理，一去不返。宾王"天生一副侠骨，专喜欢管闲事，打抱不平"，"帮痴心女子打负心汉，"[1] 写下《代女道士王灵妃赠道士李荣》，其中写到王灵妃对李荣的思念以及盼归之情：

> 此时空床难独守，此日别离那可久。
> 梅花如雪柳如丝，年去年来不自持。
> 初言别在寒偏在，何悟春来春更思。
> 春时物色无端绪，双枕孤眠谁分许。
> 分念娇莺一种啼，生憎燕子千般语。……

---

① 闻一多：《唐诗杂论》，上海古籍出版社1998年版，第14页。

> 龙飙去去无消息，鸾镜朝朝减容色。
> 君心不记下山人，妾欲空期上林翼。
> 上林三月鸿欲稀，华表千年鹤未归。

诗篇虽写封建社会中羽流男女之爱，但爱情婚姻问题也是社会问题。诗人从一个侧面曲折地反映了当时部分妇女在爱情生活上的不幸与悲哀，并寄予真挚的同情，具有普遍的社会意义。这篇七言歌行，情感充沛，激荡回环，抒情婉转哀切，可谓唐诗中优秀的爱情诗作，正如闻一多所说："那一气到底而又缠绵往复的旋律之中，有着欣欣向荣的情绪"，认为其艺术成就"仅次于《长安古意》"。①

骆宾王继承发展了古代诗歌艺术中比兴寄托的手法，其咏物诗创作数量多，成就显著。诗人在长安任侍御史时，因上疏言事直言敢谏，触怒执政者，受到诬陷而下狱。在牢狱里，他闻蝉起兴，借蝉自况，写下《在狱咏蝉》：

> 西陆蝉声唱，南冠客思侵。
> 那堪玄鬓影，来对白头吟。
> 露重飞难进，风多响易沉。
> 无人信高洁，谁为表予心！

那寒蝉所处的严秋苦境，正是诗人所面对的社会恶势力的象征；求援无力的咽露哀蝉，正是诗人蒙受冤屈而无处申雪的象征。诚如明代唐汝询所评："露重风多，喻世道之艰险；难进易沉，慨己冤之不伸。"（《唐诗解》）诗末用蝉之高洁比喻自己的情愫，寓悲愤沉痛于比兴之中，状物与抒怀浑然一体，怊怅切情，风骨凝炼，艺术境界臻于完美，后世广为传诵。

又如《浮查》一诗，以"委根险岸，托质畏途"，"上为激

---

① 闻一多：《唐诗杂论》，上海古籍出版社1998年版，第14页。

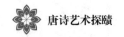

风冲飙所摧残，下为奔浪迅波所激射"的废弃筏木起兴，感叹自己怀才不遇，不为时用：

> 昔负千寻质，高临九仞峰。
> 真心凌晚桂，劲节掩寒松。
> 忽值风飙折，坐为波浪冲。
> 摧残空有恨，拥肿遂无庸。
> 渤海三千里，泥沙几万重。
> 似舟飘不定，如梗泛何从。
> 仙客终难托，良工岂易逢。
> 徒怀万乘器，谁为一先容。

在这"一坠泉谷，万里飘沦；与波沉浮，随时逝止"的废弃筏木的形象中，寄遇了诗人仕途失志的愁苦以及壮志难酬的惆怅。骆宾王又有一首《咏灯杖》小诗，别有理意：

> 禀质非贪热，焦心岂惮熬。
> 终知不自润，何处用脂膏。

《后汉书·孔奋传》载，汉代姑臧是有名的富县，每届新上任的县令不到数月，便财富丰积，而孔奋"在职四年，财产无所增"。但因汉末乱世，世风浇漓，孔奋力行廉洁反而遭到时人讥笑，说他"身处脂膏，不能以自润，徒益苦辛耳"。骆宾王从一小小的挑灯杖，联想起这个典故，塑造并赞美了不贪钱财、不热衷权势、不怕苦辛煎熬、坚持操守和职分的清官形象，可谓一首反贪倡廉的好诗。

后人评论唐代的边塞诗创作，少有提及骆宾王的成就。实际上，骆宾王数次从军边塞，久成边城，行程万里，西至天山，南至巴蜀，北至易水，东至蓬莱，一生跟军戎有不解的缘分，对边地征伐生活有着亲身的体验与感受，创作了很多从军诗、边塞诗，成为他一生诗歌创作中的主要内容之一，体现了他那豪逸遒丽的诗风，成就卓然，其数量之多，感受之真，都是王、杨、卢三人所不及的。如其《从军中行路难》写道：

> 阴山苦雾埋高垒，交河孤月照连营。
> 连营去去无穷极，拥旆遥遥过绝国。
> 陈云朝结晦天山，寒沙夕涨迷疏勒。

又《军中行路难同辛常伯作》中写道：

> 杳杳丘陵出，苍苍林薄远。
> 途危紫盖峰，路涩青泥坂。
> 去去指哀牢，行行入不毛。
> 绝壁千重险，连山四望高。
> 中外分区宇，夷夏殊风土。
> 交趾枕南荒，昆弥临北户。
> 川原饶毒雾，溪谷多淫雨。
> 行潦四时流，崩查千岁古。
> 漂梗飞蓬不自安，扪藤引葛度危峦。

　　王、杨、卢三人从军边塞的经历不多，多用乐府古题，借汉事以写唐时边塞战争及生活，实感时有不足。而骆宾王的这两首诗写自己的亲身经历，描写西北及西南边疆自然环境气候的恶劣，寓有对广大士卒艰苦征戍生活的同情。又《晚度天山有怀京邑》中写道：

> 忽上天上望，依然想物华。
> 云疑上苑叶，雪似御沟花。
> 行叹戎麾远，坐怜衣带赊。
> 交河浮绝塞，弱水浸流沙。
> 旅思徒漂梗，归期未及瓜。
> 宁知心断绝，夜夜泣胡笳。

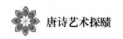

抒写了想念故国家乡的痛苦。此外，面对来犯的外敌，骆宾王也在诗中表现了为国立功的壮烈情怀。如《宿温城望军营》中写道：

> 投笔怀班业，临戎想霍勋。
> 还应雪汉耻，持此报明君。

表达了慷慨激昂的英雄气概。由上可见，骆宾王的边塞诗创作成就很高，并具特色，在整个唐代边塞诗创作中占有重要地位，可以说是盛唐高适、岑参等诸家的先声，应引起唐诗艺术研究者的重视。

（六）"初唐四杰"诗歌创作的艺术成就

从上文所论及的"初唐四杰"的生平经历及诗歌创作情况来看，王、杨、卢、骆的诗歌创作活动时期大致跟唐初的高宗朝相始终。这时期，上层统治集团在政治、经济等各方面，采取了一些缓和阶级矛盾的措施，人民得以在和平、安定的生活中恢复生产、发展经济，经历过太宗时的"贞观之治"，唐朝重新走上向前发展的道路，政治较为开明，国势进一步强大，传统的门阀世族受到冲击，氏族等第发生变化，豪门权贵不再有绝对的世袭地位，庶族力量进一步兴起，科举制度逐渐完善，仕途的大门已向新兴的中下层士人敞开，这些都给早慧而自负的"四杰"一种从政成名的希望。他们没有高贵的出身、富裕的家产，但他们是崭新的一代，是进取的一代，都是幼聪早学，渴望用世，积极热情，追求功名事业，谋取仕进。他们都恃才傲物，杨炯视达官贵人如驴马，卢、骆认为荣华富贵终归消散。当时主持典选的吏部侍郎裴行俭把"四杰"这些特点视为"浮躁浅露"（刘肃《大唐新语·知微》），其实是一种偏见。裴行俭贬低"四杰"，而盛褒苏味道，说他"当掌铨衡之任"，事实证明，苏味道是一个以"模棱两可"闻名的平庸官吏，曾"以文才降节"亲附佞臣张易之兄弟（《旧唐书·崔融传》），诗才也远不及"四杰"，可知裴行俭并不知人，其语不足为信。在他的眼里，才华横溢、蔑视权贵，就是"浮躁浅露"。

就这样，在初唐社会时代的推动下，在积极昂扬气质的支配下，"四杰"要用诗歌来"言志缘情"（骆宾王《和学士闺情诗启》中语）。但他们面临的诗坛情况，又使他们深深不满。虽然历史的车轮已驶过了诸短暂而零碎的朝代，驶过了混乱分裂的局面，进入了强盛而博大的帝国，但政治上朝代的更替，并不足以引起诗风的转变，两者不是成正比的。因为唐初的文物制度多是继承陈、隋而来，唐初的文人也都是由陈、隋入朝的，诗坛上还是一片陈旧，齐、梁以来那种淫靡颓败的诗风还在延续，所增加的"新东西"，只是以大臣上官仪所倡导的"上官体"为代表的宫廷诗歌，竞写"侍宴""颂圣"、宫廷御苑、风花雪月，追求专讲究写作技巧的形式主义浮艳诗风，以"绮错婉媚为本"（《旧唐书·上官仪传》），天下崇尚，风靡朝野，诚如闻一多先生所斥责的那样："萎靡不振。"[①] 而开国时政治上有地位的魏征和诗歌艺术上有成就的王绩，曾创作过内容充实、情调质朴的诗歌，但只是古调独弹，到这时期影响极微。以王勃为代表的"四杰"力求冲破这种宫廷浮艳诗风的藩篱，喊出时代的呼声！杨炯《王子安集序》记载道：高宗龙朔初载（661），诗坛上"争构纤微，竞为雕刻；糅之金玉龙凤，乱之朱紫青黄；影带以徇其功，假对以称其美，骨气都尽，刚健不闻，思革其弊，用光志业"，追求"壮而不虚，刚而能润，雕而不碎，按而弥坚"的格调。

事实正是如此。鲜明的诗歌改革理论主张，端正了"四杰"的创作方向，走上了跟宫廷文艺、"齐梁"诗风不同的道路。而国家的统一辽阔的国土，安定的社会，也使他们得以求名京师，

---

① 闻一多：《唐诗杂论》，上海古籍出版社1998年版，第12页。

宦游王府，从戎远邑，为官巴蜀，漫游黄河上下、大江南北，具有丰富的生活经历和创作素材，他们创作了许多慷慨悲壮的边塞诗、深情豪旷的送别诗，诗歌创作的主题深刻了，题材扩大了，内容丰富了，"由宫庭走到市井"，"从台阁移至江山与寒漠"①，用刚健清新的笔调，反映了高宗与武氏政权交替时期的社会现实，抒写了个人的身世遭遇与真情实感，描绘了祖国的大好山河，把初唐诗歌从"龙朔诗风"的狭小圈子中解放出来，走上了一条面向现实社会、面向复杂人生、面向广阔江山的康庄大道，闪耀着现实主义的光辉。

但光明中有黑暗，封建社会制度在自身的发展当中就孕育着矛盾及弊病。"四杰"的人生道路也决非一路潇洒、一帆风顺。一方面，皇室诸王为了维护统治、壮大力量而竞相征召人才入府，"四杰"在年轻时即身任王府侍属，王、杨、卢、骆分属沛王、太子、邓王和道王的府属。另一方面，"四杰"所置身的高宗时代，是唐朝历史上一个特殊的政变时代，上层统治者的宫廷斗争异常激烈，争权夺利在朝廷中的夫妇、母子、皇后、大臣之间无情地进行着，矛盾在加剧、尖锐、公开。"四杰"一心要施展才华，建功立业，却都或早或晚地成为上层统治阶级相互斗争的牺牲品，成为排斥、打击的对象，才高受嫉，位卑多谤，不能致上位。王、杨、骆被赶出王府，卢在邓王死后便失去了前程，杨因反武斗争而受到牵连，骆遭谗下狱，最后参加激烈的军事斗争，下落不明。再加上他们性格上的耿介，直言敢谏，致使"徒志远而心屈，才高而位下"（王勃《涧底寒松赋序》），西晋时期左思"郁郁涧底松"（《咏史》）的愤慨在新的时代里又重新唤起，感叹生在盛世明时，反而还是困厄不达。

在这种"位处立功之际而不得展其志略"（魏元忠《上高宗

---

① 闻一多：《唐诗杂论》，上海古籍出版社1998年版，第25页。

封事》）的社会中，卢照邻悲愤地自嘲道："大唐之有天下也，出入三代，五十余载……华旌已偃，羽檄已平。虽有廉、白之将，孙、吴之兵，百胜无遗策，千里不留行，无所用也。"（《对蜀父老问》）"天子何时问？公卿本不怜"（《于时春也慨然有江湖之思寄赠柳九陇》）。骆宾王感叹道："时命欲何言？抚膺长叹息"（《夏日游德州赠高四》）。不仅卢照邻自号"幽忧子"，王勃也感慨"天地不仁，造化无力，援仆以幽忧孤愤之性，禀仆以耿介不平之气。顿忘山岳，坎坷于唐尧之朝，傲想烟霞，憔悴于圣明之代"（《夏日诸公见寻访诗序》）。

在理想与现实、黑暗与光明的冲突当中，"四杰"命运多蹇，或溺死海中，早慧夭折；或不堪绝患，英年早逝；或慷慨起义，兵败身去。这样的身世，使他们对现实社会生活有着真切而全方位的感受，绝不同于宫廷贵族诗人，也不同于飞黄腾达的朝臣诗人。"四杰"把自己的痛苦、愤慨、失望及悲哀一并倾泻在诗作之中，或干时言志，或怀古感今，或抚时伤己，或羁旅抒怀，或边塞吟唱，皆"有低徊与怅惘，严肃与激昂"，① 感情充沛而真挚，充满了慷慨不平与凄惋悲苦之情，把中国诗歌发展中的咏物诗、风景诗、咏史诗、送别诗及边塞诗，都提高到一个新的高度，使人耳目为之一新，"龙朔初载"以来的形式主义诗风黯然失色，可以说，是时代造就了"四杰"，是困厄铸成了"四杰"的诗作，他们的诗歌是现实的显现，是时代精神的呼声。

"四杰"深知"言而无文，行之不远"（王勃《平台秘略论·艺文》）的艺术创作规律，熟识中国诗歌艺术的优秀传统，向往"风标自落落，文质且彬彬"（杨炯《和刘长史答十九兄》）的诗风，他们对诗歌艺术的不懈追求，更使他们的诗歌大放异彩，为盛唐之音开辟了先河。

---

① 闻一多：《唐诗杂论》，上海古籍出版社 1998 年版，第 25 页。

首先，在对乐府古诗艺术的继承和发展上，"四杰"取得了很大的成就，他们常运用乐府旧题，而融入具有时代特色的新内容、新题材。卢照邻在《乐府杂诗序》中反对泥古不化。不满长期以来诗坛上"《落梅》《芳树》，共体千篇；《陇水》《巫山》，殊名一意"。认为"里颂途歌，随质文而沿革"，诗歌应随着时代的发展变迁而发展提高。他还主张"发挥新题（一作'体'），孤飞百代之前；开凿古人，独步九流之上。自我作古"。这可以说是盛唐李白以乐府旧题写时事，杜甫即事名篇、不复倚傍写新题乐府的先声。王勃的《临高台》《秋夜长》《采莲曲》都在传统的体制之中，注入新的时代内容。明代王世贞《艺苑卮言》中说："子安，稍近乐府。"张逊业《校正王勃集序》赞扬王勃的七古"可谓独步"。

七言歌行的渊源是古乐府歌行，卢照邻、骆宾王在这方面的辉煌成就，历来为人们所称道，闻一多曾评道："卢、骆擅长七言歌行。"① 他们汲取六朝乐府诗歌的多方面营养，并借鉴前代抒情小赋的艺术特点，把七言歌行的艺术境界发挥到了一个新的高度。卢照邻的《长安古意》《行路难》，骆宾王的《帝京篇》《畴昔篇》《艳情代郭氏答卢照邻》《代女道士王灵妃赠道士李荣》，都是具有时代代表意义的名篇，或抒情或写景，或咏史或写实，皆流利奔放，挥洒自如，辞采鲜丽，感染力强，形成一种鲜丽清新、磊落崎而又疏畅飞动的独特风调，正如明代胡震亨《唐音癸鉴》中所评说的"领韵疏拔"，"一往任笔"。骆宾王在《和道士闺情诗启》中根据"言志缘情"的诗歌创作标准，推崇"缠绵巧妙""发越清迥""理在文外""意尽行间"的诗歌艺术，这些七言歌行名篇正做到了这一点。

卢、骆的七言歌行还参用赋法，以赋入诗，铺张扬厉，篇幅

---

① 闻一多：《唐诗杂论》，上海古籍出版社 1998 年版，第 24 页。

恢宏。以他们所采用的乐府旧题《行路难》为例，齐、梁诗人多写10句左右，而卢照邻则拓为40句，骆宾王拓为69句。卢照邻的《长安古意》可谓宏篇，达68句，而骆宾王的《畴昔篇》竟长达200多句，以致明人胡应麟在《诗薮·内篇》叹道："长歌骆宾王为冠。"王世贞《艺苑卮言》评骆宾王的七言歌行"缀锦贯珠，滔滔洪远，故是千秋绝气。"闻一多在《宫体诗的自赎》中评价道："仅仅篇幅大，没有什么，要紧的是背面有厚积的力量撑持着。这力量，前人谓之'气势'，其实就是感情。有真实感情，所以卢、骆的来到，能使人们麻痹了百余年的心灵复活。有感情，所以卢、骆的作品，正如杜甫所预言的，'不废江河万古流'。"① 闻一多又在《四杰》中评道：卢、骆"一举摧毁了旧式的'江左余风'的宫体诗，因而给歌行芟除了芜秽，开出一条坦途来。若没有卢、骆，那会有刘（希夷）、张（若虚），那会有《长恨歌》《琵琶行》《连昌宫词》和《秦妇吟》，甚至于李、杜、高、岑呢？"② 马茂元又进一步指出，盛唐李白的《猛虎行》、杜甫的《洗兵马》，中唐元、白的"千字律诗"，晚唐郑嵎的《津阳门诗》、韦庄的《秦妇吟》，都是沿着卢、骆的艺术道路发展下来的（见其《论骆宾王及其在"四杰"中的地位》）。以上论述皆指出了卢、骆的诗歌艺术成就在唐诗发展中的重要地位。宇文所安也指出，他们的七言歌行"形成独具特色的主题、词汇和句法惯例，这一切都留给8世纪的诗人"。③

其次，在诗歌声律方面，"四杰"也取得很高的成就。王勃与杨炯"专攻五律"，④ 他们所反对的，是龙朔以来"骨气都尽，刚健不闻"（杨炯《王子安集序》）的香软浮艳诗风，而不是前

---

① 闻一多：《唐诗杂论》，上海古籍出版社1998年版，第15页。
② 同上书，第26页。
③ ［美］宇文所安：《初唐诗》，贾晋华译，生活·读书·新知三联书店，第98页。
④ 闻一多：《唐诗杂论》，上海古籍出版社1998年版，第24页。

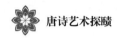

人在诗歌艺术实践中探索出来的声律艺术。宋代刘克庄在他的《诗话后集》中说"四杰""不脱齐、梁之体",我们应该理解成他们有意识地继承并发展齐、梁以来的诗歌艺术成就,学习自沈约、谢朓,到何逊、阴铿、庾信和徐陵等人的声律艺术。

王、杨在五律创作上下大气力,在现存诗作中,王勃的五律占自己全部诗作的三分之一,杨炯的五律占自己全部诗作的一半。具体有所不同的是,王勃的五律多自制新题,如《送杜少府之任蜀州》,杨炯的五律则多沿用乐府古题,如《从军行》《塞下曲》,但他们的五律皆约句准篇,音韵和谐,声律精工,对仗稳整,初步完成了五律的形式,奠定了唐诗五律的格调。明代胡应麟说:"盈川近体,虽神俊输王,而整肃雄浑。究其体裁,实为正始。"(《诗薮·内编》)张逊业说杨炯的五言律诗"工致而得明澹之旨,沈、宋肩偕,开元诸人,去其纤丽,盖启之也"(《杨炯集序》)。王世贞评"四杰"道:"遣词华靡,固沿陈、隋之遗。骨气翩翩,意象老境,故超然胜之。五言遂为律家正始。"(《艺苑卮言》)皆道出王、杨在唐代五律发展中的重要地位。闻一多进一步指出:五律"到王、杨才正式定型,同时完整的真正唐音的抒情诗也是这时才出现的"。① 王勃还多写律化的五言、七言绝句,在其诗歌总量中占极大比例,对唐代古诗的律化也起到了一定的推动作用,正如胡应麟在《诗薮·内篇》中所言:"舒写悲凉,洗削流调,究其才力,自是唐人开山祖。"

卢、骆对声律艺术也很重视。卢照邻对齐、梁诗歌艺术成就并没有一概排斥和否定,他在《南阳公集序》中批评一概否定声律的人时说:"后生莫晓,更恨文律烦苛;知音者稀,常恐词林交丧。"主张诗歌应"含今古之制,扣宫徵之声。"卢、骆的七言歌行都注意吸收今体格律中的艺术因素,用字平仄交错,韵

---

① 闻一多:《唐诗杂论》,上海古籍出版社 1998 年版,第 25 页。

脚平仄转换，抑扬顿挫，音律流转，艺术成就很高。骆宾王还是唐代最早创作排律的诗人之一，并且佳篇颇多，胡应麟《诗薮·内编》指出："沈、宋前，排律盖寡，唯骆宾王篇什独盛"，"流丽雄浑，独步一时。""精工俪密，极用事之妙，老杜多出此。"认为对杜甫的创作都有影响。

最后，在诗歌语言风格方面，"四杰"虽各有千秋，正如明代陆时雍《诗镜总论》中所说："王勃高华，杨炯雄厚，照邻清藻，宾王坦易。"但他们皆追求一种清雅明丽的风格，以及婉转铿锵的节奏。陆时雍说他们"时带六朝锦色"，这不应理解成贬辞，而应理解为他们继承学习了前代诗歌语言艺术的成就。王勃主要继承了南朝乐府诗歌的语言成就，呈现出一种秾丽清秀的风格，"不废藻饰，如璞含珠媚，自然发其彩光"（胡震亨《唐音癸鉴》）。杨炯诗歌"清骨明姿，居然大雅"（同上），语言朗健精警，颇具特色，但有时堆砌典故，语言拙滞，如"二月河魁将，三千太乙军"（《出塞》）。"亭逢李广骑，门接邵平瓜"（《送李庶子到仕还洛》），以致受到"点鬼簿"的讥讽（见唐张鷟《朝野佥载》）。卢照邻的七言歌行努力向乐府民歌学习，创造出一种清辞丽句、通俗畅达的语言风格，颇具民歌特色，一些名句如"得成比目何辞死，愿作鸳鸯不羡仙"（《长安古意》），"谁家能驻西山日，谁家能堰东流水"（《行路难》），均为世人所传诵。

另外，卢照邻还较多运用六朝乐府民歌的顶真、连环等修辞手法，使诗作有一种回环复沓、自然流转的韵味。其诗还大量运用双声、叠韵字和叠字，增加了诗歌的节奏感。骆宾王肯定"缠绵巧妙"（《和道士闺情诗启》）的艺术手法，诗篇的语言酣畅而整齐，但有些诗过于追求对仗工稳，如"秦地重关一百二，汉家离宫三十六"（《帝京篇》），被时人讥为"算博士"（张鷟《朝野佥载》），这不能不说是他的缺陷。

　　总之，"四杰"是唐诗开创期中负起了时代使命的四位作家，他们都年少而才高，官小而名大，行为都相当浪漫，遭遇尤其悲惨，"四人中三人死于非命"。[①] 他们是生活在高宗到武后时期的一组诗人，经历、气质都相仿，早慧、早达，而又早穷、早逝，在诗歌艺术理论主张以及创作情趣上都相近，在当时诗坛上遥相呼应，亦时有交往和酬唱，王勃对杨炯，有《秋月饯别序》；对卢照邻，有《蜀中九日登玄武山旅眺》诗题的唱和，杨炯对王勃，则有著名的《王子安集序》；骆宾王对卢照邻，则有《艳情代郭氏答卢照邻》。他们在反对"龙朔诗风"、开拓新的唐诗境界上走到一起，正如杨炯《王子安集序》中所说："薛令公（指著名文人薛元超）朝右文宗，托末契而推一变；卢照邻人间才杰，览青规而辍九攻。知音与之矣，知己从之矣。于是鼓舞其心，发泄其用……长风一振，众萌自偃。遂使繁综浅术，无藩篱之固；纷纭小才，失金汤之险。积年绮碎，一朝清廓；翰苑豁如，词林增峻。……后进之士，翕然景慕；久倦樊笼，咸思自择，近则面受而心服，远则言发而响应。教之者逾于激电，传之者速于置邮。"

　　杨炯的记载，使用骈文俪句，不免夸大其辞，不完全符合初唐诗坛的实际情况，但"四杰"以扎实的诗歌创作实绩，造成了一种声势，形成了一个流派，在当时的诗坛上领导了新潮流，尽管其诗歌创作思想还不够深厚，意境还不够博大，艺术上可能犹带"六朝锦色"，有这样或那样的缺陷，但他们初步端正了唐代诗风，使唐诗的发展走上康庄大道，在诗歌理论主张、艺术体制以及诗歌改革的勇气精神上，都直接开启了稍后武周时代陈子昂的诗歌创作道路，为盛唐之音打下了基础，起到重要的积极作用。伟大诗人杜甫在《戏为六绝句》中的诗句，是对"四杰"

---

　　① 闻一多：《唐诗杂论》，上海古籍出版社 1998 年版，第 20 页。

最早的诗歌评论，也是最终的评价："王杨卢骆当时体，轻薄为文哂未休。尔曹身与名俱灭，不废江河万古流！"

二、陈子昂的诗歌艺术成就

（一）陈子昂的生平事迹

在王勃和杨炯出生后的第 11 年，初唐又一位著名诗人陈子昂出生了。① 这年是唐高宗龙朔元年（661），恰好也是"四杰"所开始反对形式主义诗风的"龙朔初载"。当然，孩提时的陈子昂是不可能同"四杰"并肩唱和的，但"龙朔"这个年号在他日后的文学生涯中，应是不会忘记的，他所肩负的诗歌历史使命也正是继续"四杰"所开创的事业，彻底扫尽"龙朔诗风"的余绪，向盛唐诗歌的大门迈进。陈子昂那"前不见古人，后不见来者"（《登幽州台歌》）的深沉叹息，也使古往今来无数仁人志士的心弦为之共鸣。陈子昂所创作的传诵至今的诗歌，是唐音洪响中一串高亢而嘹亮的音符，值得我们今天用心地去聆听。

陈子昂，字伯玉，梓州射洪（今属四川省）人，出身于家境富裕的庶族地主家庭。祖父陈辩，"少习儒学，然以豪英刚烈著闻，是以名节为州国所服"（陈子昂《堂弟孜墓志铭》）。父亲陈元敬，通晓群书，及第后却辞官隐居家园，修仙学道，为人也是旷达重义，"年二十，以豪侠闻，属乡人阻饥，一朝散万钟之

---

① 本节主要参考文献：

刘昫等撰：《旧唐书》，中华书局 1975 年版。

欧阳修、宋祁等撰：《新唐书》，中华书局 1975 年版。

傅璇琮：《唐才子传校笺》，中华书局 1987 年版。

彭庆生：《陈子昂诗注》，四川人民出版社 1979 年版。

刘开扬：《唐诗通论》，四川人民出版社 1981 年版。

张步云：《唐代诗歌》，安徽教育出版社 1988 年版。

粟而不求报"（卢藏用《陈氏别传》）。在如此家风的熏陶下，陈子昂少年时，便"以豪家子，驰侠使气"（同上），与乡间博徒交游来往，到18岁时还不知读书。后来慨然立志，折节读书，数年之间，纵览经史百家，精于文章，才名远扬。受儒家思想的影响，他并不满足于赋诗作文，而是用心于"王霸大略，君臣之际"（同上），立志在政治上建功立业。

开耀元年（681），陈子昂出蜀至长安入太学，次年到洛阳赶考，但落第而归。文明元年（684），24岁的陈子昂再次离乡至洛阳，应试及第，步入仕途，并得到武则天的赏识，在金华殿得到召见。26岁时，拜为麟台正学，在秘书省掌管校典图籍。28岁时，随左补阙乔知之从军北征，到过居延海、张掖河，使他深入了解西北边地的政治、经济和军事情况，亲身体验了边区人民的痛苦生活和战士的思想感情，写下了不少富有政治远见的奏论，其《感遇·苍苍丁零塞》等诗也是作于此时，同情人民的疾苦。可惜的是，他壮志未酬，功名不成，"纵横未得意"，"负剑空叹息"（《还至张掖古城闻东军告捷赠韦五虚己》）。31岁时，又补为右卫胄曹参军。33岁时，因继母去世，解官返乡守制，两年后，又擢为右拾遗。

陈子昂的政治生涯，恰好跟武后执政及称帝的时代相始终。武则天政权为了维护自身的政治，在开始时，打击门阀世族和李室功臣勋戚，广开仕路，提拔庶族才士跻身政治，实行一些政治改革，从客观上讲，符合社会历史发展趋势，符合人民的利益。因而陈子昂以积极的政治热情，屡次上书，支持武后的政治改革，甚至后来还写作《上大周受命颂》及《表》，以诗文表达自己"亲逢圣人，又睹昌运"的兴奋，以及对武氏新政的拥护，称"顺乎天而应乎人"，"舜禹之政"。他的这些言论，其中含有对大唐的希望和对政治改革的赞美，我们不能用所谓闰位、僭窃、篡逆等封建社会的正统思想观念去看待陈子昂的言论，也不能全然理解为对武则天一人的知遇之情、阿谀颂德。

但是，武则天毕竟是封建统治阶级的代表，其政治的根本目的是维护、巩固自身的封建专制政权，因此在一开始便隐含有黑暗和残酷的一面。她残酷地镇压一切反对她的集团和个人，信用周兴、来俊臣等酷吏，放任告密罗织，制造冤狱，滥杀无辜，草菅人命，实行高压政治。正如陈子昂《谏用刑书》中所说，"一人被讼，百人满狱，使者推捕，冠盖如云"，"及其穷究，百无一实"，致使"天下喁喁，莫知宁所"。陈子昂表示强烈的不满和愤怒，指出酷吏们滥用威刑，是"上希人主之旨，下以图荣身之利。徇利既多，则不能无滥，滥及良善，则淫刑逞矣"。一针见血地揭露了他们的丑恶动机。陈子昂还大胆地警告武氏政权可能重蹈历史上"以毒刑而致败坏"的车辙，抨击恐怖政治对治理理国的严重危害。此外，陈子昂还抨击了武周大造佛寺明堂、劳民伤财等各种政治弊端。

可见，陈子昂并非苟合求荣的投机政客，并不是忠于武氏一家一姓，而是以国计民生为重的杰出政治家，与阿谀奉承的小人更有根本的区别，后代有的人骂他"名教罪人""不知世有节义廉耻""无忌惮之小人"（王士禛《香祖笔记》），进而判他的人格"死刑"，那是固守封建正统思想之人的偏见，与事实不符。后来陈子昂并没有得到武周的重用，长期沉居下僚，以致遭到排斥、打击，两次入狱，以致冤死，证明他并没有成为武周集团的同路人，恰恰相反，他是一位具有远见卓识的正直政治家。

在右拾遗任上，陈子昂郁郁失志。36 岁时，惨陷冤狱，据说是"误识凶人，坐缘逆党"（陈子昂《谢免罪表》），实际上只是因为他与受到武氏集团打击排挤的乔知之是朋友。陈子昂在政治上遭到了严重打击。38 岁时，以参谋帷幕的身份随武则天堂侄建安王武攸宜北伐契丹，又受到排挤，降职为军曹，使他对武氏集团的弊政以及自己的政治前途彻底失望，班师后的第二年，

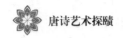

他就以守父丧为理由，辞官归乡。

回乡后，陈子昂潜心撰述，"尝恨国史芜杂，乃自汉孝武之后，以迄于唐，为《后史记》"（卢藏用《陈氏别传》），欲踵武司马迁，总结历史兴亡的经验教训，来弥补其政治上的未竟之志。县令段简，闻陈子昂家财产丰饶，就罗织罪名，把他打入牢狱，陈子昂纳钱数十万，最后还是被贪暴残忍的段简杖打致死，年仅 42 岁。这只是陈子昂同时代人卢藏用《陈氏别传》的记载。而中唐时沈亚之《上郑使君书》则认为是武氏政权中的重要人物武三思假手县令段简之手害死陈子昂，"皆由武三思嫉怒，于一时之愤，致力剿害……阴令桑梓之宰拉辱之，皆死于非命"。虽语焉未详，却颇合当时时政情理。因而后世学者多持此说，认为卢藏用虽为陈子昂友人，但身当武周朝，不敢直斥武氏，只能全部归咎于段简。还有的研究者认为县令所抓到的把柄，可能是陈子昂撰《后史记》纪纲粗立中有对武周朝的非议，从而罗织可怕的罪名，置陈子昂以死地。① 不管怎样，可以说陈子昂是死于武周朝的酷吏政治之手，死于那个不合理的封建社会制度之手，结局悲惨，与"四杰"一样，英年早逝，令人扼腕悲叹。

（二）陈子昂诗歌的思想内容

陈子昂的诗歌现存 127 首，代表作是《感遇》组诗、《蓟丘览古》组诗以及《登幽州台歌》。《感遇》组诗共 38 首，非一时一地之作，而是诗人一生五言古诗创作的汇集，其排列次序比较杂乱，可能是陈子昂死后由友人卢藏用编次的。"感遇"一题，清人沈德潜认为即"感于心、因于遇，"② 思想内容丰富复杂，大概可分为两类，一类政治诗色彩比较浓；另一类抒情诗色彩比较浓。

---

① 李从军：《唐代文学演变史》，人民文学出版社 1993 年版，第 112 页。

② 沈德潜：《唐诗别裁集》，上海古籍出版社 1979 年版，第 3 页。

陈子昂身处武后政治改革时期，唐朝的国势在进一步强盛，陈子昂好语王霸大略、君臣之际，研究古今兴亡之理，熟知现实时政，向往"国富民安"的太平社会，关心民众疾苦。有进步的政治见解和抱负，一开始便受到武则天的赏识，更鼓舞起他的政治热情。他屡上书奏，亢言政治，阐明政见，批评武氏政权官滥刑酷、黩武扩边、废学佞佛诸弊政。落第、冤狱、降职、仕途长期未达，都没有消减他那奋身政治的壮志。他首先是位政治家。《新唐书》把他列在《文苑传》之外，没有把他看成一般的文人，可谓确具慧眼。王夫之《读通鉴论》也认为他"非但文士之选也，使得明君以尽其才，驾马周而颉颃姚崇，以为大臣可矣"。

在这一点上，他跟"四杰"有明显不同，他对社会历史政治有深刻的了解，又身为朝臣谏官，直接接触最高执政者以及国家政治，不像"四杰"那样多在外地王府或县邑任职，可以说，"四杰"是从个人际遇上感受帝国政治的虚伪和不合理，而陈子昂则是从理性和国策的层面上认识到唐王朝的弊政与危机，因而陈子昂的政治诗与其谏奏一样，慷慨陈词，无情地揭发武周政治弊病，颇具政论锋芒，可视为其政论书奏的附篇，同"四杰"相比，政治性更强，反映的社会面更为广阔。应该讲，一位热情而有见识的政治家造就了一位思想深刻的诗人，政治上的陈子昂成就了文学上的巨匠。

垂拱三年（687），武后为了维护封建统治，好大喜功，在边地发动不正义战争，准备开凿蜀山道路，由雅州进攻生羌，再出击吐蕃。陈子昂上《谏讨雅州生羌书》，指出这是祸国殃民之举，不仅徒然结怨雅州生羌，还反倒给吐蕃军队入攻内地开辟了道路。其《感遇》诗第29首写道：

> 丁亥岁云暮，西山事甲兵。
> 赢粮匝邛道，荷戟争羌城。
> 严冬朔风劲，穷岫泄云生。

> 昏曀无昼夜，羽檄复相惊。
> 拳跼竞万仞，崩危走九冥。
> 籍籍峰壑里，哀哀冰雪行。
> 圣人御宇宙，闻道泰阶平。
> 肉食谋何失，藜藿缅纵横。

诗人同情士卒的痛苦，指责执政者的这种军事行动劳民伤财，矛头直指上层统治者。武则天为了在思想意识上巩固封建政权，崇尚佛教，兴造佛寺，浪费国力，也使那些不法官吏僧徒趁机搜刮民脂民膏。陈子昂《感遇》第 19 首批判道：

> 圣人不利己，忧济在元元。
> 黄屋非尧意，瑶台安可论？
> 吾闻西方化，清净道弥敦。
> 奈何穷金玉，雕刻以为尊？
> 云构山林尽，瑶图珠翠烦。
> 鬼功尚未可，人力安能存？
> 夸愚适增累，矜智道逾昏。

抨击上层统治者竭财奉佛，贻误国计民生。

《感遇》第 15 首"贵人难得意"，不满朝廷滥杀大臣、赏罚无常。第 21 首"蜻蛉游天地"，抨击酷吏政治。第 26 首"荒哉穆天子"，讥刺统治阶级纵情享乐。第 28 首"昔日章华宴"，讽刺历代君主荒淫误国。第 34 首表达对边地国策的忧虑：

> 朔风吹海树，萧条边已秋。
> 亭上谁家子？哀哀明月楼。
> 自言幽燕客，结发事远游。
> 赤丸杀公吏，白刃报私仇。
> 避仇至海上，被役此边州。
> 故乡三千里，辽水复悠悠。

> 每愤胡兵入，常为汉国羞。
> 何知七十战，白首未封侯。

又有《感遇》第37首：

> 朝入云中郡，北望单于台。
> 胡秦何密迩，沙朔气雄哉。
> 籍籍天骄子，猖狂已复来。
> 塞垣无名将，亭堠空崔嵬。
> 咄嗟吾何叹，边人涂草莱。

批评朝廷边防失策，边将无能，致使边民饱受外敌侵略欺凌，惨遭杀害；同时深深同情爱国将士报国无门，热情受抑，不得封赏。陈子昂的这类边塞诗作把批判统治者的昏庸无能和同情民众及将士的苦难直接结合起来，具有崭新的时代精神和深刻的社会内容，开始突破了历来拟乐府古题泛咏边塞的传统体例，对盛唐时代李、杜、高、岑的优秀边塞诗有直接的开启意义。宋代戴复古《论诗十绝》说"飘零忧国杜陵老，感寓伤时陈子昂"，就看到了这种联系。

《感遇》组诗中的第二大类诗作，是那些集中抒写身世之感、不平之情的抒情诗。跟"四杰"一样，陈子昂开始从政的道路是比较成功的，他凭着个人的才华与经济实力打开了政治大门。但武则天赏识的只是他的文才，对其政治抱负和经世之略并不理解，更不用说支持。"上状其言而未深知也"（卢藏用《陈氏别传》），陈子昂所崇尚的政治同武周政权推行的腐败政治并不在同一轨道上，他那崇高的政治主张和理想与封建专制政权之间，有着不可调和的尖锐矛盾，理想与现实产生了碰撞。再加上他"言多切直"（同上），他的建议不但没有受到采纳，反而遭到谗毁、诬陷以致下狱问罪。他两次从军，无功而还，反而受到贬职，沉居下列，最终惨死在家乡狱中。唐代诗人为之深深叹息，杜甫说："遇害陈公殒，于今蜀道怜。君到射洪县，为我一潸然。"
(《送梓州李使君之任》) 白居易说："不得当时遇，空令后代怜"
(《江楼夜吟元九律诗成三十韵》)。皮日休说陈子昂"惜哉不得
时，将奋犹拘挛"(《陆鲁望昨以五百言见贻》)。皎然《诗式》
认为陈子昂《感遇》诗源于阮籍《咏怀》，可能就是因为从陈子
昂所面临的高压政治联想到相仿的魏末司马氏集团的高压政治。

可以想见，陈子昂一生的苦闷与悲愤之深广，其《感遇》
诗就是其深远悲苦的载体。韩愈《送孟东野序》列陈子昂为
"物不得其平则鸣"的诗人之列，"有不得已而后言，其歌也有
思，其哭也有怀"。陈子昂在政治生涯上可以说最终是个失败者，
"湮厄当世，道不偶时；委骨巴人，年志俱夭"(卢藏用《右拾
遗陈子昂集序》)，但失败的政治家造就了一位成功的诗人。与
"四杰"相比，陈子昂身居朝中，处于政治漩涡，结局更为悲
惨，其感怀身世的诗作也更具感染力和震撼力。朱熹曾说自己欲
效仿陈子昂《感遇》作诗，但又自知"思致平凡，笔力萎弱，
竟不能就"(《斋居感兴二十首·序》)，其实并不是"思致"和
"笔力"的问题，而是缺乏陈子昂那样的身世际遇以及悲愤深广
的情感。

《感遇》第 2 首就是一首优秀的比兴寄托之作：

> 兰若生春夏，芊蔚何青青。
> 幽独空林色，朱蕤冒紫茎。
> 迟迟白日晚，袅袅秋风生。
> 岁华尽摇落，芳草竟何成！

抒发了在武周时代弊政下的苦闷与孤愤，那岁暮凋零的芳草不就
是理想成空、英雄失志的象征吗？《感遇》第 35 首写道：

> 本为贵公子，平生实爱才。
> 感时思报国，拔剑起蒿莱。

> 西驰丁零塞，北上单于台。
>
> 登山见千里，怀古心悠哉。
>
> 谁言未忌祸？磨灭成尘埃。

激愤慷慨之气溢于言表。此外，第5首"市人矜巧智"、第20首"玄天幽且默"，在吟咏羡求仙道、感慨祸福无常的同时，也流露了政治失意后的郁闷和忧愤。

陈子昂的《蓟丘览古七首》和《登幽州台歌》，皆为随武攸宜出征契丹时在失意中所作。陈子昂任军中参谋，本期奋身报国，边疆立功，数次献策，愿为前驱，但昏庸而刚愎的武攸宜不但不采纳他的建议，反而降他为掌书记。诗人在苍茫的幽燕大地，凭吊古迹，缅怀前贤。其《燕昭王》写道：

> 南登碣石馆，遥望黄金台。
>
> 丘陵尽乔木，昭王安在哉？
>
> 霸图怅已矣，驱马复归来。

远慕战国时燕昭王礼贤下士，反衬自己生不逢时，报国无门。其《乐生》写道：

> 王道已沦昧，战国竞贪兵。
>
> 乐生何感激，仗义下齐城。
>
> 雄图竟中夭，遗叹寄阿衡。

思古抚今，自己志业未成的悲痛，在战国时名将乐毅那里找到了共鸣。其《登幽州台歌》更是千古绝唱：

> 前不见古人，后不见来者；
>
> 念天地之悠悠，独怆然而涕下！

诗人登临古台，站在天地之间，处于时空的坐标点上，思绪万端，感怀悠远，充分展示了一位政治家和思想家的宽广胸怀，抒发了人生短暂而悲哀的伤感，体现了古往今来志士英才的共同悲

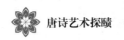

剧。诗篇催人泪下，当时流传开来，"时人莫不知也"（卢藏用《陈氏别传》）。清代黄周星《唐诗快》评道："胸中自有万古，眼底更无一人。古今诗人多矣，从未有道及此者。此二十二字，真可以泣鬼！"可谓至评。

陈子昂的这类怀古诗，现实性强，具有时代精神，情感饱满，缘事而发，格调雄浑，并且带有强烈的个性色彩，艺术感染力极强，对唐代怀古诗发展影响很大。另外，在送别诗、写景诗及行旅诗方面，陈子昂均有佳篇，赢得世人的赞誉。

（三）陈子昂诗歌的艺术成就

在诗歌艺术方面，陈子昂也有卓越的成就。在武周时期，"龙朔诗风"的余绪还在延续，"四杰"并没有大功告成。当时名扬一时的"四友"李峤、苏味道、崔融和杜审言，以及"沈、宋"（沈佺期、宋之问）等宫廷诗人，还在奉和、侍宴、咏殿苑景物上下功夫，如李峤的咏物诗就从日月星辰写到笔墨纸砚，写到牛马兔羊，诗风浮靡。陈子昂继续"四杰"的事业，以鲜明的文学主张和扎实的创作实绩，彻底扫尽了自陈、隋以来的"齐梁诗风"。与"四杰"不同，子昂打起复古的旗号，提出了鲜明而有系统的诗歌理论主张，这集中体现在他那篇著名的《修竹篇·序》：

> 文章道弊，五百年矣。汉、魏风骨，晋、宋莫传，然有文献有可征者。仆尝暇时观齐、梁间诗，彩丽竞繁，而兴寄都绝，每以永叹，思古人，常恐逶迤颓靡，风、雅不作，以耿耿也，一昨于解三处见明公《咏孤桐篇》，骨气端翔，音情顿挫，光英朗练，有金石声。遂用洗心饰视，发挥幽郁。不图正始之音，复睹于兹；可使建安作者，相视而笑。

陈子昂的诗文曾受到中书令薛元超的激赏（见陈子昂《上薛令文章启》），而薛元超正是杨炯《王子安集序》中所说的呼应王

勃倡导改革"龙朔诗风"的"薛令公朝右文宗"。可知陈子昂是
"四杰"的同路人和继承者。卢照邻《南阳公集序》标榜"风
骨","争构纤微，竞为雕刻"，"骨气都尽，刚健不闻；思革其
弊，用光志业"。陈子昂的主张及观念都是"四杰"主张的进一
步展开，甚而表述都非常相近。所不同的是，陈子昂提出了一个
文学创作的榜样："汉、魏风骨""建安作者"及"正始之音"，
标榜"兴寄"。抓住关键问题，态度更加鲜明地指出：诗歌创作
要反映广阔的社会内容，关心现实政治，有饱满真挚的思想感
情，诗风要质朴而刚健。陈子昂自身的诗歌艺术正是做到了这
些，前文已有论述。

　　在具体的诗歌艺术形式体制方面，陈子昂的创作还有不少特
色。陈子昂的诗歌创作非常重视继承《诗经》和《楚辞》以来
的优秀艺术传统，学习"风、雅"的比兴艺术、屈辞的浪漫主
义风格。他那传布人口的《登幽州台歌》：

> 前不见古人，后不见来者；
> 念天地之悠悠，独怆然而涕下！

就是主要基于屈原《远游》中的一段：

> 惟天地之无穷兮，哀人生之长勤。
> 往者余弗及兮，来者吾不闻。

陈子昂此诗正如宇文所安认为："通过遨游太空，达到超然物外
的境界，解决了人生短暂的悲哀。陈子昂将自己安排在孤独而慷
慨下涕的境界，这一境界由于《远游》的背景而增加了感伤的
分量。"[1]

　　陈子昂还承接汉末古朴有力的诗风，学习"三曹七子"的
"梗概而多气"，继承阮籍、左思等优秀诗人的艺术成就，正如

---

[1] ［美］宇文所安：《初唐诗》，贾晋华译，生活·读书·新知三联书店 2004
年版，第 136 页。

后人所指出，子昂"祖从十九首、郭景纯、陶渊明，故立意玄而造语精圆"（周履靖《骚坛秘语》）。他的诗把前人咏怀诗、游仙诗、咏史诗及咏物诗的体制融为一体，或感于时事，评说政治；或借古喻今，抒发胸怀；或吟咏游仙，发泄苦闷；或托物寄情，感叹人生。创造出一种质朴而情深的诗歌艺术，"感激顿挫"（卢藏用《右拾遗陈子昂文集序》）。他的所谓"复古"，实为创新。

陈子昂非常重视比兴寄托的艺术手法在诗歌创作中的运用。如《观荆玉篇》借美玉不被人识，抒发忠信遭谗的情感。又如《感遇》第30首写道：

> 可怜瑶台树，灼灼佳人姿。
> 碧华映朱实，攀折青春时。
> 岂不盛光宠，荣君白玉墀。
> 但恨红芳歇，凋伤感所思。

在美人迟暮、芳草凋伤的比兴中，寄托怀才不遇、英雄穷途的悲愁。在他的诗中，生物界中的修竹、芳兰、白鸥、翡翠，神话传说里的青鸟、玄凤、瑶台、碧树，都寄托着诗人丰富多端的深情厚思。

在形式上，陈子昂是以五言古诗见长，后人多有评论。明代高棅在《唐诗品汇·五言古诗叙目》中赞道："继往开来，中流砥柱，上遏贞观之微波，下决开元之正派。"王世贞《艺苑卮言》中说陈子昂诗"淘洗六朝，铅华都尽"。胡应麟《诗薮·内篇》说："子昂《感遇》，尽削浮靡，一振古雅。"前文所述的《感遇》诸诗作，正是如此，真正做到了"骨气端翔，音情顿挫，光英朗练，有金石声"（《修竹篇序》）。宇文所安也指出"陈子昂的《感遇》是初唐古风实践的最高代表"，其影响及于盛唐。①

---

① ［美］宇文所安：《初唐诗》，贾晋华译，生活·读书·新知三联书店2004年版，第9页。

论及陈子昂的诗歌艺术成就，有些研究者常认为他复古多、变新少，固守古制。其实不然。明代许学夷《诗源辩体》曾指出陈子昂诗"虽仅复古，然终是唐人古诗，非汉、魏古诗也，且其诗尚杂用律句"。陈子昂很重视声律艺术，在律诗艺术方面成就卓然，特别是五律，如《晚次乐乡县》：

> 故乡杳无际，日暮且孤征。
> 川原迷旧国，道路入边城。
> 野戍荒烟断，深山古木平。
> 如何此时恨，嗷嗷夜猿鸣。

明代胡应麟《诗薮·内编》对此诗评道："气象冠裳，句格鸿丽。"又《度荆门望楚》：

> 遥遥去巫峡，望望下章台。
> 巴国山川尽，荆门烟雾开。
> 城分苍野外，树断白云隈。
> 今日狂歌客，谁知入楚来。

胡应麟说上两首五律"平淡简远"，为"王、孟二家之祖"（《诗薮·内编》）。又如《送魏大从军》：

> 匈奴犹未灭，魏绛复从戎。
> 怅别三河道，言追六郡雄。
> 雁山横代北，狐塞接云中。
> 勿使燕然上，独有汉臣功。

章法严谨，属对精切，音律顿挫，意境高远，绝无齐、梁诗风的影子，语言词汇上质朴而清新，力去浮艳，以一种雄浑苍劲的风格使唐代五律艺术进入新的境界。明代方回在《瀛奎律髓》中评道："陈拾遗子昂，唐之诗祖也。不但《感遇》诗三十八首为古体之祖。其律诗亦近体之祖也。"可谓见解全面。

　　综上所述，陈子昂沿着"四杰"的道路，在初唐时，高举"风骨""兴寄"的大旗，自觉地反对齐、梁诗风，提倡诗歌改革，在当时诗坛卓然特出。卢藏用《右拾遗陈子昂文集序》中形容道："崛起江汉，虎视函夏，卓立千古，横制颓波，天下翕然，质文一变。"唐人赵儋《右拾遗陈公碑》也说："海内词人，靡然向风。"都看到了陈子昂诗歌创作的功绩。在对以后唐代诗歌发展的影响上，陈子昂也是功不可没的。宋代刘克庄《后村诗话》指出："陈拾遗首倡高雅冲澹之音，一扫六代之纤弱……太白、韦、柳继出，皆自子昂发之。"看到陈子昂诗歌创作对盛、中唐诗歌的开启作用，刘熙载《艺概·诗概》认为陈子昂"独能超出一格，为李、杜开先"。以陈子昂对李白的影响为例，陈子昂说"汉、魏风骨，晋、宋莫传"，后世诗歌皆"彩丽竞繁"（《修竹篇序》），李白也说："自从建安来，绮丽不足珍"（《古风》其十九），文学主张及创作实践都是一脉相承的。唐代孟棨《本事诗·高逸》中指出："李白才逸气高，与陈拾遗齐名，先后合德。"宋代刘克庄在《后村诗话》中指出李白《古风》与陈子昂《感遇》："笔力相上下，唐诸人皆在下风"。朱熹《朱子语类·论文》中指出李白《古风》"多效陈子昂，亦有全用其句处。太白去子昂不远，其尊慕之如此"。

　　陈子昂的诗歌创作是初唐诗向盛唐诗过渡的桥梁，是揭开盛唐诗歌发展序幕的人物，正如韩愈所体会到的"国朝盛文章，子昂始高蹈"（《荐士》），还有后代学者用生动形象的比喻，把陈子昂比作唐朝诗国中的陈胜，"大泽一呼，为群雄驱先"（胡震亨《唐音癸鉴》），"起衰中立"（沈德潜《说诗晬语》），可谓新颖而恰当。宇文所安也认为"陈子昂是唐代诗歌史上的第一个重要人物，及盛唐的开路先锋"。

第二章 盛唐诗歌艺术研究

一、"盛唐之音"新论

唐代是我国诗歌发展史上的空前繁荣时期，盛唐诗歌更是达到辉煌完美的境界，世称"盛唐之音"，成为我国古典诗歌艺术华光夺目的瑰宝，也是世界文化宝库的奇观。

前贤论唐诗，多言"盛唐"，概指开元、天宝时期之诗风。早在宋代，严羽就已提出"盛唐"之说："以汉、魏、盛唐为师，不作开元、天宝以下人物。"（《沧浪诗话·诗辨》）日本宽永十六年刻本《诗人玉屑·门目》叙诗歌发展，分列"两晋、六代、盛唐、开元天宝以后、晚唐"。前贤多把"盛唐"诗歌的下限年代定为天宝年末，实际上这很值得商榷。这种划分理念是由于古人对诗歌艺术审美认识上的局限，所谓"王泽竭而诗不能作"，认为王朝政治的盛衰决定着文学的盛衰。明代胡震亨《唐音统鉴》说："有治世音，有乱世音，有亡国音，故曰声音之道与政通也。"明代杨士宏编选《唐音》就以"先王之德盛而乐作，迹息而诗亡"为原则，把唐诗的盛衰与唐王朝政治经济的盛衰相对应，以天宝末年的安史之乱，作为诗歌发展史上"盛唐"时代的结束。

在此问题上，笔者认为，应首先区分作为诗歌艺术发展史研究上的"盛唐"概念与作为史学研究上的"盛唐"概念。马克思《〈政治经济学批判〉导言》曾阐述过"物质生产的发展例如同艺术生产的不平衡关系"，指出："关于艺术，大家知道，它的一定的繁荣时期绝不是同社会的一般发展成比例的，因而也绝不是同仿佛是社会组织的骨骼的物质基础的一般发展成比例的。"① 文学艺术的发展与社会经济的发展往往呈现出不平衡的态势。经过天宝末年的安史之乱，唐王朝前期赖以繁荣的均田制、租庸调法及府兵制都已破坏殆尽，所谓的"开元盛世"一去不回，唐朝的政治、经济逐渐走向衰落，开始了新的社会发展时期。

而诗歌艺术的发展则不然，有时越是动乱的时代，越能产生优秀的诗篇。安史之乱并没有导致"诗道"的衰落，唐诗最繁荣的"盛唐"时期与唐代社会政治最开明、经济最发达的时期并不一致，不能以唐代历史上的"明时""盛世"去取平文学史上的"盛唐"。实际上，唐诗的黄金时代一直延续到大历初年，因为伟大诗人杜甫现存的1400多首诗中，有1300多首为安史之乱后十几年所作，特别是他那些艺术上炉火纯青的七律，大多作于安史之乱后。这些诗作与开元、天宝时期王维、李白等人的作品一样，在数量和质量上都同样达到唐诗艺术的巅峰。

面对这样的诗歌创作客观实绩，倘若唐诗论者持如此两个观点：一是"杜甫为盛唐诗人"，二是"盛唐不包括安史之乱后的肃宗、代宗时期"，那么，我们就会面临这样一个悖论：一方面，论及杜甫诗歌时，因为已将其定位为盛唐诗人，则就不应提及其在肃、代时期的诗歌创作。那么，我们将如何处理这位"盛唐诗人"的非盛唐时期的诗作？这在逻辑上就会割裂杜诗的艺术价值的整体性，有损于这位集大成、备众体"诗圣"的成就地位，"诗圣"的光辉就会为之减色。另一方面，论盛唐之音时，也就不应提及杜甫在肃、代时期的诗歌艺术成就，结果就将把杜甫在

---

① ［德］马克思，恩格斯：《马克思恩格斯选集》，人民出版社1972年版，第2卷，第112页。

这一时期的诗歌创作辉煌成就，排斥在所谓"盛唐"之外，盛唐之音从而就会为之减色。实际上，正确的推断应该是："诗圣"杜甫的诗歌艺术成绩不可割裂；我们既然认为杜甫为盛唐诗人，就应把杜甫创作最丰盛的肃宗、代宗时期归为唐诗发展的盛唐时期之中。同时，"盛唐之音"的时间下限应延至肃、代时期。

如此说来，"盛唐之音"中既有开元、天宝时期王维、李白等人闲适、飘逸的高歌，也有肃宗、代宗时期杜甫等人沉郁顿挫的吟唱。我们不能如唐宋之后有的诗评家所言，只把开元、天宝时期作为盛唐，只把这时期王维、李白等人淡泊平和的风格作为"盛唐之音"。如严羽说："盛唐诗人，惟在兴趣；羚羊挂角，无迹可求。故其妙处，莹彻玲珑，不可凑泊；如空中之音，相中之色，水中之月，镜中之象，言有尽而意无穷。"（《沧浪诗话·诗辨》）清代王渔洋晚年在"不著一字，尽得风流"的神韵说基础上，编选《唐贤三昧集》，标举盛唐，而实际上是专重冲和淡远的王孟一派风格。符曾认为王维"擅诗名于开元、天宝间，得唐音之盛"（《王右丞集笺注·序》）。都把同时产生在盛唐时期的沉郁凄悲的诗歌创作风格，排斥在外，失之偏颇。

因此可见，在整个盛唐诗坛创作实绩中，不仅有飘逸、闲适的山水田园之作，更有数量很多、质量很高的凄惋悲苦之歌。杜诗"善陈时事，律对精深"，其唏嘘欲绝的风格与开元、天宝诗人迥异。又如，元结在诗中直斥玄宗，写下反映战乱中人民痛苦的"微婉顿挫之词"（杜甫《同元使君春陵行序》）。连前期有"齐梁之风"的李嘉祐在这时也有悲苦之作。胡震亨说得好："无天宝一乱，鸣候止写承平。"时代的动荡，使盛唐之音增加了悲壮激越的旋律，达到我国古代诗歌艺术的高峰。

所以，盛唐诗歌中沉郁悲苦的风格是客观存在的，我们不能无视肃宗、代宗时期的诗歌成就，也不能割裂杜甫一生完整的创

作道路，在盛唐之音中不能不谈"老杜"诗风中的凄苦一面。王世贞就曾说，对杜甫晚年诗"不宜以清空流丽风韵姿态求之"（《艺苑卮言》）。即使李白也并非浑身飘逸，他也有悲苦孤愤的诗篇，正如明代屠隆所说："李如《古风》数十首，感时托物，慷慨沉着，安在其万景皆虚。"（《屠纬真文集》）清代龚自珍也认为李白诗中存有屈原那种忧国忧民的凄怆风格："庄屈实二，不可以并，并之以为心，自白始。"（《最录李白集》）可见，悲怆之音始终也是盛唐诗歌创作中的一个态势，不能抹杀。白居易《读李杜诗集因题卷后》云：

> 翰林江左日，员外剑南诗；
> 不得高官职，仍逢苦乱离。
> 暮年逋客恨，浮世谪仙悲。

也是看到了李白与杜甫在悲怆诗风上的统一性。

另外，唐宋后有些诗评者奉守封建社会含蓄不露、温柔敦厚的诗教，所谓"气高而不怒，怒则失于风流"，只把冲和淡远的诗歌尊为盛唐"正声"，自然认为杜诗中那种"直陈其事，类于讪讦"的风格不能列入高逸的所谓盛唐之音，而只能是"独辟蹊径"的变体。有的前人只以蕴藉风流、清美空灵之韵作为"盛唐之首"的标准，如翁方纲就曾说："盛唐诸公之妙，自在气体醇厚，兴象超远。"把沉郁顿挫、指事陈情的杜诗排斥在盛唐之音以外。这些看法都不无偏颇。

笔者认为，与陶渊明、王维、李白这一派闲适飘逸的风格并驾齐驱，作为中国数千年诗歌艺术的浓聚和结晶，沉郁悲壮的诗风决不能排斥在盛唐之音以外。从屈原、杜甫到辛弃疾，愤慨郁结的诗风一直是中华民族诗艺中的优秀传统，而这在盛唐时期恰恰得到了最灿烂的发扬。作为我国历史上诗歌创作的楷模，"盛唐之音"更不应失去这一诗艺美学元素。认为诗歌若述乱、离道、悲苦，则格调不高，那是封建时代某些评论者的局限看法。

诗歌是反映现实生活的艺术，而非只载封建王朝之"道"的工具。沉郁悲怆的杜诗决非消极的哀歌，而是在严峻现实中的思考与追求。饱含"穷年忧黎元，叹息肠内热"（《赴奉先县咏怀》）的情感，与国家与民众的命运紧紧相连的杜诗，以及元结的"微婉顿挫之词"（杜甫《同元使君春陵行序》），与王维、李白的诗篇同样，永远是中华民族诗歌道路上的光辉丰碑。明代屠隆说得好："人不独好和声，亦好哀声，哀声至于今不废也，其所不废者可喜也。唐人之言，繁华绮丽，优游清旷，盛矣。其言边塞征戍离别穷愁，率感慨沉郁，顿挫深长，足动人者，即悲壮可喜也。"（《唐诗品汇选释断序》）从美学的角度上说，杜诗那种低首呜咽的风格与李白、王维飘逸闲适的风格一样，都达到了诗歌艺术的殿堂，同是我国诗歌史上难以企及的高峰。

总之，我们既不能因为盛唐时代阶级矛盾依然尖锐、广大下层民众仍然贫穷的史实，否定盛唐诗歌豪迈飘逸的风格。同时，也不能在谈盛唐之音时，回避安史之乱后肃宗、代宗时期杜甫等人悲苦之辞的创作实绩。盛唐之音不全是兴象玲珑的"空中之音"，更有忧国忧民的人间吟唱。这两者都深刻地、艺术地表现了时代精神和社会风貌，一起构成了盛唐之音的合唱。

二、悖论诗学视域中的杜甫诗歌艺术新探

（一）悖论诗学视域与杜诗艺术探赜

1. 悖论诗学的基本理念

"悖论"（Paradox）一词原是西方古老的修辞学概念，艾布拉姆斯（M. H. Abrams）《文学术语汇编》释为"表面看来是逻

辑矛盾或者荒谬的陈述，结果却能从赋予其积极意义方面来解释"。① 汉语又译为"反论""矛盾语""自否""吊诡"和"似是而非"，等等。② 钱钟书也曾译为"诡论""翻案语"③。悖论源自古代希腊语 παραδοξον，即 para + doxa。doxa 意谓"已经接受的观点"，前缀 Para 意谓"在旁边"或者"除外"。"悖论是将异质事物联系成同一事物时异与同并存的思维范式。"④ 悖论这种作为人类思维以及语言表述的一种现象，早在亚里士多德《修辞学》（*The Art of Rhetoric*）就曾进行探讨，认为悖论是一种语言表述的方法，他在论及演讲修辞技巧时说："如果处理的主题是悖论、困难或众所周知的问题，那么就能吸引听众。"⑤ 自柏拉图起，悖论作为一种构思方式，旨在取得新人耳目、发人深思的艺术效果。这个哲学命题和修辞手段后来成为逻辑学、语义学以及数学中的重要概念。

20 世纪初中期，西方哲学逐渐摒弃遵循因果关系的思维方式，在哲学思辨上转而注重矛盾和对立的范畴。与之相关，现当代文学理论对文学中的悖论现象极其关注。欧美著名文学批评流派"新批评"派干将布鲁克斯（Cleanth Brooks）继承艾略特（T. S. Eliot）研究英国玄学派（Metaphysical School）诗人作品的理念，于 1942 年发表《悖论语言》（*The Language of Paradox*）一文，通过解析玄学派诗歌创作，提出"诗的语言是悖论语言"的论断，将悖论这一术语以崭新的现代诗学意义用于诗歌批评领域，强调语义冲突和形式冲突是诗歌艺术的基本特征和本质，指出："很明显，只有使用悖论，才能通向诗人要

---

① M. H. Abrams, *A Glossary of Literary Terms*. Beijing: FLTRP, 2004, p. 201.

② 王先霈主编：《文学理论批评术语汇释》，高等教育出版社 2006 年版，第335 页。

③ 钱钟书：《管锥编》，中华书局 1994 年版，第 1219 页。

④ 廖昌胤：《悖论诗学》，知识产权出版社 2011 年版，第 221 页。

⑤ Aristotle, *The Art of Rhetoric*. Harvard University Press, 1994, p. 429.

诉说的真实。……这种夸张的说法可说明诗歌的一些很容易被忽视的本质因素。"① 有学者将此观点概括为"无诗不悖论，无悖论则无诗"。② 另外，泰特（Allen Tate）和伯克（Kenneth Burke）等批评家也对诗歌悖论进行深入研究。帕斯考（Paskow Alan）2006 年《艺术悖论》（*The Paradox of Art*）③ 一书，更细致全面地论述了艺术中种种悖论问题和特性。总之，欧美"新批评"派学者认为悖论既是诗歌语言最基本的原则，同时又是有益的诗歌解读方法。

2. 悖论诗学与"杜诗学"研究

钱钟书很早就运用西方"新批评"中"悖论诗学"对中国古典诗歌进行研究，如认为杜甫《江亭》诗中"寂寂春将晚"一句即为典型的悖论。在《管锥编》中曾结合古典诗歌具体篇章，对"比喻之两柄多边""正言若反""佯谬""两端感情"等种种悖论诗学机制进行了大量的分析和研究④，对后学深化对古典诗歌艺术的研究具有划时代的引导作用，正如有学者所言："经过钱钟书的抉发汇通，这些修辞手法或创作现象也就获得了相应的理论价值。"⑤ 后来，北美学者刘若愚（James L. Y. Liu）主张进行"某些中西可靠的文论元素的综合"，从而建立适应西方读者理解中国文学的新理论。⑥ 在这种学术观念的指导下，其

---

① 赵毅衡：《"新批评"文集》，百花文艺出版社 2001 年版，第 355 页。

② 赵毅衡：《新批评——一种独特的形式文论》，中国社会科学出版社 1986 年版，第 181 页。

③ Paskow Alan, *The Paradox of Art*：*A Phenomenological Investigation*. Cambridge University Press，2006.

④ 钱钟书：《管锥编》，中华书局 1994 年版，第 1058 页、第 1059 页。

⑤ 季进：《钱钟书与现代西学》，复旦大学出版社 2011 年版，第 146 页。

⑥ James L. Y. Liu, *The Interlingual Critic*：*Interpreting Chinese Poetry*，Indiana University Press，1982，pp. 105 – 106.

成果《悖论诗学和诗学悖论》(*The Paradox of Poetics and the Poetics of Paradox*)[①] 一文和《语言·悖论·诗学:一种中国观》(*Language – Paradox – Poetics:A Chinese Perspective*)[②] 一书,以中国传统文学观念界定"悖论诗学"的内涵,力倡以"悖论诗学"来探讨中国古典诗歌艺术。同时期,学者罗郁正(Lo, Irving Yucheng)也著文赞同布鲁克斯的意见,力倡"悖论诗歌"的研究视角,认为无论在中国还是英国,诗歌语言从不远离悖论语言[③]。

周发祥 1997 年于《西方文论与中国文学》专著中单列《新批评研究——诗意悖论与悖论诗学》一章,阐述了悖论批评理论在中国古典文学研究中的价值:"从修辞到思维方式,悖论的涉及面虽然很广,但中国文学为它提供了充分的用武之地。"认为这是一种"令人耳目一新的结构原则,由于揭示了诗歌内在因素的某种有机的、隐蔽的和生动的关联,成了推动诗语研究和意象研究向前发展的一股动力"。[④] 近一时期,悖论诗学愈来愈受到文学批评领域的重视,成为对诗歌艺术在修辞、语义等各层面进行解读的重要批评方法论。廖昌胤指出:"悖论诗学的研究目标是探索文学艺术的本质属性,论证文学艺术的悖论性本质。悖论性不仅是文学艺术的特质,不仅是文学艺术各种体裁的共同特征,还是文学艺术的创作方法,也即是文学艺术的方法论。"[⑤] "它深化了认知文学的范式,越来越成为文学研究中阐述文本内

---

① *The Vitality of the Lyric Voice.* Princeton University Press,1986,p. 49.

② James L. Y. Liu,*Language – Paradox – Poetics:A Chinese Perspective*. Princeton-University Press,1988.

③ Lo,Irving Yucheng,《辛弃疾》(*Hsin Ch'i – chi*),第六章第一节《悖论诗歌》,New York:Twayne Publishers,1971. p. 118.

④ 周发祥:《西方文论与中国文学》,江苏教育出版社 1997 年版,第 165 页、178 页。

⑤ 廖昌胤:《悖论诗学》,知识产权出版社 2011 年版,第 3 页。

外关系的一种解读方法。""作为一种文学理论范式，悖论通过提出新的定义、建构新的概念颠覆了现存的、固定的观念，是对常识的深刻而广泛的挑战。作为一种文学解读方法，悖论引导读者从文学文本中深入挖掘矛盾的内在含义，是解开文学文本内外关系的密码。"①

悖论诗学一方面说明了诗歌艺术的本质具有悖论的特质，另一方面昭示悖论是揭示、阐释诗歌艺术奥秘的重要方式和途径。当下国外学术界亦多倾向于运用悖论诗学来探讨杜诗艺术，犹如有学者所归纳："20 世纪 80 年代以后英语世界的学者力图从理论上突破此前出现的对杜甫的传统阐释，或是通过文本细读来呈现杜诗内部复杂的张力，将诗中可能的矛盾冲突外在化，或是以易于传统的新视角切入，展现杜诗的某些特质，其目的都是要使杜诗和杜甫挣脱一元的阐释模式，赋予杜甫形象更为多元的可能。"② 2006 年，罗吉伟（Paul F. Rouzer）在哈佛大学"词语之力量：前现代中国文学的诠释"（The Power of Words：The Interpretation of Premodern Chinese Literature）论坛上宣读的论文《杜甫及抒情诗的失败》（Du Fu and the Failure of Lyric），也倾向于将杜甫作为一个充满矛盾和复杂性的诗人来阅读。③

因此可见，悖论诗学正在成为当代"杜诗学"审视杜诗艺术的行之有效的视域。对于当下的"杜诗学"研究以及中国古典文学研究，我们应充分意识到汇通西方现当代诗学理论与我国传统诗学理论的重要意义。正如有学者指出："推进中国古代文学研究的国际化，面向全世界大力传播、阐释中国古代文学遗产，是增强中国文化软实力、从而增强中国综合国力和影响力的

①　廖昌胤：《悖论》，《外国文学》2010 年第 5 期，第 114 页。

②　郝稷：《英语世界中杜甫及其诗歌的接受与传播——兼论杜诗学的世界性》，《中国文学研究》2011 年第 1 期，第 122 页。

③　转引自：http：//www. wopassle. com/html/2011/yyx_ 0617/3667. html

重要手段。我们必须从整个国家发展战略和实现中华民族伟大复兴的高度，来深入思考和自觉承担中国古代文学研究的使命。""充分吸收世界各国思想文化研究的新思路新方法，寻找新材料，开辟新领域，发现新问题，挖掘新意义……既保持国内古代文学研究的特色和主体地位，又使之达到国际学术研究的水准，与国际学术界平等对话，融入国际学术潮流，使中国古代文学研究真正成为一门国际化的学问。"①

有学者曾言，"杜诗学可以、也应当成为我民族的文化诗学，"认为杜诗学理论构建中不应缺失异域视野。② 我们要开拓学术视野，"对于中西文学理论予以参照研究，在纷繁复杂的理论大潮中不仅把握两者的脉络与演变，而且洞见其契合与差异"，"选择融汇古今、沟通中外的综合创新之路"。③ 有学者说得好："时至国际文化交流日益频繁、日益深入的今天，古典文学研究者更应该放眼世界，关注国外学术的新动向、新发展。"④ 新世纪（21 世纪）的杜诗学研究，理应展开悖论诗学的新视域，坚持跨学科研究，探索杜诗艺术的深层奥秘。

（二）悖论诗学视域中的杜诗艺术风格特质研究

1. 杜诗之风格"集大成"不应视为风格"大拼盘"

杜诗艺术如同上等的宝石，人们可从各个视角加以体察，均可获得璀璨的光辉，给后世读者以无穷的想象空间。2012 年年初，网络上围绕"杜甫很忙"的话题展开讨论，在蒋兆和创作

---

① 廖可斌：《古代文学研究的国际化》，《文学遗产》2011 年第 6 期，第 123 页。

② 林继中：《杜诗学——民族的文化诗学》，《首都师范大学学报（社科版）》1995 年第 4 期，第 102 页。

③ 胡燕春：《英美新批评派研究》，中国社会科学出版社 2010 年版，第 315 页。

④ 周发祥：《西方文论与中国文学》，江苏教育出版社 1997 年版，第 427 页。

的杜甫画像上涂鸦各种造型，也从侧面证明了杜甫其人其诗仍有其超乎时代的价值和魅力，得到当代青年人的重视或喜爱。

杜诗在后人的评价之中，明代杨慎谓之"丑"，①民国胡适谓其《秋兴》等诗"全无文学的价值，只是一些失败的诗玩艺儿而已"②，郭沫若谓之"完全脱离群众、掉书袋、讲堆砌的文艺玩意儿"。③但自从唐宋人的不断推崇，特别是明代王嗣奭《梦杜少陵作》称"我翁号诗圣"④，则独揽"诗圣"之誉，⑤公认为古典诗歌艺术之集大成，其于诗歌史上的地位不可撼动。但在另一方面，这种集大成的称谓也往往造成世人心目中的两种负面的误解或错觉。一是视之为大杂烩、大拼盘，最典型的如元稹的盛誉："至于子美，盖所谓上薄风、骚，下该沈、宋，言夺苏、李，气吞曹、刘，掩颜、谢之孤高，杂徐、庾之流丽，尽得古今之体势，而兼人人之所独专矣。"认为杜诗艺术于多种体格无所不备。⑥清代叶燮也说杜诗"乃合汉、魏、六朝并后代千百年之诗人而陶铸之者乎。"⑦欧美学者如宇文所安（Stephen Owen）指出杜诗风貌的多元化呈现，说杜甫是"律诗的文体大师，社会批评的诗人，自我表现的诗人，幽默随便的智者，帝国秩序的颂扬者，日常生活的诗人，以及虚幻想象的诗人。"⑧宛然为一风格杂乱之诗人。再如德国学者莫芝宜佳也说"在杜甫的诗中，各种

---

①　杨慎：《升庵著述序跋》，云南人民出版社 1985 年版，第 203 页。

②　胡适：《白话文学史》，上海古籍出版社 1999 年版，第 212 页。

③　郭沫若：《李白与杜甫》，人民文学出版社 1971 年版，第 115 页。

④　仇兆鳌：《杜诗详注》附编《诸家咏杜》，中华书局 1979 年版，第 2294 页。

⑤　"诗圣"称呼的来源，参见张忠纲《说"诗圣"》，《安徽大学学报（哲学社会科学版）》2012 年第 1 期，第 36 页。

⑥　元稹：《唐故检校工部员外郎杜君墓系铭并序》，见《元稹集》（下册），中华书局 1982 年版，第 600 页。

⑦　叶燮：《原诗》，人民文学出版社 1979 年版，第 8 页。

⑧　［美］宇文所安：《盛唐诗》，贾晋华译，生活·读书·新知三联书店 2004 年版，第 210 页。

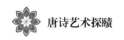

不同的风格混合杂陈：高雅的诗、叙事诗、散文诗、口语化的民歌"。①

二是涵盖宽泛，比喻玄乎。原本杜甫自许的"沉郁顿挫"四字，后人概括为杜诗之总体风格，却又解说纷纭。韩愈谓杜诗"光焰万丈长"。② 元好问著《杜诗学》，首次提出"杜诗学"的理念，谓杜诗"如元气淋漓，随物赋形：如三江五湖，合而为海，浩浩瀚瀚，无有涯涘；如祥光庆云，千变万化，不可名状"。谓读杜诗当识其"天机"。③ 金圣叹家兄金昌谓杜诗有"妙义""天机"。④ 清代薛雪称"杜少陵诗止可读不可解，何也？公诗如溟渤无流不纳，如日月无幽不烛，如大圆镜无物不现，如何可解？"⑤ 沈德潜谓"如大海之水，长风鼓浪，扬泥沙而舞怪物，灵蠢毕集"。⑥ 闻一多《杜甫》一文称杜甫为"中国有史以来第一个大诗人，四千年文化中最庄严、最瑰丽、最永久的一道光彩"。⑦ 皆为譬喻类型的描述，阐释空泛。

当今杜诗艺术之伟大已为世界所公认，正如有学者所说："杜甫的文学地位在国内外研究者的心目中都是崇高的"，"杜诗中贯穿着一种普世性的精神，对这种精神的关注是国际汉学学科

---

① ［德］莫芝宜佳：《〈管锥编〉与杜甫新解》，马树德译，河北教育出版社1998年版，第184页。

② 韩愈：《调张籍》，见钱仲联编《韩昌黎诗系年集释》，上海古籍出版社1984年版，第831页。

③ 元好问：《杜诗学引》，见姚奠中编《元好问全集》卷36，山西人民出版社1990年版，第23页。

④ 金昌：《叙第四才子书》，见《金圣叹选批唐诗》，成都古籍书店1983年版，第1页。

⑤ 薛雪：《一瓢诗话》，见丁福保辑《清诗话》，上海古籍出版社1978年版，第714页。

⑥ 沈德潜：《唐诗别裁集》卷六"杜甫"条下注，上海古籍出版社1979年版，第201页。

⑦ 闻一多：《唐诗杂论》，上海古籍出版社1998年版，第135页。

和全球化时代的需要，它具有超越学术概念的意义"①。"杜甫的文化地位，在中国历史上是有定论的，也得到世界性的认可，联合国认定的世界文化名人就是证明。在新的一百年里，怎样阐释杜甫，显然是学术界的一个重大课题。""杜甫是民族的，同时也是世界的，这已经是一个不争的事实。下一步的工作是，如何将这样一个伟大作家、一个民族文学和文化的代表人物，进一步阐释和推广，使之成为民族的骄傲，成为人类文明的骄傲。"②在当今世界文学的时代，对杜诗的解读若仅囿于古人的设喻性的空泛描述，国外接受者可能难以理解，并不利于中国古典诗歌艺术得到当今全球化大潮的认可和尊重。

　　有学者指出："在杜甫研究这样一个'老大难'的学科领域要想有所创新，面临拓展思路、引入新的研究方法的问题。"③笔者认为应从更广阔的当代学术视野来探讨杜诗艺术，"杜诗学"研究一方面应继续沿用我国传统固有之诗学批评理念，另一方面亦应融合现当代世界诗学理论而加以论证，在与世界诗学理论发展的互动中予以审视。正如有学者所言："积极吸收并应用新的外来的理论，从不同角度不同层次激活杜甫诗歌中存在的不朽精神意义、文化内涵、艺术成就，从而不仅探寻出它们在文学历史演进中曾起的作用，曾有的价值，而且力图发现它们在新的时代中可能产生的新的作用，拥有的新的价值。""对如此卓著的一个诗人，只有用立体的方式，多方位、多层次、多角度、多手法的去探讨他，才能充分认识到他的价值。"④ 进而顺应当前

---

　　① 李博：《杜甫诗歌在另一种维度上的镜像功能》，见《汉学研究》（第14期），学苑出版社2012年版，第166页。

　　② 刘明华：《现代学术视野下的杜甫研究——杜甫研究百年回顾与前瞻》，《文学评论》2004年第5期，第160 – 161页。

　　③ 吴中胜：《杜甫批评史》，中国社会科学出版社2012年版，第2页。

　　④ 段海蓉：《建国以来对杜甫研究的回顾、反思与展望》，《杜甫研究学刊》2000年第3期，第38页。

世界学术界对唐诗研究的多元化的大趋势。

在西方当代诗学理论与我国传统诗学理论的契合和汇通之中，运用"悖论诗学"的视域来审视或统摄杜诗艺术，庶几多一个角度窥视诗圣艺术特质之所在，亦可避免将杜诗艺术视为只是多种风格的大杂烩、大拼盘之误解，这或许如有学者所言："杜甫的诗心既具有普遍性，他也必然赞成斟酌采用这种具有普遍性的外国理论。"① 杜甫去世前一年（768）作诗自叹道："百年歌自苦，未见有知音。"（《南征》）② 相信随着当代"杜诗学"研究的不断深入，若杜甫在天有灵，想必其对自己诗艺不被世人准确理解的悲观情绪定会逐渐消除，定会相信全世界的"知音"越来越多，也或许将 1300 年前所吟的诗句改为"后世有知音"吧。

悖论诗学视域中的杜诗艺术研究，是一项任务繁重的"系统工程"，囿于篇幅之限，本书仅于此系列研究框架之中的杜诗艺术风格层面上略加探赜。

2. 从悖论诗学的视角考察杜诗艺术的风格特质

考察杜诗的艺术风格总体建构，后人盛誉为"集大成"，最具代表性的如元稹的概括。但对杜诗艺术接受者而言，却不应认为杜诗似乎是一种漫无边际的大杂烩。唐宋学人的某些点评往往大有深意，我们进行细读，可得到重要启迪。杜甫同时代人任华《寄杜拾遗》一诗曾称杜诗"势攫虎豹，气腾蛟螭。沧海无风似

① 黄维梁：《春的悦豫与秋的阴沉——试用佛莱的基型论观点分析杜甫的〈客至〉〈登高〉》，见深圳大学比较文学研究所《比较文学讲演录》，陕西师范大学出版社 1987 年版，第 157 页。

② 仇兆鳌：《杜诗详注》卷 22，中华书局 1979 年版，第 1950 页。凡以下所引用杜甫诗文原文，均引自《杜诗详注》，不再一一标注。

鼓荡，华岳平地欲奔驰。曹、刘俯仰惭大敌，沈、谢逡巡称小儿"。① 虎豹和蛟螭、沧海与平地，在性质上构成对立。"曹、刘"谓雄沉之风，而"沈、谢"则谓清丽之风，此处即将雄沉和清丽两种矛盾对立的风格加以并置。宋人秦观亦持类似看法："杜子美者，穷高妙之格，极豪逸之气，包冲淡之趣，兼俊洁之姿，备藻丽之态，而诸家之所不及焉。"② 高妙与冲淡、俊洁与藻丽，皆构成两极相反的风格元素。陈师道谓"子美之诗，奇、常，工、易，新、陈，莫不好也"。③ 张戒又谓杜甫"在山林则山林，在廊庙则廊庙；遇巧则巧，遇拙则拙，遇奇则奇，遇俗则俗；或放或收，或新或旧"。④ 所罗列的风格，均在特质上构成成双成对的对立。可见，古代诗评家们已观察到杜诗艺术内部充满了矛盾、冲突的元素，亦即当今诗学理论界所谓的诗学悖论特质。

王安石对杜甫推崇之至，宋人笔记曾载其对杜诗的一段评说："至于（杜）甫，则悲欢穷泰，发敛抑扬，疾徐纵横，无施不可。故其诗有平淡简易者，有绮丽精确者；有严重威武若三军之帅者，有奋迅驰骤若泛驾之马者；有淡泊闲静若山谷隐士者，有风流蕴藉若贵介公子者。盖其诗绪密而思深，观者苟不能臻其阃奥，未易识其妙处，夫岂浅近者所能窥哉！此甫所以光掩前人而后来无继也。"⑤ 这段具有设喻特点的评论，非常形象地描绘

---

① 任华：《寄杜拾遗》，见彭定求等编《全唐诗》卷261，中华书局1960年版，第2903页。

② 秦观：《韩愈论》，见徐培均编《淮海集笺注》卷22，上海古籍出版社2000年版，第751页。

③ 陈师道：《后山诗话》，见何文焕辑《历代诗话》（上），中华书局1981年版，第306页。

④ 张戒：《岁寒堂诗话》，见丁福保辑《历代诗话续编》（上），中华书局1983年版，第464页。

⑤ 陈正敏：《遁斋闲览》，胡仔编《苕溪渔隐丛话》《前集》卷6，人民文学出版社1962年版，第37页。

了杜诗整体风格内在的悖论特性，其所描述的杜诗多种典型的艺术风格皆为两极化差异巨大、甚而对立相反的风格范畴，对世人认为诗人创作风格理应整体统一的观念，是一种颠覆。王安石体察到了杜诗在丰富多变的风格建构之中，是依照对立风格两极化的诗学思维来全力展开自己的艺术风貌的，有意识地将相互对立冲突的风格在创作中运用到极致，亦即当代学者所谓"气象雄盖宇宙，法律细入豪芒"，[①] 通过对相互对立、对抗、矛盾、冲突的风格的同时运用，形成耳目一新的风格营建结构范式，亦即悖论诗学的特质，对杜诗艺术接受者造成一种诗学审美上的崭新冲击。

杜诗中呈现自身矛盾对立状态的风格很多，在此仅以王安石的描述为主线加以论述，以窥全豹。

（1）"有平淡简易者，有绮丽精确者"：即通俗平畅与精工典丽两种对立风格的悖论并置。

杜甫才藻横溢，"七龄思即壮，开口咏凤凰"（《壮游》），[②]"读书破万卷，下笔如有神。赋料扬雄敌，诗看子建亲"（《奉赠韦左丞丈二十二韵》），多有绮丽精确之作。例如，《秋兴八首》之五，其中诗句如："蓬莱宫阙对南山，承露金茎霄汉间。西望瑶池降王母，东来紫气满函关。云移雉尾开宫扇，日绕龙鳞识圣颜。"描绘自身亲历唐明皇天宝时代长安全盛之日，极言宫阙气象之壮丽巍峨。

同时，杜甫也大量运用通俗语言，往往呈现口语风格，如明代屠隆所言："少陵最可喜处，不避粗硬，不讳朴野。"[③] 例如，

---

① 孙望：《蜗叟杂稿》，上海古籍出版社1982年版，第110页。

② 凡本文所引杜甫诗，均据仇兆鳌《杜诗详注》，中华书局1979年版。以下不再一一标注。

③ 潘德舆：《养一斋李杜诗话》卷2，见郭绍虞编《清诗话续编》（四），上海古籍出版社1983年版，第2188页。

《拨闷》："闻道云安曲米春，才倾一盏即醺人。乘舟取醉非难事，下峡销愁定几巡。长年三老遥怜汝，捩舵开头捷有神。已办青钱防雇直，当令美味入吾唇。"运用俚语粗语，写晚年漂泊至云安县与村民朋友饮酒之事。又如《又呈吴郎》写道："堂前扑枣任西邻，无食无儿一妇人。"可谓"语淡意厚"。又如《江村》："清江一曲抱村流，长夏江村事事幽。自去自来梁上燕，相亲相近水中鸥。"呈现为通俗的语言风格。因此，这三首诗分别为明代胡应麟指为"通篇太拙者""太粗者"和"太易者"。①

黄庭坚谓杜甫夔州后的诗风大变，"句法简易""平淡""更无斧凿痕"。②即谓杜甫后期诗风已臻于炉火纯青，用语平淡简易。《即事》写道："黄莺过水翻回去，燕子衔泥湿不妨。"黄生《杜诗说》谓此两句"不衫不履"，③意即表述直白。另外如"穿花蛱蝶深深见，点水蜻蜓款款飞"（《曲江》）。"细雨鱼儿出，微风燕子斜"（《水槛遣心》）。"客睡何曾著，秋天不肯明"（《客夜》）。"喜无多屋宇，幸不碍云山"（《茅堂检校收稻》）。这类诗句皆如方东树所言："随意喷薄，不装点做势安排。"④

这类作品不仅仅只是用字遣词上的一个特色，更重要的是作为一种平淡简易的风格特征跟绵丽精工的风格并置，造成两种风格矛盾对立的悖论诗学效果。宋代僧惠洪似乎已看出其中的端倪，谓诗人在此"间用方俗言为妙，如奇男子行人群中，自然有脱颖不可干之韵"。⑤正如当今学者所说：在业已形成的高度精

---

① 胡应麟：《诗薮》卷5，上海古籍出版社1979年版，第92页。

② 黄庭坚：《与王观复书之二》，见郭绍虞编《中国历代文论选》（二），上海古籍出版社1979年版，第324页。

③ 仇兆鳌：《杜诗详注》卷18，中华书局1979年版，第1606页。

④ 方东树：《昭昧詹言》卷14，人民文学出版社1984年版，第382页。

⑤ 惠洪：《冷斋诗话》，见吴文治编《宋诗话全编》，江苏古籍出版社1998年版，第2444页。

致凝练的诗化语言中，"杜甫反其道而行之，遣俗语言入诗句，犹如在整齐排列的谦谦儒者中有一个杀猪贩酒之徒伸头伸脑，令人深感惊奇，的确可以给已凝固成形的诗歌语言增添新鲜活力"。① 道出了这种风格悖论安排的效果。当然，杜甫之"粗俗"绝非引车卖浆者流"打油诗"一类之"粗俗"，而自有其诗学底蕴。宋代张戒说得好："世徒见子美诗多粗俗，不知粗俗语在诗句中最难；非粗俗，乃高古之极也。"②

又如杜甫《收京》一诗，仅写唐明皇于动乱之中回京之事，却引经据典，诗风典雅："仙仗离丹极，妖星照玉除。……赏应歌《枤杜》，归及荐樱桃。"而《遭田父泥饮美严中丞》写农夫饮酒之事："田翁逼社日，邀我尝春酒。酒酣夸新尹，畜眼未见有。回头指大男，渠是弓弩手。""叫妇开大瓶，盆中为吾取。"通过农夫之口赞颂严武政绩卓著以及在百姓中的口碑，则多用口语、直语和俗语，生动地再现老农的热情淳朴、豪迈正直，风格简易。叶嘉莹曾对此赞赏道："你看他的《收京》，写得多么庄严，多么典雅，用了许多典故。而他的另一首《遭田父泥饮美严中丞》，写了一个乡下老头，就不用典故，而那口气就和乡下老头一样。他的诗，严肃的可严肃，俚俗的可俚俗，幽默的可幽默。"③

就是这样，杜诗在对立矛盾风格的各自两端做到极致，正如宋人谢无逸所说："老杜有自然不做底语到极至初，亦有雕琢语到极至处。"④ 当代学者也指出杜诗这种语言风格营造的特点：

---

① 孙立平：《中国古典诗歌句法史略》，浙江大学出版社 2012 年版，第 235 页。

② 张戒：《岁寒堂诗话》卷上，见丁福宝辑《历代诗话续编》（上），中华书局 1983 年版，第 450 页。

③ 叶嘉莹：《从中西诗论的结合谈中国古典诗歌的评赏》，《求实学刊》1985 年第 5 期，第 54 页。

④ 方东树：《昭昧詹言》卷 21，人民文学出版社 1961 年版，第 487 页。

"尽力向精丽巧致和粗陋鄙俗两端伸展，从而获得广阔的空间。"① 从而达到反映社会生活各层面的真实状态。

（2）"有严重威武若三军之帅者，有奋迅驰骤若泛驾之马者"：即庄严整饬与放荡不羁两种矛盾风格的悖论并置。

如杜甫于大历元年（766）作于夔州的《诸将五首》这组政治抒情诗，痛感边患未根除、朝廷将帅平庸无能。其五写道："锦江春色逐人来，巫峡清秋万壑哀。正忆往时严仆射，共迎中使望乡台。主恩前后三持节，军令分明数举杯。西蜀地形天下险，安危须仗出群材。"有感于镇蜀失人而思严武之将略。明人郝敬评道："此以诗当纪传，议论时事，非吟风弄月，登眺游览，可任兴漫作也。必有子美忧时之真心，又有其识学笔力，及能斟酌裁补，合度如律。其各首纵横开合，宛是一章奏议、一篇训诰。""慷慨蕴藉，反覆唱叹，忧君爱国，绸缪之意，殷勤笃至"。② 可谓至言。

同时，杜甫亦擅长放浪不羁之风格，如元稹所谓"壮浪纵恣，摆去拘束"。如《送孔巢父谢病归游江东兼呈李白》："巢父掉头不肯住，东将入海随烟雾。诗卷长留天地间，钓竿欲拂珊瑚树。深山大泽龙蛇远，春寒野阴风景暮。蓬莱织女回云车，指点虚无引归路。自是君身有仙骨，世人那得知其故。惜君只欲苦死留，富贵何如草头露。"孔巢父与李白等人曾号称"竹溪六逸"，皆为当时飘逸之士。杜甫此诗风格横逸浩瀚，如江海之波，可谓"奋迅驰骤若泛驾之马"。再如《醉时歌》："先生早赋《归去来》，石田茅屋荒苍苔。儒术于我何有哉？孔丘盗跖俱尘埃！不须闻此意惨怆，生前相遇且衔杯。"运笔如风，生气满纸，放逸流畅，可谓"字向纸上皆轩昂"（韩愈《卢郎中云夫寄示送盘谷子诗两章歌以和之》），可谓"浩歌弥激烈"（杜甫《赴奉先县咏

---

① 骆玉明：《简明中国文学史》，复旦大学出版社 2010 年版，第 156 页。
② 转引自仇兆鳌：《杜诗详注》卷 16，中华书局 1979 年版，第 1371 页。

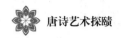

怀五百字》)。

朱熹曾说："杜诗初年甚精细，晚年横逆不可挡，只意到处便押一个韵。"[1] 何谓"横逆不可挡"？有学者认为乃指"与一般诗人的常理、常情、常法有所违悖"的句法，[2] 亦有人认为乃指"纵意所如，不再遵循传统的诗歌法则"。[3] 实际上，即指杜诗艺术中所存在的一种放浪不羁、自如挥洒之诗风，跟一些政治诗的威武端庄的诗风形成强烈的对比。

（3）"有淡泊闲静若山谷隐士者，有风流蕴藉若贵介公子者"：即平淡与华贵两种对立风格的悖论并置。

杜甫写于居成都时期的《屏迹三首》，抒发了居家悠闲之情："衰年甘屏迹，幽事供高卧。鸟下竹根行，龟开萍叶过。年荒酒价乏，日并园蔬课。犹酌甘泉歌，歌长击樽破。""用拙存吾道，幽居近物情。桑麻深雨露，燕雀半生成。村鼓时时急，渔舟个个轻。杖藜从白首，心迹喜双清。""晚起家何事，无营地转幽。竹光团野色，舍影漾江流。失学从儿懒，长贫任妇愁。百年浑得醉，一月不梳头。"可谓"淡泊闲静若山谷隐士"。当然，这些诗中的闲逸感情，不排除亦有出于对人生功名的无奈和失望。其《江亭》写道："坦腹江亭暖，长吟野望时。水流心不竞，云在意俱迟。寂寂春将晚，欣欣物自私。故林归未得，排闷强裁诗。"更大有陶渊明"云无心以出岫"的风度，可谓"淡泊闲静若山谷隐士"。故宋人叶梦得对此诗极为称誉："吾尝三复爱之。或曰：'子美安能至此？'是非知子美者。方至德大历之间，天下鼎沸，士固有不幸罹其祸者。然乘间蹈利，窃名取宠，亦不少矣。子美闻难间关，尽室远去，及一召用，不得志，卒饥

---

① 朱熹：《朱子类语》卷140，见王星贤点校《朱子语类》，中华书局1986年版，3326页。

② 黄炳辉：《唐诗学史述论》，上海古籍出版社2008年版，第112页。

③ 莫砺锋：《杜甫评传》，南京大学出版社1993年版，第254页。

寒转徙巴峡之间而不悔，终不肯一引颈而西笑，非有不竞迟留之心安能然？耳目所接，宜其了然自与心会，此固与渊明同一出处之趣也。"① 即是指杜甫本人的气质中有隐逸诗人陶渊明的因素，从而形成平易冲淡的风格。宋代王曙曾经称赞梅尧臣："子之诗，有晋宋遗风，自杜子美没后，二百余年不见此作。"② 亦透露他认为杜诗有"晋宋遗风"的一面。当代学者袁行霈亦指出杜诗风格里有"萧散自然""闲适情趣"的一面③。

　　而同时，杜甫许多创作还呈现出得意扬扬、风流倜傥之风。如《壮游》："往昔十四五，出游翰墨场。斯文崔魏徒，以我似班扬。七龄思即壮，开口咏凤凰。九龄书大字，有作成一囊。性豪业嗜酒，嫉恶怀刚肠。脱略小时辈，结交皆老苍。饮酣视八极，俗物都茫茫。东下姑苏台，已具浮海航。到今有遗恨，不得穷扶桑。王谢风流远，阖庐丘墓荒。剑池石壁仄，长洲荷芰香。嵯峨阊门北，清庙映回塘。……放荡齐赵间，裘马颇清狂。春歌丛台上，冬猎青丘旁。呼鹰皂枥林，逐兽云雪冈。射飞曾纵鞚，引臂落鹙鸧。苏侯据鞍喜，忽如携葛强。快意八九年，西归到咸阳。许与必词伯，赏游实贤王。曳裾置醴地，奏赋入明光。天子废食召，群公会轩裳。脱身无所爱，痛饮信行藏。"自诩少时远近遨游，诗风宕逸多姿，一气呵成，豪气横溢，宛然一幅游侠少年图卷，真乃"风流蕴藉若贵介公子"。

　　整体杜诗艺术含有众多相反甚至矛盾的风格元素，明代的杜诗论者也看出这种诗学现象。如李东阳曾举具体诗句来罗列杜诗整整 20 种风格，其中不少皆可形成对立的风格组合。如"富贵"（"旌旗日暖龙蛇动，宫殿风微燕雀高"）与"惨凄"（"三年笛

　　① 叶梦得：《避暑录话》卷上，转引自华文轩编《古典文学研究资料汇编·杜甫卷》（上），中华书局 1964 年版，第 224 页。
　　② 曾敏行：《独醒杂志》卷 1，上海古籍出版社 1986 年版，第 7 页。
　　③ 袁行霈：《中国文学史》（二），高等教育出版社 1999 年版，第 241 页。

里关山月，万国兵前草木风")；"奇怪"（"石出倒听枫叶下，橹摇背指菊花开"）与"俊逸"（"短短桃花临水岸，轻轻柳絮点人衣"）；"华丽"（"落花游丝白日静，鸣鸠乳燕青春深"）与"激烈"（"五更鼓角声悲壮，三峡星河影动摇"），萧散（"信宿渔人还泛泛，清秋燕子故飞飞"）与"沉著"（"艰难苦恨繁霜鬓，潦倒新停浊酒杯"）①。胡应麟说："盛唐一味秀丽雄浑。杜则精粗、巨细、巧拙、新陈、险易、浅深、浓淡、肥瘦，靡不毕具。参其格调，实与盛唐大别。其能荟萃前人在此，滥觞后世亦在此。"② 所列各组风格，皆含有对立的元素。当今更有学人归纳杜诗艺术总体风格构建的二元对立，譬如婉约与豪放、蕴藉与明快、朴实与藻丽。③ 亦有学者指出杜诗风格"清丽俊秀"与"奇崛病丑"的二者并立。④ 可见，杜诗风格的这种悖论诗学特质已为很多学者所认可。

（三）悖论诗学视阈中的杜诗艺术意象组合研究

正如有学者所言："我国古代诗人早已懂得如何运用悖论，以深化感情，加强诗歌的感染力。"悖论"可以说是诗意的结构，也可以说是形式的结构；它们可以用于作品的局部，也可以用于作品的整体"。⑤ 再从悖论诗学有关诗歌语义层面上的理论来审视杜诗艺术在意象组合方面的特点，可以看出，杜诗文本多在意象展现上呈现出语义充满矛盾的状态，表面看来自相矛盾或冲突，但却在整体上体现一种使语义矛盾双方的意象谐和一致的

---

① 李东阳：《麓堂诗话》，见丁福保辑《历代诗话续编》（下），中华书局 1983 年版，第 1398 页。

② 胡应麟：《诗薮》，上海古籍出版社 1979 年版，第 70 页。

③ 于年湖：《杜诗语言艺术研究》，齐鲁书社 2011 年版，第 263－267 页。

④ 阮忠：《唐宋诗风流别史》，中国社会科学出版社 2012 年版，151 页。

⑤ 周发祥：《西方文论与中国文学》，江苏教育出版社 1997 年版，第 167 页、第 178 页。

真实表述，正如布鲁克斯所言："它把不协调的矛盾的东西紧密连接在一起"，进而通向诗人要诉说的真实情志，将其真实的诗意于意象组合的悖论之中表述出来。刘勰《文心雕龙·丽辞》谈到诗赋对仗时说道："反对为优，正对为劣。""反对者，理殊趣合者也。"① 即认为可以用对立或矛盾的形式来安排语义或意象，从而产生强烈的诗学效果，达到真实地反映客观社会生活以及自身情感的目的，这其实亦即一种诗学悖论的呈现。杜诗在具体诗句中的意象组合层面上，常常将两项以上的异质的、对立的事物（意象、词语）并置，从而呈现因并置而组合成的崭新诗意，有极大的创新性，又具有出人意表的强烈意象冲击力，呈现出强烈的悖论诗学特征。

1. 在语义层面上将多与少数量相对立的意象的并置

杜甫《曲江二首》之一写道："一片花飞减却春，风飘万点正愁人。""风飘万点"一本作"花飘万点"。一瓣花朵与万点花飘，构成意象上的强烈对比，呈现了春意阑珊势不可当、孤独的诗人在无限的自然之中无可奈何的情境，可谓"语奇而意深"。《郑驸马池台喜遇郑广文同饮》："白发千茎雪，丹心一寸灰。"在千茎与一寸的强烈数量对比中，抒发在安史之乱中的乱离忧愤以及忧在君国之情。《送蔡希鲁都尉还陇右因寄高三十五书记》："身轻一鸟过，枪急万人呼。"在一鸟与万人的反衬之中，表达蔡都尉之志雄气猛。《散愁二首》其一："蜀星阴见少，江雨夜闻多。"少与多对置，抒发初入蜀地时做客凄凉之情。《卜居》："无数蜻蜓齐上下，一双鸂鶒对沉浮。""无数"与"一双"对置，写出居于成都时的幽居物情之适。《愁》："十年戎马暗万国，异域宾客老孤城。"将中华大地的万国辽阔跟自己流落夔州

---

① 刘勰：《文心雕龙》，见范文澜编《文心雕龙注》，人民文学出版社，第588页。

的孤独，在意象上形成强烈的对比，抒发抑郁不平之气。《暮春题瀼西新赁草屋五首其三》："身世双蓬鬓，乾坤一草亭。"将孑然一身、孤独之草亭跟苍茫天地并置，写晚年穷无所归之感。《又呈窦使君》："相看万里外，同时一浮萍。"万里空间对一叶浮萍，写出居于蜀中绵州时面对江面涨水时的漂泊踌躇之感。《秋野五首》之三："礼乐攻我短，山林引兴长。"之五："径隐千重石，帆留一片云。"将短与长、千重与一片形成相互矛盾的悖论对置关系，把一己的不遇于世与无限的山林野趣形成一种矛盾的对比，深刻地表达了晚年淡于功名之情。杜诗的这种特点正如布鲁克斯所言："那些自觉使用诡论（悖论）的诗人能获得一种用其他方法无法取得的精炼准确。"①

2. 色调两极相反的意象的并置

学者指出："诗意悖论表面上无论是设色浓重，还是轻描淡写，其内核无不蕴涵着深沉的感情矛盾和思想冲突。这些矛盾和冲突经常涉及诗人（有时托之以诗中的代言人）对生活、对际遇、对人生、对世界的看法。"② 杜诗正是如此，如《悲青坂》写道："山雪河冰晚萧瑟，青是烽烟白是骨。"在黑烟与白骨的强烈对比中，叹息当时朝廷任用将帅不当，以致丧师辱国、兵士惨死原野。《戏为韦偃双松图歌》："白摧朽骨龙虎死，黑入太阴雷雨垂。"此谓画面上墨分五色，白指枯淡，黑指浓润，描绘古松之真实状态，其实亦为相对立的颜色意象的对立并置，给读者带来新奇的艺术境界，留下强烈的印象，故宋人又谓之为"杜子

---

① ［美］布鲁克斯：《诡论语言》，见戴维·洛奇（David Lodge）编《二十世纪文学批评》，上海译文出版社1987年版，第506页。

② 周发祥：《西方文论与中国文学》，江苏教育出版社1997年版，第166页。

美诗体"的典范诗句。①《江畔独步》中"可爱深红爱浅红，"将颜色的浓淡对立的色调并置，表述花开繁复。《暮归》中"霜黄碧梧白鹤栖，城上击柝复乌啼，"用颜色反衬的手法，表达晚年客居他乡的失意之情。其晚年作于夔州的《九日五首》之一写道："殊方日落玄猿哭，旧国霜前白雁来。"抒发流落他乡独处之悲以及心期北归之情。《春夜喜雨》："野径云俱黑，江船火独明。"以黑暗与光明的对立反衬，表现出绝望之中的希望。《秦州见敕目薛三璩授司仪郎》"别来头并白，相对眼终青，"亦为在黑与白的对比中强烈渲染了对友人的思念之情。《宴戎州杨使君东楼》"重碧拈春酒，轻红擘荔枝"，重碧：言酒颜色，轻红：言荔枝颜色。言身置胜宴而自惊身老，衰年漂泊之感，不能忘情。《晴二首》其一："久雨巫山暗，新晴锦绣文。"在暗与亮的意象冲突中表达晚年客居夔州的飘零之感。正如有学者所言："对色彩强度和对瞬间光亮的把握。""用主色调的昏暗与突然的光明进行对比。"总之，杜诗"如此'反叛'引起的视觉革命造就了诗歌整体的美学效果"。②

3. 感情色彩对立的意象的并置

宇文所安曾说，杜诗往往在上下句的对立关系中形成矛盾冲突的张力，形成"在悲喜剧对立冲力的结合点"。③ 也有学者指出，杜诗在选字用词以及意象构建上多求其"语义上的对立"。④

①　杨万里：《诚斋诗话》，见丁福保辑《清诗话续编》，中华书局 1983 年版，第 137 页。

②　〔法〕胡若诗（Florence Hu－Sterk）：《色彩的词词的色彩》，见钱林森编《法国汉学界论中国文学——古典诗词》，外语教学与研究出版社 2007 年版，第 176 页。

③　〔美〕宇文所安：《盛唐诗》，生活·读书·新知三联书店 2004 年版，第 221 页。

④　梅祖麟，高友工：《分析杜甫的秋兴——试从语言结构入手作文学批评》，见《中西比较文学论集》，北京大学出版社 1988 年版，第 229 页。

如《秋雨叹三首》之一："雨中百草秋烂死，阶下决明颜色鲜。"史载天宝十三载秋，"霖雨积六十余日，京城垣屋颓坏殆尽，物价暴贵，人多乏食"，① 而杨国忠之辈却呈上好庄稼以蒙蔽皇帝，胡言国泰民安。后世注家多谓此诗为寓意深切的讽刺之作，体味杜诗，其诗意应为对恶劣黑暗政治环境愤懑和对良好政治的一线希望。上句的秋草烂与下句的决明生命鲜活形成一种诗学悖论的呈现。叶嘉莹曾评道："'烂死'二字不仅与下一句决明的'颜色鲜'造成了强烈的对比，使人更觉百草都已'烂死'之后的决明之独能依旧'颜色鲜'的弥足珍贵。"② 表现了在政治黑暗之中的信念。这正如同布鲁克斯在分析华兹华斯《西敏斯桥上作》的魅力时所说该诗的力量正是来自"这首诗的诡论（悖论）情景"。③ 杜甫《秋雨叹》也是如此。

杜诗意象构建层面上有很多这种充满矛盾的意象对比，将不协调、相矛盾的意象元素并置，从而表述自相冲突的感情。即钱钟书所谓的"两端感情"或"佯谬"。④ 也正如德国学者莫芝宜佳所指出的：杜诗往往"大起大落，大开大阖，大喜大悲"。⑤ 如《将赴成都草堂途中又作先寄严公五首》其四："新松恨不高万尺，恶竹应须斩万根。"上句喜应栽之嘉松，下句憎应剃之恶竹，道出对新环境的期望喜悦，对严武的可依之情溢于言表。《滕王亭子二首》："清江锦石伤心丽，嫩蕊浓花满目斑。"美丽的江石花卉意象与内心的伤悲构成强烈的冲突，深刻地抒发了对唐太宗子滕王李元婴佚游荒淫无度的感叹。

---

① 刘昫：《旧唐书》卷9《本纪第九·玄宗下》，中华书局1975年版，第229页。

② 叶嘉莹：《从比较现代的观点看几首中国旧诗》，见《迦陵论诗丛稿》，中华书局1984年版，第225页。

③ ［美］布鲁克斯：《诡论语言》，见戴维·洛奇（David Lodge）编《二十世纪文学批评》，上海译文出版社1987年版，第500页。

④ 钱钟书：《管锥编》，中华书局1994年版，第1059页。

⑤ ［德］莫芝宜佳：《管锥编与杜甫新解》，河北教育出版社2004年版，第223页。

4. 性质对立的意象的并置

杜诗往往以截然相反性质的两种意象视角体现出一种真实的思想感情，可谓"以二说一"、正反同归，产生出对立统一的矛盾着的诗意，在诗歌意象组合构成上形成了一种强烈的悖论效果。如《牵牛织女》即将在方位上对立的意象进行并置："牵牛出河西，织女处其东。"又如《咏怀古迹》其一："支离东北风尘际，漂泊西南天地间。"还有疏与密意象的对置，如《涪城县香积寺官阁》中的"含风翠壁孤云细，背日丹枫万木稠，"一疏一密对写，描绘出涪城真实的风景。这种将冲突、矛盾意象并置的特点也经常体现在实与虚意象上的并置。如《秋兴八首》其二："听猿实下三声泪，奉使虚随八月槎。"上句言实，下句言虚。杜诗还有将抽象与具象、无形与有形的意象进行并置，如《泛舟送魏》中的"帝乡愁绪外，春色泪痕边，"春色为无形，泪痕为有形。有学者研究，仅以"有""无"构成对句的有 35 联之多。[1] 有学者也指出："杜诗的一线构造也是向两端——壮阔浑浩与纤巧细微——伸展，而获得广大的变化空间。"[2] 如《旅夜书怀》一诗开始写道："细草微风岸，危樯独夜舟。"乃细小镜头，紧接着就迅速展现壮阔的意境："星垂平野阔，月涌大江流。"

再如在时间上今与昔意象的对置。如《秋兴八首》（其五）中的"一卧沧江经岁晚，几回青琐点朝班，"上句言今日朝廷以及自身的衰败，下句言旧日朝廷与自身的荣华；一衰一盛，深刻表达对社会今昔巨大反差的惋惜之情。在空间上天与地意象的对置，如《江汉》"江汉思归客，乾坤一腐儒"。宋代学者谓此诗

① 钟树梁：《读杜甫早年诗札记》，《杜甫研究学刊》1990 年第 1 期，第 1 页。
② 骆玉明：《简明中国文学史》，复旦大学出版社 2010 年版，第 156 页。

句"一句在天，一句在地"。① 另外又如《夔州歌》中的"干戈满地客愁破，云日如火炎天凉"。《秋兴八首》之七中的"关塞极天唯鸟道，江湖满地一渔翁"。《咏怀古迹》其五中的"三分割据纡筹策，万古云霄一羽毛"。皆为将天与地这对相对立的意象进行并置。

诗学悖论是"通过相互对立、差异、非同一、矛盾、冲突的词语并置，用以揭示现实世界的诸多矛盾关系，并在同一句式中并存矛盾等价式含义，从而使文学语言具有多维非线性的意指关系"。② 杜诗就是如此，把语义层面相互对立的意象同时态地并置在一起，从而使其在相互碰撞和对抗之中生成丰赡而复杂的诗意，产生元好问所谓"动心而骇目"的诗学效果③，进而表述真实的思想感情。有学者认为，杜诗"用正反相形的艺术手法，通过不同角度的相互映衬，使诗歌意象获得更加充实的含义"；"构成强烈的反差，就容易打开人的思维联想活动"④。杜甫独特的意象构建方式所呈现的诗学悖论，也正是杜诗艺术魅力之所在。有学者说："最能见诗法之精及诗人一家之诗法，就在于句法，创造独特的诗歌风格，也必须有独到的句法作为保证。"⑤若将这段话所谓"句法"理解为意象的营建，那么可以说，正是这种独特的意象"句法"成就了杜甫的"新变"。

杜诗整体艺术中对立风格的两极化展现以及异质意象并置的特质，也往往给文本接受者造成突兀、不和谐的感觉。如明代郝

① 吴沆：《环溪诗话》，见李复波点校《环溪诗话选释》，广西师范大学出版社，1998 年版，第 20 页。
② 廖昌胤：《悖论》，《外国文学》2010 年第 5 期，第 114 页。
③ 元好问《杜诗学引》，见姚奠中编《元好问全集》卷 36，山西人民出版社1990 年版，第 23 页。
④ 陈伯海：《唐诗学引论》，知识出版社 1988 年版，第 162 页。
⑤ 钱志熙：《黄庭坚诗学体系研究》，北京大学出版社 2003 年版，第 193 页。

敬就评论杜诗有时"驳杂"①。胡应麟曾谓杜诗有时"句法便不浑涵"②。其实即谓杜诗意象安排上的悖论现象。但诗评家也明白这同时也是杜甫的创新，何景明就曾指责"子美辞固沉著，而调失流转"，而同时又意识到"实则诗歌之变体也"。③ 清代沈德潜亦称之为"格之变也"。④ 当今有学者讲："只有把握住杜诗的创新，才可谓抓住了杜诗的精神实质。"⑤ 古今诗评家所谓的"格变"或者"创新"，其本质上即为杜甫诗中这种极为突出鲜明的风格和意象悖论呈现，体现了杜诗在古典诗歌艺术演进史上的独到价值，极大影响了后人的诗歌创作和诗学理论，是留给后世诗人创作的一笔丰富艺术遗产，也给当代读者以丰富的诗学审美享受。正如有学者所说："杜诗积累了极其丰富的艺术经验，为后来者的进一步发展提供了各种可能，对后世产生了无与伦比的影响。"⑥

杜甫诗歌艺术风格以及意象组合所呈现出的诗学悖论特质，其产生原因是复杂而多层面的。人类社会的存在、诗人的人生观、价值观、诗学观以及其所处的时代，都是充满了崎岖板荡，充满了矛盾对立，充满了悖论。杜诗艺术中往往呈现出对立矛盾元素并置的状况，恰恰是他所处时代和身世感情的真实体现，是他跟当时社会生活以及文化兴衰哀乐与共的真实体现。⑦ 烦恼即

---

① 郝敬：《艺圃伧谈》，见周维德点校《全明诗话》第 4 册，齐鲁书社 2005 年版，第 2907 页。

② 胡应麟：《诗薮》，上海古籍出版社 1979 年版，第 91 页。

③ 何景明：《明月篇序》，见李淑毅点校《何大复集》卷 14，中州古籍出版社 1989 年版，第 201 页。

④ 沈德潜：《唐诗别裁集》"七律·杜甫"条下注，上海古籍出版社 1979 年版，第 447 页。

⑤ 胡可先：《杜甫诗学引论》，安徽大学出版社 2003 年版，第 482 页。

⑥ 程郁缀：《唐诗宋词》，北京大学出版社 2002 年版，第 9 页。

⑦ 关于杜甫思想的矛盾与复杂性，可参看陈弱水《思想中的杜甫》一文，见其《唐代文士与中国思想的转型》，广西师范大学出版社 2009 年版，第 164－211 页。

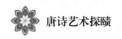

是菩提，悖论蕴含智慧。这里所谓的悖论是积极的概念而非消极的概念。依哲学思辨的思维而言，对立才能产生和谐；按中国古代"和而不同"的古老理念而言，唯有先做到"不同"，才能做到"和"。音乐如此，烹饪如此，诗歌艺术创作上的创新亦如此。杜诗正是通过这样的诗学悖论，如同有学者所言："杜诗便是优美与壮美、阳刚与阴柔之相融，而呈现出一完整之宇宙诗境"①，才从而达到了诗人所要诉说的真实思想感情，反映了那个时代的真实。我们运用悖论诗学这种新的工具和"武器"，在诗圣的诗歌艺术王国里不断探索，定会得到许多新的发现和收获，进而多层次地深入挖掘杜诗艺术深厚的民族文化底蕴，完善杜诗研究的丰富性与世界性，使"杜诗学"融入国际学术潮流，为构建"世界杜诗学"注入新的活力，使之真正成为一门国际化的学问，更有利于在世界文化全球化的浪潮中，增强中国传统文化软实力。

三、山水诗艺术传统与岑参的北庭七言歌行

岑参（715—770）是盛唐时代著名诗人，对后世的诗歌创作有很深的影响。陆游曾评论其诗歌艺术成就为"笔力追李杜"（《夜读岑嘉州诗集》）。"以为太白子美之后一人而已"（《跋岑嘉州诗集》）。岑参的生平与创作道路大致可分为三个时期。他在《感旧赋·序》中自称："五岁读书，九岁属文，十五隐于嵩阳，二十献书阙下。"此后十年里，出入京、洛，往游河朔，为功名、仕途而奔波。他的初期诗歌创作多为山水诗，风格清丽奇特。中期创作是从天宝八载（749）到至德元载（756），其间，他曾两度出塞西域，第一次是赴安西（今新疆库车），充安西四

---

① 张巍：《杜诗及中晚唐诗研究》，齐鲁书社 2011 年版，第 43 页。

镇节度使高仙芝府掌书记，第二次是自安西归京后又赴北庭（今新疆吉木萨尔），充安西、北庭节度使封常清幕府判官。这时期他的诗歌创作多为边塞题材，艺术上更加成熟。岑参自北庭东归京城，又为官于剑南西川、嘉州，这是他创作的晚期，又多为山水写景之作。

纵观他一生的创作，显然以中期的边塞之作成就最高，前人多因此而列岑参为边塞诗人。而他中期创作又以作于北庭的《白雪歌送武判官归京》等七言歌行最为著名，另外还有《轮台歌奉送封大夫出师西征》《走马川行奉送出师西征》《天山雪歌送萧治归京》《热海行送崔侍御还京》《火山云歌送别》等（下文简称为"北庭七言歌行"）。岑参作于北庭的七言歌行标志着他中期以及一生诗歌艺术的高峰，代表了他独特的风格，确立了他在唐诗发展史上的地位。这批诗作在他的边塞创作中显得很特殊，并且难于与一般的边塞诗并列齐观。宋代李昉等编撰《文苑英华》，对唐诗分门别类，其中"边塞"类不收这些七言歌行。日本学者铃木修次认为它们是"描绘西域风物的送别诗"，"是在送别席上公布以送别名义而作的风物诗"，"目的是期望他们进行宣传，让京城的人们了解异地风情"。① 可见，对这些诗的研究还有待于不断深入，这也时常引起人们讨论的兴趣。对北庭七言歌行做进一步的探讨，有助于我们认识岑参诗歌的艺术成就，有助于对唐诗艺术发展的研究。

（一）我国边塞诗艺术传统

我们细加考察，会发现岑参的北庭七言歌行风格体制与边塞诗传统（这里包括岑参本人的边塞诗创作以及同时代其他诗人的边塞诗创作）不大一致。作为盛唐时代具体的创作实绩，边塞诗

---

① ［日］铃木修次：《岑参的歌行诗》，卜平译，淮阴教育学院《文科通讯》1985 年第 2 期。

是当时特定时代背景下的产物；但作为一种诗歌史现象，盛唐边塞诗则是承接前代诗歌创作中有关元素的既定积累。马克思曾说，人们创造历史，"并不是随心所欲地创造，而是在直接碰到的、既定的、从过去承继下来的条件下创造"。①追溯从边塞诗发展历史的孕育生成期——魏晋南北朝时期，到边塞诗的成熟期——盛唐时期，可以看出，一方面，有关战争、边塞的诗作很多，并且呈现出不同的风貌；另一方面，由于诗歌艺术的继承性，这些创作又形成了一个较稳定的、可以把握的传统。这个传统在主题、内容方面大致可分三类：

首先，叙征戍之艰。如汉魏左延年《从军行》反映了征戍给百姓带来的痛苦：

> 苦哉边地人，一岁三从军。
> 三子到燉煌，二子诣陇西。
> 五子远斗去，五妇皆怀身。

唐代李颀、王昌龄就沿用这个"皆述军旅苦辛之词"（吴兢《乐府古题要解》）的古题，抒发了征戍给士卒带来的"撩乱边愁""幽怨"和"眼泪"。魏陈琳《饮马长城窟行》"言秦人长城之役也"（同上），唐代王翰同题也借古讽今，对"黄昏塞北无人烟，鬼哭啾啾声沸天"的惨象深表悲哀。又如，《陇头歌》本为汉《横吹曲》，古辞已亡，但《梁鼓角·横吹曲》中的三首《陇头歌》却流传下来：

> 陇头流水，流离山下；
> 念吾一身，飘然四野。（其一）
> 朝发欣城，暮宿陇头。
> 寒不能语，舌卷入喉。（其二）

---

① ［德］马克思：《路易·波拿巴的雾月十八日》，见《马克思恩格斯选集》第1卷，人民出版社1972年版，第603页。

> 陇头流水，鸣声呜咽。
> 遥望秦川，心肝断绝。（其三）

这样的意境给唐代边塞诗影响很深。卢照邻《陇头水》就写道：

> 陇坂高无极，征人一望乡。
> 关河别去水，沙塞断归肠。……
> 从来共呜咽，皆是为勤王。

杜甫《前出塞》之三也是借陇头水的呜咽，表现征夫怨愤的情绪。

又如，曹操作有《却东西门行》一诗：

> 戎马不解鞍，铠甲不离傍。
> 冉冉老将至，何时反故乡。

后来，晋代陆机的《苦寒行》发展了曹操"备言冰雪溪谷之苦"（同上）的古题，写道：

> 北游幽朔城，凉野多险难。……
> 剧哉征役人，慊慊恒苦寒。

到南朝，鲍照有很多这类内容的代乐府，钟嵘《诗品序》称之为"鲍照戍边"，如《代出自蓟北门行》《代东武吟》等。

其次，述相思之苦。汉乐府辞有《饮马长城窟》"青青河边草"一诗，"伤良人流宕不归"（同上），"言征戍之客至于长城而饮其马，妇思之"；"言天下征役，军戎未止，妇人思矣，故作是行"（《昭明文选》李善、五臣注）。魏曹丕有《燕歌行》"秋风萧瑟天气凉"，"别日何易今日难"两篇，"言时序迁换而行役不归，佳人怨旷无所诉也"（吴竞《乐府古题要解》）。南朝萧纲也写有"言辛苦征战，佳人怨思"（同上）的《陇西行》。唐代边塞诗也继承了这样的主题。如高适《燕歌行》写道：

> 铁衣远戍辛勤久，玉箸应啼别离后。

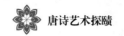

少妇城南欲断肠，征人蓟北空回首。

最后，颂武艺之强。古题《少年行》《游猎篇》等诗作多渲染将士的威武雄风。魏曹植《白马篇》写游侠儿的勇武：

> 控弦破左的，右发摧月支。
> 仰手接飞猱，俯身散马蹄。
> 狡捷过猴猿，勇剽若豹螭。……
> 长驱蹈匈奴，左顾陵鲜卑。

南朝鲍照《代陈思王白马篇》写道：

> 白马骍角弓，鸣鞭乘北风。……
> 但令塞上儿，知我独为雄。

唐代边塞诗亦多写类似的题材。乐府古题《出自蓟北门行》多"言燕蓟风物及突骑勇悍之状"（同上）。李白同题写道：

> 推毂出猛将，连旗登战场。……
> 挥刃斩楼兰，弯弓射贤王。

高适《蓟门行》五首也是由此题衍化，其中写道：

> 幽州多骑射，结发重横行。
> 一朝事将军，出入有声名。……
> 胡骑虽凭陵，汉兵不顾身。

（二）唐代边塞诗与传统边塞诗之关系

从上文的具体分析中，我们可以了解初唐、盛唐边塞诗的一些特色：第一，多沿用乐府古题古意。初、盛唐边塞诗许多主要诗题是源于乐府古题的。李白在天宝年间曾北游燕蓟一带，立志"沙漠收奇勋"，写下许多边塞诗，大多承继乐府古题，如《幽州胡马客歌》，"依题立义，叙边塞逐虏之事"（明胡震亨《李诗通》），《北上行》拟曹操《苦寒行》，"言从军征役之苦"（《李太白文集》萧士赟注）。汉代《铙歌·战城南》中写道，"枭骑战斗死，驽马徘徊鸣"，诅咒战争，哀悼阵亡。李白沿用此题写道："去年战，桑干源；今年战，葱河道。""万里长征战，三军尽衰老。"反对朝廷征伐无已。《出塞》本为汉乐府古题，陈子昂、王维等皆沿依此题写下大量边塞诗，特别是王昌龄"秦时明月汉时关"一首，被誉为唐七绝压卷之作，千古绝唱。杜甫也写下14首以《前出塞》《后出塞》为题的边塞诗。此外，《关山月》《从军行》《燕歌行》等古题都广为初唐、盛唐边塞诗创作所沿用。后人也看出唐代诗人这样的延沿汉魏乐府古题古意来创作边塞诗的创作理念，在宋、元人对唐人诗集的分类编次中，即将唐代边塞诗归属于乐府诗。如徐居仁《分类集注杜工部诗》中"边塞门"收杜甫《前出塞》《后出塞》等边塞诗，大多为乐府体诗。杨齐贤、萧士赟《分类补注李太白诗集》收李白边塞诗皆归入"乐府"类。

第二，在遣词造句、构思谋篇和意象意境上，唐代边塞诗大多效仿前代的有关战争、边地之作，多为想象之辞。如王昌龄《出塞》写道：

> 秦时明月汉时关，万里长征人未还。
> 但使龙城飞将在，不教胡马度阴山。

据学者考证，王昌龄并未涉足西域边塞，此诗可谓想象之辞，其辞句和意境与梁代刘孝标同题有密切关系：

> 蓟门秋气清，飞将出长城。
> 绝漠冲风急，交河夜月明。

李白的边塞诗更是大量运用前代诗歌的意象意境。如其《塞下曲》六首之二中"胡马欲南饮"句，是化用刘孝标《陇头水》中"时观胡马饮，常为汉国羞"的诗句。之五中"将军分虎竹"

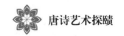

句，是化用鲍照《拟古八首》之三"留我一白羽，将以分虎竹"的诗句。之六中"汉皇按剑起"，是源于鲍照《出自蓟北门行》中"天子按剑怒"句（参见詹瑛《李白诗论丛·李白乐府探源》）。李白《北上行》写道：

> 北上何所苦，北上缘太行……
> 马足蹶侧石，车轮摧高冈。

是化用曹操《苦寒行》中的诗句：

> 北上太行山，艰哉何巍巍；
> 羊肠坂诘曲，车轮为之摧。

第三，唐代边塞诗多继承前代有关战争、边塞的诗歌艺术，常用传统的"叙事"手法，虚构军戎生活中的一个场面或情节，来表现诗歌的主题或诗中的情感。如卢照邻《陇头水》勾画了一个征夫思乡的场面，其中写："陇坂高无极，征人一望乡"，即由《梁鼓角·横吹曲·陇头歌》中"陇头流水，流离山下，""遥望秦川，心肝断绝"中的诗意衍化而来。王维《老将行》虚拟一名老将的口吻，表达对统治者的不满和自己沦落不遇的悲愤。王翰《饮马长城窟行》描写一位"长安少年"从"西击胡"到"回来饮马长城窟"的经历，抨击统治者的无益边战。杜甫《前出塞》九首亦"代为从军者之言"（仇兆鳌《杜诗详注》语），叙述了一名士卒的戎马生活，在一个个虚构的典型场面中，表现他对战争的复杂感情。如第三首中虚构这位士卒"磨刀呜咽水，水赤刃伤手"的情节，表现他"欲轻肠断声，心绪乱已久"的复杂心情。

（三）山水诗艺术传统与岑参北庭七言歌行之关系

上文简述了岑参时代及其以前边塞诗创作在内容主题和艺术形式上的几个特点，而岑参的北庭七言歌行皆实地描绘西域边塞风光实景，并不主要表现上述的内容主题，又非"学古叙事"，显得非常特殊。而且，岑参的北庭七言歌行在艺术体制上属于"歌行体"。在唐人观念中，"歌行体"与"乐府体"是有区分的，"歌行体"为自拟诗题的七言诗或杂言诗，并不包括拟乐府的七言诗。宋人《文苑英华》即将"歌行"与"乐府"并列，反映了唐宋诗歌创作的理念，只是到明代高棅《唐诗品汇·凡例》才把唐人"歌行"与"乐府"统称为"七古"一类。岑参的北庭七言歌行在艺术体制上并不归属为"乐府"体制下的边塞诗传统，他这种特点，不能不说是唐代边塞诗坛中的不曾有的一种新面貌、一种新发展。那么，岑参是以一种什么样的诗歌艺术元素注入唐代边塞诗创作中的呢？笔者认为是他的独特的山水写景诗艺术。

我国山水诗艺术传统有两个重要因素：一为新奇山水花草，二为行旅送别。

"山川之美，古来共谈"（南朝陶弘景《答谢中书书》）。古人"登山则情满于山，观海则意溢于海"（南朝刘勰《文心雕龙·神思》）。早在屈原的作品中就有许多"嵯峨之类聚，葳蕤之群积"（《文心雕龙·物色》）的写山水之辞。经过历史漫长的艺术积累，到南朝谢灵运诗笔之下，正式确立了山水诗的艺术传统，其《登池上楼》《游岭门山》等诗，皆捕捉奇丽的山水景色，真是"大必笼天海，细不遗草树"（白居易《读谢灵运诗》）。日本学者小尾郊一也指出了谢灵运的贡献："融汇了前人对山水自然的认识，开始怀着'赏心'——鉴赏之心客观地描绘自然山水。"①在后来鲍照的山水诗中，行旅送别的成分明显增多，如《送别王宣城》等诗。谢朓的山水诗也以行旅送别为主，因而《昭明文选》把他的山水诗列入"行旅诗"类中。可见，我国山水诗传

---

① ［日］小尾郊一：《中国文学中所表现的自然与自然观》，《文学研究动态》1982 年第 24 期。

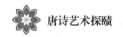

统有一个核心——"登山临水送将归"（用宋玉《九辩》语），即实地描写真实的山光水色，或同时用以送别。

这种山水诗传统的核心因素，在岑参的北庭七言歌行显得非常明显。北庭七言歌行重在描写边塞实地的奇异风景，并送别友人。宋人许颛《彦周诗话》说："岑参诗亦自成一家，盖尝从封常清军，其记西域异事甚多，如《优钵罗花歌》《热海行》，古今传记所不载者也。"指出了岑参这些诗的特点。如《白雪歌送武判官归京》，几乎全篇写边塞大雪奇寒的风景：

> 北风卷地白草折，胡天八月即飞雪。
> 忽如一夜春风来，千树万树梨花开。
> 散入珠帘湿罗幕，狐裘不暖锦衾薄。
> 将军角弓不得控，都护铁衣冷难着。
> 瀚海阑干百丈冰，愁云惨淡万里凝。……
> 纷纷暮雪下辕门，风掣红旗冻不翻。

《热海行送崔侍御还京》则描写西域热海（今哈萨克境内的伊塞克湖）的炎热景象：

> 海上众鸟不敢飞，中有鲤鱼长且肥。
> 岸傍青草常不歇，空中白雪遥旋灭。
> 蒸沙烁石燃虏云，沸浪炎波煎汉月。
> 阴火潜烧天地炉，何事偏烘西一隅？
> 势吞月窟侵太白，气连赤坂通单于。

诗末言异别之情："送君一醉天山郭，正见夕阳海边落。"《火山云歌送别》描写了内地人从未见到的火山云气：

> 火山突兀赤亭口，火山五月火云厚。
> 火云满山凝未开，飞鸟千里不敢来。

郑振铎先生对岑参这些诗作了很好的评价："以秀挺的笔调，介

96

绍整个的西陲、热海给我们。唐诗人咏边塞诗颇多，类皆捕风捉影。他却句句从体验中来，从阅历里出。"① 指出了这些诗与一般边塞诗的不同。

（四）北庭七言歌行对山水诗艺术传统的继承

岑参北庭七言歌行的艺术风格继承了传统山水诗的传统。南朝山水诗的特点是"各竞新丽""情必极貌以写景，辞必穷力而追新"（《文心雕龙·总术》《文心雕龙·明诗》）。谢朓诗"奇章秀句，往往惊遒"（钟嵘《诗品》卷中），"文章清丽"（《南史·谢朓传》）。岑参的北庭七言歌行正是继承了山水诗奇丽的艺术精神。如《天山雪歌送萧治归京》写道：

> 天山雪云常不开，千峰万岭雪崔嵬。
> 北风夜卷赤亭口，一夜天山雪更厚。
> 能兼汉月照银山，复逐胡风过铁关。……
> 晻霭寒氛万里凝，阑干阴崖千丈冰。

给人以奇特之感。《火山云歌送别》中的"平朝乍逐胡风断，薄暮浑随塞雨回"，描写火山云气的变幻，不可谓不"奇"。《白雪歌送武判官归京》"忽如一夜春风来，千树万树梨花开"的境界，亦可谓"新丽"之至。

南朝初山水诗"巧言切状"（《文心雕龙·物色》），谢灵运的诗"巧不可阶"（梁简文帝《与湘东王书》）。岑参的北庭七言歌行也有这样的特点。如《走马川行奉送出师西征》中"马毛带雪汗气蒸，五花连钱旋作冰"，抓住自然界中雪化为水、水又冻成冰这一过程，形象巧妙地表现出边塞的奇寒。《白雪歌送武判官归京》中"风掣红旗冻不翻"一句，既写出气温极低，又写出风速极大、雪量极多。唐人杜确《岑嘉州诗集序》中称岑

---

① 郑振铎：《中国文学史（插图本）》，人民文学出版社 1957 年版，第 324 页。

诗:"属辞尚清,用意尚切,其有所得,多入佳境,迥拔孤秀,出于常情。"明人陈绎曾《吟谱》说"岑参诗尚巧主景"(明胡震亨《唐音癸鉴》卷五)。所言极是。

北庭七言歌行在具体的意象创造上受山水诗艺术传统影响极大。谢朓《和刘西曹观海台诗》描写海的宏观奇景:"差池远雁没,飒沓群凫惊。"岑参在《热海行送崔侍御还京》中继承了这种鸟与海叠加一体的意境,来描写热海的奇观:"海上众鸟不敢飞。"或写火山云的奇观:"火云满山凝未开,飞鸟千里不敢来"(《火山云歌送别》)。吴均是南朝后期著名诗人,多山水之作,诗风清拔,其诗对岑参北庭七言歌行影响很深。吴均《咏雪》写道:"萦空如雾转,凝阶似花积。"岑参《白雪歌送武判官归京》也运用这种以花比雪的艺术手法:"忽如一夜春风来,千树万树梨花开。"吴均《奉使庐陵》写道:"风急雁毛断,冰坚马蹄落。"岑参也用鸟死马蹄落的意象来渲染奇寒:"交河城边飞鸟绝,轮台路上马蹄滑"(《天山雪歌送萧治归京》);"剑河风急雪片阔,沙口石冻马蹄脱"(《轮台歌奉送封大夫出师西征》)。吴均《酬闻人侍郎别诗》之二在描写山水之后,诗末写道:"欲见终无缘,思君空伫立。"这种构思及遣辞成为北庭七言歌行中的常用手法。如《白雪歌送武判官归京》末句说:"山回路转不见君,雪上空留马行处。"《走马川行奉送出师西征》末句说:"车师西门伫献捷。"清代冯班《钝吟杂录》说:"于时诗人灼成一体者,有吴叔庠,边塞之支所祖也。"敏锐地看出了吴均诗风对后来岑参边塞诗的影响关系,可以具体地说,是岑参"所祖也"。

与吴均齐名的南朝诗人何逊,其山水诗常写奇异风景,送给亲友欣赏。如《渡连圻》之一中写道:

> 此山多灵异,峻崛实非恒。……
> 悬崖抱奇崛,绝壁驾崚嶒。……

愿欲书所见，聊以寄亲朋。

岑参的《白雪歌送武判官归京》《天山雪歌送萧治归京》《热海行送崔侍御还京》，都有写边地奇异风景以赠寄友人的意味①（参见铃木修次《岑参的歌行诗》）。杜确《岑嘉州诗集序》说："时议拟公于吴均、何逊，亦可谓精当矣。"岑参的北庭七言歌行正是这样，深深印有吴均、何逊山水诗艺术的痕迹。

（五）结语

岑参北庭七言歌行是把山水诗艺术传统融入边塞诗创作中的产物，突破了以往的乐府诗题下的边塞诗传统，形成了前所未有、后少继者的独特艺术风貌，标志着边塞诗艺术的新发展，给唐代边塞诗创作注入了新的血液，开拓了边塞创作的领域。后代学者也看到这一点。宋代许颢《彦周诗话》说："岑参诗亦自成一家。"美国学者宇文所安也指出了岑参北庭七言歌行的具体特点："喜爱单纯的瑰奇和异国情调"，"沉迷于将边塞战争描绘成异国奇丽世界的一部分"；②"为了表现异国特点……先极力描绘某种边塞景色，然后把这种边塞景色的成分与社交的内容不费力地联系起来"③。当时的所谓"社交"活动当然主要为宴饮送别，而宴饮送别则一般说来必须要先涉及山水风光的描写，这正是自古以来的山水诗创作的传统。

岑参的北庭七言歌行具有山水诗创作的倾向，实际上也并不奇怪。它体现了岑参一生创作的整体性，是诗人一生创作道路的必然发展。岑参早期的山水诗，善于描写一种奇特变幻的意境。

---

① ［日］铃木修次：《岑参歌行诗》，卜平译，载《文科通讯》1985 年第 2 期。

② ［美］宇文所安：《盛唐诗》，贾晋华译，生活·读书·新知三联书社 2004 年版，183－185 页。

③ ［美］宇文所安：《盛唐诗·岑参——寻求奇境的诗人》（The Great Age of China Poetry：The High Tang），耶鲁大学出版社 1982 年版，第 169 页。

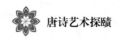

如《终南山际精舍寻法澄上人不遇归高寇东潭石淙望秦岭微雨贻友人》写道：

> 诸峰皆晴翠，秦岭独不开；……
> 崖口悬瀑流，半空白皑皑。
> 喷壁四时雨，傍村终日雷。

唐代殷璠《河岳英灵集》卷中称："参诗语奇体峻，意亦造奇。"《河岳英灵集》一书选收天宝四载（745）以前（或作天宝十二载以前）的唐人诗作，当时岑参还未出塞，殷璠的评语当指岑参的早期诗风。经过较短时间的西域边塞诗创作之后，岑参的诗歌创作进入晚期，诗风又与早期相似，多新丽奇特的山水之作。如《峨眉东脚临江听猿怀二室旧庐》中写道：

> 峨眉烟翠新，昨夜秋雨洗。
> 分明峰头树，倒插秋江底。

在岑参一生"山水—边塞—山水"的创作历程中，出塞两次，时间也不过六年，他的边塞诗创作不可能不熔铸他擅长的山水写景诗艺术。他的山水诗艺术虽然不是内地的田园风光、江南花草之美，但挥洒在祖国西域边塞上，却大放异彩，有人称之为我国最早的"西部诗歌"，[1] 不无道理，亦可引起我们的重视。

---

① 陶尔夫：《盛唐高峰期的西部诗歌》，《文学评论》1987 年第 3 期。

第三章　中晚唐诗歌艺术研究

一、李益的边塞诗艺术成就

翻阅《全唐诗》，那些吟咏征伐戍役、塞外风光的唐代边塞诗，犹如一幅幅色彩斑斓、场景广阔的长卷呈现在我们面前。在初盛唐时期的画面上，有"秦时明月汉时关"（王昌龄《出塞》）的长城关塞，有"野云万里无城郭，雨雪纷纷连大漠"（李颀《古从军行》）的戈壁战场，有"醉卧沙场君莫笑"（王翰《凉州词》）的豪迈将士，有"相看白刃血纷纷，死节从来岂顾勋"（高适《燕歌行》）的血战场面，有"忽如一夜春风来，千树万树梨花开"（岑参《白雪歌送武判官归京》）的胡地大雪。王、李、高、岑以粗犷、厚重的偏暖色调，给世人绘出了悲壮雄浑、浪漫豪放的边塞图画。但是，当我们的视线移到中唐时期的边塞诗画卷上，则感受到一种悲壮中的凄婉、希望中的感伤，一种与初盛唐边塞诗迥然不同的偏冷色调。手持这种色调的调色板的，就是中唐"一时文宗"[①] 著名边塞诗人李益。

（一）李益边塞诗创作之时代背景

中唐边塞诗产生的时代氛围与初盛唐时期迥异，即边塞战争的性质、形势以及力量消长都有很大变化。初盛唐正值唐朝的上

---

① 尤袤：《全唐诗话》卷 5，见何文焕辑《历代诗话》，中华书局 1981 年版，第 199 页。

升时期，国势的强盛决定了当时边战的特点。唐朝为了抵制漠北强敌的南侵，维护唐在西域的声威，保持跟西域的交通联系、商业往来，在遥远的西北边塞强化军力，常以强大的主动出击者的姿态对外展开攻势。如以争夺安西四镇为中心的战争就是如此。初盛唐时国家内部比较稳定，边战是由中央统治下的府兵对敌国的战争，性质比较单一。岑参曾说："天宝初，匈奴回纥寇边，逾花门，略金山，烟尘相连，侵轶海滨。天子于是授钺常清，出师征之。及破播仙，奏捷献凯，参乃作凯歌。"[1] 他的边塞诗就是这种边战局势下的产物。因此，初盛唐边塞诗虽也有凄苦之词，但豪迈雄壮的感情却是总的基调。

安史之乱后，唐朝政治废弛、经济衰落，加上藩镇割据，使中唐边战具有新的特点：边战常发生在边疆内侧，甚至长安城下，而不像初盛唐时那样常在京城万里之外的北庭、安西一带；同时，边战由进攻型转为防守型。安史乱中，唐廷调回西北兵平乱，吐蕃乘机夺取河西、陇右。到代宗时，唐廷不得不把用兵重点转到河西。白居易《西凉伎》说：

> 自从天宝干戈起，犬戎日夜吞西鄙。
> 凉州陷来四十年，河陇侵将七千里。
> 平时安西万里疆，今日边防在凤翔。

真实描述了当时边防形势。

同时，中央、外族、藩镇、宦官、朝臣之间的矛盾相互交错，并且渗透到边战中，使之性质更趋复杂。首先，藩镇权力的上升，对中唐边战形势影响最大。藩镇掌握了地方的支度、营田、转运和采访等军政经济大权，进而常与权力渐弱的中央政权

---

① 岑参：《送封大夫出师西征序》，见郭茂倩《乐府诗集》卷20，中华书局1979年版，第302页。

发生战争，朝廷无力调遣藩兵以御外敌。藩镇主帅又多是胡人，① 中央与藩镇割据间的长期战争成为中唐边战的一个成分。藩镇内部权力之争又非常剧烈，动乱不定；藩镇之间也常有战事，兵连祸结，天下动荡。唐朝穷于应付内战，结果是，"其先也，欲以方镇御四夷；而其后也，则以方镇御方镇"。② 其次，宦官在边战中扮演了重要角色，他们典禁兵、握军权，权势愈来愈重，在边战中乘机勒索抢掠百姓。宝应元年（762），唐廷邀回纥兵以破安史乱军，回纥大掠洛阳，宦官仆固怀恩和鱼朝恩所统制的朔方、神策两军，借口洛阳、汴州等地为贼境，也沿途虏掠。宦官倚兵权，还牵制着中央的对外战争。如怀恩曾因与朝廷有隙而兵变，又引回纥、吐蕃入寇，进逼奉天，威胁京城。③

李益的边塞诗就是上述社会历史背景下的产物。

（二）李益边塞诗的爱国主义情感

李益（748—892），字君虞，陇西姑臧（今甘肃武威）人，20岁便有诗名，登进士第后，授郑县尉，但郁郁不得意，遂弃职北游河朔等地，后又游历西北边地，为诸节度使幕僚。贞元十三年（797）入幽州节度使刘济幕。宪宗时，入朝任秘书少监等职，遭人排挤，便在河南、扬州或为官或家居。太和初，官至礼部尚书。④ 李益当时诗名很高，其《竹窗闻风寄苗发司空曙》中"开门复动竹，疑是故人来"这体察细微、情感深挚的诗句历来被世人所欣赏。晚唐张为《诗人主客图》称他为"清奇雅正主"，与白居易、孟郊等五"主"并列。中唐蒋防《霍小玉传》

————————

①　幽州节度使李怀山、成德节度使王武俊是契丹人；成德节度使李宝臣、魏博节度使史宪诚是奚人。

②　王谠：《唐语林》卷8，上海古籍出版社1978年版，第267页。

③　司马光：《资治通鉴》卷223，中华书局1956年版，第7176页。

④　欧阳修等：《新唐书·李益传》，中华书局1975年版，第5789页。

中所描述的他少年时与霍小玉的悲欢离合，后世广为流传，至到明代汤显祖还据此爱情故事创作《紫箫记》和《紫钗记》。但是，李益诗歌创作中最壮美的文字是他金戈铁马中所创作的边塞诗，他生活道路中最富于活力的旅程是他"从事十八载，五在兵间"①的军戎生涯。

儒家传统的建功立业的思想是李益思想的基本倾向，在建中元年（780），他首次从军时说："问我此何为，平生重一愿"。②即要立功边塞。在创作思想上，他很强调儒家的"诗教"，认为诗要有补于教化，对现实有作用。③这都促使他积极投身边塞战争，面对现实，写出内容深沉的诗篇。

爱国主义情感是李益边塞诗的重要内容，其特点是把讴歌杀敌报国的英雄气概跟同情百姓在兵燹中的痛苦、抨击唐廷的无能统一起来。在中唐内外充满危机的时代里，百姓一方面厌恶频繁战争所带来的沉重赋役，要求安宁的生活；另一方面面对敌族屡次骚扰边境州县，又有浓厚的爱国保家情感。李益的边塞诗正反映了这种复杂的感情。这与初盛唐的边塞诗情况不同，后者爱国主义情感的侧重点在于表现唐军气盖山河的武威，如岑参边塞诗就以杀敌立功的乐观精神为基调，浪漫奔放的色彩极浓，其《轮台歌奉送封大夫出师西征》写道：

> 上将拥旄西出征，平明吹笛大军行。
> 四边伐鼓雪海涌，三军大呼阴山动。

但从某种意义上讲，思想内容比较单一，深度不够。岑参边塞诗的短处在此，李益边塞诗的长处正在于克服了这个缺陷。

---

① 李益：《从军诗序》，见张澍《二酉堂丛书·李尚书诗集》，清道光元年刻。

② 李益：《将赴朔方早发汉武泉》，见《全唐诗》卷282，中华书局1960年版，第3209页。

③ 李益《诗有六义赋》，见董诰等编《全唐文》卷481，中华书局1983年影印嘉庆十九年原刊本，第4918页。

在岑参笔下，我们可以感觉到士卒在征途中、沙场上的悲惨命运，看到沉重兵役下征人劳累的身影。其《从军有苦乐行》一诗写道：

> 边地多阴风，草木自凄凉。……
> 山河起目前，睢眦死路傍。

指出战争给人民带来的只是死亡。《五城道中》抒发了人民百姓的呼声：

> 仍闻旧兵老，尚在乌兰戍。……
> 寝兴倦弓甲，勤役伤风露。
> 来远赏不行，锋交勋乃茂。
> 未知朔方道，何年罢兵赋。

《统汉烽下》揭露了战争的罪恶：

> 统汉烽西降户营，黄河战骨拥长城。
> 只今已勒燕然石，此地无人空月明。

上层统治者相互征伐，边地百姓被杀尽驱散。《从军夜次六胡北饮马磨剑石为祝殇辞》表达了诗人的悲愤：

> 秦亡汉绝三十国，关山战死知何极。
> 风飘雨洒水自流，此中有冤消不得。

同时，李益也歌颂将士奋勇杀敌的行为。代宗以后，河西、陇右以至长安常处于吐蕃、回纥的侵扰之中。在李益从军边塞时期，吐蕃和回纥屡次犯边。贞元二年（786），吐蕃违盟，寇犯盐、夏二州等地，"掠人畜，芟禾稼，西鄙骚然"；"盐州既陷，塞外无复长保障，吐蕃常阻灵武，侵扰鄜坊"（见司马光《资治通鉴》卷232、卷234）。两年后又大掠泾、邠等五州，掳去人畜两三万口。在这种局势下，诗人热情赞扬了战士保家卫国的战斗行为。《塞下曲》即表现了这种情感：

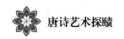

> 为报如今都护雄，匈奴且莫下云中。
>
> 请书塞北阴山石，愿比燕然车骑功。

《拂云堆》一诗写道：

> 汉将新从虏地来，旌旗半上拂云堆。
>
> 单于每近沙场猎，南望阴山哭始回。

拂云堆是唐代的受降城所在地。受降城建于景云三年（712），"先是，朔方军北与突厥以河为界。河北岸有拂云堆神祠，突厥将入寇，必先诣词祭酹求福，因牧马料兵而后渡河"。后来，张仁愿领朔方军"乘虚夺取漠南之地，于河北筑三受降城，首尾相应，绝其南寇之路"。"就以拂云堆祠为中城，与东西两城相去各四百余里，遥相应接，北拓地三百余里，于牛头牟那山北置烽堠一千八百所，自是突厥不得度山放牧，朔方无复寇掠"。[①] 李益《拂云堆》诗就是追怀初盛唐时的这件伟绩，希望当时将士也能像朔方军那样，抵抗敌族侵扰，保卫内地百姓的安宁生活。

（三）李益边塞诗中的民族和睦情感

李益边塞诗把抒发当时各民族人民要求民族和睦、天下安宁的愿望，与抨击讽刺唐朝的边防无力结合起来。列宁曾指出，"各民族之间、各社会之间以及各民族、各社会内部经常进行斗争，"其中的线索就是阶级斗争。[②] 边塞战争中首受其害的当然是各民族下层的被压迫人民，李益突破单个民族的范围，站在最广大的受战争煎熬的各民族人民一边，谴责战争，向往和平。其《登夏州城观送行人赋得六州胡儿歌》即表现了这个主题。六胡

---

① 李吉甫：《元和郡县图志》卷 4、40，中华书局 1983 年版，第 116 页、第 106 页。

② 列宁：《卡尔·马克思》，见《列宁选集》第 2 卷，人民出版社 1972 年版，第 587 页。

州是唐朝安置突厥降户的州县，因为当时突厥统辖下的中亚胡人很多，所以六州胡儿多是远方的西域各民族百姓，他们与在边塞征战的汉族战士一样，也有浓重的思乡之情。李益写道：

> 胡儿起作和蕃歌，齐唱呜呜尽垂手。
> 心知旧国西州远，西向胡天望乡久。……
> 故国关山无限路，风沙满眼堪断魂。

同情他们在边塞战争中所遭受的苦难。《从军夜次六胡北饮马磨剑石为祝殇辞》更是一首动人心魄的悲歌：

> 秦坑赵卒四十万，未若格斗伤戎虏。
> 圣君破胡为六州，六胡又尽为胡丘。……
> 又闻招魂有美酒，为我浇酒祝东流。
> 殇为魂兮，可以归还故乡些。
> 沙场地无人兮，尔独不可以久留。

斥责突厥和唐朝的边战使民族将士尸埋沙场、魂留他乡，对他们的悲惨命运寄予深深的同情。

建中年间，唐与吐蕃和好，边疆关系一度缓和，李益对此非常喜悦，写下一系列诗篇，赞美这种民族和好的局势。《盐州过胡儿饮马泉》中写道：

> 绿杨著水草如烟，旧是胡儿饮马泉。
> 几处吹笳明月夜，何人倚剑白云天。
> 从来冻合关山路，今日分流汉使前。

昔日的战场，今天成为友好的通道，在边塞美好的描绘中，抒发了诗人的喜悦和希望。《临滹沱见蕃使列名》写道：

> 漠南春色到滹沱，碧柳青青塞马多。
> 万里关山今不闭，汉家频许郅支和。

对民族和睦的局势感到欣慰。

李益边塞诗中的民族和睦思想跟抨击唐朝无力抵御外来侵扰的内容并不矛盾。当时，吐蕃、回纥因唐朝衰弱而非常猖狂。如贞元三年（787），唐将浑瑊赴吐蕃会盟，遭到吐蕃伏兵的袭击。实际上，吐蕃当时被回纥、南诏牵制，在河陇的兵力很小，但唐朝却因藩镇战乱、国力衰弱而不得不屡次对吐蕃与回纥讲和甚至和亲。从乾元到元和末年，先后嫁宁国、崇徽、咸安、太和公主给回纥可汗。在整个中华民族历史长河中，和亲常常在客观上具有进步意义，促进了各民族间经济、文化上的友好往来。但具体说来，在不同的历史背景中有种种不同的和亲。中唐时期的和亲大多是因国势衰弱而做的权宜之策，以达到某种政治、军事和外交目的。对当时朝野上下来说，不能不说是唐廷唐军软弱无力的表现，不能不引起人们的愤慨。当时诗人戎昱有一首有名的《咏史》诗写道：

> 汉家青史上，计拙是和亲。
> 社稷倚明主，安危托妇人。
> 岂能将玉貌，便拟静沙尘。
> 地下千年骨，谁为辅佐臣。

就是这种普遍感情的集中表达。李益对此也感慨极深，正是"伤心不独为悲秋"。[①] 其《塞下曲》写道：

> 黄河东流流九折，沙场埋恨何时绝。
> 蔡琰没去造胡笳，苏武归来持汉节。

不满汉唐各朝的软弱与边战失利。《赴渭北石泉驿南望黄堆烽》诗讽刺了朝廷上下昏庸无能，大敌临头，只求讲和，无人驰骋沙场以杀敌报国：

---

① 李益：《上汝州城楼》，见《全唐诗》卷283，中华书局1960年版，第3228页。

边城已在虏城中，烽火南飞入汉宫。

汉廷议事先黄老，麟阁何人定战功。

李益曾描写当时的边塞局势是"秦筑长城城已摧"（《塞下曲》），内地局势是"黄昏鼓角似边州"（《上汝州城楼》），可是李益《登长城》中却说："当今圣天子，不战四夷平。"这显然是讥刺之语。

李益边塞诗中有他自身遭遇与情感的影子，把自己对家乡的情感与广大百姓的爱国主义情感统一起来。他童年时便被动荡的社会卷入兵荒马乱之中，漂泊外乡。仕途上，在朝廷与边塞幕府双方都得不到重用，《来从窦车骑行》《幽州赋诗见意》诗都写到自己失意后的悲愤。他对故乡陇西有深厚的感情。陇西是中唐边区，常发生与回纥、吐蕃的战争。他的出生地姑臧自古就是战场，多次发生汉朝与匈奴、前秦与北凉等民族间的边战。[1] 李益的很多边塞诗就是在这既是边塞又是故乡的陇西地区创作的。这与岑参的情况不同，岑参边塞诗多创作于离家万里之外的西域，情感较单一，即杀敌报国，立功还乡，如"万里奉王事，一身无所求。也知边塞苦，岂为妻子谋"[2] 的诗句。而李益边塞诗的情感则比较复杂、微妙。如《夜上西城听〈梁州曲〉》写道：

行人夜上西城宿，听唱《梁州》双管逐。

此时秋月满关山，何处关山无此曲。

听《梁州曲》必然会想起古梁州之地、即自己的家乡陇西，诗人把自己的情感推而广之，说此时军营中听到这思乡之曲，谁能不起思乡之情？《边思》诗说：

---

① 李吉甫：《元和郡县图志》卷40，中华书局1983年版，第1019页。

② 岑参：《初过陇山途中呈宇文判官》，见《全唐诗》卷7，中华书局1960年版，第2024页。

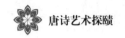

腰垂锦带佩吴钩，走马曾防玉塞秋。
莫笑关西将家子，只将诗思入凉州。

诗人常以汉代陇西名将李广的后代自许，自称"世将之后""西州之遗民"（《从军诗序》），能像李广那样立功边塞，是自己的夙望。但这"曾防玉塞秋"的英武"关西将家子"，如今壮志未遂，理想只能化为苍凉悲慨的诗思，诗人站在这既为边区又为故乡的古凉州之地，感慨泉涌，有对家乡父老的惭愧，有对理想幻灭的唏嘘，亦有对唐朝衰弱的悲愤。

（四）李益边塞诗悲壮凄婉的艺术基调

李益的边塞诗在诗歌艺术上取得了很高的成就，多以绝句形式，细致、敏锐地捕捉边塞生活中最富有表现力的那一顷刻或那一景物，委婉地表达情感，形成明代胡震亨所说的"悲壮宛转""令人凄断"的诗风。①

悲壮凄婉的诗风是李益边塞诗艺术的基调。如前所述，李益思想有积极入世、建功立业的一面，但他早年就有仕途失意后归隐的道家思想。从军边塞时期，年纪的衰老、社会的动乱，好友孟郊、李观等人的相继离散病故，更增添了思想中的感伤悲观成分。《惜春伤同幕故人孟郎中兼呈去年看花友》即流露了这种悲哀："去年看花伴，已少去年人。"李益的内兄卢纶《同李益伤秋》诗写道：

岁去人头白，秋来树叶黄。
搔头向黄叶，与尔共悲伤。

表达了他们共同的感伤。元和年间，李益《答广宣供奉问兰陵居》诗说自己"山色是南邻"，老庄避世思想很明显。可见，他

---

① 胡震亨：《唐音癸鉴》卷7，上海古籍出版社1981年版，第64页。

的思想是一个不可分割的整体，儒、道思想在他身上相辅相成。从建中元年（780）到贞元十三年（797）的从军边塞时期，是他建功立业思想与悲观厌世思想交错、并存的时期，是他在两者摇摆、矛盾的时期。前者促成了他边塞诗艺术悲壮的格调，正如他说，自己"或因军中酒酣，或时塞上兵寝，相与拔剑秉笔，散怀于斯文，率皆出于慷慨意气"；"亦其坎壈当世发愤之所致也"（《从军诗序》）。形成悲壮慷慨的诗风；后者促成了他边塞诗艺术凄婉的格调，染上一层感伤的色彩。

如《暖川》诗勾勒出一幅壮观的图画：

> 胡风冻合鸊鹈泉，牧马千群逐暖川。
> 塞外征行无尽日，年年移帐雪中天。

千群牛马追逐的是温暖草盛之地，而征夫们却年年在辽阔的冰天雪地之中行军驻扎，熬过无数春秋。诗歌在壮阔场景的描绘中流露了对征夫的同情。李益擅长创造悲壮凄怆的意境，如《度破讷沙》中"平明日出东南地，满碛寒光生铁衣"的意境，寓有对疲于行军征伐的将士既敬佩又怜伤的复杂感情。《听晓角》呈现出一幅凄惨的画面：

> 边霜昨夜堕关榆，吹角当城汉月孤。
> 无限塞鸿飞不度，秋风卷入《小单于》。

深秋寒夜，残月在天，浓霜满地，榆叶凋零，隐约有人在呜呜咽咽地用画角吹起《小单于》的曲调，使人在光、声、温度中感受到一种凄怆的气氛。连寥廓的秋空中那飞翔的鸿雁，听到这曲调，也为之动情，在关塞上低徊流连，盘旋不度。雁犹如此，人何以堪。真实地表现了士卒艰苦的征戍生活。

（五）李益边塞诗中绘画和音乐的艺术元素

李益边塞诗多运用绝句形式，在一幅幅画面中表达思想感情。他认为诗歌应该"崇俭去奢"(《诗有六义赋》),喜欢运用绝句这种精练的诗歌体制。在他近 50 首边塞诗中,绝句就占 30 首之多。岑参边塞诗多运用抒情酣畅淋漓的七言歌行,以奔腾跳跃的节奏,表现唐军将士浩大的气势、高昂的斗志。李益的边塞诗则不同。清代吴乔说:"七绝乃偏师,非必堂堂之陈,正正之旗。有或斗山上,或斗地下者。"① 李益边塞诗正是创造性地发挥了七绝形式的这个特点,以极敏锐的审美力去体情察物,以寥寥数语去截取某种行为或感情的最能产生艺术效果的那一瞬间,戛然而止,犹如今天电影艺术的"定格",也犹如高明画家的一幅速写,去表现悲愤感伤、欲说还休的细腻复杂心境,产生一种诗与画统一的美。明人胡应麟称赞"李益之神秀",② 即指这种特点。难怪李益许多边塞诗,当时"天下皆施以图绘"(《新唐书·李益传》)。如其《从军北征》一诗写道:

> 天山雪后海风寒,横笛偏吹《行路难》。
> 碛里征人三十万,一时回首月中看。

诗人选取漫长征途中"一时回首月中看"这最能感染人的情景,不再说明为何回首看以及以何种心情回首看,只写齐声吹起的《行路难》曲调在耳畔缭绕,从而给人以丰富的想象,含蓄地表现了征人对征戍的怨恨和对回乡的盼望。又如《回军行》:

> 关城榆叶早疏黄,日暮沙云古战场。
> 表请回军掩尘骨,莫教士卒哭龙荒。

诗中抓住"表请回军掩尘骨"这个行为,寓有诗人"昔时征战

---

① 吴乔:《围炉诗话》卷 2,见郭绍虞编《清诗话续编》,上海古籍出版社 1983 年版,第 531 页。

② 胡应麟:《诗薮》《内编·卷六·近体·下》,上海古籍出版社 1979 年版,第 115 页。

回应乐，今日从军乐未回"（《暮过回乐烽》）的悲哀，以及对上层统治者不问士卒死活的控诉。

李益边塞诗常使用"一"字。这个字既有单一的意义，又有整体的意义，更有个体与多数统一的意义，极富于表现力。例如，《夜上受降城闻笛》有"不知何处吹芦管，一夜征人尽望乡"的诗句，"一夜"望乡是每夜望乡的定格，征人每夜望乡的行为在这"一夜"中得到典型的显现，表现了征人塞外昼夜盼归的心情。《塞下曲》中说："莫遣只轮归海窟，仍留一箭射天山。""只轮""一箭"不仅是战场上全部车轮与弓箭的高度概括，而且还是战争中最后的一只车轮与一支箭，意即不获全胜誓不归。《从军北征》诗说："碛里征人三十万，一时回首月中看。""一时"是"时时"的截取，其中含有"时时"之意。征人三十万"一时回首"，更能表现出乡思边愁之巨大、普遍。胡应麟说："七言绝，开元之下，便当以李益为第一。如《夜上西城》《从军北征》《受降》《春夜闻笛》诸篇，皆可与太白、龙标竞爽。"（《诗薮》）王世贞说："绝句，李益为胜，《回乐烽》一章，何必王龙标、李供奉。"① 后人盛誉，不谓过当。

同时，李益边塞诗还常把诗情与乐感结合起来，富有音乐特性，增加了艺术感染力。诗与音乐同源，在产生与发展过程中与音乐密不可分，正如古人所说："情动于中而形于言，言之不足故嗟叹之，嗟叹之不足故咏歌之。"② 诗中音乐性的加强是诗歌抒发强烈感情的重要方式。李益边塞诗中诗情与乐感的结合，首先表现在具有流畅和谐的韵律美。当时，他"每一篇成，乐工争以赂求取之，被声歌，供奉天子"（《新唐书·李益传》）。特别

---

① 王世贞：《艺苑卮言》卷4，见丁福保辑《历代诗话续编》，中华书局1983年版，第1013页。

② 《毛诗序》，见郭绍虞编《中国历代文论选》（第一册），上海古籍出版社1979年版，第63页。

是《夜上受降城闻笛》一诗，"天下以为歌词"。此诗四句一气呵成，可谓"声依永，律和声"（《尚书·尧典》），倾泻出征人浩大的乡思。其次，表现在借助回荡于诗中的音乐，烘托情感。黑格尔曾说音乐有一种天然的威力，它"凭声音的运动直接渗透一切心灵运动的内在的发源地"。"声音的余韵，只在灵魂最深处荡漾，灵魂在它的观念性的主体地位被乐声掌握住，也转入运动的状态"。[①] 李益边塞诗中所回响的音乐正有这种效果。其《夜上受降城闻笛》写道：

> 入夜归思切，笛声清更哀。
> 愁人不愿听，自到枕前来。

入夜思归的征人，听到凄切的笛声，心中更涌现出一层层迷惘的乡思，正是"撩乱边愁听不尽"，"总是关山离别情"。[②]《从军北征》说："天山雪后海风寒，横笛偏吹《行路难》。"风雪弥漫的征途上，响起《行路难》曲调的笛声，使士卒内心又激荡起阵阵乡愁，涌起对艰苦征戍生活的怨恨。《夜上受降城闻笛》写道："不知何处吹芦管，一夜征人尽望乡"。哀怨的笛声使我们对空间和时间距今天都很遥远的中唐征人的感情，产生真切的心灵共鸣。《听晓角》与《夜上西城听梁州曲》中也写到《梁州》曲调的笛声和《小单于》曲调的角声。

音乐表达不能言又不能缄默的情绪。李益把这些悲切的旋律摄入边塞诗中，不仅烘托了征人不绝如缕的哀怨与痛苦，含蓄地抒发出他们内心的呼声，而且也使我们感受这些情感时具有广阔的想象余地。总之，李益边塞诗中的角声、笛声，《梁州》《小单于》《行路难》这些既有具体感性又有普遍性的乐音与旋律，

---

① ［德］黑格尔：《美学》第 3 卷（上），商务出版社 1979 年版，第 349 页、第 333 页。

② 王昌龄：《从军行》，见《全唐诗》卷 143，中华书局 1960 年版，第 1444 页。

增强了其边塞诗歌的艺术感染力，使之以诗情与乐感统一的特色，在唐代边塞诗发展上占有重要地位。

二、贞元、元和时期诗歌复古思潮

考察唐诗的整个发展历史，可以看出，无论在诗歌理论上，还是在创作实践上，复古思潮都很突出。表面上看，唐诗是直接承继六朝诗歌的成就，呈显出清新宏丽的诗风，特别是近体诗的创作取得极高的成就。但在这条诗歌发展潮流的旁边，诗歌复古思潮也是需要我们正视、认真把握的一条唐诗发展主线，有时在唐诗历史上甚至占据主导地位，使唐诗艺术登上中国古典诗歌的高峰。

早在唐代，唐诗选家们就已注意到这种现象。唐代殷璠《河岳英灵集·集论》说自己的选诗原则是"既闲新声，复晓古体"。① 殷璠又在《河岳英灵集·集序》谓盛唐诗歌"声律风骨始备矣，实由主上恶华好朴，去伪从真，使海内词人，翕然尊古，有周风雅，再阐今日"。指出"尊古"的现象及作用。杜确《岑嘉州集序》说开元之际的诗人们，"颇能以雅参丽，以古杂今"，因而诗坛"彬彬然，粲粲然，近建安之遗范矣"。② 唐人高仲武《中兴间气集序》自称选诗标准为"格、律兼收"。"格"，指"格诗"，即古体诗。晚唐人顾陶《唐诗类选序》中说："国朝以来，人多反古，德泽广被，诗之作者继出，则有杜、李挺生于时，群才莫得而并；其亚则昌龄、伯玉、云卿、千运、应物、益、适、建、况、鹄、当、光羲、郊、愈、籍、合十数子，挺然颓波间，得苏、李、刘、谢之风骨，多为清德之所讽览，乃能抑退浮伪流艳之辞，宜矣。爰有律体，祖尚清巧，以切语对为工，

---

① 郭绍虞编：《中国历代文论选》第 2 册，上海古籍出版社 1979 年版，第 71 页。
② 杜确：《岑嘉州集序》，见《全唐文》清刊本，卷 459。

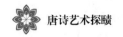

以绝声病为能，则有沈、宋、燕公、九龄、严、刘、钱、孟、司空曙、李端、二皇甫之流，实系其数，皆妙于新韵，播名当时。"① 论述了唐诗发展中"反（返）古"诗人与"律体"诗人的各自成就；认为得"风骨"，抑"浮伪"，复古诗人之功大焉。

可见，"反（返）古"与"律体"两种元素在唐诗发展中相互作用、相互补充、相辅相成，使唐诗艺术既有清新宏丽的风貌，又不失苍劲古朴的气质；既改变了以往诗歌古直无华的面容，又洗涤了齐梁以来浮艳靡软的粉霜。两者是一种对立统一的关系，在唐诗发展中齐头并进。但由于种种原因，它们又各有自己的兴衰变化，在不同时期有主有次。在贞元、元和（785—820）年间，复古思潮在诗坛占据主导地位，足以引起我们的重视，从而深入地总结唐诗发展的规律，深刻地把握唐诗艺术的成就。

（一）贞元、元和时期诗歌的复古潮流

贞元、元和时期诗家竞出，作品繁盛，风范各异。如有贞元前期吴中诗人皎然、秦系、陆羽等人的清丽诗篇，有元和初李绅、元稹、白居易的"新乐府"创作。但数量都有限，不是连续长期的、地域广泛的创作。从整体上看，这时期大部分诗人是运用古体诗形式，贯注先秦汉魏诗歌传统，创作复古倾向很重的诗歌。可以说，唐诗发展中"返古—律体"二者的摆动，在这近半个世纪中是绝对偏向"返古"一边的。

顾况"性背时人高且逸，平生好古无俦匹"（皎然《送顾处士》），曾感汉"茫茫古道，不见来者"（《监察御史储公集序》），称赞陶翰"行在六经，志在五言"（《礼部员外郎陶氏集序》），反对"文彩之丽"的诗风（《悲歌序》），在贞元三年

---

① 顾陶：《唐诗类选序》，见《全唐文》清刊本，卷762。

（787）至贞元五年间，继承《诗经》的讽谕精神和四言形式，写下《上古之什补亡训传十三章》。韦应物的诗歌创作亦具有复古倾向。宋代魏泰谓其"古诗胜律诗"。① 韦应物的《拟古诗十二首》用闺怨离思的题材抒发情感。其《高陵书情》诗说：

> 兵凶久相践，徭赋岂得闲；……
> 日夕思自退，出门望故山。

清人刘熙载说"此可与《春陵行》《贼退示官吏作》并读"。②

　　韩愈在贞元时与古代贤人旷百世而相感通，其《复志赋》说："非古训为无所用其心。""至贞元、元和间，愈遂以六经之文为诸儒倡，障堤末流，反刓以朴，划伪以真"（《新唐书·韩愈传》）。他在《秋怀》中抒发读古诗时的感叹：

> 作者非今士，相去时已千。
> 共言有感触，使我复凄惨。

自称"先王遗文章，缀辑实在余"。在贞元、元和间写下《杂诗》《嗟哉董生行》《谒衡岳庙》《石鼓歌》《琴操》等很多复古色彩极浓的诗歌。李观、欧阳詹和韩愈同在贞元八年登第，天下谓之"龙虎榜"。李华自称"洁身复古，立行师古"（《与睦州狐使论朱利用见书》），诗文创作上反对"焦气力、劳形神、润饰言辞以自贤"（《上陆相公书》），是韩愈的志同道合者，也是孟郊诗歌"出俗韵"的"知音"（孟郊《哭李观》）。欧阳詹曾于贞元十五年举荐韩愈为博士，虽未成，但与韩愈交游，二人"相知为深"（韩愈《欧阳生哀辞》），继承先秦诗歌的比兴艺术传统，写下四言古诗《东风》《有所恨》等诗。

　　柳宗元与韩愈为友，少时"下笔构思，与古为侔"（《旧唐

---

①　胡仔：《苕溪渔隐丛话前集》，人民文学出版社1981年版，第99页。
②　刘熙载：《艺概》卷2《诗概》，上海古籍出版社，1978年版，第62页。

书》本传），其《答贡士沈起书》说："仆尝病兴寄之作，堙郁于世，辞有枝叶，荡而成风，益用慨然。"曾运用秦汉时三四言诗体写下"取晋魏义，用汉篇数"的《唐铙歌》（《唐铙歌表》），用古语，叶古韵。李翱受业于韩愈，"博雅好古"（《旧唐书》）本传），力矫"多对偶俪句、属缀风云、羁束声韵"的"时世之文"（裴度《寄李翱书》）。孟郊"行古道，处今世"，"其心追古人而从之"（韩愈《与孟东野书》），"好古天下钦"（韩愈《孟生》），为韩愈所奖引。他仰慕盛唐复古诗人孟云卿、元德秀（孟郊《吊元鲁山》《哀孟云卿嵩阳荒居》），其《寄陕府邓给事》说："自谓古诗量，耻将新学偏。"《送崔爽之湖南》诗中不满时俗诗风："雪唱与谁和，俗情多不通。"《游韦士洞庭别业》诗中称赞友人"文高追古昔"。孟郊继承风雅比兴的传统，致力于五言古诗的创作，如数组《秋怀》诗，艺术成就很高。

卢仝的诗亦多古体，孟郊《答卢仝》诗称为"君文真风声，宣隘满铿锵"。刘叉亦主张诗歌复古，他称赞别人的诗："忽忽造古格，削尽俗绮靡。"（《寄赠含曦上人》）其《勿执古寄韩潮州》诗说："请君勿执古，执古徒自隳，"对韩愈复古主张的不遇感到愤慨。又视孟郊为同路人，在《答孟东野》诗中写道：

> 退之何可骂？东野何可欺？……
> 酸寒孟夫子，苦爱老叉诗。
> 生涩有百篇，谓是琼瑶辞。

张籍"能为古体诗"（《旧唐·本传书》），贞元时多写古乐府。贞元十四年韩愈《举荐张籍状》说他"文多古风"，并予以奖掖。鲍溶有《夏日华山别韩博士愈》《将归旧山留别孟郊》诗，与韩愈、孟郊结为文字之交。他"叹息追古人，临风伤逝波"（《经旧游》），多用五古体裁作诗，元代辛文房《唐才子传》称其"古诗乐府，可称独步"，其《秋怀五首》《感兴》《秋思三首》等均为古朴的咏怀之作。沈亚之常游于韩愈门下，与鲍溶交往颇多。他在《与京兆试官书》写道："去年始来京师，与群士皆求进，而赋以八咏，雕琢绮言与声病，亚之习未熟，而又以文不合于礼部，先黜去。"① 不为绮言声病之作，诗风古朴。诗人王胶曾为韩愈所举荐，"其歌诗高处用古人"（见皇甫湜《送王胶序》）。韩愈《送李础序》《卢尉墓志》中说李础、卢尉二人志在复古，当时皆有诗百千篇行于世。

李贺多运用古体抒发抑郁愤恨之情，如《咏怀二首》《感讽》。陈商被贾岛称为"君于荒榛中，寻得古辙行"（《送陈商》）。张碧曾得到孟郊的赞扬，其《农父》诗同情百姓的疾苦："到头禾黍属他人，不知何处抛妻子。"其《野田行》《鸿沟》诗在咏叹秦汉古事中揭露现实的混乱与黑暗。吕温疾呼"儒风不振久矣"（《与族兄皋请学〈春秋〉书》），在《裴氏海昏集序》中不满"南皮之诗""金谷之诗"，主张恢复"昔者三代陈诗，以观民风"的传统，称赞"婉而有直体，曰比曰兴，近而有深致"的诗风。与孟郊、张籍友善的于鹄、刘言史亦多古体创作，刘言史有志于"修文返正风，刊字齐古经"（《初下东周赠孟郊》），其诗被孟郊称为"可怜大国谣"（《哭刘言史》），引为同调。白居易在贞元、元和时也多写古体诗，如《秦中吟》等。元稹于元和十一年（816）在通州整理旧诗稿，列出"古讽"一类（《叙诗寄乐天书》），其《阳城驿》《四皓庙》等诗，"诮""讥"时事，颇为尖深。

总之，贞元、元和间，以韩门子弟、友人为主，诗歌复古思潮蔚为风气，汇成潮流，其势足以抵敌"律体"诗风的流行。

（二）贞元、元和复古诗歌美刺时政的主题

肯定贞元、元和诗歌复古思潮的业绩，是因为与唐代其他时

---

① 沈亚之：《送杜憬序》，见《沈下贤文集》卷8，《四部丛刊》影印明刊本。

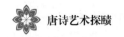

期诗歌复古思潮相比，它在思想内容上有新的特点，即侧重于讽谏美刺时政，不满现实混乱，悲叹时代颓败。这都为唐诗的健康发展提供了新的血液。

孟郊认为："不待位而言，大道之言也。"（见独孤郁《答孟郊论仕进书》）认为应像古人那样，庶人谤于道，商旅议于市，时清则庶人不议。生活在一个变动的时代里，就应关心现实，讽谕时政。他称赞别人的诗："昔咏多写讽，今词讵无因。"（《奉报翰林张舍人见遗之诗》）其理想是"何当补风教，为荐三百篇"（《送魏公入朝》）。他的创作思想概括了贞元、元和诗歌复古思潮的首要特点。

卢仝写《月蚀诗》，前人多认为有具体的本事，或说"讥切元和逆党"（《新唐书·卢仝传》），或说"嫉宦官之蔽明"（见何焯《义门读书记》、方崧卿《韩愈年谱增考》等），或说讥李忠臣，或说讥吐突承璀（见洪迈《容斋随笔》），更多的学者以为怪涩无益。其实，这首诗是在神话传说瑰丽奇诡的色彩中讽谕唐朝君王，借一次月食的亏盈来抒发自己的忠臣之心，表达对唐朝命运的忧虑与希望。诗中写道：

> 吾恐天似人，好色即丧明。……
> 二帝悬四目，四海生光辉。
> 吾不遇二帝，混沌不可知。……
> 人养虎，被虎啮。
> 天媚蟆，被蟆瞎。
> 乃知恩非类，一一自作孽。……
> 想天不异人，爱眼固应一。

卢仝是位钻研《春秋》三传的学者，他受《公羊传》及阴阳五行思想的影响，借天象以喻时政，是可以理解的。况且以"日""月"喻德、喻君，从《诗经》开始就是我国古代诗歌艺术的传统。如《诗·小雅·十月之交》写道："日有食之，亦孔之丑。"

"今此下民，亦孔之哀。日月告凶，不用其行。四国无政，不用其良。"可见，《月蚀诗》把日月、神话与君主、人间交错抒写，其讽谕意义是明显的。

卢仝在《感古》诗中的寓意可以帮助我们理解这个主题：

> 可怜万乘君，聪明受沈惑。
> 忠良伏草莽，无因施羽翼。
> 日月异又蚀，天地晦如墨。

卢仝对君主的遭受佞臣蒙蔽，深感不满与忧虑，《月蚀诗》中说：

> 地上蚍蜉臣仝，告愬帝天皇。
> 臣心有铁一寸，可刬妖蟆痴肠。……
> 敢死横干天，代天谋其长。

希望皇帝聪慧、改过，致天下太平，如孔子所说的"君子不过也，如日月之食焉：过也，人皆见之；更也，人皆仰之"（《论语·子张篇》），卢仝盼望唐朝君王能除弊延祚：

> 愿天完两目，照下万方土。
> 万古更不瞽，万万古，
> 更不瞽，照万古。

因此，后人指出，"《月蚀诗》亦是忠爱热血，诡托而出，盖《离骚》之变体也"；[1]"是一篇感情强烈锋芒犀利的讥刺诗"。[2]

韩愈的《南山诗》抒发了自己为国效力的愿望，讥刺了当时京城朝中的世态人情。元和元年（806），韩愈从南方贬所北还，因无由及时入朝，满怀怨望之情。在江陵时抱怨"我材与世

---

① 叶娇然：《龙性堂诗话续集》，见郭绍虞编选《清诗话续编》，上海古籍出版社1983年版，第1006页。

② 范文澜：《中国通史》第4册，人民出版社1965年版，第311页。

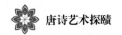

不相当,戢鳞委翅无复望"(《赠郑兵曹》),自称"诗书渐欲抛,节行久已惰"(《感春四首》)。作于归京后的《秋怀诗》中自称:

> 敛退就新懦,趋营悼前猛。
> 归遇识夷途,汲古得修绠。……
> 胡为浪自苦,得酒且欢喜。

但在这些牢骚之外,他的思想还有积极的一面。其《感春四首》说:"数杯浇肠虽暂醉,皎皎万虑醒还新。"《寒食日出游》说:"题诗尚待笔锋劲。"《秋怀诗》说:"尚须勉其顽,王事有朝请。"欲再鼓壮志,入朝问政。《南山诗》即写于这种思想状态下。

"南山"指终南山。在隋唐诗歌中,"南山"多作为一种意境,融入诗人清高淡泊的情感。如隋代胡师耽《登终南山拟古》诗中厌恶京城权贵,"结庐终南山"。王维《终南山》说:"欲投人处宿,隔水问樵夫。"张九龄《在郡秋怀》写道:"挂冠东都门,采蕨南山岑。"但在古代诗歌艺术传统中,"南山"一辞还有比兴的意义。《淮南子·道应训》载:"甯戚欲干齐桓公,困穷无以自达。为商旅,将任车以商于齐,暮宿于郭门之外。桓公郊迎客,夜开门。甯戚饭牛车下,望见桓公而悲,击牛角而疾商歌。歌曰:'南山粲,白石烂,短褐单衣长止骭。生不逢尧与舜禅,终日饲牛至夜半,长夜漫漫何时旦。'桓公闻之,抚其仆之手曰:'异哉!歌者非常人也。'命后车载之。"韩愈继承发展了"南山"这种比兴意义,赋予"南山"以新的意义,表达一种入世问政、怀才遇时的情感。不是淡泊隐逸之情,而是讽谕奋发之语。诗人遭贬出京时,路过终南山,与同伴张署"夜息南山","同卧一席"(《祭张员外署》),心情凄苦。还京时又经过终南山,《南山诗》写道:"昨来逢清霁,宿愿忻始副。"情绪开朗、明快,施志于物之情油然而生。后写南山四时之变,又写南山的亘连山势:

或连若相从，或蹙若相斗。
　　或妥若弭伏，或竦若惊鸲。
　　或散若瓦解，或赴若辐凑。
　　或翩若船游，或决若马骤。
　　或背若相恶，或向若相佑。
　　或乱若抽笋，或嵲若注灸。
　　或错若绘画。或缭若篆籀。
　　或罗若星离，或蓊若云逗。
　　或浮若波涛，或碎若锄耨。……

句首用"或"字的句子达数十个。《诗·小雅·北山》曾连用十
二个"或"字句："或燕燕居息，或尽瘁国事。或息偃在床，或
不已于行……"表现不同志趣的君子与小人。韩愈继承发展了
《诗经》"或"字句的这种比兴含义，在《南山诗》中刻画出很
多一正一反、相互对立的两种情形与意象，具有明显的褒贬、讽
谕意义。

　　《文心雕龙·比兴》说："故比者，附也；兴者，起也。附
理者切类以指事，起情者依微以拟议。"《南山诗》就具有这种
切类指事、依微拟议的特色。明代恽敬《沿霸山图诗序》也指
出了《南山诗》这种"比形类情"的特点。但后世有人说此诗
"如烂砖碎瓦，堆垒成丘耳，无生气，无情致，无色泽"。① 或说
它"刻画山水，可以不作"。② 也有人说此诗只是摹拟汉大赋的
铺排，是文字游戏，是庞大的艺术废品。这些看法都低估了《南
山诗》的价值。

　　贞元、元和复古诗歌也有赞美善政亲民的官吏的内容。柳宗

---

　　① 庞垲：《诗义固说》卷下，见郭绍虞编《清诗话续编》，上海古籍出版社
1983 年版，第 738 页。
　　② 施补华：《岘佣说诗》，见丁福保辑《清诗话》，上海古籍出版社 1963 年版，
第 984 页。

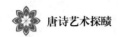

元《送从兄偲罢选归江淮诗序》说："闻善不慕，与聋聩同；见善不敬，与昏瞽同；知善不言，与嚚暗同。"代表了复古诗人的美刺观点。孟郊《吊元便山》诗赞美了元德秀有利民众的政绩：

> 言从鲁山宦，尽化尧时心。
> 豺狼耻狂噬，齿牙闭霜金。
> 竞来辟田土，相与耕嶔岑。
> 常宵无关锁，竟岁饶歌吟。
> 善教复无术，美词非俗箴。

这类诗是具有进步意义的。

（三）贞元、元和复古诗歌中批判现实的思想

贞元、元和时期复古诗人多痛恨时风大丧。韩愈《石鼓歌》作于元和六年（811）河南县令任上。石鼓是周代文物，记载周宣王狩猎之事。在古代典籍中，周宣王多被视为中兴、复古之主。《史记·周本记》载："宣王即位，二相辅之，修政法文武成康之遗风，诸侯复宗周。"《石鼓歌》诗希望唐宗能像周宣王那样了解古物的贵重价值，谏议不要"挼撼星宿遗羲娥"，即不要抛弃象日、月那样的宝物，进而遵古道、整纲纪、致太平。诗人愤慨时人重时髦、轻传统的风气："羲之俗书趁俗媚，数纸尚可博白鹅。"诗末极富感情："嗟余好古生苦晚，对此涕泪双滂沱。"这比起宋代苏轼《石鼓歌》以叹息人生不及石鼓长寿作结，要深挚广大得多。可见，韩愈的《石鼓歌》不是有人所说的，是艰涩的"考古报告"，而是一首缘事而发、感情深沉的优秀抒情诗。

"贞元之风，好佞恶忠。"（《旧唐书·卢杞等传赞》）贞元时，唐次被贬，"在巴峡十余年不获进用"。"久滞蛮荒，孤心抑郁，怨谤所积，孰与申明，乃采自古忠臣贤士，遭罹谗谤放逐，遂至杀身，而君犹不悟，其书三篇，谓之《辨谤略》"（《旧唐

书》本传）。元和时，沈传师类例广之，著成《元和辨谤略》。可见人们对谗谤这种政治弊病极感愤慨。当时，李观作《交难说》，韩愈作《原毁》，柳宗元作《谤誉》。这种愤慨的情绪在复古诗歌中也很突出。孟郊《湘弦怨》说：

> 嘉禾忌深蠹，哲人悲巧诬。
> 灵均入回流，靳尚为良谋。
> 我愿分众泉，清浊各异渠。

又在《君子勿郁郁有谤毁者作诗以赠之》中说：

> 君子勿郁郁，听我青蝇歌。
> 人间少平地，森耸山岳多。
> 折辀不在道，覆舟不在河。
> 须知一尺水，日夜增高波。
> 叔孙毁仲尼，臧仓掩孟轲。

愤恨恶谤忠贤的时风。卢仝《感古》诗也是这样的主题：

> 苍蝇点重棘，巧舌成锦绮。……
> 假如屈原醒，其奈一国醉。……
> 万世金石交，一饷如浮云。
> 骨肉且不顾，何况长羁贫。

　　贞元、元和复古诗人批判唐朝政治的黑暗与弊端，不满上层统治者崇尚佛教对国计民生的危害。韩愈《送灵师》写道：

> 齐民逃赋役，高士著幽禅。
> 官吏不之制，纷纷听其然。
> 耕桑日失隶，朝署时遗贤。

诗人们也抨击了朝政弊病丛生，给百姓造成巨大苦难。韩愈《归彭城》写道：

天下兵又动，太平竟何时？
訏谟者谁子，无乃失所宜。
前年关中旱，闾井多死饥。
去岁东郡水，生民为流尸。

其《赴江陵途中》写道：

传闻闾里间，赤子弃渠沟。
持男易斗粟，掉臂莫肯酬。
我时出衢路，饿者何其稠。
亲逢道边死，伫立久咿尤。

马异《贞元旱岁》反映灾年人民的疾苦：

赤地炎都寸草无，百川水沸煮虫鱼。
定应燋烂无人救，泪落三篇古尚书。

刘叉《雪车》诗揭露朝廷权贵不顾百姓饥寒死活，只顾驱运冰雪入深宫以备夏天御炎热的行为：

岂信车辙血，点点尽是农夫哭。
刀兵残丧后，满野谁为载白骨。
远戍久乏粮，太仓谁为运红粟。

诗人愤慨道："相群相党上下为蟊贼，庙堂食禄不自惭。我为斯民叹息还叹息。"韩愈的《泷吏》诗借昌乐泷吏之口，抨击朝政破弊：

不知官在朝，有益国家否。
得无虱其间，不武亦不文。
仁义饰其躬，巧妍败群伦。

元和时，刘辟叛乱，宪宗想"舞干以化之"。元稹《论讨贼表》极力反对："忠臣孝子，思得食其肉而快其心矣，陛下犹耸之以名爵，导之以训诰。崇之以宠章而不至，假之以旄钺而益骄。""善则善矣，则如天下之情何！"后来，唐廷虽诛刘辟，但为了维护统治阶级的共同利益，又怕得罪诸镇节度，故对诛刘辟之事讳莫如深，不许民间宣扬。西川行营节度使高崇文不许成都俳优似演《刘辟责买》戏，说："辟是大臣，谋反。非鼠窃狗盗，国家自有刑法，安得下人辄为戏弄！"并"杖优者，皆令戍边"。① 而韩愈的《元和圣德诗》却以正笔写此事，寓有对唐廷姑息、讳言刘辟叛乱的讽刺，具有批判朝政的进步意义。诗中曾渲染斩杀刘辟的情景：

> 婉婉弱子，赤子伛偻。
>
> 牵头拽足，先断腰脊。
>
> 次及其徒，体骸撑柱。
>
> 末乃取辟，骇汗如雨。
>
> 挥刀纷纭，争刌脍脯。

苏辙说："此李斯颂秦所不忍言，而退之自谓无愧于雅颂，何其陋也。"② 没有看出韩愈这些诗句具有惩除割据叛乱、讽刺朝政的寓意。《旧唐书·刘辟传》载刘辟"磔裂"食人之事，《元和圣德诗》也有刘辟"血人于牙，不肯吐口"的诗句，揭露了地方藩镇的暴虐。可知此诗正如韩愈在诗序中所讲，是"指事实录"。清人也称其为"切实缔当之至者"。③ 钟嵘曾说建安诗人应璩"善为古语，指事殷勤，雅意深笃，得诗人激刺之旨"（《诗品》卷中）。《元和圣德诗》正具有这样的特点，我们透过其称颂唐廷功德之辞，可以触摸到其批判朝政的含义。

---

①　王谠：《唐语林》卷1，上海古籍出版社1978年版，第26页。

②　魏庆之：《诗人玉屑》卷15，上海古籍出版社1978年版，第324页。

③　王寿昌：《小清华园诗谈》，见郭绍虞编《清诗话续编》，上海古籍出版社1983年版，第1866页。

（四）贞元、元和复古诗歌产生的时代背景

贞元、元和间的特定时代背景，为这时期诗歌复古思潮的兴盛，提供了成熟的客观条件。首先，这时期在政治、经济、军事各方面都在进行变革。贞元二年（786），德宗结束避乱，驾回长安，降李希烈、平朱滔，结束了自安史之乱后到贞元时河北、山东的兵乱。贞元后期，北方战事亦平定。德宗为了维护"和平"局面，在经济上实施"两税法"，使封建制度下的人身依附关系相对减轻，农业得到恢复，出现所谓"太平"的局面。元和时，宪宗加紧削藩，平淮西、定西川，国家局势相对稳定。这种"中兴"局面，使大乱后的上层统治者产生了一线复兴的希望，也促使他们重新考虑唐王朝的前途，朝廷内部的政治人事、外部的各项政策也必然有一番改革与变动。

其次，这时期虽号称"和平""中兴"，但社会的各种矛盾亦趋于暴露，如白居易当时所说："寇既荐兴，兵亦继起。兵以遏寇，寇亦生于兵。""赋征由是而重，人力由是而罢。"（《才识兼茂明于体用策》）统治阶级内部的各类矛盾也进一步激化，各派系间的政治斗争更加激烈。总之，这是一个充满危机的时代，一个既"中兴"又"中衰"的时代，一个亟待变革的时代。贞元、元和之交的"永贞革新"正是这种时代要求的集中爆发。

在诗人们的主观方面，面对这种社会现实，他们盼望国家走向坚稳。为了改革现状，实现安平的社会理想，他们重新拷问历史，寻找现存社会的稳固的根基，探索自古以来历史进展的原因。由于历史条件的局限，他们只能从古昔社会中寻求理想，希望能恢复历代人们理念中设想的、而实际上从未真正存在过的古代尧舜太平社会。这导致了诗人们把社会改革与文学复古思想紧密联系在一起。韩愈《上考功崔虞部书》说："常念古人日已进，今之人务利而遗道。"刘叉《野哭》诗感叹道："哀哉异教溺颓俗，淳源一去何时还。"他们在古代儒家典籍中寻求医治败弊社会的良药秘方。韩愈说自己"生平企仁义，所学皆孔周"（《赴江陵途中》），"我身蹈丘轲"（《赠张籍》），主张"柄任儒术崇丘轲"（《石鼓歌》）。他著有《注论语》10卷，还与李翱合作《论语笔解》。

　　在这种背景下的新思想、新情感，给唐诗的发展提供了新的内容。变革的时代也给诗坛带来新的任务，即要开辟唐诗发展新的道路、新的诗风，更好地表现新的时代风貌。正直的诗人们必定要在诗中表达他们的忧虑、悲愤及希望。独孤及曾说："识恶而不言，是使天下之为恶者不思其惧也。知善而不言，是使天下之为善者不劝其善也，"（《答孟郊论仕进书》）因而，关切现实、讽谕时政的诗篇必然会产生。但是大历以来的近体诗风不能充分表现新的时代内容。在政治思想上，诗人们认为远古社会是改革现实的楷模，与此相应，出于对讲究声律、无关时事的近体诗风的不满，诗人们进而在古代诗歌传统中去寻求诗歌艺术的典范，追摹古昔圣贤之作。先秦汉魏诗歌在思想内容上感遇咏怀、美刺时政，在艺术形式上不拘声律，多用比兴、寄托及象征的手法抒写情感，有其近体诗传统所无法比拟的艺术生命力，这正是贞元、元和复古诗人们所追求、向往的。在对社会政治的讽谕中，在与近体诗风的对立中，诗人们需要一个向导，他们终于在古代诗歌中找到了这个向导，并在其中重新认识、发现了新的价值，吸取了富有生命力的因素。韩愈叹道，"古声久埋灭，无由见真滥"（《秋怀十一首》），主张"游乎《诗》《书》之源"（《答李翱书》）。这正如《文心雕龙·通变》所讲："矫讹翻浅，还宗经诰。"

　　总之，贞元、元和年间这个唐朝历史上转折时期的社会变革及社会危机，带来了诗歌复古思潮的兴盛。孟郊说得好："文章之曲直，不由于心气。心气之悲乐，亦不由于贤人，由于时政。"

（《送任载齐古二秀才自洞庭游宣城序》）诗歌艺术上的复古思潮与美刺时政、改革现实的时代需要，这二者紧密相连。近代改良主义陶曾佑指出："文字收功日，全球改革潮。"① 一语道破中国文学发展中文学兴衰与社会改革的关系。当然，其中也有诗歌艺术本身的发展规律。但只有紧紧把握住贞元、元和年间社会政治全面变革这个核心因素，才能深刻理解当时诗歌复古思潮兴盛的原因。这也是一个唐诗与现实社会生活的关系问题，一个唐诗如何健康发展下去的问题。

（五）贞元、元和诗歌复古思潮的本质

探讨了贞元、元和年间这个"中兴"与"中衰"相交错的时代背景，可以看出，这时期诗歌复古思潮的实质就是要恢复先秦汉魏诗歌讽谕美刺的传统，"邀当局之垂听，谋现状之改进"，② 继续发展唐诗艺术。

复古诗人们并没有逃避在古书古诗中，而是了解古往理乱之所由，有志于用世问政，干预现实，正是"明古以论今"（元结《与韦尚书书》），"学古所以行于今"（陆贽《策问博通典故达于教化科》）。韩愈自称"绝意于神仙"（《杂诗四首》），不语世外仙道，其《记梦》诗说：

> 乃知仙人未贤圣，护短凭愚邀我敬。
> 我能屈曲自世间，安能从汝巢神山。

他也反对逃于醉乡，脱离现实，其《送王秀才序》说："颜氏子操瓢与箪，曾参歌声若出金石。彼得圣人而师之，汲汲每若不可及，其于外也固不暇，尚可曲糵之托而昏冥之逃邪？又以为悲醉

---

① 陶曾佑：《中国文学之概观》，见舒芜等编《中国近代文论选》上册，人民文学出版社 1981 年版，第 241 页。

② 朱东润：《司空图诗论综述》，见《中国文学论集》，中华书局 1983 年版，第 6 页。

乡之徒不遇也。"他以古贤自比，有志作为，《感二鸟赋》说：
"盍求配于古人，独怊怅于无位。"面对贞时天下兵乱未平、关
中旱灾、东郡水祸的现实，他说："我欲进短策，无由至彤墀。"
（《归鼓城》）他"操行坚正，鲠言无所忌"（《新唐书》本传），
上疏贬谪阳山、潮州。他不仅"学无不该实"，而且"吏治得其
方"（张籍《祭退之》），任袁州刺史时曾放免奴隶七百多人（见
其《典贴良人男女状》）。

　　柳宗元主张"得位而以《诗》《礼》《春秋》之道施于事"
（《送徐从事北游序》），继承当时具有现实精神的啖助、陆淳一
派《春秋》学的思想（见《陆淳墓表》《答元饶州春秋书》），
积极参加具有历史进步意义的永贞革新；还提出官非"役民"，
而是官被民役的观点（《送薛存义之任序》）。他被贬岭南，终身
不得北归，但他始终不忘用世之心。在柳州的四年中，他废除残
酷的人身抵押制度，减轻徭役，兴办教育（见韩愈《柳州罗庙
池碑》），努力"兴尧孔子之道，利安元元"（《寄许京兆孟容
书》）。卢仝也是有政治抱负的，其《蜻蜓歌》说：

　　　　吾若有羽翼，则上叩天关，
　　　　为圣君请贤臣，布惠化于人间。

　　因而，他们的复古诗歌不是为了给诗歌增加一些古雅高贵的
色彩，不是超脱现实世界，抒发一股思古之幽情；而是为了使诗
歌创作与现实生活联系得更紧密，进而讽谕现实社会。他们的诗
歌有着切实的现实内容和进步思想，是严肃的志士仁人之作。如
柳宗元《娄二十四秀才花下对酒唱和诗序》说："君子遭世之
理，则呻呼踊跃以求知于世，而遁隐之志息焉。于是感激愤悱，
思奋其志略，以效于当世。故形于文字，伸于歌咏，是有其具而
未得行其道者之为之也。"认为诗歌应是诗人志略的表现，应是
感激愤悱之词。孟郊《晚雪吟》诗说：

131

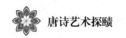

> 今朝前古文，律异同一调。
> 愿于尧琯中，奏尽郁抑谣。

即要学习古诗艺术，写出类似司马迁那样"发愤以抒情"的"郁结"诗文。柳宗元《古东门行》借汉乐府题意讽谕元和十年六月宰相武元衡被盗杀之事。李贺《古邺城童子谣效王粲刺曹操》诗写道：

> 邺城中，暮尘起，
> 探黑丸，斫文吏。
> 棘为鞭，虎为马，
> 团团走，邺城下。

借古讽今，抨击暴吏的专横跋扈。《旧唐书·元白传论》说贞元、元和时，"向古者，伤于太僻"。僻，即偏，不合于封建统治阶级温柔敦厚的常理。韩愈自嘲"己行颇僻，与时俗异志"（《上考功崔虞部书》），其诗也是如此。可以说，"僻"字表示了贞元、元和诗歌复古思潮实质的一个方面，即多讽谕激愤之词。而这种内容是不受皇族权贵们欢迎的。擅长骈体属对、柏梁陪燕的令狐楚上献《御览诗》，其中不选韩、孟诗，而多选卢纶《天长久辞》一类近体新声，恐怕也是为了投合上层统治者的好恶，因为韩、孟等复古诗人的作品内容太"僻"，执政者听来是不会耳顺的。

综上所述，贞元、元和诗歌复古思潮追慕古代诗风，不是为了回避现实，不是回避诗歌艺术的创新发展；也不是拣起旧的形式，勉强模仿古诗，写作古板的死诗。而是为了提高诗歌创作中的讽谕时政、批判现实这一现实作用的地位，给唐诗艺术的发展注入新的力量、新的气质，开创唐诗艺术的新境界。"从来多古意，可以赋新诗。"研究贞元、元和诗歌复古思潮，可使我们更深刻地体会到我国文学发展史上创新与复古的关系、发展与继承的关系。任何时代的文学，都是在对以往文学传统的扬弃中，在汲取精华、剔除糟粕的过程中迈出新的步伐。古代是这样，今天亦如此。历史在重演，不过是在新的基础上重演。当代文学的发展与创新，不可能、也决不能抛掉以往的优秀文学传统，只有正确地继承发展以往的文学遗产，才能开辟新时期文坛的繁荣昌盛之路。

三、中唐"新乐府"创作

唐宪宗时，唐代历史在安史之乱后进入一个史称"中兴"的新时期。元和三年（808），诗人李绅用新题写下一组乐府诗。次年，元稹见而和之，写成《和李校书新题乐府十二首》，其序云："余友李公垂贶余乐府新题二十首，雅有所谓，不虚为文，余取其病时之尤急者，列而和之，盖十二而已。"唯惜李诗不存。同年，白居易亦创作《新乐府》五十首。元和十二年，元稹《乐府古题序》云："近代唯诗人杜甫《悲陈陶》《哀江头》《兵车》《丽人》等，凡所歌行，率皆即事名篇，无复倚旁。予少时与友人乐天、李公垂辈谓是为当，遂不复拟赋古题。"即指元和四年，李、元、白创作"新乐府"之事。这些诗歌现实性与社会性极强，在艺术形式、风格体制上也颇具特色，引起世人及后人的重视，今天或称之为"新乐府"运动，或称之为现实主义流派。

当然，也有的学者不以为然，甚至认为"新乐府"创作时间很短，作品有限，"很难说构成一个'运动'，也很难说存在过作为一个文学运动通常所必然表现出来的文学思潮"。①"新乐府"究竟是在什么背景下产生的？其思想内容和艺术形式的根本

---

①　罗宗强：《新乐府运动种种》，《光明日报》1985年11月19日。

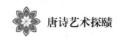

特性是什么？对这些问题做进一步探讨，有助于今天的唐诗研究。本书力图从审实的材料入手，从客观的史实出发，论述诗歌复古思潮占主流的贞元、元和时期诗坛，说明"新乐府"创作的出现决非孤立、偶然，它并未超脱出贞元、元和诗坛的复古思潮，相反地，它是在复古思潮的带动、促进下兴盛的，并且在创作精神上，二者是一致的。

（一）贞元、元和诗歌复古思潮对"新乐府"创作的理论先导作用

从创作思想上看，贞元、元和诗歌复古思潮对"新乐府"诗人的诗歌理论具有先导作用。

元稹《和李校书新题乐府十二首》序称李绅诗"雅有所谓，不虚为文"，自己"取其病时之尤急者"而和之，又说"昔三代之盛也，士议而庶人谤，""世理则词直，世忌则词隐。余遭理世而君盛圣，故直其词以示后，使夫后之人，谓今日为不忌之时焉"。何谓"雅有所谓，不虚为文？"《毛诗序》认为"雅"乃"言天下之事"，"言王政之所由兴废也"，即有关时政。白居易《读张籍古乐府》评张籍：

> 为诗意如何，六义互铺陈。
> 风雅比兴外，未尝著空文。

可知"不虚为文"即贯彻《诗经》风、赋、比、兴、雅、颂六义精神，以美刺、讽谏时政。总之，元稹"新乐府"的创作思想是关切现实时事，写严肃、现实的内容，不为文而作。在诗的内容及表现上，做到"词直""不忌"。

白居易《新乐府》序中自称："篇无定句，句无定字；系于意，不系于文。首句标其目，卒章显其志，《诗三百》之义也。其辞质而径，欲见之者易谕也；其言直而切，欲闻之者深诫也；其事核而实，使采之者传信也；其体顺而肆，可以播于乐章歌曲

也。总而言之，为君为臣为民为物为事而作，不为文而作。"又《新乐府·采诗官》写道：

> 采诗官，采诗听歌导人言。
> 言者无罪闻者诫，下流上通上下泰。
> 周灭秦兴至隋代，十代采诗官不置。……
> 欲开壅蔽达人情，先向歌诗求讽刺。

可知白居易创作"新乐府"的指导思想与元稹类似：重视充实的思想内容，以"意"为主，有为而作，不因文造意。主张继承《诗经》时代采诗以讽上的传统。语言力求朴实、恳切和径直，以达到美刺、深诫的目的。

李绅的《新题乐府》20首虽已佚，但其创作思想，今天仍可通过元稹的和诗，知其大概。元稹《驯犀》诗题下载李绅原诗《传》云："贞元丙子岁，南海来贡。至十三年冬，苦寒死于苑中。"元稹诗由驯犀死于苑中之事生发开去：

> 不扰则得之于理，不夺有以多于赏。……
> 前观驯象后驯犀，理国其如指诸掌。

讽谕朝廷的治国之策。元稹《缚戎人》小序云："近制：西边每擒蕃囚，例皆传置南方，不加剿戮。故李君作歌以讽焉。"诗云：

> 缘边饱喂十万众，何不齐驱一时发？
> 年年但捉两三人，精卫衔芦塞溟渤。……

讽刺当时边将拥兵不战，虚奏邀功。元稹《阴山道》题后载李绅原诗传云："元和三年有诏悉以金银酬回纥马价。"元诗写道：

> 年年买马阴山道，马死阴山帛空耗。……
> 费财为马不独生，耗帛伤工有他盗。

抨击唐廷买回纥马后，用非所用，劳民伤财。白居易《和答诗十首》序中说："同者谓之和，异者谓之答。"通过元稹的和李绅诗及其转载的李绅原诗传，可知李绅《驯犀》《缚戎人》《阴山道》诗的意旨，当与元稹的和诗大致相同，其他诗也应如此。因而李绅写《新题乐府》的创作思想大体是：第一，注重写时事，缘事而发，讽谕时政。正是"雅有所谓，不虚为文"。也正是元稹后来在《乐府古题序》中回顾他和李、白共同创作"新乐府"之事时所说的"即事名篇"。第二，言辞直率不忌。

　　上述的"新乐府"创作思想是于元和三年、四年阐明的，而早在贞元九年（793），韩愈挚友、复古诗人欧阳詹即提出"不有歌咏，其如六义"（《泉州席使君宴邑中赴举秀才于东湖亭序》），又在《李评事公进示文集因赠之》诗中称：

> 风雅不坠地，五言君始先。……
> 吾其告先师，六义今还全。

标榜"六义"。欧阳詹约在贞元十七年（801）逝世，则此诗作于贞元年间。唐代李贻孙《故四门助教欧阳詹文集序》说欧阳詹"建中、贞元时，文词崛兴，遂大振耀，瓯闽之乡，不知有他人也"。韩愈《欧阳生哀辞》说："建中、贞元间，余就食江南，未接人事，往往闻詹名闾巷间，詹之称于江南也久；贞元三年，余始至京师举进士，闻詹名尤甚。""詹在京师……虽未得位，其名声流于人人。"可知欧阳詹在贞元时影响颇大。韩愈元和元年（806）所作《荐士》诗中推崇《诗经》："周诗《三百篇》，丽雅理训诰。"柳宗元"少聪警绝众，尤精西汉《诗》《骚》。下笔构思，与古为侔。"①亦重视《诗经》。贞元末，柳宗元在《杨评事文集后序》中说："文有二道：辞令褒贬，本乎著述者也；导扬讽谕，本乎比兴者也。著述者流，盖出于《书》之谟、训。……比兴者流，盖出于虞、夏之咏歌，殷、周之风雅。……唐兴以来，称是选而不作者，梓潼陈拾遗，其后燕文贞

---

① 刘昫：《旧唐书·柳宗元传》，中华书局1975年版，第4213页。

以著述之余，攻比兴，而莫能极，张曲江以比兴之隙，穷著述而不克备，其余各探一隅。"把"比兴""风雅"等《诗经》"六义"列为评价诗歌创作的最高标准。贞元末，孟郊在《读张碧集》中说：

> 天宝太白殁，六义已消歇。
> 大哉国风本，丧而王泽竭。
> 先生今复生，斯文信难缺。
> 下笔证兴亡，陈词备风骨。
> 高秋数奏琴，澄潭一轮月。
> 谁作采诗官，忍之不挥发。

提倡"六义"及采诗之传统。贞元十五年（799）河南遭水灾，韩愈《龊龊》诗反映"秋阴欺白日，泥潦不可干；河堤决东郡，老弱随惊湍"的现实，并自称"愿辱太守荐，得充谏诤官。排云叫阊阖，披腹呈琅玕"。即后来白居易"新乐府"创作中"为君为臣"的思想。元和二年（807），韩愈在《元和圣德诗》序中提出"指事实录"，即后来白居易"为物为事"而作的思想，评判时事，反映现实。

综上所述，"新乐府"的创作思想早在贞元至元和间的复古诗人那里已反复倡导、标榜，陈寅恪先生在《元白诗笺证稿·新乐府》中说，"新乐府"创作"以古昔采诗观风之传统理论为抽象之鹄的"，具有"复古采诗之意"。① 道出"新乐府"创作思想的实质。陈先生又说，萧颖士、李华、独孤及、梁肃诸公，"皆身经天宝之乱离，而流寓于南土，其发思古之情，怀拨乱之旨，乃安史变叛刺激之反应也"。"元、白二公，则于不自觉之中，间接直接受此潮流之震荡，而具有潜伏意识，遂世藏于心者发于言耳。"这里虽然是指散文领域里的复古思潮与元、白文学思想

---

① 陈寅恪：《元白诗笺证稿》，上海古籍出版社1978年版，第297页。

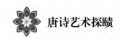

之间的关系，但同时也是在总的文学思潮上概括了中唐诗歌复古思潮与元、白"新乐府"创作之间的关系，前者成为后者之先河。

（二）"新乐府"创作与贞元、元和复古诗歌之关系

就创作实绩而言，在主题、内容上，"新乐府"创作追随了贞元、元和诗歌的复古思潮。"新乐府"诗人标榜《诗经》"六义"，其中"风""雅""颂"，是指诗歌的主题、内容。宋代朱熹《朱子语类》称之为"做诗的骨子"。何谓"风"？《毛诗序》云："上以风化下，下以风刺上，主文而谲谏，言之者无罪，闻之者足以戒，故曰风。"唐孔颖达《诗大序正义》云："忧愁之志则哀伤起而怨刺生。"何谓"雅"？《毛诗序》谓之为"言天下之事"，"言王政之所由废兴也"。可知古人认为"风""雅"即怨刺、讽谏，评判时政。何谓"颂"？《毛诗序》称为"美盛德之形容"。综观汉人解释《诗经》，其观念不离美刺。故清人程延祚《诗论》说，"汉儒言《诗》，不过美刺二端"，"或于颂美之中，时寓规谏"。可知"颂"之中，亦可包含规谏的因素。"新乐府"诗人标榜"风""雅""颂"，实即努力追还古代讽谏美刺的诗歌传统，反映现实，批评时事，把"风""雅""颂"作为诗歌创作的"骨骼"，这是与贞元、元和年间复古诗歌创作一致的。在这方面，早在"新乐府"创作之前，复古诗歌已取得很大成绩，并为"新乐府"创作开导先河。

顾况是贞元时期著名的复古诗人。《旧唐书·顾况传》载："柳浑辅政，以校书郎征。复遇李泌继入，自谓已知秉枢要，当得达官。久之，方迁著作郎。"时间约在贞元三年至五年之间。[①]一般说来，唐代诗人在"自谓已知秉枢要，当得达官"之时的

---

① 傅璇琮主编：《唐才子传校笺》第1册，中华书局1987年版，第643页。

思想，多以儒家入世思想为主，其诗亦多关切时政之作，故顾况著名的讽谕怨刺之作《上古之什补亡训传十三章》当作于贞元初。其《上古》章中云：

> 啬夫孔艰，浸兮暵兮，申有螽兮。
> 惟馨祀是患，岂止馁与寒。
> 啬夫咨咨，莠盛苗衰，耕之耰之。
> 被襦锄犁，手胼足胝。
> 水之蛭蟥，吮喋我肌。

同情农夫稼穑之艰。又《采蜡》章云：

> 採採者蜡，于泉谷兮。
> 煌煌中堂，烈华烛兮。

抨击达官贵人享乐歌舞、无视采蜂蜡人身坠深渊。孟郊《李少府厅吊李元宾遗字》诗云：

> 零落三四字，忽成千万年。
> 那知冥寞客，不有补亡篇。

李观（字元宾）卒于贞元十年（794），可知韩愈友人李观在贞元初也写有类似顾况《上古之什补亡训传》一类讽谕时政、同情百姓的"补亡篇"。

顾况在《囝》章中写道：

> 囝生南方，闽吏得之，乃绝其阳。
> 为臧为获，致金满屋。
> 为髡为钳，如视草木。……
> 郎罢别囝，吾悔生汝。……
> 囝别郎罢，心摧血下。
> 隔地绝灭，及至黄泉，不得在郎罢前。

唐代闽地称子为"囝"，呼父为"郎罢"。此诗批判了残暴官吏

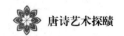

戕害闽童身体，并使之成为奴隶的罪行。后来，白居易《新乐府·道州民》亦写及与此相似的主题：

> 道州民，多侏儒，长者不过三尺余，
> 市作矮奴年进举，号为道州任土贡。
> 任土贡，宁若斯？
> 不闻使人生别离，老翁哭孙母哭儿！

抨击当时朝廷任意蹂躏地方百姓的非法行为。

贞元八年（792），孟郊《古意赠梁肃补阙》诗写道：

> 曲木忌日影，谗人畏贤明。
> 自然照烛间，不受邪佞轻。
> 不有百炼火，孰知寸金精。
> 金铅正同炉，愿分精与粗。

同年又有《感兴》诗，其中写道：

> 吾欲进孤舟，三峡水不平。
> 吾欲载车马，太行路峥嵘。
> 万物根一气，如何互相倾。

次年，《赠崔纯亮》诗云：

> 出门即有碍，谁谓天地宽。
> 有碍非遐方，长安大道旁。
> 小人智虑险，平地生太行。

痛恨小人谗言蜚语之恶。贞元十九年（803），韩愈因上疏论免关中赋税，遂谪为连州阳山县令。孟郊写下《连州吟》诗，愤慨这种"众毁铄黄金"的世道。讽刺世风凋敝，叹息道德败坏，志在移风匡俗，成为贞元诗坛复古思潮的主题之一，并为后来"新乐府"创作所继承。白居易《新乐府·太行路》云：

> 太行之路能摧车，若比人心是坦途；
> 巫峡之水能覆舟，若比人心是安流。……
> 行路难，不在水，不在山；
> 只在人情反覆间。

《天可度》小序云："恶诈人也。"诗云：

> 天可度，地可量，
> 唯有人心不可防。
> 但见丹诚赤如血，谁知伪言巧似簧？……
> 海底鱼兮天上鸟，高可射兮深可钓；
> 唯有人心相对对，咫尺之间不能料。
> 君不见李义府之辈笑欣欣，笑中有刀潜杀人；
> 阴阳神变皆可测，不测人间笑是嗔！

旨在刺世嫉邪，与孟郊《古意赠梁肃补阙》等诗同风。

韩愈在贞元十年（794）写有《古风》诗：

> 彼州之赋，去汝不顾；
> 此州之役，去我奚适？
> 一邑之水，可走而违；
> 天下汤汤，曷其而归？

反映百姓赋重税繁，不堪于命，又无处可逃。以洪水为喻，苛政胜过洪水！后来的"新乐府"创作也写到同样的主题。如白居易《杜陵叟》诗写杜陵叟遭天灾，不获颗粒，但"长吏明知不申破，急敛暴征求考课"。以致杜陵叟"典桑卖地纳官租，明年不食将如何！"贞元十四年，复古诗人吕温作《贞元十四年旱甚见权门移芍药花》诗：

> 绿原青垄渐成尘，汲井开园日日新。
> 四月带花移芍药，不知忧国是何人！

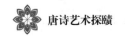

讽刺权贵耽于玩乐，无心忧国，可谓后来元稹《和李校书新题乐府》序中所说的"病时之尤急者"。白居易《新乐府·牡丹芳》也写到京师权豪沉溺赏花，不忧农桑：

> 遂使王公与卿相，游花冠盖日相望。……
> 花开花落二十日，一城之人皆若狂。

贞元十五年，韩愈《龊龊》诗写道：

> 龊龊当世士，所忧在饥寒。
> 但见贱者悲，不闻贵者叹。

元和元年，孟郊在《寒地百姓吟》中揭露人间不平等的残酷现实：百姓饥寒交迫，"霜吹破四壁，苦痛不可逃"。而豪门则"高堂捶钟饮，到晓闻烹炮"。这种在饥寒温饱问题上反映两个阶级不平等的内容，亦为后来"新乐府"所继承。白居易《红线毯》写权贵享用贵重的红线毯："美人踏上歌舞来，罗袜绣鞋随步没。"孰不知多少百姓饱受寒冷："地不知寒人要暖，少夺人衣作地衣！"《卖炭翁》中写得更惨：

> 可怜身上衣正单，心忧炭贱愿天寒。
> 夜来城外一尺雪，晓驾炭车辗冰辙。

贞元年间，复古诗人重视《诗经》中颂美的传统。柳宗元《送从兄偁罢选归江淮诗序》中说："闻善不慕，与聋聩同；见善不敬，与昏瞽同；知善不言，与嚚暗同。"贞元五年，欧阳詹作《益昌行》诗，以美当时益昌太守陆长源的政绩：

> 驱马至益昌，倍惊风俗和。
> 耕夫陇上谣，负者途中歌。
> 处处川复原，重重山与河。
> 人烟遍余田，时稼无闲坡。
> 贤哉我太守，在古无以过。

值得注意的是，诗在"美"之中寓有"刺"："倍惊风俗和。"少见则"惊"，言外之意即当时许多地方并非"风俗和"，如此太守也并非天下皆有。贞元十二年，欧阳詹又作《东风二章》，仿《诗经》体制，序曰："《东风》，美陇西公也。"陇西公即德宗时宰相董晋，贞元十二年，宣武军谋叛，董晋以宰相领宣武节度使，只身赴任，对将士晓以大义，使百姓免受了一场战祸。此事在张籍《董公诗》亦有详细叙述，并同时颂扬董晋之美德：

> 公衣无文采，公食少肥浓。
> 所忧在万人，人实我宁空。
> 轻刑宽其政，薄赋弛租庸。
> 四郡三十城，不知岁饥凶。

张籍于贞元十四年在宣武军汴州供职，翌年后在长安，董晋于十五年卒，可知此首闻名于时的赞美董晋之作应作于张籍在汴州时。后来，白居易《读张籍古乐府》称："读君《董公诗》，可诲贪暴臣。"体味到此诗不仅旨在"美"，而且其中有"刺"，寓有对普天下贪暴之吏的讽刺。

这种主题内容，深深影响了"新乐府"创作。如白居易《新乐府·七德舞》小序云："美拨乱、陈王业也。"实乃献谏于当时之宪宗，以期其戒之，寓有讽谏之意。《城盐州》小序云："美圣谟而消边将也。"赞美德宗特诏筑盐州城以防吐番之事，又同时讥消边将养寇自重，寓"刺"于"美"：

> 自筑盐州十八载，左衽毡裘不犯塞。……
> 如今边将非无策，心笑韩公筑城壁。
> 相看养寇为身谋，各握强兵固恩泽。

《骊宫高》小序曰："美天子重惜人之财力也。"赞美宪宗在位五年，未幸骊宫。关于此篇主旨，陈寅恪《元白诗笺证稿》指出："观于后来穆宗于元和十五年闰正月即位，其年十二月即欲游幸温汤，则乐天此篇所见，殊为深远，似已预知后来之事者。颇疑乐天在翰林之日，亲幸小人已有以游幸骊山从谀元和天子者。故此篇之作，实寓有以期克终之意。是则乐天诚得诗人讽谏之指。"《道州民》也把对道州刺史阳城抗疏论免贡矮奴之事的赞美与对朝廷任意奴役百姓的恶行的谴责结合起来。这些诗，正如清人冯班所说："指论时事，颂美刺恶，合于诗人之旨。"① 这与贞元年间复古诗歌中体现的"六义"中的"颂"的精神是一致的。

（三）贞元、元和复古诗歌创作方法对"新乐府"之影响

从创作方法上讲，贞元复古诗人标榜"六义"，大量运用"赋""比""兴"，为后来的"新乐府"创作树立了楷模。唐代孔颖达《诗大序正义》说，"赋、比、兴是《诗》之所用"，即我们今天所指的创作体制、手法等。

何谓"赋"？郑玄注《周礼·大师》说："赋之言铺，直铺陈今之政教善恶。"钟嵘《诗品序》认为"赋"即"直书其事"。韩愈在贞元十年（794）写的《谢自然诗》就是运用"赋"体。诗中驳斥南充县女道士谢自然白日羽化登仙的传说，以及神仙长生之说的荒谬：

> 秦皇虽笃好，汉武洪其源。
> 自从二主来，此祸竟相连。
> 木石生怪变，狐狸骋妖患。
> 莫能尽性命，安得更长延？
> 人生处万类，知识最为贤。
> 奈何不自信，反欲从物迁。

---

① 冯班：《钝吟文稿·古今乐府论》，见陈友琴编《白居易资料汇编》，中华书局1962年版，第237页。

清代王元启《读韩记疑》说此诗"议论宏伟，其一片至诚恻怛之心，尤足令人感悚"。道出此诗艺术上的特点。张籍的《学仙》诗铺叙一位学仙少年道士服药身亡之事，并进而批判上层统治者迷信宗教，劳民伤财，荒废国政。诗末说：

> 身殁惧人见，夜埋山谷旁。
> 求道慕灵异，不如守寻常。
> 先王知其非，戒之在国章。

白居易《读张籍古乐府》诗曾称举张籍的四首诗，次序是《学仙》《董公》《商女》《勤齐》，可知《学仙》诗的写作时间应不晚于《董公诗》，也是贞元时的作品。贞元时，顾况作《行路难三首》，其三说：

> 君不见古人烧水银，变作北邙山上尘。……
> 秦皇汉武遭不脱，汝独何人学神仙。

讽刺帝王学仙。这些诗作对后来的"新乐府"创作有一定的影响。白居易《新乐府·海漫漫》小序云："戒求仙也。"诗篇铺陈求仙长生之说的荒谬虚妄：

> 海漫漫，直下无底旁无边。
> 云涛烟浪最深处，人传中有三神山。
> 山上多生不死药，服之羽化为天仙。
> 秦皇汉武信此语，方士年年采药去。
> 蓬莱今古但闻名，烟水茫茫无觅处。……
> 君看骊山顶上茂陵头，毕竟悲风吹蔓草。
> 何况玄元圣祖五千言：
> 不言药，不言仙，不言白日升青天。

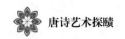

卞孝萱认为这段描写，是顾况《行路难三首》之三的发展。① 看出了"新乐府"创作与贞元时期复古诗歌的联系。

何谓"比""兴"？郑玄注《周礼·大师》说："比者，比方于物也。"挚虞《文章流别论》说："比者，喻类之言也。兴者，有感之辞也。"何晏《论语集解》引孔安国说："兴，引譬连类。"贞元复古诗人大量运用"比兴"艺术手法。贞元七年（791），孟郊在长安应试，亲历了现实社会的不合理。其《长安道》诗说：

> 胡月激秦树，贱子风中泣。
> 家家朱门开，得见不可入。
> 长安十二衢，投树鸟亦急。
> 高阁何人家，笙篁正喧吸。

又《长安旅情》诗说：

> 尽说青云路，有足皆可至。
> 我马亦四蹄，出门似无地。
> 王京十二楼，峨峨倚青翠。
> 下有千朱门，何门荐孤士。

以比兴手法，表现封建社会中平民寒士的不遇。后来，白居易《新乐府·涧底松》也有同样的诗思：

> 有松百尺大十围，生在涧底寒且卑。
> 涧深山险人路绝，老死不逢工度之。……
> 高者未必贤，下者未必愚。
> 君不见沉沉海底生珊瑚，历历天上种白榆。

诗小序云："念寒隽也。"贞元十九年（803），韩愈《利剑》

---

① 卞孝萱：《白居易与新乐府运动（下）》，《文史知识》1985 年第 2 期，第 9 页。

诗云：

> 利剑光耿耿，佩之使我无邪心。……
> 我心如冰剑如雪，不能刺谗夫，
> 使我心腐剑锋折。决云中断开青天。

清查慎行《十二种诗评》说："观诗中语，乃为贝锦青蝇而发。"陈景云《韩集点勘》说："详味诗意，似为疾谗而作。"① 可知是用"利剑"的意象抒发疾谗之情。后来白居易《新乐府·鸦九剑》继承了这种表现手法：

> 客有心，剑无口，客代剑言告鸦九：
> 君勿矜我玉可切，君勿夸我钟可刜。
> 不知持我决浮云，无令漫漫蔽白日！

以喻铲除奸邪佞臣。顾况《送别日晚歌》诗云：

> 日窅窅兮下山，望佳人兮不还；……
> 老不可兮更少，君何为兮轻别。

明代周敬《唐诗选脉会通》说："此感君遇合之晚，记妇人望夫之辞以致慨也。"唐汝询《唐诗解》说："此为妇人望夫之辞，以记君臣遇合之晚也。"可知是借夫妇以喻君臣。后来白居易《新乐府·太行路》也运用这种此兴手法：

> 古称色衰相弃背，当时美人犹怨悔。
> 何况如今鸾镜中，妾颜未改君心改。

其小序云："借夫妇以讽古君臣之不终也。"卞孝萱先生认为此诗在比兴手法上即借鉴于顾况的《送别日晚歌》。明代邓元锡曾评价《新乐府》"风时赋事，美刺兴比，欲尽备夫六诗之义，大

---

① 钱仲联：《韩昌黎诗系年集释》（上），上海古籍出版社1984年版，第182页。

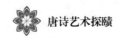

哉洋洋乎。"① 这个特点是与复古思潮分不开的。

（四）贞元、元和复古诗歌艺术形式对"新乐府"之影响

在艺术形式上，"新乐府"创作也并未脱离贞元、元和诗坛的复古潮流。"新乐府"虽然在艺术精神上学习汉魏乐府，但就其诗歌艺术体制而论，它们并非是真正的乐府，更不是新创制的诗体。明代胡震亨说，"古人诗即乐"；"又其后乐府是诗，乐曲方是乐府"。以是否入乐作为区分"诗"与"乐府"的准则。又认为元、白等人"新乐府""未尝谱之于乐"，② 故与乐府诗不同。高棅也认为"新乐府""虽皆名为乐府，其声律未必尽被于弦歌也"（《唐诗品汇·序》）。"新乐府"所谓的"新"，是指新的题目，并不是新的乐调，实不属乐府诗，故白居易也把自己的《新乐府》五十首编在《白氏长庆集》中"讽谕诗"类，而不另分立"乐府"类。在唐代，以当时流行曲调"凉州词""胡渭州""杨柳枝""何满子"等曲调名为标题的绝句或长短句诗，才为当时实际意义上的新乐府。白居易也写有《杨柳枝》《何满子》等作。因而清代《全唐诗》在"乐诗"类中也不收元、白"新乐府"。

那么，"新乐府"创作在诗体上该如何定性？明显可见，元稹之作实属七言古诗，陈寅恪谓之"尚守七言古体诗之形式"。白居易之作较为复杂，是三言、七言间杂的歌行体。胡震亨说，"今考唐人集录，所标体名，凡效汉魏以下诗，声律未叶者，名往体"；"而七言古诗，于往体外另为一目，又或名歌行"。即谓"往体"指古体，与今（近）体相对。唐人或称七言或杂言古诗

---

① 邓元锡：《唐文学传》，《函史》上篇卷 47，见陈友琴编《白居易资料汇编》，中华书局 1962 年版，第 231 页。

② 胡震亨：《唐音癸鉴》，上海古籍出版社 1982 年版，第 174 页。

为"歌行"。如元稹《乐府古题序》就把杜甫《兵车行》《丽人行》等我们今天谓之"新乐府"的，称为"歌行"。清人认为杜甫这些作品是"乐府之变，其实皆古诗也"。① 可见，白居易《新乐府》五十首是歌行体，实属古体诗的形式范围内。② 白居易《新乐府》序自称"篇无定句，句无定字"，即古诗体制的情况。陈寅恪谓《新乐府》"以古为侔"，"全体结构，无异古经。质而言之，乃一部唐代《诗经》"。道出其艺术本质。

"新乐府"创作兴盛的时间在元和四年及以后，陈寅恪认为白居易《新乐府》中《海漫漫》《道州民》等可能作于元和五年或以后，许多诗至于元和七年犹有改定之处。因而在古体诗艺术方面不能不受早已闻名的贞元复古诗人的影响。如在标题体例上，顾况《上古之什补亡训传十三章》诗前有小序的体例，直接导引了元、白"新乐府""首句标其目"的体例。欧阳詹仿《诗经》体例的《东风二章》也对元、白有启发作用。在语言风格上，"新乐府"创作也受韩愈等人诗歌议论化、散文化的影响。如白居易《二王后》：

> 二王后，彼何人，
> 介公酅公为国宾，周武隋文之子孙。
> 古人有言："天下者非是一人之天下。"
> 周亡天下传于隋，隋人失之唐得之。

在遣辞造句上，"新乐府"创作亦有拟古袭古、艰涩生硬的倾向。如元稹《骠国乐》中写道：

> 共矜异俗同声教，不念齐民方荐瘥。

---

① 田雯：《古欢堂集杂著》卷 1 引《东阿笔尘》，见郭绍虞辑《清诗话续编》（二），上海古籍出版社 1983 年版，第 694 页。

② 王锡九：《试论"七言古诗"含义的演变》，《文学遗产》1988 年第 3 期，第 59 页。

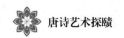

> 传称鱼鳖亦咸若，苟能效此诚足多。
> 借如牛马未蒙泽，岂在抱瓮滋蕰藻。

抨击唐德宗不思理政，以粉饰太平为务，而语涉艰涩。又其《立部使》中"终象由文士宪左"、《蛮子朝》中"云蛮通好辔长駊"等句，陈寅恪说"颇嫌硬涩未融"，是"聱牙之语"。在句式上，复古诗歌对"新乐府"创作也有一定的示范作用。顾况的歌行体长短参差、生动活泼，具有极强的表现力，如《瑶草春》《范山人画马歌》等，皆三、四、五、六、七言交叉运用。《李供奉弹箜篌歌》中写道：

> 珊瑚席，一声一声鸣锡锡。
> 罗绮屏，一弦一弦如撼铃。
> 急弹好，迟亦好；
> 宜远听，宜近听；
> 左手低，右手举，易调移音天赐与。
> 大弦似秋雁，联联度陇关；
> 小弦似春燕，喃喃向人语。

卞孝萱先生认为此诗的叠字双声以及三、五、七、十、十一字交叉运用的句式，开启了白居易《新乐府》句式的先河。

（五）"新乐府"诗人与复古派诗人之交往

从诗人交往上看，贞元、元和复古诗人对"新乐府"诗人有提掖、带动作用。五代张固《幽闲鼓吹》载白居易"应举初至京，以诗谒顾著作况"，顾况读了白居易《赋得原卜草送友人》诗，嗟赏不已，"因为之延誉，声名大振"。史载顾况"览居易文，不觉迎门礼遇曰：'吾谓斯文遂绝，复得吾子矣'"。①

---

① 刘昫：《旧唐书·白居易传》，中华书局1975年版，第4340页。

虽然两人相遇的时间地点尚待进一步考证，但这种知赏的关系则颇具意义。又如，李绅也曾以《古风》诗求识于复古诗人吕温，吕温大加赞赏。①韩愈于贞元十八年（802）向朝廷荐举李绅（见其《与祠部陆员外书》），又于元和四年（809）为元稹亡妻韦丛撰写《韦丛墓志》。宋代古文家石介说韩愈"志复古道，奋不顾死"，时人或惊或嘲，或怒或骂，"爱而至、前而听、随而和者，惟柳宗元、皇甫湜、李翱、李观、李汉、孟郊、张籍、元稹、白乐天辈数十子而已"，"皆协赞附会，能穷精毕力，效吏部之所为"。②看到了韩愈对元、白的带动作用。

在张籍身上，更能看到复古诗人对"新乐府"诗人的影响。张籍与韩愈于贞元十四年（798）在汴州结识，韩愈身患热病，中虚吐泻，写下《病中赠张十八》诗，叙诚挚之友情，且颇多书信往来，成为至交朋友。当年，韩愈荐送张籍入京应试。次年，韩愈作《此日足可惜一首赠张籍》叙两人友情。张籍后来在《祭退之》诗中曾回忆当时的情景：

> 北游偶逢公，盛语相称明。
> 名因天下闻，传者入歌声。
> 公领试士司，首荐到上京。……
> 出则连辔驰，寝则对榻床。
> 搜穷古今书，事事相酌量。
> 有花必同寻，有月必同望。
> 为文先见草，酿熟偕共觞。……
> 是事赖拯扶，如屋有栋梁。

---

① 计有功：《唐诗纪事》，上海古籍出版社 1965 年版，第 595 页。

② 石介：《上赵先生书》，见陶秋英编《宋金元文论选》，人民文学出版社 1984年版，第 62 页。

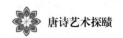

深感韩愈提携之恩。二人志同道合，诗文创作上亦如此。韩愈在
贞元十七年《举存张籍状》中称张籍"文多古风"。又赞赏其
诗，于元和元年（806）作《醉赠张秘书》诗，说："张籍学古
谈，轩鹤避鸡群。"元和十年，白居易《读张籍古乐府》诗云：

> 张君何为者？业文三十春。
> 尤工乐府诗，举代少其伦。

由元和十年上推 30 年，当为贞元初年。可知张籍在贞元时期也
是众多复古诗人的一员。《旧唐书·张籍传》也说他在贞元中
"能为古体诗，有警策之句，传于时"。①

　　但另一方面，张籍在元和年初又与元、白交识，② 白居易于
元和四年（809）作《答张籍因以代书》诗，次年又有《酬张十
八访宿见赠》诗，写两人之交谊：

> 问其所与游，独言韩舍人；
> 其次即及我，我愧非其伦。
> 胡为谬相爱，岁晚逾勤勤？
> 落然颓檐下，一话夜达晨。

交情密切。《旧唐书·张籍传》载："白居易、元稹皆与之游。"
张籍大白居易、李绅约 8 岁，大元稹约 15 岁，元和年间，元、
白对张籍的诗很推重。白居易《读张籍古乐府》称："尤工乐府
诗，举代少其伦。"元稹还拟选张籍古乐府与李绅、白居易、元
稹的诗，合编《元白往还诗集》。可见，张籍对"新乐府"诗人
有重要的带动与表范作用。

---

① 刘昫：《旧唐书·张籍传》，中华书局 1975 年版，第 4204 页。
② 朱金城：《白居易年谱》，上海书籍出版社 1982 年版，第 54 页。

（六）"新乐府"创作之独特艺术价值

马克思主义认为："单个人的历史决不能脱离他以前的或同时代的个人的历史，而是由这种历史决定的。"[①] 唐诗的发展亦如此。"新乐府"诗人都是在"大历、贞元之间，文字多尚古学"[②] 的时代中成长起来的，其"新乐府"创作是在贞元、元和诗坛复古思潮的推动促进下兴盛的，其根本性质并未脱离这个总的时代潮流。超时代、超历史的诗歌创作是没有的。"新乐府"创作正因为与时代精神紧密相连，所以它那对时政缺失的大声疾呼和对百姓痛苦的深情惋叹，自唐代以来，一直回荡在历代人们的心中。唐代吴融曾说："白居易《讽谏》五十篇，亦一时之奇逸极言。"（《禅月集序》）清代潘德舆说："乐天乐府，则天发自解，独往独来，讽谕痛切，可以动百世之人心，虽孔子复出删诗亦不能废。予尝谓其命意直以《三百篇》自居，为宇宙间必不可少文字。"[③] 后人对"新乐府"有许多模拟之作，也可说明"新乐府"创作的伟大成就和深远影响。宋人钱易《南部新书·癸》载五代时"四明人胡抱章作拟白氏《讽谏》五十篇，亦行于东南"，"后蜀杨士达亦撰五十篇，颇讽时事"。《宋史·西蜀世家》载宰相欧阳迥"尝拟白居易《讽谏诗》五十篇以献"。[④]

应当指出的是，"新乐府"创作虽然与贞元、元和时期诗歌复古思潮在思想内容和艺术形式上有千丝万缕的联系，有不少一致之处，但在艺术上，元、白"新乐府"创作也具有自己的个性。除了上述的那些共同点外，还有不少对复古诗歌潮流的发展

① 马克思，恩格斯：《德意志意识形态》，见《马克思恩格斯全集》第 3 卷，人民出版社 1972 年版，第 515 页。

② 刘昫：《旧唐书·韩愈传》，中华书局 1975 年版，第 4295 页。

③ 《养一斋诗话》，见郭绍虞《清诗话续编》，上海古籍出版社 1983 年版，第 2057 页、第 2036 页。

④ 陈友琴编：《白居易资料汇编》，中华书局 1962 年版，第 38 页、第 185 页。

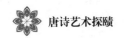
创新。

首先，在诗歌的叙事性上取得很高的艺术成就。"新乐府"创作多以精心选取的单个事件为中心谋篇布局，一题一事，头绪明了，主旨鲜明，集中叙写，使诗意细致深刻。而且重视诗歌中的情节因素，大多具有较完整而曲折生动的故事性。如白居易《新丰折臂翁》写一位老翁为了避免兵役而"夜深不敢使人知，偷将大石槌折臂"的惨痛故事，反映战争给百姓造成的苦难，谴责上层统治者穷兵黩武的恶罪行径。

其次，"新乐府"创作力求把人民通俗、形象的语言与精练的书面语言有机地结合起来，诗句长短参差，灵活多变，音韵圆转活泼，使诗歌在严肃、质朴、峻切的叙述、议论中，又透露出平易、流畅、明朗的诗风，从而使"新乐府"拥有更广泛的读者群，产生预期的效果。明代陈绎曾称之为"意古词俗"，[①] 清代赵翼称之为"口头语"，[②] 刘熙载称之为"常语"，"用常得奇"，[③] 都指出了这个语言上的特点。另外，"新乐府"还重视诗中人物行动细节和内在心理的刻画，如元稹《缚戎人》写一位汉族人先被吐蕃兵掠去，而后又被唐军当作吐蕃人俘虏了，流放南方，他有苦有冤无处申诉。诗中写到他的乡关之思：

> 眼穿东日望尧云，肠断正朝梳汉发。……
> 常教孙子学乡音，犹话平时好城阙。……
> 不知祖父皆汉民，便恐为蕃心矻矻。

生动、细腻地表现了下层人民诚挚的爱国情感。对这种艺术特点，宋代张戒《岁寒堂诗话》称为"专以道得人心中事为工"。

---

　① 胡震亨：《唐音癸签》，上海古籍出版社1982年版，第69页。
　② 赵翼：《瓯北诗话》，见郭绍虞辑《清诗话续编》，上海古籍出版社1983年版，第1173页。
　③ 刘熙载：《艺概·诗概》，上海古籍出版社1978年版，第65页。

金代王若虚《滹南诗话》称为"情致曲尽，入人肝脾"。① 清代潘德舆《养一斋诗话》称之为"曲中人心，历劫不朽"。② 都给予极高的评价，可以说是恰当的。

四、诗人张祜生平考证

中唐诗人张祜，字承吉，居于苏州，晚年徙居于丹阳，志气高逸，行止浪漫，闻名江湖。今人施蛰存认为，张祜在中唐诗人中，"虽不能列为大家，但也不可失为名家"。③

张祜美诗佳句，流布人口。陆龟蒙评之道："窥建安风格，诵乐府录，知作者本意，短章大篇，往往间出。谏讽怨谲，时与六义相左右。善题目佳境，言不可刊置别处，此为才子之最也。由是贤俊之士，及高位重名者，多与之游。"（《和过张祜处士丹阳故居诗并序》）可见张祜诗名重于一时。著名诗人杜牧曾称之为："谁人得似张公子，千首诗轻万户侯。"（《登池州九峰楼寄张祜》）其《宫词》极为闻名：

> 故国三千里，深宫二十年。
> 一声《何满子》，双泪落君前。

当时广为传诵，曾流入宫禁。张为《诗人主客图》以白居易为"广大教化主"，而以张祜为"入室"。

但其生平履历，史籍多缺。张祜曾为当时节度使令狐楚所表荐入京。杜牧《酬张祜处士见寄长句四韵》曾有"荐衡昔日推文举"的诗句，原注云："令狐相公曾表荐处士。"陆龟蒙说张

---

① 丁福保辑《历代诗话续编》，中华书局1983年版，第460页、第511页。

② 潘德舆：《养一斋诗话》，见郭绍虞辑《清诗话续编》，上海古籍出版社1983年版，第2057页、第2036页。

③ 施蛰存：《唐诗百话》，上海古籍出版社1987年版，第537页。

祜"或荐之于天子，书奏不下"。但对张祜进京的具体时间语焉不详，近代唐诗学者也看法不一。笔者认为张祜应是唐文宗大和三年（829）底至四年初抵京城长安的。

张祜《京城寓怀》诗中说："三十年持一钓竿，偶随书荐入长安。"五代王定保《唐摭言》卷11载："张祜，元和、长庆中，深为令狐文公所知。公镇天平日，自草荐表，令以新旧格诗三百篇随表进献。"可知令狐楚外镇天平时曾表荐张祜入京。《旧唐书·令狐楚传》载令狐楚于大和三年十一月为天平军节度，可知张祜被荐应在大和三年十一月以后。《唐摭言》卷11《荐举不捷》条载："祜至京师，方属元江夏偃仰内庭，上因召问祜之辞藻上下，积对曰：'张祜雕虫小巧，壮夫耻而不为者，或奖激之，恐变陛下风教。'上颔之，由是寂寞而归。"《旧唐书·元稹传》载元稹于大和三年九月由浙东观察使征入为尚书左丞，又于大和四年正月离京出任武昌军节度使。可证张祜抵京是在大和三年底到大和四年初之间。

张祜《寓怀寄苏州刘郎中》诗题注云："时以天平公荐罢归。"诗中说，"贺知章口徒劳说，孟浩然身更不疑"，乃不遇之辞。诗题的"刘郎中"即指刘禹锡。刘禹锡大和元年（827）六月为主客郎中，分司东都。大和六年（832）始在苏州刺史任上；而令狐楚于大和六年由天平军节度使改河东节度使（参见吴廷燮《唐方镇年表》）。可知张祜此诗的写作时间即他罢归的时间，为大和六年，不会早于、也不会晚于此年。又张祜《长安寓怀》诗："家寄东吴西入来，三年虚度帝城春。"由大和六年上推3年，恰为大和三年。张祜有《忆江东旧游四十韵寄宣武李尚书》诗，此李尚书盖指李逢吉，史载李逢吉大和二年十月到五年八月任汴州刺史充宣武军节度使（参见吴廷燮《唐方镇年表》），这也可证张祜大和三年、四年在长安是肯定的。《旧唐书·李逢吉传》载"楚与逢吉相善"，盖张祜在京城不遇，又寄诗与令狐楚的好友李逢吉。

皮日休《论白居易荐徐凝屈张祜》中说："乐天方以实行求才，荐凝而屈祜，其在当时，理其然也。令狐楚以祜诗三百篇上之。元稹曰：'雕虫小技，或奖激之，恐害民教。'"先言白居易荐徐屈张，后言令狐楚荐祜入京，元稹又抑之。盖元、白为挚友，看法一致，白贬抑张祜在前，元当然不必揄扬在后。唐范摅《云溪友议》载白居易在钱塘时曾试徐凝、张祜诗赋。孟棨《本事诗》则说："诗人祜未尝识白公。白公刺苏州时，祜始来谒。"白居易长庆二年（822）十月抵杭州，四年（824）五月离杭，宝历元年（825）五月抵苏州刺史任上，二年冬离苏。可知张祜在长庆、宝历时期尚在江东漫游，没有以解元首荐，后来才又为天平军节度使令狐楚所表称入京，而这正是宝历后的大和年初，这也可证张祜于大和年初入京，时间上情理亦通，亦合于皮日休所评述的次序。可惜，张祜没想到元稹又在内庭短沮自己。

诗人张祜何年入京，这件事虽小，但从中能看清一些问题。首先，可以看出当时张祜、杜牧诸人的文学主张与诗风跟元、白极端对立。其次，也可看到当时诗坛情况与朝政人事的联系。《旧唐书·令狐楚》载令狐楚被贬衡州时，学士元稹草制，因而"楚深恨稹"，可见二人相左，元稹在穆宗前贬抑令狐楚荐进的江湖布衣诗人张祜，也是情理之中的事。

藉此我们也可考证出张祜的生年。关于张祜的生年，近代学者有不同的考证。谭优学认为生于德宗建中三年（782）。[①] 卞岐则定为贞元十八年（802）[②]。我认为可检其《书愤》诗：

> 三十未封侯，颠狂遍九州。
> 平生莫邪剑，不报小人仇。

① 谭优学：《唐诗人行年考·张祜行年考》，四川人民出版社1981年版，第52页。
② 卞岐：《张祜行年考辨》，《徐州师范学院学报》1981年第4期。

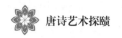

盖是对遭元稹抑斥后的愤慨，同《京城寓怀》所言"三十年持
一钓竿，偶随书荐入长安"应是同时之作，即大和三年（829）
十一月被荐入京时所作。由大和三年上推 30 年，即贞元十五年
（799）左右，理应为张祜的生年。

五、杜牧《赤壁》诗与曹操

晚唐诗人杜牧《赤壁》绝句云：

> 折戟沉沙铁未销，自将磨洗认前朝。
> 东风不与周郎便，铜雀春深锁二乔。

现存杜集中的诗歌多重出、伪作情况，据今人考证，有近百
首之多，如著名的《清明》即于本集不见，当今学者多定为伪
作。对于《赤壁》一诗，早在宋代就有人怀疑为伪作，学者石
曼卿曾加以辨正。清代《全唐诗》卷 523 也于此诗题下注云：
"一作李商隐诗。"又重出于李商隐卷中。但是，笔者认为，此
《赤壁》诗原存于杜牧外甥裴延翰手编《樊川文集》卷 4，不应
为伪，实为杜牧于会昌四年（844）42 岁任黄州刺史时所作。所
咏赤壁应为赤鼻矶，在今黄冈市，并非历史上曹、周大战时的嘉
鱼赤壁，两"赤壁"实际相距数百里。杜牧将错就错，姑且咏
之，这种诗思，可谓开苏东坡咏赤壁诗文之先河。

对此诗，宋人时有误解。许颛《许彦周诗话》谓："杜牧之
作《赤壁》诗云：'折戟沉沙铁未销，自将磨洗认前朝。东风不
与周郎便，铜雀春深锁二乔。'意为赤壁不能纵火，为曹公夺二
乔置之铜雀台上也。孙氏霸业，系此一战，社稷存亡、生灵涂炭
都不问，只恐被捉了二乔，可见措大不识好恶。"解为杜牧只担
心二乔，拣小失大。对此评语，今仅可视之为片言戏语，不足为
据。而《四库提要》对《许彦周诗话》进行辨驳，称"不知大
乔乃孙策妇，小乔为周瑜妇，二人入魏，即吴亡可知。此诗人不

欲质言，故变其词耳"。这可谓将棒杵当作针（真），其实并不值为辨。

今人解此诗，多突出其"翻案法"等诗法技巧层面上的别出心裁，其实杜牧此诗戏抑周郎，崇扬曹操，大有深意。缘由如下。

其一，杜牧崇敬曹操，千古之上，视为知己。二人皆有大志奇节。曹操的理想是结束东汉末年的混战局面，实现统一，"周公吐哺，天下归心"（《短歌行》）。杜牧面对藩镇割据、民生憔悴的局面，理想抱负是："平生五色线，愿补舜衣裳。弦歌教燕赵，兰芷浴河湟。腥膻一扫洒，凶狠皆披攘。生人但眠食，寿域富农桑。"（《郡斋独酌》）即驱除外来侵略，平定内乱，建立一个人民安居乐业的社会。

但现实都使杜牧和曹操皆有志不成，心存壮志未酬的感叹。建安十三年（208）赤壁之战的失利，使曹操理想大挫，未能统一天下，伤心不已。"年之暮奈何，时过时来微"（《精列》），叹有志不骋，来日无多。"去去不可追，常恨相牵攀。""夜夜安得寐，惆怅以自怜。"（《秋胡行》其一）"天地何长久，人道居之短"，"四时更逝去，昼夜以成岁"，"不戚年往，忧世不治"，"壮盛智惠，殊不再来"（《秋胡行》其二）。"忧从中来，不可断绝"（《短歌行》）。这些诗句都流露了他的悲伤情感。

杜牧"刚直有奇节，不为龊龊小谨，敢论列大事，指陈利病尤切至"（《新唐书·杜牧传》）。但得不到执政者的重用。再加上"牧从兄悰更历将相，而牧回蹎不自振，颇怏怏不平"（同上）。杜牧《感怀诗》叹道：

> 请数系庖事，其谁为我听？……
> 往往念所至，得醉愁苏醒。
> 韬舌辱壮心，叫阍无助声。
> 聊书感怀韵，焚之遗贾生。

159

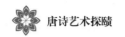

在黄州所作《郡斋独酌》写道：

> 前年鬓生雪，今年须带霜。……
> 往往自抚己，泪下神苍茫。

感到自己未受重用，岁月渐晚，悲怨忧虑，油然而生。

因此可以说，在人生抱负以及对理想无成的深深忧虑等方面，杜牧和曹操极为相似，使杜牧对曹操在赤壁之战的失利深为同情。

其二，杜牧和曹操俱留心军事，推崇《孙子兵法》。曹操研究军事兵法，自称"吾读兵书战策多矣"（《孙子·序》）。他"博览群书，特好兵法，钞集诸家兵法"（孙盛《异同杂语》）。同样地，杜牧亦关心兵甲军事，对古今用兵深有研究。他用心"治乱兴亡之迹，财赋兵甲之事，地形之险易远近，古人之长短得失"（《上李中丞书》）。写有《上李司徒相公论用兵书》《原十六卫》《论战》及《守论》等文章，论唐代府兵制度、藩镇之弊、用兵方略，切中肯綮。《旧唐书·杜牧传》载杜牧"尝自负经纬才略。武宗朝，诛昆夷、鲜卑，牧上书宰相，论兵事，言胡戎入寇，在秋冬之间，盛夏无备，宜五六月中击胡为便。李德裕称之"。杜牧论兵可谓胸有奇策，料兵如神。

曹操自称感于"黄帝、汤、武咸用干戚以济世也"（《孙子·序》），非常注重研究军事，结论是："吾读兵书战策多矣，孙武深矣。""审计重举，明画深图，不可相诬。而但世人未之深亮训说……故撰为略解焉。"（同上）。认为《孙子兵法》为古今军事论著之冠冕。曹操对《孙子兵法》的评价，杜牧非常同意，也敬佩曹操注解《孙子兵法》，可谓"心有灵犀一点通"。又感曹注简略，而曹操所撰《新书》等军事著作又亡佚，就"因取孙武书，备为其注，曹之所注，亦尽存之"（《注孙子·序》），重新为《孙子兵法》作注，流布于世。成书后又献给当时执政者周墀。《旧唐书·杜牧传》载："注曹公所定《孙武十三篇》，行于代。"在对《孙子兵法》的评价以及阐释方面，杜牧是直接继承了曹操的军事思想，并得到世人的承认。如《宋史·艺文志·子部》著录曹、杜二家注单行本，可知宋人已意识到二人观点上的一致。

其三，对赤壁之战的评判，杜牧是有研究《孙子兵法》的审视背景的，他结合《孙子兵法》的思想，自有独到的评判。杜牧推崇《孙子兵法》思想，继承了《孙子兵法》的战争观，并深得其中精髓。宋代晁公武《郡斋读书志》谓杜牧《注孙子》"能道春秋战国时事，甚博而详，知兵者将有取焉"。清代李慈铭《越缦堂读书记》认为，在历来《孙子兵法》注本中，"曹公、李筌以外，杜牧最优，证引古事，亦多切要，知樊川真用世之才"。

对于东汉末年赤壁之战的史事，《三国志·周瑜传》载，建安十三年九月周瑜对黄盖言："观操军船舰，首尾相接，可烧之也。"随后黄盖"放诸船，同时发火，时风威猛，悉延烧岸上营落"。曹操营寨在北岸，唯有刮剧烈的东南风，才可烧毁曹营。而当时正值秋季九月，东南巨风实为难得。"时风威猛"，应为偶然。《孙子兵法》认为，战争的胜利要靠"智、信、仁、勇、严"（《计篇》）。"善者之战，无奇胜，无智名，无勇功"（《形篇》）。"不可取于鬼神，不可象于事，不可验于度"（《用间篇》）。即不能靠偶然因素获得战争的胜利。偶然取胜，乃凭侥幸，为孙子所不取。杜牧认为战争的取胜，要靠"仁义忠信，智勇严明"，"武之所论，大约用仁义、使机权也"（《注孙子·序》）。周瑜凭偶然的天气因素侥幸取胜，看来杜牧并不以为然。正如当今学者所指出，杜牧是向读者揭示：如果那天未刮东风，历史可能因此改写。① 因之在《赤壁》诗中戏抑周瑜，情有

---

① ［美］宇文所安：《追忆：中国古典文学中的往事再现》，郑学勤译，生活·读书·新知三联书店 2004 年版，第 60 页。

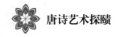

可原。

综上所述，由于杜、曹二人在人生抱负、志趣以及对《孙子兵法》的推崇和研究，使杜牧在《赤壁》诗里戏抑周瑜，同情曹操。咏曹、周赤壁事，在盛唐以前的诗文里，二人同为英雄。如李白《赤壁歌送别》写道：

> 二龙争战决雌雄，赤壁楼船扫地空。
>
> 烈火张天照云海，周瑜于此破曹公。

但到晚唐时，有关"三国"故事题材的说书艺术盛行，"或谑张飞胡，或笑邓艾吃"（李商隐《娇儿诗》）。曹操在文学作品中逐渐成为反面形象，真可谓"身后是非谁管得，满村听说赵中郎"（陆游《小舟游近村》）。对自己崇敬、同情的历史人物受到误解甚至歪曲，杜牧为其鸣不平，情理可通。从这个意义上说，杜牧的《赤壁》，也可看作是在晚唐世俗贬曹风气中，为曹操鸣不平的一种流露。

比较编

唐诗艺术跨学科研究

第一章 唐诗艺术与《红楼梦》

一、《红楼梦》中的唐诗元素

(一) 贾宝玉与唐诗

辉煌灿烂的唐诗对后世文学影响极大,在曹雪芹的巨著《红楼梦》中的人物就多处借用或点化唐人诗句,小说中主人公贾宝玉非常熟悉唐诗。第十七回"大观园试才题对额"里写道,一日,贾政带领众人游览刚刚竣工的大观园,见一处风景,"忽见青山斜阻,转过山怀,隐隐露出一带黄泥墙,墙上皆用稻茎掩护。有几百枝杏花,如喷火蒸霞一般。里面数楹茅屋,外面却是桑、榆、槿、柘,各色树稚新条,随其曲折,编就两溜青篱。篱外山坡之下,有一土井,旁有桔槔辘轳之属;下面分畦列亩,佳蔬菜花,一望无际"。贾政让众人题匾。众人欲题为"杏花村",贾宝玉讥笑,认为"俗陋不堪",而用唐代许浑《晓至章隐居郊园》中"村径绕山松叶暗,柴门临水稻花香"的诗句,题为"稻香村",众人同声拍手叫妙。其实是唐诗帮了贾宝玉的忙。

晚唐诗人钱珝《未展芭蕉》诗写道:

> 冷烛无烟绿蜡干,芳心犹卷怯春寒。
>
> 一缄书札藏何事,会被东风暗诉看。

诗中以"冷烛""绿蜡"喻芭蕉,给人以翠脂凝绿的美丽联想。芬芳的蕉心由于春寒而卷缩未展开,但随着寒气的消逝,春意的

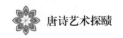

加浓，蕉心总会舒展开放，沐浴在和煦的春风中，就像一封密封的书信总有一天会被收信人得到拆看一样。诗中的未展芭蕉象征着一位含情脉脉、亭亭玉立的少女，由于环境的种种束缚而不得吐露自己纯洁而羞涩的情愫，但总有一天会得到知音，得到共鸣的，与这蕉心定能被春风催开一样，是自然的规律，不可阻挡。

《红楼梦》第十八回《皇恩重元妃省父母》中写及元春省亲大观园，让宝玉及诸姐妹题匾留诗，当走到怡红院题诗时，宝钗嫌他诗中语词重复，宝玉一时心中窘迫无辞，经宝钗的提示，化用钱珝的诗意，写下《怡红快绿》一诗：

> 深庭长日静，两两出婵娟。
> 绿蜡春犹卷，红妆夜未眠。
> 凭栏垂绛袖，倚石护清烟。
> 对立东风中，主人应解怜。

诗中"绿蜡春犹卷，红妆夜未眠"的诗句，以对立在春夜中的绿芭蕉、红海棠，暗喻宝、黛二人在封建大家族的压抑束缚之中，绵绵情意不得倾吐，相互忍受着爱情的煎熬，正如第二十二回《制灯谜贾政悲谶语》中黛玉作的一首打"更香"的灯谜诗所说的："焦首朝朝还暮暮，煎心日日复年年。"

（二）香菱与王维诗歌

唐诗艺术令人赞叹，但究竟好在什么地方？后人有不同看法。《红楼梦》第四十八回《慕雅女雅集苦吟诗》中写到香菱仔细研读了林黛玉借给她的《王摩诘全集》后，对黛玉说："据我看来，诗的好处，有口里说不出来的意思，想去却是逼真的；又似乎无理的，想去竟是有理有情的。"这番话黛玉很赞赏，因为不仅说出王维诗的好处，也说出整个唐诗的好处。今天说来，唐诗艺术的特点即在于：一、写出常人所没发现，或发现了没能很好地表达出来的情与景，即人人心中皆有、人人笔下所无的情与景，并能给我们以丰富的联想。二、以诗的逻辑、诗的思维去创造意境，表面上不近常情常理，实际上入情入理，即运用"诗家语"（西方人称为"poetic licence"），意即可以违反一般的文法、具体的常识、事实。

如香菱所举的王维《使至塞上》中的诗句："大漠孤烟直，长河落日圆。"以诗人的慧眼捕捉了塞外大漠中的独特景象。其《送邢桂州》中写道："日落江湖白，潮来天地青。""白""青"看似不合常理，但只有这两字才能表现出日落及涨潮时景物明暗对比发生的变化。王维《辋川闲居》里"渡头余落日，墟里上孤烟"的诗句，摄取了渡口村落悠闲的暮色风光。香菱就说，"我昨儿晚上看了这两句，倒像我又到了那个地方去了。""诗中有画"的美名，王维当之无愧。

（三）《红楼梦》人物名字与唐诗

曹雪芹的祖父曹寅满腹诗书文赋，曾主持刊刻《全唐诗》，在我国书籍历史上有重要意义，对唐诗的汇集与流传有很大作用。曹雪芹自小受家庭书香的熏陶，特别是唐诗艺术对他有明显影响。这在《红楼梦》中具体的情节、人物上可以看出。

如第四十八回、四十九回里，跟黛玉学作诗的香菱苦吟出三首咏月的诗，其二有"试看晴空护玉盘"的句子，即化用李白《古朗月行》中"小时不识月，呼作白玉盘"的诗句。其三"一片砧敲千里白，半轮鸡唱五更残"的句子，即化用李白《子夜吴歌》中"长安一片月，万户捣衣声"以及《峨眉山月歌》中"峨眉山月半轮秋"的诗句。

第六十二回中，众人在沁芳亭边为宝玉庆贺生日，酒席上，宝玉与宝钗做射覆游戏（把一种东西遮盖起来，即"覆"；然后暗示给人，让别人猜，即"射"）。宝玉曾引用唐代诗人郑谷《题邸间壁》里"敲断玉钗红烛冷"的诗句，这里"玉""钗"

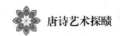

分指他们两人，暗示"金玉良缘"后，宝玉与宝钗断绝了夫妇关系，宝钗落个独守空房的结局。这时曾被宝钗称为"诗魔"的香菱又引用岑参《送张子尉之南海》中"此乡多宝玉"的诗句以及李商隐《残花》中"宝钗何日不生尘"的诗句说："他两个名字都原来在唐诗上呢！"

可见，《红楼梦》中的人物名字与唐诗的关系还很紧密。曹雪芹还引用唐诗暗示宝玉、宝钗的命运。

二、唐诗艺术与林黛玉

（一）林黛玉与《春江花月夜》

鲁迅曾说中国古典诗歌到唐代已经作完，话虽夸张，但指出了唐诗是我国诗歌史上很难企及的高峰，对后世的文艺创作以及人民日常生活产生深远的影响。在《红楼梦》里以及其作者曹雪芹身上也鲜明地体现出这一点。

《红楼梦》第四十五回《风雨夕闷制风雨词》中，林黛玉病卧潇湘馆，听到秋夜雨声淅沥，心中无限感伤，就拟唐代张若虚《春江花月夜》诗的格调和句法，写下《代别离·秋窗风雨夕》一诗。我国大陆，春、秋两季短暂，是冬到夏、夏到冬的过渡，景物变化很大，极容易引起诗人的诗情，是古代诗人常写、爱写的主题。《春江花月夜》写春天里江、花、月、夜这些景物，细致地渲染思别离之苦，韵调优美流畅，广为后人传诵。林黛玉《秋窗风雨夕》诗模仿其情调，写秋天里窗、风、雨、夕这些景物，抒发她在风宵雨夕里独对孤灯、泪湿纱窗的苦闷与哀怨，暗示了后来她与宝玉生死离别的悲剧结局。

而且，《秋窗风雨夕》的一些具体句法也模拟《春江花月夜》。如"谁家秋院无风入？何处秋窗无雨声？"即拟张若虚

"谁家今夜扁舟子？何处相思明月楼"的诗句。林黛玉诗末"不如风雨几时休？已教泪洒窗纱湿"的句子，亦拟张若虚的诗句"不知乘月几人归，落月摇情满江树"。

另外，《秋窗风雨夕》中"抱得秋情不忍眠，自向秋屏移泪烛"的诗句，即化用唐代杜牧《秋夕》中"银烛秋光冷画屏"与《赠别》中"蜡烛有心还惜别，替人垂泪到天明"的诗意，融为"泪烛"这个意象，以物写人，表现自己的凄婉情怀。

（二）林黛玉化用唐诗

唐诗艺术在中国古典诗歌发展中达到高峰，成为后人学习的楷模，王孟、李杜的诗更为后人所仰止。《红楼梦》第四十八回中曾写到香菱问林黛玉如何作诗，黛玉说："你若真心要学，我这里有《王摩诘全集》，你且把他的五言律一百首细心揣摩透熟了，然后再读一百二十首老杜的七言律，次之再李青莲的七言绝句读一二百首；肚子里先有了这三个做了底子，然后再把陶渊明、应、刘、谢、阮、庾、鲍等人的一看，你又是这样一个极聪明伶俐的人，不用一年工夫，不愁不是诗翁了。"

黛玉认为学诗应从唐诗入手，应从王维、杜甫、李白三人的诗入手，更应先细心揣摩王维的五律、杜甫的七律以及李白的七绝。这大概也应是曹雪芹的观点吧。这番话对我们青年朋友学习写诗很有启迪。学诗应先学习盛唐之音，王维、杜甫、李白集中代表了唐诗艺术的成就，特别是王维"工丽闲淡"的五律，杜甫"古今独步"的七律，李白"字字神境，篇篇神物"（明代胡应麟《诗薮》内编卷6）的七绝，达到炉火纯青的艺术境界。在《红楼梦》中，黛玉屡次化用他们的诗句和诗意，极大地增强了作诗的艺术表现力。如第二十二回中她作的一首灯谜中写道："朝罢谁携两袖烟"，即化用杜甫《和贾至早朝大明宫》里"朝罢香烟携满袖"的诗句。又有"晓筹不用鸡人报"的句子，即

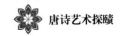

化用王维的诗句"绛帻鸡人报晓筹"。在第四十回中鸳鸯向黛玉行酒令,黛玉直接引用杜甫《紫宸殿退朝口号》诗中原句"双蟾玉座引朝仪"。第六十二回中,黛玉在宴席上拈了一个榛子作诗道:"榛子非关隔院砧,何来万户捣衣声?"也直接引用李白《子夜吴歌》中"长安一片月,万户捣衣声"的诗句。

(三) 林黛玉与李商隐的诗歌

晚唐伟大诗人李商隐(字义山)的诗抒写对时代乱离的感慨、怀才不遇的心情,以及缠绵深挚的爱情,艺术上构思缜密,绮丽精工,对后世影响很大。有人褒扬、模仿,有人则不喜欢,因为他有的诗"辞难事隐",正如后人所说"如百宝流苏、千丝铁网,绮密瓖妍"(《诗人玉屑》卷 2 引瞿翁《诗评》),用典故晦涩难懂。鲁迅曾说他的诗"清词丽句,何敢比肩,而用典太多,则为我所不满"。不管是从哪个角度出发,在《红楼梦》里,林黛玉都不大喜欢李商隐的诗。

在第四十回中,众人随贾母游宴大观园,在"荇叶渚"划船时,看到深秋的荷叶已衰败,有人要拔掉,黛玉说:"我最不喜欢李义山的诗,只喜欢他这一句'留得残荷听雨声'。偏你们又不留着残荷了。"可见对李商隐这句名诗,她很佩服。这句诗出自李商隐的七绝《宿骆氏亭寄怀崔雍崔衮》:

> 竹坞无尘水槛清,相思迢递隔重城。
> 秋阴不散霜飞晚,留得枯荷听雨声。

诗人在一个深秋的夜晚,旅宿在骆氏亭这个幽静清寥的"竹坞""水槛"里,孤寂地思念起居住在长安的崔氏兄弟。天色阴霾欲雨,四望一片迷蒙,增加了自己黯淡的相思心情。可是不知不觉间,下起了淅沥的秋雨,雨点洒落在池塘的枯荷上,诗人听到一片错落有致的声响。残败衰飒的枯荷,原本不值得"留",但这萧瑟秋雨敲打残荷的单调而凄清的声韵,使诗人更加深了对朋友的思念。

　　曹雪芹在贾政鼎盛繁华之时，众人游宴热闹之际，安排林黛玉说出这样一句唐诗，暗示了贾府厦倾筵散，"陋室空堂""衰草枯杨"的结局，含蕴了无限悲叹、感慨。

　　另外，《红楼梦》第八十九回《人亡物在公子填词》中写到宝玉在潇湘馆，看到黛玉的房屋里间挂着一幅"斗寒图"，画着嫦娥与一个侍者，就问黛玉有什么出处，黛玉说："岂不闻'青女素娥俱耐冷，月中霜里斗婵娟'？"此即出自李商隐《嫦娥》诗，看来黛玉对李商隐的诗歌也很喜欢。在第四十回《史太君两宴大观园》里，黛玉已说她"最不喜欢李义山的诗"，只喜欢"留得残荷听雨声"一句，为何黛玉又时常引用李商隐的诗句？是不是高、程的续书对前八十回的人物性格没有吃透，有所疏忽？值得深入探讨。

第二章　唐诗艺术与现当代诗词创作

一、比较李商隐与鲁迅的诗歌

由于社会历史的发展以及诗歌艺术的嬗变，我国旧体诗艺术的鼎盛时期已经过去。鲁迅在给友人的信中曾说："我以为一切好诗，到唐已被做完，此后倘非能翻出如来掌心之齐天大圣，大可不必动手，然而言行不一致，有时也诌几句，自省殊亦可笑。"① 这段话一方面是说，从我国诗歌发展史上看，"一切好诗，到唐已被做完"，我们倘非"齐天大圣"，大可不必再作诗；另一方面又陈述自己有时还要写一些旧体诗。今天看来，虽然旧体诗艺术的高峰已经过去，但是并没有彻底死亡，它还具有一定的生命力。作为中华民族古代文学的精华，作为我国文学发展成长的重要"基因"，旧体诗艺术已深深地扎根于我国诗歌传统之中。现当代许多仁人志士、文学家们创作了许多旧体诗，取得很高的艺术成就，特别是在当今祖国统一大业中，旧体诗更成为连接海峡两岸及海外侨胞同中国传统文化的纽带之一。

文化巨匠鲁迅先生不仅以杂文和小说著称，而且也是一位伟大的诗人，其旧体诗创作中的许多篇章都堪与我国古代大诗人的作品媲美，取得很高的成就，给我国旧体诗艺术的发展注入了新鲜的血液。人们研究鲁迅，往往注重他的杂文和小说，而对他的

---

① 《致杨霁云》，见《鲁迅全集》第 12 卷《书信》，人民文学出版社 1981 年版，第 612 页。

诗歌创作，特别是旧体诗艺术成就探讨得较少。鲁迅自己从不自封为诗人，但一生都在始终关注诗坛的发展。他以写作《别诸弟》等一些旧体诗进入文学创作的生涯，到逝世前夕，还在回忆他的老师章太炎先生的狱中诗，可谓始于旧体诗而终于旧体诗。后人已收集他的诗歌近80首，除6首新体白话诗外，都是旧体诗，其优秀诗篇都堪与古代大诗人的作品媲美。鲁迅无愧是真正的诗人。毛泽东曾说鲁迅的两句诗"横眉冷对千夫指，俯首甘为孺子牛"，"应该成为我们的座右铭"①，还曾亲笔书写了数首鲁迅的旧体诗。郭沫若说："鲁迅先生无心作诗人，偶有所作，每臻绝唱。或则犀角烛怪，或则肝胆照人。"②许寿裳称赞道："鲁迅的诗虽不多，然其意境声调俱极深闳，称心而言，别具风格。"（《鲁迅旧体诗集·序》）都给予很高的评价。

　　鲁迅的旧体诗深深植根于我国古典诗歌的沃土之中，从总体上说，深受古代众多伟大诗人的影响；但具体看来，唐代大诗人李商隐（号为玉溪生）的诗对他的影响较为明显。鲁迅在世时，就有人把他同李商隐相比。鲁迅曾自称"我于旧诗素未研究，胡说八道而已"，"玉溪生清词丽句，何敢比肩"③？这当然是自谦之语。我们从他的旧体诗创作中确实可以看到受李商隐诗影响的痕迹，鲁迅的旧体诗对李商隐诗艺术成就的继承与借鉴，在他诗作的不同时期，具有不同的侧重点。从不同的角度和层面上，我们可以追寻李商隐诗歌对鲁迅旧体诗影响的轨迹，即揭露弊政、讽刺丑恶，以一位现代伟大思想家、文学家的高度，创造性地继承发展了李商隐诗的成就，形成了独特而完美的诗风，登上自己

<hr />

　　① 毛泽东：《在延安文艺座谈会上的讲话》，见《毛泽东选集》第3卷，人民出版社1953年版，第878页。

　　② 郭沫若：《在鲁迅逝世十周年纪念会上的演说》，《新华日报》1946年10月21日。

　　③ 鲁迅：《致杨霁云》，见《鲁迅全集》第12卷《书信》，人民文学出版社1981年版，第612页。

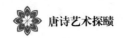

旧体诗创作的顶峰。这种比较研究，有助于我们更加深刻地认识这两位相隔一千多年的诗人的文学成就及其地位，有助于我们更好地继承发展古代灿烂的文学遗产，繁荣新时代的诗歌创作。

（一） 李商隐诗对鲁迅旧体诗创作第一、二阶段之影响

鲁迅的旧体诗创作道路大致可分为三个阶段：（1）留学日本之前，即1900年到1901年。（2）留学日本以后，经过辛亥革命到五四运动，即1903年至1925年。（3）从第一次国内革命战争时期到第二次国内革命战争时期，即1926年到1935年[①]。在这三个阶段当中，鲁迅的旧体诗创作在不同程度上、不同层面上受到李商隐诗的影响。

在第一阶段，鲁迅还没有接触到旧民主主义革命，所作旧体诗的主题大多是离愁别恨等古典诗歌中常见的感伤情绪。1898年5月，鲁迅离家考入南京江南水师学堂学习，初次外出游学，内心十分伤感，这年写的《戛剑生杂记》中说："行人于斜日将堕之时，暝色逼人，四顾满目非故乡之人，细聆满耳皆异乡之语，一念及家乡万里，老亲弱弟必时时相语，谓今日当至某处矣，此时直觉柔肠欲断，涕不可抑。"后来于1900年写下《别诸弟三首》，其一即抒发这种心情：

> 谋生无奈日奔驰，有弟偏教各别离。
>
> 最是令人凄绝处，孤檠长夜雨来时。

诗中"谋生"是指离家外出游学。"檠"是灯架，"孤檠"即指孤灯。次年，又写下《别诸弟三首》，其一写道：

> 梦魂常向故乡驰，始信人间苦别离。
>
> 夜半倚床忆诸弟，残灯如豆月明时。

---

① 周振甫：《鲁迅诗歌注·后记》，浙江人民出版社1962年版，第190页。

这种长夜孤灯思念亲友的凄凉意境，在李商隐诗中很常见，如其《滞雨》诗说："滞雨长安夜，残灯独客愁。故乡云水地，归梦不宜秋。"《送丰都李尉》诗中写道："望乡尤忌晚，山晚更参差。"《别薛岩宾》诗中写道："还将两袖泪，同向一窗灯。"最著名的还是那首《夜雨寄北》：

> 君问归期未有期，巴山夜雨涨秋池。
> 何当共剪西窗烛，却话巴山夜雨时。

都是一种雨夜灯下思念亲友的感伤意境，对鲁迅初期旧体诗的创作不能不说是有一定影响的。

这时期，鲁迅还有一些咏花的诗作，其中也可看到受到李商隐诗风影响的痕迹。如《莲蓬人》：

> 芰裳荇带处仙乡，风定犹闻碧玉香。
> 鹭影不来秋瑟瑟，苇花伴宿露瀼瀼。
> 扫除腻粉呈风骨，褪却红衣学淡妆。
> 好向濂溪称净植，莫随残叶堕寒塘。

秋季来临，荷叶衰谢，只有莲蓬亭亭玉立在荷塘之中，故有"莲蓬人"之称。此诗以莲蓬比人，用拟人化的艺术手法，赞美莲蓬人装束鲜艳、清香袭人、环境纯洁，描绘出一种品格高洁，朴素而有风骨的形象。李商隐写有不少咏花的诗歌，也常用拟人化的手法。例如，《牡丹》诗中写道：

> 锦帷初卷卫夫人，绣被犹堆越鄂君。
> 垂手乱翻雕玉佩，折腰争舞郁金裙。

诗中"卫夫人"指春秋时期卫灵公的夫人南子，形象美丽，据《论语》《史记》等书记载，她曾在锦帷之中，接待孔子的拜访，孔子的学生子路对这件事很不高兴，孔子不得不对学生发誓保证当时没有邪念，可见卫夫人美貌动人。"越鄂君"指春秋时期楚

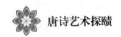

王的母弟，十分俊美，越地女子在他泛舟时唱歌赞美他，他就把绣被盖在越女身上。李商隐在诗中把姿态娇艳的牡丹花转换成美丽的卫夫人和鄂君的形象。后两句中"垂手""折腰"，是指古代的两种舞蹈，用来比拟迎风舞摆的牡丹花美态。鲁迅的《莲蓬人》就继承了这种拟人化手法。

1901年2月，鲁迅回绍兴度寒假后回到学校，写了《惜花四律》：

> 鸟啼铃语梦常萦，闲立花阴盼嫩晴。
> 怵目飞红随蝶舞，关心茸碧绕阶生。
> 天于绝代偏多妒，时至将离倍有情。
> 最是令人愁不解，四檐疏雨送秋声。（其一）

> 剧怜常逐柳绵飘，金屋何时贮阿娇。
> 微雨欲来勤插棘，熏风有意不鸣条。
> 莫教夕照催长笛，且踏春阳过板桥。
> 只恐新秋归寒雁，兰舣载酒橹轻摇。（其二）

> 细雨轻寒二月时，不缘红豆始相思。
> 堕裀印屐增惆怅，插竹编篱好护持。
> 慰我素心香袭袖，撩人蓝尾酒盈卮。
> 奈何无赖春风至，深院荼蘼已满枝。（其三）

> 繁英绕甸竞呈妍，叶底闲看蛱蝶眠。
> 室外独留滋卉地，年来幸得养花天。
> 文禽共惜春将去，秀野欣逢红欲然。
> 戏仿唐宫护佳种，金铃轻绾赤阑边。（其四）

四律咏叹惜花之思、赏花之情，表现护花之举。其一写秋风凄雨中的感伤情感，在意境上跟李商隐的《端居》诗很相近：

> 远书旧梦雨悠悠，只有空床敌素秋。
>
> 阶下青苔与红树，雨中寥落月中愁。

李商隐《题白石莲花寄楚公》诗中写道："空庭苔藓饶霜露。"《到秋》诗中说："守到清秋还寂寞，叶丹苔碧闭门时。"秋雨凄风中见到红花凋谢，而碧苔滋生，李商隐和鲁迅的心情是相同的，诗人笔下呈现出的意境也是一样的。《惜花四律》其二表现对花朵飘零的怜惜，唯恐秋季来临，"只恐新秋归寒雁，兰叙载酒橹轻摇"，是说抓紧时间去乘船观赏春花。其三说闻到袭人花香，更使诗人留恋饮酒赏花："慰我素心香袭袖，撩人蓝尾酒盈卮。""蓝履酒"即"婪尾酒"，指轮流唱酒时，最后一位喝的酒，因为是在最后饮酒，非常想喝，所以称"婪尾"。"卮"，指酒杯。这种深挚的赏花之情，使我们不禁想起李商隐的名诗《花下醉》：

> 寻芳不觉醉流霞，倚树沉眠日已斜。
>
> 客散酒醒深夜后，更持红烛赏残花。

这两位诗人虽然时隔千年，但赏花惜花之情是一脉相承的。鲁迅的《惜花四律》咏物抒情，意韵含蓄，辞藻华丽，情致精细，借鉴了李商隐同类诗歌的艺术手法。

鲁迅在旧体诗创作的第二阶段（1903—1925年）中，与他当时苦闷彷徨的思想相一致，其旧体诗创作充满了一种沉郁愤懑的气息。例如，《哀范君三章》其一写道：

> 风雨飘摇日，余怀范爱农。
>
> 华颠萎寥落，白眼看鸡虫。
>
> 世味秋荼苦，人间直道穷。
>
> 奈何三月别，竟尔失畸躬。

范爱农是鲁迅早年的朋友，一直进行反封建的革命活动，后来被地方封建复辟势力所逼迫，穷途末路，潦倒而死。"华颠"是指范爱农头顶花白。"白眼"是用《晋书·阮籍传》中的典故,阮籍"能为青白眼,见礼俗之士,以白眼对之",表示蔑视。范爱农的眼睛白多黑少,看人总像在渺视,所以鲁迅诗句说:"白眼看鸡虫","鸡虫"是指排挤陷害范爱农的世俗小人。"畸躬",即畸人。《庄子·大宗师》中说:"畸人者,畸于人而侔于天",即与俗人不合而合于正道。这里指到处受排挤的范爱农。《哀范君》诗中那悲愤的诗句,使人不由地联想起李商隐痛悼友人刘蕡的数首诗。刘蕡因为在朝廷中挟击宦官擅权而被贬谪,负屈衔冤,死于柳州。鲁迅诗中"风雨飘摇日"的黑暗现实环境,多么像李商隐《哭刘蕡》诗中"广陵别后春涛隔,湓浦书来秋雨翻"的诗境,鲁迅感叹:"世味秋荼苦,人间直道穷。奈何三月别,竟尔失畸躬。"正直的人穷途末路,与世俗不合的人竟然死去,这多么类似李商隐《哭刘司户二首》中的诗句:

> 有美扶皇运,无谁荐直言。
> 已为秦逐客,复作楚冤魂。

刘蕡那样正直美好的人想要匡扶国家的命运,但却因为直言极谏而无人推荐,竟然被贬出国都,成为楚地的冤魂。

(二) 李商隐诗对鲁迅旧体诗创作的第三阶段之影响

鲁迅在旧体诗创作的第三阶段(1926—1935 年)中,继承了李商隐诗中那揭露黑暗、批判现实的精神以及讽刺尖刻的特色,并借鉴李商隐"无题"诗的诗歌体制,在思想内容和艺术成就上达到自己旧体诗创作道路的高峰。

李商隐的诗反映了当时社会现实的破弊,揭露了社会政治的黑暗面。他生活的时代,正值唐朝转入衰世的文宗、武宗、宣宗时期,当时"贤臣斥死,腐儒在位,厚赋深刑,天下愁苦"(《新唐书》卷225)。社会上兵荒马乱。诗人在开成三年(837)路经长安西郊地区,目睹衰败的国计民生,写下《行次西郊作一百韵》，其中写道：

> 高田长槲枥，下田长荆榛。
> 农具弃道旁，饥牛死空墩。
> 依依过村落，十室无一存。
> 存者皆面啼，无衣可迎宾。

农村一片荒凉，疮痍满目。会昌二年（842），诗人路过河南淮阳郡一带，面对眼前的荒村废垒，写下五律诗《淮阳路》：

> 荒村倚废营，投宿旅魂惊。
> 断雁高仍急，寒溪晓更清。
> 昔年尝聚盗，此日颇分兵。
> 猜贰谁先致，三朝事始平。

揭露当时千村万落饱受藩镇与朝廷进行战争而带来的蹂躏。末联说：藩镇与朝廷相互猜忌，各怀异心，是谁先致使？为什么直到经过德宗、顺宗、宪宗三朝才平定？

　　鲁迅旧体诗创作第三阶段的许多诗继承了李商隐诗歌中这种反映现实、揭露黑暗的精神。1931 年，他在赠日本友人的诗《送 O. E. 君携兰归国》中写道："故乡如醉有荆榛。"中国在国民党反动派的统治下遍地荆榛。同年写的一首《无题》诗描述着：

> 大野多钩棘，长天列战云。
> 几家春袅袅，万籁静愔愔。
> 下土惟秦醉，中流辍越吟。
> 风波一浩荡，花树已萧森。

"秦醉"，此典故出自汉代张衡《西京赋》，是说天帝曾接待秦穆公，在酒醉时把秦的土地赐给了秦穆公。"越吟"，事出《史记·陈轸传》，说是越国人庄舃在楚国做官，仍经常吟唱越地歌曲，表示不忘故国。鲁迅诗句反映了中国在暴秦似的国民党反动派统治下一片黑暗，遍野钩棘，战火处处，革命的声音、人民的呐喊被压抑，花树已飘零，文化被摧残。1933年元旦，鲁迅在《二十二年元旦》诗中写道："云封高岫护将军，霆击寒村灭下民。""云封高岫"指云雾缭绕中的庐山，诗人揭露当时蒋介石在庐山设立总部，发动反革命战争，轰炸乡镇，屠杀人民。同年，有感于日本侵略军在1932年"一·二八"事变的战火给上海闸北民居带来的毁坏，写下《题三义塔》诗，其中说："奔霆飞熛歼人子，败井颓垣剩饿鸠。"日本侵略者飞机大炮的狂轰滥炸使无数人民死于战火之中，居民区成为一片废墟，只剩下一只饿鸠（这里是指鸽子）站立在断墙残壁上。同年又写的《无题》诗说：

> 禹域多飞将，蜗庐剩逸民。
> 夜邀潭底影，玄酒颂皇仁。

"禹域"即中国大地。"飞将"指国民党反动派的空军，他们所谓的"剿匪"战争，使百姓深受其苦，房屋被炸毁，只剩下几处临时搭的草棚，住着所剩无几的百姓，无衣无食，同伴都被炸死，夜晚只能在水潭傍空邀自己的影子作伴，只能喝点清水（古人曾称水为"玄酒"）来充饥，聊以"歌颂"皇天的"仁慈"。鲁迅这些诗在意象及诗意构思上，都与上述李商隐《行次西郊作一百韵》《淮阳路》等诗有一致之处，继承了李商隐诗歌批判现实的精神。

　　李商隐许多反映社会现实、抨击封建统治阶级的政治诗、咏史诗具有浓厚的讽喻特色，讽刺尖刻，发人深省，如清代冯浩所说："以为讽戒，意味固以深长。"（《玉溪生诗集笺注》卷2）大和三年（830），李商隐随朝廷部队东赴郓州，有感于兵燹遍野，赋诗《随师东》：

> 东征日调万黄金，几竭中原买斗心。

军令未闻诛马谡，捷书惟是报孙歆。
但须鸑鷟巢阿阁，岂假鸱鸮在泮林。
可惜前朝玄菟郡，积骸成莽阵云深。

诗中说，朝廷每日耗费许多金钱东征讨伐藩镇，几乎竭尽中原的
财富，来收买将士的斗志。可是部队里赏罚不明，军纪败坏，虚
报战功，在军中从未听说过诛杀像马谡那样违反军令的人，将帅
们只知道像晋代王浚那样在伐吴捷书中谎报已斩吴将孙歆。只要
有凤凰在阿阁上筑巢，就不要让猫头鹰在宫旁树林（泮林）中
窃据了，即说只要贤人当朝，就不应让藩镇割据继续下去。可惜
这幽州一带（汉代曾称为玄菟郡）现在一片荒凉，尸骨堆积在
草丛里，战云低压天边。诗歌讥讽朝廷无力，姑息养奸，酿成战
争。诗人在《行次西郊作一百韵》中提到安史之乱时，讽刺朝
廷军队软弱无能，各藩镇之间争权夺利：

廷臣例獐怯，诸将如羸奔。
为贼扫上阳，捉人送潼关。……
逆者问鼎大，存者要高官。
抢攘互间谍，孰辨枭与鸾。
千马无返辔，万车无还辕。
城空雀鼠死，人去豺狼喧。

大臣和将军们碰到敌人，像胆小的獐子、瘦弱的羊那样逃跑，甚
至替叛军打扫洛阳的上阳宫，还捉壮丁协助叛军防守潼关。已经
叛逆的藩镇军帅篡夺国家政权，还没叛变的军帅要挟朝廷给予高
官。他们乱哄哄地互相侦伺、倾轧，怎能分辨出奸臣（枭）和
忠良（鸾）？官兵全军覆没，无一生还，城邑被劫一空，连雀鼠
都不能幸免，只剩下豺狼般的叛军在号叫。这几句诗，生动深
刻，讽刺意味极浓。

　　李商隐的咏史诗更是擅长讽刺笔法，闻名于后世，如《北齐

181

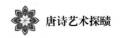

二首》：

> 一笑相倾国便亡，何劳荆棘始堪伤。
> 小怜玉体横陈夜，已报周师入晋阳。（其一）

> 巧笑知堪敌万机，倾城最在著戎衣。
> 晋阳已陷休回顾，更请君王猎一围。（其二）

诗中讽刺北齐后主高纬狂昏淫乱，导致国家灭亡。娇艳的宫妃嫣然一笑，便使君王倾倒、国家覆灭，哪用等到宫殿上长满荆棘，才觉得悲哀呢？当夜间妃子冯小怜洁白如玉的身体横卧在床上的时候，就接到周朝的军队攻克晋阳的消息了。宠妃的巧笑堪与皇帝繁忙的事务相比，她穿起军装时更是美丽，可悲的是并非去保卫国家，而是在晋阳陷落之际，跟后主一道再去打一围猎。诗意讥刺入骨。这正如当今学者所言，以"病态手法与题材"，表现"使人感到病态的世界"，反映了诗人对江河日下的时代深感失望，体现出诗人的叛逆与反抗①。

又如《咏史》诗感叹六朝兴废：

> 北湖南埭水漫漫，一片降旗百尺竿。
> 三百年间同晓梦，钟山何处有龙盘。

"北湖""南埭"都是六朝帝王寻欢作乐的安游场所，但最后都随着各自小王朝的灭亡而升起一片降旗，六朝三百年就如同短促的晓梦一般，金陵、钟山哪是什么不可攻破的龙盘虎踞？李商隐的《齐宫词》也是讽刺齐梁昏庸统治者的荒淫误国：

> 永寿兵来夜不局，金莲无复印中庭。
> 梁台歌管三更罢，犹自风摇九子铃。

---

① ［日］吉川幸次郎：《中国诗史》，章培恒译，复旦大学出版社2001年版，第261页。

南齐废帝宠爱潘妃，专为她修筑永寿宫等宫殿，又用金子做成莲花帖放在地面，让她在上面歌舞，所谓"步步生莲花"。梁武帝率兵攻入京城的那天夜晚，齐废帝正敞开宫门在宫中弦歌作乐。齐亡后，再也不见潘妃妙曼的舞姿了。继齐而起的梁朝帝王贵族无视前车之鉴，又在梁宫（台）中夜夜笙歌宴乐，直到三更之后方才罢休。诗人在《陈后宫》中也嘲讽统治者醉生梦死，不思国家安危："从臣皆半醉，天子正无愁。"讽刺得深刻而警策。

　　鲁迅在旧体诗创作的第三阶段中，也善于运用讽刺手法，嬉笑怒骂，皆成诗篇。1931 年，鲁迅面对国民党统治区里的白色恐怖，写下《湘灵歌》：

> 昔闻湘水碧如染，今闻湘水胭脂痕。
> 湘灵妆成照湘水，皎如皓月窥彤云。
> 高丘寂寞竦中夜，芳荃零落无余春。
> 鼓完瑶瑟人不闻，太平成象盈秋门。

"秋门"，这里指京城。诗借湘水流域的景色以及湘灵神话传说，来渲染国民党反动派对革命人民的血腥屠杀，一片白色恐怖。"湘灵"把这些情况传达给外界社会，可是"鼓完瑶瑟人不闻"，南京政府还在一味地装点太平景象。又如《无题二首》其一写道：

> 大江日夜向东流，聚义群雄又远游。
> 六代绮罗成旧梦，石头城上月如钩。

讽刺国民党反动派内部发生派系斗争，各派头目纷纷离开南京，南京政府的表面繁荣成为过去，如同昔日六朝所经历的旧梦一样。这使我们想起李商隐《咏史》中"三百年间同晓梦，钟山何处有龙盘"的诗句。同年，鲁迅在《好东西歌》中辛辣地讽刺了当时国民党反动派面临日本帝国主义侵略的民族危亡关头，仍然争权夺利狗咬狗的丑态：

南边整天开大会，北边忽地起烽烟，
北人逃难南人嚷，请愿打电闹连天。
还有你骂我来我骂你，说得自己蜜样甜。
文的笑道岳飞假，武的却云秦桧奸。
相骂声中失土地，相骂声中捐铜钱。
失了土地捐过钱，喊声骂声也寂然。

日本侵略者在北方迅速占领东北，人民四处逃离，但国民党反动派内部各派系却在南方忙于开会争权夺利，相互攻击，不管国家存亡。鲁迅又在《南京民谣》中讽刺道：

大家去谒灵，强盗装正经。
静默十分钟，各自想拳经。

国民党反动派内部各派系虽表现互相妥协，一起去谒中山陵，却是各怀鬼胎，各有打算。这些诗句与上述李商隐《行次西郊作一百韵》中的诗句异曲同工：

逆者问鼎大，存者要高官，
抢攘互间谍，孰辨枭与鸾。

历代反动统治集团都只顾自己的名利，无视国家与人民的安危。

1933 年元旦前后，国民党反动派在统治区内进行所谓"剿匪"，滥炸村镇，屠杀无辜。但是，在帝国主义羽翼之下的租界里，达官贵人却在嬉笑打牌声中迎来新年。鲁迅《二十二年元旦》诗尖刻地讽刺道：

云封高岫护将军，霆击寒村灭下民。
到底不如租界好，打牌声中又新春。

飞机的轰炸声与噼噼啪啪的打牌声形成强烈的反讽，抨击了帝国主义大小奴才的无耻寄生生活。这也使我们想起李商隐"晋阳已陷休回顾，更请君王猎一围"的诗句，想起"永寿兵来夜不扃"

"梁台歌管三更罢"的诗句，以及"从臣皆半醉，天子正无愁"
的诗句。一方面是战火、百姓的苦难，一方面却是统治集团的醉
生梦死、荒淫享乐。这种强烈的反差形成了冷峭的讽刺。这年
初，日本侵略者进攻关内，山海关失守，威逼北平，国民党投降
派放弃古城，盗运文物南下，实行不抵抗主义，却装腔作势地指
责大学生们离校疏散。企图掩盖他们自己卖国投降的罪恶行径。
鲁迅对此极为气愤，遂"废话不如少说，只剥崔颢《黄鹤楼》
诗以吊之"（《伪自由书·崇实》）。激愤地写下一首无题诗：

> 阔人已骑文化去，此地空余文化城。
>
> 文化一去不复返，古城千载冷清清。
>
> 专车队队前门站，晦气重重大学生。
>
> 日薄榆关何处抗。烟花场上没人惊。

此诗虽是剥唐代崔颢的《黄鹤楼》诗，但跟原诗感慨宇宙变换
以及乡关之思的主题不同，而是充溢着李商隐式的讽刺。尾联
说：日本侵略军攻打山海关（榆关），但无人抵抗。国民党投降
派对国难无动于衷，还在妓院鬼混。这与李商隐《北齐二首》
中"小怜玉体横陈夜，已报周师入晋阳"的情景毫无二致。

（三）鲁迅与李商隐的"无题诗"

　　李商隐曾创作了大量"无题"诗，或寄托身世感慨，或咏
叹男女情思，或讽喻政治时局，正如明代杨慎所说："格新意杂，
托寓不一，难于命题，故曰'无题'。"[①] 对后世影响极大。鲁迅
在旧体诗创作第三阶段写下的40多首旧体诗中，有十余首题为
"无题"，占总数的四分之一，在诗风上，也继承了李商隐"无

---

① 丁福保编：《历代诗话续编·升庵诗话》，中华书局1983年版，第1194页。

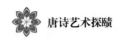

题"诗那种"高情远意"①、"寄托深而措辞婉"②的艺术风格。

1931 年，鲁迅有感于包括柔石、胡也频等左翼作家在内的23 位革命青年被国民党反动派秘密枪杀一事，愤而写下一首"无题"诗：

> 惯于长夜过春时，挈妇将雏鬓有丝。
> 梦里依稀慈母泪，城头变幻大王旗。
> 忍看朋辈成新鬼，怒向刀丛觅小诗。
> 吟罢低眉无写处，月光如水照缁衣。

诗中抒发了无限的悲愤，以及诗人自己带着弱妻幼子在白色恐怖的漫漫长夜中四处避难的感慨，"吟罢低眉无写处，月光如水照缁衣"，诗人在凄冷的月光下愁苦吟诗，感慨万千。这种意境正是由李商隐《无题》诗句"夜吟应觉月光寒"发展而来。郭沫若读到这首诗后，认为"大有唐人风韵，哀切动人，可称绝唱"③。指出了鲁迅诗歌跟唐代诗人的继承关系。20 世纪 60 年代，毛泽东还作诗称道鲁迅的这首诗："龙华喋血不眠夜，犹制小诗赋管弦"（《纪念鲁迅八十寿辰》）。

1932 年年底的一天晚上，鲁迅受朋友之约去饭馆吃饭，当时有歌女在场唱歌献艺，鲁迅触景生情，写下一首《无题》诗：

> 皓齿吴娃唱《柳枝》，酒阑人静暮春时。
> 无端旧梦驱残醉，独对灯阴忆子规。

听着美丽的苏州姑娘唱着流行小曲，诗人不禁想起往事旧梦，独自对着灯阴回味着每年春天杜鹃凄婉的鸣叫。此诗可能是在感慨自己的身世，如同李商隐《七月二十九日崇让宅宴作》中"悠

---

① 范温：《诗眼》，见《诗人玉屑》卷 16，上海古籍出版社 1978 年版，第 349 页。

② 叶燮：《原诗》，人民文学出版社 1980 年版，第 140 页。

③ 郭沫若：《由日本回来了》，见《沫若文集》第 8 卷，第 422 页。

扬归梦惟灯见，濩落生涯独酒知"的诗意。也可能是在回忆如烟往事，如同李商隐《锦瑟》中所咏"庄生晓梦迷蝴蝶，望帝春心托杜鹃"，"此情可待成追忆，只是当时已惘然"。也可能是在思念家乡，也可能是在感伤暮春子规先鸣，众芳零落。有人说鲁迅是在愤慨当时反动派摧残人才，贤才凋谢①；也有人说是追念被反动派杀害的革命战友②。可见，鲁迅这首《无题》诗含义丰富，正像宋代杨文公对李商隐诗评价的那样："包蕴密致，演绎平畅，味无穷而炙愈出，镇弥坚而酌不竭。"③ 1934 年，鲁迅作的一首《无题》写道：

> 万家墨面没蒿莱，敢有歌吟动地哀。
> 心事浩茫连广宇，于无声处听惊雷。

这首诗与李商隐诗也有直接联系，沈尹默曾指出："鲁迅是精熟古典文学的，他所用'动地哀'三字，是出自李商隐《瑶池》诗'黄竹歌声动地哀'。"④《穆天子传》载周穆王在带兵去黄竹的途中正值风雪弥漫的寒冬，人民有的被冻死，穆王作诗哀悼。鲁迅这首《无题》作于国民党反动派大肆发动反革命战争、屠杀人民的黑暗时期，抒发了忧国忧民、心潮起伏的浩茫心事，与李商隐那些韵味无穷的"无题"诗相比，可谓异曲同工。

　　鲁迅诗第三阶段的诗作，跟前两个阶段相似，在诗的意境、形象以及语言各方面，都对李商隐诗歌艺术有所借鉴。鲁迅的许多诗，往往呈现出寒寂深夜中的诗人形象，如《无题》中"深宵沉醉起，无处觅菰薄"。《秋夜有感》："中夜鸡鸣风雨集，起燃烟卷觉新凉。"《亥年残秋偶作》："竦听荒鸡偏阒寂，起看星

① 周振甫：《鲁迅诗歌注》，浙江人民出版社 1962 年版，第 190 页。
② 倪墨炎：《鲁迅旧诗浅说》，上海教育出版社 1977 年版，第 159 页。
③ 何文焕辑：《历代诗话·韵语阳秋》，中华书局 1981 年版，第 499 页。
④ 沈尹默：《也谈毛主席书赠日本朋友的鲁迅诗》，《人民日报》1961 年 11 月 1 日。

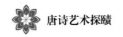

斗正阑干。"这种意境和形象都可以在李商隐诗中找到影子。如李商隐《王十二兄与畏之员外相访……》中："秋霖腹疾俱难遣，万里西风夜正长。"《幽居冬暮》中："羽翼摧残日，郊园寂寞时。晓鸡惊树雪，寒鹜导冰池。"《井泥四十韵》中："悒怏夜参半，但歌井中泥。"鲁迅《阻郁达夫移家杭州》中"何似举家游旷远，风波浩荡足行吟"的情怀，也正如李商隐《安定城楼》中"永忆江湖归白发，欲回天地入扁舟"的胸襟。

鲁迅《题三义塔》诗中的名句"度尽劫波兄弟在，相逢一笑泯恩仇"，这是化用李商隐《景阳宫井双桐》中"寒灰劫尽问方知，石羊不去谁相伴"的诗句，以及《赠郑谠处士》中"相逢一笑怜疏放，他日扁舟有故人"的诗句。皆以佛家"劫"的观念比喻时间久远，以"相逢一笑"写情谊。鲁迅《偶成》诗中说："所恨芳林寥落甚，春兰秋菊不同时。"这也是点化李商隐《代魏宫私赠》中"知有宓妃无限意，春兰秋菊可同时"的诗句。鲁迅《送增田涉君归国》诗中写"扶桑正是秋光好，枫叶如丹照嫩寒"，这种丹红枫叶的意象在李商隐诗中很常见，如"至今云雨暗丹枫"（《过楚宫》），"叶丹苔碧闭门时"（《到秋》），"殷勤报秋意，只是有丹枫"（《访秋》）等。

综上所述，李商隐诗对鲁迅旧体诗创作的影响是明显的。鲁迅旧体诗创作的三个阶段对李商隐诗的继承和借鉴呈现出一个由浅及深、由皮毛到精髓的过程。开始，鲁迅主要借鉴李商隐诗歌的"清词丽句"以及一些以物托志的具体诗歌艺术技巧，后来又逐渐继承了李商隐诗歌中深沉愤懑的一面，思想深度逐渐深化，诗风逐渐成熟。到最后一个阶段，继承了李商隐政治诗和咏史诗中揭露弊政、讽刺黑暗丑恶的精神（这是李商隐诗中非常重要的方面），以及"无题"诗制体，在思想内容上挖掘了深度、开拓了广度，艺术形式上趋于完美，形成了自己独特的诗风，跃上了一个新台阶。

应当强调的是，李商隐是一千多年前封建社会的诗人，而鲁迅先生则是现代接受马克思主义、支持中国社会革命的思想家和文学家，在诗歌思想内容的高度与深度上，都是李商隐诗所不可企及的。李商隐对破弊的现实社会是无能为力的，只能绝望地感叹，而鲁迅则对中国社会的革命充满了信心和希望，"心事浩茫连广宇，于无声处听惊雷"，看到了长夜中的曙光。由于篇幅所限，本书只是侧重探讨他们二人在诗歌创作中的一些影响和继承关系的轨迹，而鲁迅对李商隐的继承和借鉴是创造性的，特别是后期诗歌创作充分发挥了他自己的艺术创造力，发展了李商隐的诗歌精神，使旧体诗创作在我国现代文学史上大放异彩，这些发展与创新，笔者当另撰文阐述，此处不再赘言。

深入探讨鲁迅旧体诗对李商隐诗成就的继承与发展，有助于我们全面、深刻地了解鲁迅这位文化巨人的文学成就，有助于进一步认识李商隐诗歌在我国文学发展史上的地位，使我们更加清醒地认识到，只有像鲁迅先生那样，向古代文学遗产中的精华虚心学习，继承它们并加以发展、创新，才能更好地繁荣新时代的文学创作。否则，若以一种现代人的骄傲自居，摒弃这笔宝贵的文学遗产，得到的将会是古人及来者的嘲笑。

二、唐诗艺术与毛泽东诗词创作

唐诗艺术与中国历史上的社会政治生活有着紧密的联系。毛泽东是一位伟大的政治家、革命家，也是一代诗人。在此研究唐诗艺术对毛泽东诗词创作的关系，更能彰显唐诗艺术在中国社会生活中的作用以及诗歌与政治之密切关联。

（一）毛泽东关注唐诗艺术研究

毛泽东对中国古典诗词涉猎非常广博。从《诗经》《楚辞》

到唐诗宋词，皆可耳熟能详。据贺子珍回忆，在井冈山时，毛泽东能把《唐诗三百首》全部背诵下来。据今人对其藏书的有关统计，他圈阅过的古诗有 1180 首，而唐诗就有约 600 首，占50% 之多。他批阅过的《唐诗别裁集》有 6 部、《唐诗三百首》有 5 部，可见对唐诗极为喜爱。①

1957 年毛泽东曾对臧克家说："我冒叫一声，旧体诗词要发展，要改革，一万年也打不倒。因为这东西，最能反映中国人民的特性和风尚，可以兴观群怨。"又说："律诗，从梁代沈约搞出四声，后又从四声化为平仄，经过初唐诗人们的试验，到盛唐才定型。形式的定型不意为着内容受到束缚、诗人丧失个性。同样的形式，千百年来真是名诗代出，佳作如林。固定的形式并没有妨碍诗歌艺术的发展。"可见毛泽东对中国古典诗歌艺术给予充分的肯定，并且高度评价了唐诗艺术的地位。

毛泽东关心唐代诗人的生平事迹，还在政务百忙之中，进行文学历史上的考证。他非常喜欢初唐四杰的诗作，对初唐四杰之首王勃的诗文，毛泽东就倾注了许多精力和时间。如他读《王子安集》时，在《秋日楚州郝司户宅遇饯崔使君序》一文标题前作了大段批注，认为此文为王勃"去交趾（安南）路上作的，地在淮南，或是寿州，或是江都。时在上元二年，勃应有二十三四了"。又认为王勃作《秋日登洪州滕王阁饯别序》时，"应是二十四、五、六"，而不是有人所说的"十三岁，或十四岁"。毛泽东总结道："《王子安集》百分之九十的诗文，都是在北方——绛州、长安、四川之梓州一带，河南之虢州作的。在南方

作的只有少数几首，淮南、南昌、广州三地而已。广州较多，亦只数首，交趾一首也无，可见他未到达交趾就翻船死在海里了。"

　　毛泽东在读《王子安集》批语中，认为王勃"高才博学，为文光昌流丽，反映当时封建盛时的社会动态，很可以读。这个人一生倒霉，到处受惩，在虔州几乎死掉一条命。所以他的为文，光昌流丽之外，还有牢愁满腹的一方。杜甫说'王杨卢骆当时体，不废江河万古流'，是说得对的。为文尚骈，但是唐初王勃等人独创的新骈、活骈，同六朝的旧骈、死骈，相差十万八千里。他是七世纪的人物，千余年来，多数文人都是拥护初唐四杰的，反对的只有少数。以一个二十八岁的人，写了十六卷诗文作品，与王弼的哲学、贾谊的历史学和政治学，可以媲美，都是少年英发，贾谊死时三十几，王弼死时二十四，还有李贺死时二十七，夏完淳死时十七，都是英俊天才，惜乎死得太早了。"这些批语有理有据，运用比较的方法，分析了王勃诗歌创作的成绩，并给予高度的肯定，体现了毛泽东对王勃诗歌创作深刻的把握，同时也流露了毛泽东对王勃生平命运深深的同情。

　　毛泽东对唐代诗人贺知章的生平事迹也考证有加。他很喜爱贺知章的《回乡偶书》：

> 少小离家老大回，乡音未改鬓毛衰。
> 儿童相见不相识，笑问客从何处来。

在1958年2月10日，毛泽东曾写信给刘少奇探讨贺知章的事迹："前读笔记小说或别的诗话，有说贺知章事者。今日偶翻《全唐诗话》，说贺事较详，可供一阅。他从长安归会稽（绍兴），年已八十六岁，可能妻已早死。其子被命为会稽司马，也可能六七十了。'儿童相见不相识'，此儿童我认为不是他自己的儿女，而是他的孙儿女或曾孙儿女，或第四代儿女，也当有别户人家的小孩子。贺知章在长安做了数十年太子宾客等官，同明皇有君臣而兼友好之遇。他曾推荐李白于明皇，可见彼此惬恰。

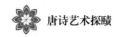

在长安几十年，不会没有眷属，这是我的看法。他的夫人中年逝世，他就变成独处，也未可知。他是信道教的，也有可能摒弃眷属。但一个九十多岁像齐白石这样高年的人，没有亲属共处，是不可想象的。他是诗人，又是书家（他的草书《孝经》，至今犹存）。他是一个胸襟洒脱的人，不是一个清教徒式的人物。唐朝未闻官吏禁带眷属事，整个历史也未闻此事。所以不可以'少小离家'一诗便作为断定古代官吏禁带眷属的充分证明。自从听了那次你谈到此事以后，总觉得不甚妥当。请你考一考，可能你是对的，我的想法不对。……近年文学选本注家，有说'儿童'是贺之儿女者，纯是臆测，毫无根据。"

在对古代历史、文化、宗教、官职以及人情世态的广博理解背景之下，毛泽东考据唐代诗人生平，合情合理，可谓一位唐诗研究专家。

（二）毛泽东对唐诗的运用

毛泽东 1915 年给同学湘生的信中写道："盖文学为百学之原，吾前言诗赋无用，实失言也。"唐诗成为他革命生涯的辅助武器，鼓舞战斗精神的源泉，并常常加以引申，寄寓政治等其他意义。马克思《致斐·拉萨尔》曾说："被曲解了的形式正好是普遍的形式，并且在社会的一定发展阶段上是适于普遍应用的形式。"唐诗艺术在毛泽东手里也时常是这样。

1. 毛泽东常用唐诗寄寓政治含意

1956 年 4 月 5 日，中央政治局讨论《人民日报》编辑部文章《关于无产阶级专政的历史经验》，毛泽东给大家念杜甫《戏为六绝句》："尔曹身与名俱灭，不废江河万古流。"表达政治上的坚定信心。

1958 年，毛泽东成都游览杜甫草堂，看到不同版本的杜集，曾说"是政治诗!"在中共中央南宁会议上,毛泽东讲:不愿看杜甫、白居易那种哭哭啼啼的作品,光是现实主义一面不好。李白、李贺、李商隐,要搞点理想。太现实就不能写诗了。在政治政策的层面上,以喻鼓舞当时的革命斗志。

1970年8月,林彪以及陈伯达在中央政治局搞个人政治阴谋。毛泽东在《我的一点意见》中引用李白《梁甫吟》"杞国无事忧天倾"诗句,说"天下是否会乱,庐山能否炸平,地球是否停转,我看大概不会吧。……我们不要学那位杞国人"。胸有成竹,不怕政敌捣乱。

其次,毛泽东常对唐诗给予哲学上的发挥。20世纪60年代末,毛泽东阅读《唐诗别裁集》。其中录刘禹锡《酬乐天扬州初逢席上见赠》:"沉舟侧畔千帆过,病树前头万木春。"沈德潜评语说:"沉舟二语,见人事不齐,造化亦无如之何。悟得此旨,终身无不平之心矣。"沈氏之说实不误,符合刘禹锡当时作诗的情况。但是毛泽东却批道:"此种解释是错误的。"认为世界向前发展,刘禹锡此诗具有辩证唯物主义的观点,是积极的。1958年12月,毛泽东在党的八届六中全会的发言提纲中,谈到党的巩固和分裂虽然有可能,但却是暂时的,而资产阶级的灭亡则是必然的。随即引用这两句诗,加重对此观点的阐述。

再如评论初唐诗人王勃,毛泽东批注道:"青年人比老年人强,贫人、贱人、被人们看不起的人、地位低的人,大部分发明创造,占百分之七十以上,都是他们干的。百分之三十的中老年而有干劲的,也有发明创造。这种三七开的比例,为什么如此,值得大家深深地想一想。结论就是因为他们贫贱低微,生力旺盛,迷信较少,顾虑少,天不怕,地不怕,敢想敢说敢干。如果党再对他们加以鼓励,不怕失败,不泼冷水,承认世界主要是他们的,那就会有很多的发明创造。"引申到社会发展规律、人才的使用。

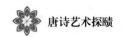

1964 年 1 月，毛泽东对自己诗词英译者解释一些问题时，谈到自己借用李贺诗句"天若有情天亦老"的想法："与人间比，天是不老的。其实天也有发生、发展、衰亡。天是自然界，包括有机界，如细菌、动物。自然界、人类社会，一样有发生和灭亡的过程。社会上的阶级，有兴起，有灭亡"。把李贺的那两句诗提高到哲学的高度来发挥。

1971 年 10 月中旬，在谈到林彪事件时，毛泽东曾念诵晚唐诗人杜牧《赤壁》：

> 折戟沉沙铁未销，自将磨洗认前朝。
> 东风不与周郎便，铜雀春深锁二乔。

毛泽东说："三叉戟飞机摔在外蒙古，真是'折戟沉沙'呀。"又引用白居易《放言五首》其三：

> 赠君一法决狐疑，不用钻龟与祝蓍。
> 试玉要烧三日满，辨才需待七年期。
> 周公恐惧流言日，王莽谦恭未篡时。
> 向使当初身便死，一生真伪复谁知。

毛泽东用以说明：一个人错误的发展是有一个过程的，认识一个人是真革命还是假革命，也是有一个过程的。

另外，毛泽东还经常把唐诗作为人生生活的哲理启迪。比如，1959 年 7 月在庐山开会时期，毛泽东曾背诵韦应物《寄李儋元锡》一诗：

> 去年花里逢君别，今日花开又一年。
> 世事茫茫难自料，春愁黯黯独成眠。
> 身多疾病思田里，邑有流亡愧俸钱。
> 闻道欲来相问讯，西楼望月几回圆。

对身旁的一些领导人说，"邑有流亡愧俸钱"，"这寥寥七字，写出古代清官的胸怀，也写出古代知识分子的高尚情操。写诗就要写出自己的胸怀和情操，这样才能引起读者的共鸣，才能使人振奋"。

1958 年 2 月，女儿李讷曾动手术，发高烧。毛泽东写信抄录王昌龄《从军行七首》之一赠之：

> 青海长云暗雪山，孤城遥望玉门关。
> 黄沙百战穿金甲，不斩楼兰终不还。

希望李讷从中体会精神意志的力量，进而战胜疾病。

1959 年，在朝鲜战场牺牲的儿子毛岸英的遗孀刘松林生了一场大病，8 月，毛泽东在庐山开会，百忙中致信，抄录李白《庐山谣寄卢侍御虚舟》一诗赠之：

> 登高壮观天地间，大江茫茫去不还。
> 黄云万里动风色，白波九道雪连山。

劝告刘松林可多阅读李白这样的诗作，"可以起到消愁解闷的作用"。

2. 毛泽东与李白诗歌

李白可谓是毛泽东最喜爱的诗人了。1956 年 2 月 4 日，毛泽东在中南海怀仁堂接见知识分子问题会议的文艺界代表，当大家谈到宝成铁路建设时，他说，"蜀道"很快就不"难"了。随即吟诵了李白的名作《蜀道难》。对于李白《蜀道难》的主题，历来解说纷纭，或谓讽刺玄宗逃难入蜀。1975 年 9 月，毛泽东曾对学者芦荻说，《蜀道难》写得很好，有人从思想方面作各种猜测，以便提高评价，其实不必，不要管那些纷纭聚讼，这首诗主要是艺术性很高，谁能写得有他那样淋漓尽致呀，要把人们带进祖国壮丽险峻的山川之中，把人带进神奇优美的诗话世界，让人们仿佛也到了"难于上青天"的蜀道上了。

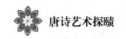

李白《梁甫吟》借咏怀古代人物，抒发忧国伤时之情，写道汉初"高阳酒徒"郦食其谒见刘邦和游说齐王田广降汉的故事，"君不见高阳酒徒起草中，长揖山东隆准公"。1973年毛泽东作《戏续李白"梁甫吟"》写道："不料韩信不听话，十万大军下历城。齐王火冒三千丈，抓了酒徒付鼎烹。"可见毛泽东对李白诗歌的熟悉和喜爱。

毛泽东在自己的诗词创作中，大量熔融、化用李白的诗句、语辞以及意境。列举如下：

《贺新郎·别友》："挥手自兹去。"出自李白《送友人》"挥手自兹去，萧萧班马鸣"。"照横塘半天残月。"化用李白《长干行》"君家何处住，妾住在横塘。停舟暂相问，或恐是同乡"。"重比翼，和云翥。"化用李白《大鹏赋》"欻翳景以横翥，逆高天而下垂"。

《菩萨蛮·黄鹤楼》："茫茫九派流中国。"出自李白《庐山谣寄卢侍御虚舟》："登高壮观天地间，大江茫茫去不还。"

《清平乐·会昌》："会昌城外高峰，颠连直接东溟。"出自李白《当涂赵炎少府粉图山水歌》："峨嵋高出西极天，罗浮直与南溟连。"

《忆秦娥·娄山关》："喇叭声咽。"出自李白《忆秦娥》："箫声咽。"

《念奴娇·昆仑》："安得倚天抽宝剑。"化用李白《大猎赋》："攉倚天之剑，弯落月之弓。"《临江王节士歌》："安得倚天剑，跨海斩长鲸。"

《七律·到韶山》："别梦依稀咒逝川，故园三十二年前。"出自李白《古风》："逝川与流光，飘忽不相待。"

《七律·答友人》："帝子乘风下翠微。"化用李白《下终南山过斛斯山人宿置酒》："却顾所来径，苍苍横翠微。""我欲因之梦寥廓。"出自李白《梦游天姥吟留别》："我欲因之梦吴越。"

《水调歌头·重上井冈山》："可上九天揽月。"出自李白
《宣州谢朓楼饯别校书叔云》："俱怀逸兴壮思飞，欲上青天揽
明月。"

《贺新郎·读史》："一篇读罢头飞雪。"出自李白《将进酒》
"高堂明镜悲白发，朝如青丝暮成雪。""骗了无涯过客。"出自
李白《春夜宴从弟桃花园序》："夫天地者，万物之逆旅也；光
阴者，百代之过客也。"

3. 毛泽东与杜甫诗歌

毛泽东很爱读杜甫的诗歌，在1958年成都会议期间，毛泽
东让工作人员给他借各种版本"杜诗"达12部，108本。1965
年毛泽东在《致陈毅》信中高度评价杜甫的诗歌艺术，认为是
"形象思维"："杜甫之《北征》，可谓'敷陈其事而直言之也'，
然其中亦有比、兴。"

毛泽东诗词化用、点化杜甫的诗句有很多。

《贺新郎·别友》（手迹稿）："我自欲为江海客，再不为昵
昵儿女语。"出自杜甫《致张镐》："张公一生江海客，身长九尺
须眉苍。征起适值风云会，扶颠始知筹策良。"

《沁园春·长沙》："恰同学少年，风华正茂。"出自杜甫
《秋兴》其三："同学少年多不贱。"

《忆秦娥·娄山关》："残阳如血。"出自杜甫《喜雨》："日
色赤如血。"

《蝶恋花·从汀州到长沙》："国际悲歌歌一曲，狂飙为我从
天落。"语出杜甫《乾元中寓居同谷县作歌七首》之一："呜呼
一歌歌已哀，悲风为我从天来！"

《渔家傲·反第一次大"围剿"》："风烟滚滚来天半。"出自
杜甫《登高》："不尽长江滚滚来。"

《渔家傲·反第二次大"围剿"》："横扫千军如卷席。"化用

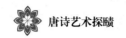

杜甫《醉歌行别从侄勤落第归》："词源倒流三峡水，笔阵独扫千人军。"

《十六字令三首》其二："奔腾急，万马战犹酣。"出自杜甫《丹青引》"英姿飒爽来酣战"。其三："山，刺破青天锷未残。"出自《夔州歌十绝句》其四："赤甲白盐俱刺天，闾阎缭绕接山巅。"

《祭母文》："次则儿辈，育之成行。"出自杜甫《赠卫八处士》："昔别君未婚，儿女忽成行。"

1924 年《挽陈子博同志联》："出师未捷身先死，长使英雄泪满襟。"乃直接引用杜甫的《蜀相》中的诗句。

1941 年《挽张冲先生联》："大计赖支持，内联共，外联苏，奔走不辞劳，七载辛勤如一日；斯人独憔悴，始病热，继病疟，深沉竟莫起，数声哭泣已千秋。"化用杜甫《梦李白》："冠盖满京华，斯人独憔悴。"

《七律·人民解放军占领南京》："钟山风雨起苍黄。"杜甫《新婚别》"形势反苍黄。"

《七律·和柳亚子先生》："落花时节读华章。"语出杜甫《江南逢李龟年》："落花时节又逢君。"

《七律·送瘟神》其一："绿水青山枉自多。"隐括杜甫《征夫》："十室几人在，千山空自多。""万户萧疏鬼唱歌。"出自杜甫《除架》："束薪已飘落，瓠叶转萧疏。"杜甫《兵车行》："新鬼烦冤旧鬼哭。"

《七律·冬云》："高天滚滚寒流急。"语出杜甫《登高》："不尽长江滚滚来。"

《七律·到韶山》："故园三十二年前。"语出杜甫《复愁》："万国尚戎马，故园今若何。"

《七律·答友人》："洞庭波涌连天雪。"语出杜甫《秋兴》其一："江间波浪兼天涌。"

《七绝·为女民兵题照》：“飒爽英姿五尺枪。”语出杜甫《丹青引》：“英姿飒爽来酣战。”

《贺新郎·读史》：“歌未竟，东方白。”出自杜甫《东屯月夜》：“日转东方白，风来北斗昏。”

《七古·送纵宇一郎东行》：“君行吾为发浩歌。”隐括杜甫《自京赴奉先县咏怀五百字》：“取笑同学翁，浩歌弥激烈。”

《西江月·秋收起义》：“霹雳一声暴动。”语出杜甫《热》：“雷霆空霹雳，云雨意虚无。”

《七律·和周世钊同志》：“域外鸡虫事可哀。”隐括杜甫《缚鸡行》：“鸡虫于人和厚薄，吾叱奴人解其缚。鸡虫得失无了时，注目寒江倚山阁。”“诸公碌碌皆余子。”语出杜甫《醉时歌》：“诸公衮衮登台省。”

《七律·有所思》：“凭栏静听萧萧雨，故国人民有所思。”隐括杜甫《秋兴》其四：“鱼龙寂寞秋江冷，故国平居有所思。”

4. 毛泽东与其他初盛唐诗人诗歌

宋代黄庭坚曾说：“老杜作诗，退之作文，无一字无来处，盖后人读书少，故谓韩、杜自作此语耳。古之能为文章者，真能陶冶万物，虽取古人陈言入翰墨，如灵丹一粒，点铁成金也。”（《答洪驹父书》）对前贤的继承学习，也是诗词创作的一个重要途径。周振甫在《诗词例话·仿效与点化》中谈到诗词创作的仿效与点化时，归纳有两种情况，一是“文学创作中的描写，有的是有所继承的，具有推陈出新的作用”。二是有的“比前人说得更具体、更丰富，创造出新的境界，也就是说加上了新的东西”。毛泽东诗词创作正是如此，做到了“清词丽句必为邻”（杜甫《戏为六绝句》）。

《贺新郎·别友》（书赠丁玲手迹稿）：“我自精禽填恨海，愿君为翠鸟巢珠树。”乃化用张九龄《感遇十二首》其四：“孤

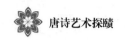

鸿海上来，池潢不敢顾。侧见双翠鸟，巢在三珠树。""三珠树"
为神话中树名。《山海经·地形》："三珠树在厌火北，生赤水
上，其为树如柏，叶皆为珠。"

《菩萨蛮·黄鹤楼》："黄鹤知何去，剩有游人处。"出自崔
颢《黄鹤楼》："昔人已乘黄鹤去，此地空余黄鹤楼。"

《减字木兰花·广昌路上》："风卷红旗过大关。"语出岑参
《白雪歌送武判官归京》："风掣红旗冻不翻。"

《忆秦娥·娄山关》："霜晨月，马蹄声碎。"语出岑参《卫
节度赤骠马歌》："扬鞭骤急白汗流，弄影行骄碧蹄碎。"

《十六字令》其二："山，倒海翻江卷巨澜。"化用岑参《与
高适薛据同登慈恩寺浮图》："连山若波涛，奔凑似朝东。"

《清平乐·六盘山》："望断南飞雁。"隐括王维《寄荆门张
丞相》："目尽南飞雁，何由寄一言。"

《七律·长征》题意出自王昌龄《出塞》："万里长征人
未还。"

《卜算子·咏梅》："已是悬崖百丈冰。"语出岑参《白雪
歌》："瀚海阑干百丈冰。"

《七律·吊罗荣桓》："记得当年草上飞，红军队里每相违。"
语出王维《送綦毋潜落第还乡》："置酒长安道，同心与我违。"

《七律·和周世钊同志》："春江浩荡暂徘徊。"语出骆宾王
《同辛簿酬思玄上人》："风景暂徘徊。"

《八连颂》："军事好，如霹雳。"出自王维《老将行》："汉
兵奋迅如霹雳，虏骑奔腾畏蒺藜。"毛泽东"军民团结如一人，
试看天下谁能敌。"出自骆宾王《讨武曌檄》."请看今日之域
中，竟是谁家之天下。"

5. 毛泽东与白居易诗歌

毛泽东对白居易的诗歌也非常喜爱，当他读到《琵琶行》

时，批注道："江州司马，青衫泪湿，同在天涯。作者与琵琶演奏者有平等心情。白诗高处在此，不在他处。其然岂其然乎？"对诗中"大珠小珠落玉盘""同是天涯沦落人"等名句皆作了圈点批注。其诗词创作也常常化用白居易的诗句。

《七律·送瘟神》："春风杨柳万千条。"出自白居易《杨柳枝》："一树春风千万枝。"

《念奴娇·鸟儿问答》："雀儿答道：有仙山琼阁。"语出白居易《长恨歌》"忽闻海上有仙山。"

《贺新郎·别友》："汽笛一声肠已断。"隐括白居易《长恨歌》："夜雨闻铃断肠声。""重比翼，和云翥。"隐括白居易《长恨歌》："在天愿做比翼鸟，在地愿为连理枝。"

《虞美人·枕上》："对此不抛眼泪也无由。"语出白居易《长恨歌》："对此如何不泪垂。"

《七律·和周世钊同志》："莫谈韶华容易逝。"出自白居易《香山居士写真》："勿谈韶华子，俄成皤叟仙。"

《五古·挽易昌陶》："城隈草萋萋。"语出白居易《原上草》："萋萋满别情。"

《七律·洪都》："江草江花处处鲜。"隐括白居易《忆江南》："日出江花红胜火，春来江水绿如蓝。"

6. 毛泽东与李贺诗歌

毛泽东一生非常喜爱唐代"三李"（李白、李贺、李商隐）的诗，在他圈阅批注过的唐诗中，"三李"的诗歌竟占三分之一。1958 年毛泽东致陈毅信中说："李贺的诗很值得一读。"多次赞扬李贺是"英俊天才"。李贺诗现存约 240 首，毛泽东圈阅过的达 83 首。在一本黄陶庵评本《李长吉集》中，黄陶庵在《梦天》诗尾联"遥望齐州九点烟，一泓海水杯中泻"旁，写有批语："论长吉每道是鬼才，而其为仙语，乃李白所不及，九州二句，妙有千古。"毛泽东对黄氏的这段评语，每句都加以圈点、断句，表示极为重视。毛泽东《五古·挽易昌陶》"江天水一泓"即由李贺此句而来。李贺的创作方式很独特，他外出作诗时，"背一古破锦囊，遇有所得，即书投囊中"（李商隐《李长吉小传》）。1961 年毛泽东《纪念鲁迅八十寿辰》其二写道："剑南歌接秋风吟，一例氤氲入诗囊。"即引用李贺的故事，来称赞鲁迅以及秋瑾的诗作。

毛泽东对李贺的诗歌极为熟悉。鲁迅曾有一首《湘灵歌》：

昔闻湘水碧如染，今闻湘水胭脂痕。
湘灵妆成照湘水，皎如皓月窥彤云。
高丘寂寞竦中夜，芳荃零落无余春。
鼓完瑶瑟人不闻，太平成象盈秋门。

1959 年 3 月，毛泽东读完《鲁迅诗集》中此诗后，在末句旁边批注道："从李长吉来。"指出末句"太平成象盈秋门"的意象，是出自李贺《自昌谷到洛后门》："九月大野白，苍岑竦秋门。"

《贺新郎·别友》："今朝霜重东门路。"语出李贺《雁门太守行》："霜重鼓寒声不起。"

《减字木兰花·广昌路上》："风卷红旗过大关。"出自李贺《雁门太守行》："半卷红旗临易水。"

《七律·人民解放军占领南京》："天若有情天亦老。"整句借用李贺《金铜仙人辞汉歌》中诗句。

《七律·送瘟神》其一："万户萧疏鬼唱歌。"隐括李贺《秋来》"秋坟鬼唱鲍家诗，恨血千年土中碧"。其二："红雨随心翻作浪。"语出李贺《将进酒》："况是青春日将暮，桃花乱落如红雨。"

《贺新郎·读史》："上疆场彼此弯弓月。流遍了，郊原血。"出自李贺《南园》："晓月当帘挂玉弓。"又《勉爱行二首送小季之庐山》其二："郊原晚吹悲号号。"《贺新郎·读史》："歌未竟，东方白。"出自李贺《酒罢张大彻索赠诗》："葛衣断碎赵城秋，吟诗一夜东方白。"

《浣溪沙·和柳亚子先生》："一唱雄鸡天下白。"《念奴娇·井冈山》："一声鸡唱，万怪烟消云落。"《五古·挽易昌陶》："鸣鸡一声唱。"皆出自李贺《致酒行》"雄鸡一唱天下白。"

7. 毛泽东与李商隐、杜牧等其他中晚唐诗人的诗歌

毛泽东诗词也大量化熔晚唐"小李杜"的诗句。如《蝶恋花·答李淑一》："寂寞嫦娥舒广袖。"即隐括李商隐《嫦娥》："嫦娥应悔偷灵药，碧海青天夜夜心。"

《七律·送瘟神》："坐地日行八万里。"出自李商隐《瑶池》："八骏日行三万里。"

《七律·答友人》："帝子乘风下翠微。"出自杜牧《九日齐山登高》："江涵秋影雁初飞，与客携壶上翠微。""洞庭波涌连天雪，长岛人歌动地诗。"语出杜甫《秋兴》其一："江间波浪兼天涌。"李商隐《瑶池》："黄竹歌声动地哀。"

《七律·冬云》："独有英雄驱虎豹，更无豪杰怕熊罴。"句法来自李商隐《重有感》："岂有蛟龙愁失水，更无鹰隼与高秋。"

《贺新郎·读史》："人世难逢开口笑。"隐括杜牧《九日齐山登高》："尘世难逢开口笑，菊花须插满头归。"

《送纵宇一郎东行》："无端散出一天愁。"语出李商隐《锦瑟》："锦瑟无端五十弦。"

《七绝·贾谊》："贾生才调世无伦。"出自李商隐《贾生》："贾生才调更无伦。"

毛泽东对中晚唐其他诗人的作品也非常熟悉，经常点化运用。如《贺新郎·别友》（手迹稿）："我自欲为江海客，再不为

昵昵儿女语。"出自韩愈《听颖师弹琴》:"昵昵儿女语,恩怨相尔汝。"

《采桑子·重阳》:"胜似春光,寥廓江天万里霜。"出自刘禹锡《秋词》:"自古逢秋悲寂寥,我言秋日胜春朝。"

《清平乐·蒋桂战争》:"收拾金瓯一片。"出自李山甫《上元怀古》:"南朝天子爱风流,尽守江山不到头。总是战争收拾得,却因歌舞破除休。"

《忆秦娥·娄山关》:"霜晨月,马蹄声碎。"点化温庭筠《商山早行》:"鸡声茅店月,人迹板桥霜。"又刘言史《春游曲》:"马蹄声碎五桥门。"

《十六字令》其三:"刺破青天锷未残。"点化柳宗元《与浩初上人同看山寄京华亲故》:"海畔尖山似剑铓。"

《七律·长征》:"万水千山只等闲。"语出贾岛《送耿处士》:"万水千山路。"孟郊《送谈公十二首》:"非是等闲歌。"

《沁园春·雪》:"山舞银蛇。"不露痕迹地隐括韩愈《咏雪赠张籍》:"厚虑填溟壑,高愁致斗魁。日轮埋欲侧,坤轴押将颓。岸类长蛇搅,陵犹巨象豗。"

《祭母文》:"养育深恩,春晖朝霭。"出自孟郊的《游子吟》:"谁言寸草心,报得三春晖。"

《七律·人民解放军占领南京》:"天翻地覆慨而慷。"隐括刘商《胡笳十八拍》:"天翻地覆谁得知,如今正南看北斗。"

《七律·到韶山》:"别梦依稀咒逝川。"出自温庭筠《苏武庙》:"茂陵不见封侯印,空向秋波哭逝川。"毛泽东后来改为"咒"。

《水调歌头·游泳》:"胜似闲庭信步。"语出齐己《游谷山寺》:"此生有底难抛事,时复携筇信步登。"

《七律·送瘟神》:"千村薜荔人遗矢。"出自谭用之《秋宿湘江遇雨》:"暮雨千家薜荔村。"

《七律·登庐山》："浪下三吴起白烟。"语出刘禹锡《途中早发》："水流白烟起。"

《七律·答友人》："洞庭波涌连天雪。"隐括刘长卿《自夏日至鹦鹉洲夕望岳阳寄元中丞》："汀洲无浪亦无烟，楚客相思益渺然。汉口夕阳斜渡鸟，洞庭秋水远连天。"韩愈《八月十五夜赠张功曹》"洞庭连天九疑高。"毛泽东"芙蓉国里尽朝晖"诗句，出自谭用之《秋宿湘江遇雨》："秋风万里芙蓉国，暮雨千家薜荔村。"

《满江红·和郭沫若同志》："正西风落叶下长安。"语出贾岛《忆江上吴处士》："秋风生渭水，落叶满长安。"

《七律·吊罗荣桓》："记得当年草上飞，红军队里每相违。"来自黄巢诗："记得当年草上飞，铁衣着尽着僧衣"。

《送纵宇一郎东行》："云开衡岳积阴止。"隐括出自韩愈《谒衡岳遂宿岳寺题门楼》："须臾静扫众峰出，仰见突兀撑青空。""年少峥嵘屈贾才"一句，出自杜荀鹤《送李镡游新安》："邯郸李镡才峥嵘。"毛泽东"洞庭湘水涨连天"诗句，隐括刘长卿《自夏日至鹦鹉洲夕望岳阳寄元中丞》："汀洲无浪亦无烟，楚客相思益渺然。汉口夕阳斜渡鸟，洞庭秋水远连天。"毛泽东"崇明对马衣带水"的诗句，语出唐彦谦《汉代》："不因衣带水，谁觉路迢迢。"

《临江仙·给丁玲同志》："壁上红旗飘落照。"语出卢纶《长安春望》："川原缭绕浮云外，宫阙参差落照间。"

《和周世钊》："尊前谈笑人依旧。"隐括马戴《赠友人边游回》："尊前语尽北风起，秋色萧条胡雁来。"韦应物《淮上喜会梁川故人》："欢笑情如旧。"

《七律·洪都》："到得洪都又一年。"语出韦应物《寄李儋元锡》："去年花里逢君别，今日花开又一年。"毛泽东的化用自铸伟辞，可谓青蓝冰水。

综上所述，毛泽东的诗词创作虽然是大量引用、融化唐人诗句，却不是简单的效仿抄袭。而是运用销熔工夫，做到了锻冶唐诗之辞，自铸我之文字。力脱古人之窠臼，并无斧凿痕迹，将唐诗的清词丽句融化到自己诗词艺术的境界中去，既弘扬光大了华夏诗词艺术，繁荣新时代的文学，又对中国现当代的政治生活和政治历史产生了深远的作用和影响，值得我们深入研究。

第三章　唐诗艺术与音乐艺术

一、唐诗艺术与器乐艺术

（一）诗歌与音乐的关系

音乐，是人类文明宝库中光辉璀璨的明珠。特别是器乐，更是人类所创造的伟大艺术，再现了自然万物的声籁，超越人类各民族的语言界限，连接着人们的情感，为宇宙自然的"天籁"增添了丰富多彩的音符。因而，德国古典哲学家黑格尔（G. W. Friedrich Hegel）在《音乐的表现手段和内容的关系》一文中认为，"乐器在熟练的演奏之中就会成为艺术家灵魂的一种最适合的构造完善的工具"，进而把器乐称为"独立的音乐"，"在器乐里专守音乐所特有的范围的音乐才开始占统治地位"[1]。自古以来，人们就赞美器乐的奇妙作用。《列子·汤问》载："伯牙善鼓琴，钟子期善听。伯牙鼓琴，志在高山，钟子期曰：'善哉，峨峨兮若泰山！'志在流水，钟子期曰：'善哉，洋洋兮若江河。'"[2] 琴声能准确地传递思想感情。它还能激发爱情，如《史记·司马相如传》载："是时卓王孙有女文君新寡，好音，

---

① ［德］黑格尔：《美学》（第三卷·上册），商务印书馆 1982 年版，第 410 页、第 405 页。

② 列子：《列子》，大众文艺出版社 2009 年版，第 104 页。

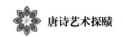

故相如缪与令相重，而以琴心挑之。"① 人们更崇拜器乐的神力
（power）。希腊神话记载，宙斯（Zeus）的儿子安菲翁（Am-
phion）曾弹奏司文艺、美术九女神（The Muses）赠给他的竖琴
（lyre），那神圣的音乐使许多石头自动接合起来，建立了著名的
特拜城（Thebes）的宫殿②。

　　音乐本为音乐家的花园，而诗人时常光顾；器乐应由演奏家
演绎，而诗人却要表现。这其中自有缘分。正如莎士比亚《热烈
的朝圣者》（*The Passionate Pilgrim VIII.*）所言：

> If music and sweet poetry agree,
>
> As they must need, the sister and the brother.
>
> （"音乐和诗歌如能相处得融合，它们本该像兄妹一般
> 的配合。"）③

认为音乐和诗歌本像兄妹。当代美国学者盖塞（Mary Gaiser）也
说："严肃的艺术家和批评家都随时意识到，文学与艺术间存在
着天然的姻缘。"④ 诗歌与音乐本为一体，与器乐更是密切相连。
早在两千多年前的《乐记·乐象篇》说："金石丝竹，乐之器
也。诗，言其志也；歌，咏其声也。"⑤ 英国诗人柯尔立治
（S. T. Coleridge）曾说："灵魂中没有音乐的人决不能成为一个真
正的诗人。"⑥ 美国诗人爱伦·坡（E. A. Poe）《诗歌原理》写
道："诗的感情可以在绘画、雕刻、建筑、舞蹈各种方式中，特

---

　　① 司马迁：《史记·司马相如列传》，安徽文艺出版社 1979 年版，第 765 页。

　　② ［德］斯威布：《希腊的神话和传说》，人民文学出版社 1978 年版，第 139 页。

　　③ 梁实秋译：《莎士比亚全集》（下册），内蒙古文化出版社 1995 年版，第 920 页。

　　④ ［美］韦勒克、沃伦：《文学理论》，生活·读书·新知三联书店 1988 年版，第 134 页。

　　⑤ 北京大学哲学系美学教研室编：《中国美学史资料选编》（上册），中华书局 1980 年版，第 65 页。

　　⑥ ［英］柯尔立治：《文学生涯》，见刘若端译《十九世纪英国诗人论诗》，人民文学出版社 1984 年版，第 71 页。

别在音乐中，发展它自己。""也许正是在音乐中，诗的感情才被激动，从而使灵魂的斗争最最逼近那个巨大目标——神圣美（supernal beauty）的创造"，"我们将在诗与通常意义的音乐相结合中，寻到了发展诗的最最广阔的领域"①。德国诗人歌德（J. Wolfgang Goethe）曾认为音乐并不是诗的完成，诗人的语言才是音乐的完成②。德国18世纪诗人诺瓦利斯（Novalis）说得更直截了当："音乐、造型艺术和诗歌是一组同义词。"③

器乐与诗歌可谓孪生兄妹。正如有学者所论述："作为器乐的听者或欣赏者的诗人，用诗歌语言捕捉并感性化、美化或幻化了器乐的'声音、节奏'，将音乐语言转化为诗歌语言，'再造'新的艺术品，当更多的听者不能亲临现场或者器乐及其演奏者已经消失、无法重现时，再读器乐诗，诗人笔下的'景物、故实'以及'藻丽'的词语，引发出读诗者的亲临感、新感悟、再想象、再阐释等，又绝非器乐不可再生的短暂生命本身所能达到，从这个意义上讲，器乐又需要依赖诗歌而将其保存久远，需要相对长久并广泛流传的诗歌语言激活或唤醒后人对器乐的重新想象，诗歌因此又成为保存器乐的重要工具，器乐诗对器乐、音乐的'再造'价值及其存在意义也是不容忽视的。"④ 因而在世界诗歌发展史上产生了许多讴歌器乐之美的诗作名篇，得到历代读者的喜爱并传布人口。从比较文学的视域来考察，它们在内容、风格情调及艺术手法上更有许多契合性。

---

① ［美］爱伦·坡：《诗的原理》，见伍蠡甫编《西方文论选》（下册），上海译文出版社1979年版，第501页。

② ［法］罗曼·罗兰：《歌德与贝多芬》，梁宗岱译，人民音乐出版社1981年版，第159页。

③ ［美］阿伯拉莫斯：《镜与灯》（*The Mirror And The Lamp*），郦稚牛译，北京大学出版社1989年版，第138页。

④ 吕肖奂：《韩愈琴诗公案研究——兼及诗歌与器乐关系》，《社会科学战线》2011年第3期，第143页。

美国当代比较文学学者亨利·雷马克（H. H. Remark）曾说，"从不同领域的方面扩大文学研究的范围"，"使学者、教师、学生以及广大读者能更好、更全面地把文学作为一个整体来理解，而不是看成某部分或彼此孤立的几部分文学"①。以跨学科的视野和学科整合的方法，对唐诗艺术与英国诗歌艺术在表现器乐方面的异同进行比较考察，将有助于我们深入了解中外诗歌艺术创作的各自特点，探索世界文学艺术发展的共同规律，对世界诗歌艺术发展的研究及创作都具有重要的意义。法国当代比较文学学者雷内·艾金伯勒（Renè Etiemble）曾说："文学的比较研究，甚至对那些相互之间没有影响关系的文学的比较研究，会对当代艺术的复原作出贡献。"以比较文学的"平行研究"（parallel study）或"题材史"（stoffgeschichte）研究为途径，在诗歌表现器乐这个具体领域做深入探讨，将有助于我们深入研究诗歌艺术与音乐艺术的密切关系，有助于世界诗歌艺术的发展与创新。

（二）唐诗与英国诗歌表现器乐皆注重音乐改变自然的神力

音乐具有改变自然的神力，在中国古代有不少类似的传说和观念。《尚书·虞书》载："箫韶九成，凤凰来仪。"即谓用箫演奏舜时乐曲《韶》能招致凤凰起舞。又载乐师夔能"击石拊石，百兽率舞"。《韩非子·十过》载乐师师旷在晋平公的极力要求下弹琴奏"清徵之音"，"一奏之，有玄鹤二八，道南方来，集于郎门之垝（指屋脊）；再奏之而列，三奏之，延颈而鸣，舒翼而舞。"晋平公大悦，又要听"清角"曲调，师旷说平公"德薄，不足听之"，平公苦求，"师旷不得已而鼓之，一奏之，有

① ［美］亨利·雷马克：《比较文学的定义和功用》，见张隆溪编《比较文学译文集》，北京大学出版社1982年版，第7页。

玄云从西北方起；再奏之，大风至，大雨随之，裂帷幕，破俎豆，隳廊瓦"，"晋国大旱，赤地三年"。琴声都能影响风云气候。

这种对音乐具有"神力"的观念也在诗歌创作中体现出来，如唐代诗人钱起的《湘灵鼓瑟》写道：

> 善鼓云和瑟，常闻帝子灵。
> 冯夷空自舞，楚客不堪听。
> 苦调凄金石，清音入杳冥。
> 苍梧来怨慕，白芷动芳馨。……

湘灵即湘水女神，传说是帝尧的女儿。瑟那动人的曲调使河神冯夷跳舞，金石、苍梧、白芷和风云等大自然万物皆为之感动悲凄。王昌龄的《江上闻笛》写道：

> 横笛怨江月，扁舟何处寻。
> 声长楚山外，曲绕明关深。……
> 水客皆拥棹，空霜遂盈襟。
> 嬴马望北走，迁人悲越吟。……①

笛子的旋律致使空中流霜、"嬴马"奔跑。

李贺的《李凭箜篌引》以奇诡的想象、独特的比拟与瑰丽的意境，表现艺术家李凭演奏箜篌时所产生的震动万物的感染力量：

> 吴丝蜀桐张高秋，空山凝云颓不流。
> 湘娥啼竹素女愁，李凭中国弹箜篌。
> 昆山玉碎凤凰叫，芙蓉泣露香兰笑。
> 十二门前融冷光，二十三丝动紫皇。
> 女娲炼石补天处，石破天惊逗秋雨。

---

① 彭定求编：《全唐诗》，中华书局1960年版，第1433页。

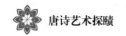

　　梦入神山教神妪，老鱼跳波瘦蛟舞。

　　吴质不眠倚桂树，露脚斜飞湿寒兔。

《宋书·乐志·二》谓："箜篌，初名坎侯。汉武帝令乐人侯晖依琴作坎侯，言其坎坎应节奏。"可知箜篌的音响铿锵有力，音色粗犷，节奏强烈。李贺的《李凭箜篌引》诗中运用古代神话传说来烘托箜篌乐声的神奇力量：它吸引了空旷山野上的浮云，使之颓然凝滞。当李凭弹奏起悲哀的曲调，那传说中善于鼓瑟的湘神与霜神素女也为之悲愁泣泪；当弹出轻柔的音符，使长安十二道城门前的冷气寒光也消融无踪，使天神也为之感动，当奏出高亢的乐音，则穿云裂石，划破了女娲补好的天穹，引起秋雨倾泻下来；当李凭手中的箜篌发出如梦似幻的旋律，使神山中的神妪、深渊下的老鱼和瘦蛟皆翩翩起舞；当乐曲结束之后，那天上月宫里的吴刚与玉兔还在久久回味，彻夜不眠。

　　唐代诗人笔下的琵琶，更是具有神力，那美妙的乐响不仅可以使自然界的动物惘然迷失："引之于山，兽不能走。吹之于水，鱼不能游"（牛殳《琵琶行》），而且还常常使其具备超自然的通灵鬼神的力量，使鬼神也为之哭泣："鬼神知妙欲收响，阴风切切四面来"（顾况《刘禅奴弹琵琶歌》）、"因兹弹作雨霖铃，风雨萧条鬼神泣"（元稹《琵琶歌》）、"飘飘飖飖寒丁丁，虫豸出蛰神鬼惊"（牛殳《琵琶行》）。也是表现器乐改变自然的神力。

　　在欧洲文学艺术的传统里，希腊神话与传说对艺术创作审美观念具有深远影响。在希腊神话中，乐神阿波罗（Apollo）是万能神，控制万物。有一次他跟牧神潘比赛音乐，争夺奖赏，米达斯（Midas）说阿波罗的曲调枯燥乏味，阿波罗大力恼火，认为米达斯感觉迟钝，就使用神力，使他长出一双驴耳（asse's ears）。这些乐神（即音乐）具有万能神力的神话传说，在观念上深深影响了英国诗人表现器乐时非常注重音乐对自然生物的支配力的这个倾向。在描写器乐的作用与效果时，多极力渲染器乐对自然万物的作用以及改变自然的巨大神力。如 17 世纪英国诗人德莱顿（John Dryden）曾为庆祝罗马女基督教圣徒圣赛西利亚（St. Cecilia）的节日写了一首著名的颂歌：《1687 年圣赛西利亚日之歌》（*Song for Saint Cecilia's Day*，1687）写道：

> Orpheus could lead the savage race,
> And trees unrooted left their place
> Sequacious of the lyre：
> But bright Cecilia raised the wonder higher：
> When to her Organ vocal breath was given,
> An Angel heard, and straight appear'd——
> Mistaking Earth for Heaven!
> As from the power of sacred lays
> The spheres began to move,
> And sung the great Creator's praise
> To all the blest above；
>
> So when the last and dreadful hour
> This crumbling pageant shall devour
> The trumpet shall be heard on high,
> The dead shall live, the living die,
> And music shall untune the sky.
> （俄耳甫斯能领着野兽，
> 树木连根离开它们的地方
> 跟着竖琴走：
> 可是辉煌的赛西利亚创造了更妙的奇迹：
> 当她把人唱歌的气息赋予了风琴
> 一个天使听见了，立刻出现——
> 把地上当成了天堂！

由于神圣歌曲的威力
天体就开始移动，
对天上一切圣灵
唱出对伟大救世主的赞颂。

当最后那个可怕的时间
把这分崩离析的世界吞没，
喇叭会在天空响起，
死的将活，活的要死，
音乐将使天宇分解而还原。)①

诗中提到宗教歌曲，其实歌词只起辅助作用，主体部分还是管风琴和竖琴的旋律。俄耳甫斯（Orpheus）是希腊神话中善弹竖琴的人，弹奏的音乐可感动鸟兽木石，曾弹奏乐神阿波罗（Apollo）给他的竖琴，使奥林匹斯（Olympus）的野兽、岩石及树木跟着跑。诗人德莱顿把这种传说与基督教的神化结合起来，表现了音乐的神奇力量。

19世纪英国女诗人布朗宁（E. B. Browning）的《乐器》(*A Musical Instrument*)诗中写道：

Sweet, sweet, O Pan!
Piercing sweet by the river!
Blinding sweet, O great god Pan!
The sun on the hill forgot to die,
And the lilies revived, and the dragon-fly
Came back to dream on the river.
（呵，潘神，美妙，美妙，真美妙，

---

① 曹明伦译：《英诗金库》，四川人民出版社1987年版，第305页。

河边飘出醉人的神曲！

伟大的潘神，迷人的美妙，

太阳忘记了归山，

蜻蜓飞回河上做起美梦，

垂死的百合花也已复苏。）①

描写潘神演奏芦箫的音响对太阳、蜻蜓及垂死的百合花都发生了作用。

又如英国 19 世纪浪漫主义诗人雪莱（P. B. Shelly）《潘之歌》（*Song of Pan*）渲染潘神吹奏笛声的魅力：

The wind in the reeds and the rushes，

The bees on the bells of thyme，

The birds in the myrtle bushes，

The cicadae above in the lime，

And the lizards below in the grass，

Were silent as even old Tmolus was，

Listening my sweet pipings. ……

The sileni and sylvans and fauns

And the nymphs of the woods and the waves，

To the edge of the moist river – lawns

And the brink of the dewy caves，

And all that did then attend and follow

Were as silent for love，as you now，Apollo，

For envy of my sweet pipings.

（芦苇和灯芯草丛中的风，

百里香的花朵上的蜜蜂，

桃金娘枝头的小鸟，

---

① 曹明伦译：《英诗金库》，四川人民出版社 1987 年版，第 1317 页。

菩提树上的鸣蝉，

和草丛里的蜥蜴

都象老特莫鲁斯一样静寂，

倾听我的笛音。……

赛利诺斯、芳恩和西尔万，

还有森林和河流的妖女们，

来到河岸潮湿的草地边缘，

来到露水瀼瀼的山洞口倾听，

那时在场的一切都怀着满腔的爱，

默默无言地倾听；阿波罗！就像你现在，

怀着羡嫉之心倾听我悠扬的笛音。)①

悠扬美妙的笛声召唤着自然万物以至神灵。雪莱的《阿波罗之歌》（*Song of Apollo*）写道：

I feed the clouds, the rainbows and the flowers

With their aetherial colours; the moon's globe

And the pure stars in their eternal bowers

Are cinctured with my power as with a robe;

Whatever lamps on Earth or Heaven may shine

Are portions of one spirit; which is mine.

（我赐给花朵，虹霓和流云

以它们晶莹的色彩；月神的圆球，

还有那永恒的闺阁中的纯洁星星，

都蒙受我的力量，像披上了锦绣；

人间天上的无论什么灯火，

都是我力量的一部分，都属于我。)②

---

① 杨熙龄译：《雪莱抒情诗选》，上海译文出版社1981年版，第156页。
② 同上书，第154页。

渲染了乐神阿波罗对万物巨大的控制力与支配力。

以上所列举的唐诗与英国诗歌对器乐感染力的表现与讴歌，具有异曲同工之美，值得我们细细品味。

（三）唐诗与英诗皆表现器乐对人心的感染力

黑格尔曾说："音乐是心情的艺术，它直接针对着心情"，"音乐的独特任务就在于它把任何内容提供心灵体会……以便重新引起情感和同情共鸣"①。人们公认器乐具有一种独特的"表现力"，18 世纪英国理论家亚当·斯密（Adam Smith）在《哲学与文学论文集》中说这种"表现力"就是"器乐对心灵产生的作用"②。中国古代诗歌史上许多作品就描写了这种"表现力"，渲染器乐感动心灵、催人泪下的效果。

南朝诗人周弘让《赋得长笛吐清气诗》写道：

> 商声传后出，龙吟郁前吐。
> 情断山阳舍，气咽平阳坞。
> 胡骑争北归，偏知别乡苦。
> 羁旅情易伤，零泪如交雨。

"龙吟"（指长笛）吹出悲哀的商调，昔日名士向秀曾在山阳旧居听到邻人笛声而引起怀念故友的凄怆情思，像西汉平阳公主府第那样的歌舞之地，听到这悲哀的笛声也应忧伤万分。南进中原的胡人闻此笛声也会顿生思乡之情，争先北归。更能使羁旅之人感伤万分，泪落如雨。

唐代诗人王昌龄《胡笳曲》写道：

> 城南虏已合，一夜几重围。

---

① ［德］黑格尔：《美学》第三卷（上册），商务印书馆 1982 年版，第 332 页。
② ［美］阿伯拉莫斯：《镜与灯》（*The Mirror And The Lamp*），北京大学出版社 1989 年版，第 136 页。

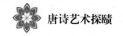

> 自有金笳引，能沾出塞衣。
> 听临关月苦，清入海风微。
> 三奏高楼晓，胡人掩涕归。

胡笳是从胡地传入的一种管乐器。《世说新语·雅量》载晋代民族英雄刘琨在并州时，"胡骑围之数重，琨夕乘月登楼清啸，贼闻之凄然长叹；中夜奏胡笳，贼皆流涕，人有怀土之思；向晚又吹之，贼并弃围奔走"。《晋书·刘隗传》载："刘畴避乱坞壁，贾胡百数数害之，畴援笳而吹之，为《出塞》《入塞》之声，以动其游客之思，于是群胡垂泣而去。"此诗描写了胡笳乐曲感人至深的效果。

还有的唐诗表现笛声引起怀乡离思之情，如李白的《春夜洛城闻笛》：

> 谁家玉笛暗飞声，散入春风满洛城。
> 此夜曲中闻《折柳》，何人不起故园情。

李益《夜上受降城闻笛》诗中也写道："不知何处吹芦管，一夜征人尽望乡。"

在表现器乐感动人心的诗歌中，最著名的还是白居易的《琵琶行》。白居易由于因事得罪朝廷权贵，从左赞善大夫任上贬为江州司马，在江州听到一位遭遇坎坷的琵琶女那如怨如慕、如泣如诉的琵琶乐声，激起感情的共鸣：

> 同是天涯沦落人，相逢何必曾相识。……
> 凄凄不似向前声，满座重闻皆掩泣。
> 座中泣下谁最多？江州司马青衫湿。

毛泽东曾在《唐诗三百首》天头上批注道："江州司马，青衫泪湿，同在天涯。作者与琵琶演奏者有平等心情。白诗高处在此不在他处。其然岂其然乎?"① 给予极高的评价。

现代诗人应修人在《听玄仁槿女士奏佳耶琴》诗中写道：

> 你万千怨恨都迸到指尖，
>
> 指尖传到琴弦，
>
> 琴弦声声地深入人底心了……②

描写琴声把全世界各民族共同的沉痛哀怨渗透到每个人的心底。

17 世纪苏格兰诗人德拉蒙德（William Drummond）《致琵琶》（*To His Lute*）中写道：

> It's left from Earth to tune those spheres above,
>
> What art thou but a harbinger of woe?
>
> Thy pleasing notes be pleasing notes no more,
>
> But orphan's wailings to the fainting ear;
>
> Each stroke a sigh, each sound draws forths a tear. ……
>
> （你除了传送哀愁，还能做什么呢，
>
> 现在它已经离开大地，到了天上？
>
> 使人喜悦的音调不再使人喜悦，
>
> 听力衰微的耳朵听来只是孤儿哀泣；
>
> 每一声响只使人流泪叹气。）③

琵琶的乐调传达爱情的忧伤，使人泪下。

17 世纪英国诗人德莱顿（John Dryden）曾在 1697 年为庆祝罗马女基督教圣徒圣赛西利亚（St. Cecilia）的节日写了一首著名的颂歌：《亚历山大的宴会；或，音乐的力量》（*Alexander's Feast, Or, The Power Of Music*），原诗还有一副题：《1697 年庆

---

① 张贻玖：《毛泽东评点圈阅的中国古典诗词》，中国工人出版社 1992 年版，第 116 页。

② 潘漠华、冯雪峰等：《湖畔·春的歌集》，人民文学出版社 1983 年版，第 18 页。

③ 曹明伦译：《英诗金库》，四川人民出版社 1987 年版，第 155 页。

祝圣赛西利亚节日的歌》(*A Song In Honour Of St. Cecilia's Day*, 1697)。诗歌写在古代马其顿(Macedon)国王亚历山大(Alexander the Great)的一次宴会上,著名器乐演奏家提摩西阿斯(Timotheus)弹奏七弦琴(lyre)时那完美而神奇的技艺,渲染了音乐的感染力及支配力:

Soothed with the sound the king grew vain;

Fought all his battles o'er again;

And thrice he routed all his foes, and thrice he slew the slain.

The master saw the madness rise,

His glowing cheeks, his ardent eyes;

And while he heaven and earth defied,

Changed his hand, and checked his pride.

He chose a mournful Muse,

Soft pity to infuse; ……

With downcast looks the joyless victor sate,

Revolving in his altered soul

The various turns of chance below:

And, now and then, a sigh he stole,

And tears began to flow.

The mighty master smile to see

That love was in the next degree,

' Twas but a kindred - sound to move,

For pity melts the mind to love.

Softly sweet, in Lydian measures,

Soon he soothed his soul to pleasures. ……

Now strike the golden lyre again;

A louder yet, and yet a louder strain.

Break his hands of sleep asunder,

And rouse him, like a rattling peal of thunder

Hark, hark, the horrid sound

Has raised up his head;

As awaked from the dead,

And, amazed, he stares around. ……

Timotheus, to his breathing flute

And sounding lyre,

Could swell the soul to rage, or kindle soft desire.

(乐声沁心脾，

大王渐浮躁，

几欲提兵出沙场，

追败逐北如前剿。

乐师见王面赤耳热知发狂，

指天画地旁若无人出意料。

改弦易调止其骄，

哀曲丝丝入人窍。……

王听垂首无欢悰，

祸福何常人自招。

顷刻回心善念萌，

潜嗟流泪若哀悼。

大师笑而知，

继以爱情代。

发声感人心，

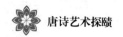

清歌悠悠李特风，
须臾王心乐如醉。……

金琴弹复弹，
其声响更响。
惊醒大王酣睡中，
如闻雷鸣首为仰。
又如已死而复生，
错愕回顾伸其项。……

提摩西阿斯乐器，
七弦琴与笛各种。
器虽简陋技则神，
喜怒哀乐均能动。①

提摩西阿斯演奏的器乐激起了亚历山大大帝欢喜、虚狂、悲哀、爱欲、愤怒、复仇等多种情感的共鸣，可见器乐感染力之深。

雪莱（P. B. Shelly）的小诗《致——》（To——）写道：

Music，when soft voices die，
Vibrates in the memory.
（音乐，当袅袅的余音消灭时，
还在记忆之中震荡。）②

诗歌表现了音乐对人的心灵的渗透力。在《致简恩：明星在眨眼》（To Jane: The Keen Stars Were Twinkling）诗中，描写了感情与音乐是紧密相连的：

---

① 朱杰勤：《英诗采译》，广东高等教育出版社 1986 版，第 37 页。
② 杨熙龄译：《雪莱抒情诗选》，上海译文出版社 1981 年版，第 195 页。

Of some world far from ours,

Where music and moonlinght and feeling are one.

（只有在缥缈的天府，

那儿三者是一体：感情，音乐和月光。）①

诗人感叹美好的感情与音乐密不可分。

（四）器乐音效在中英诗歌中的差异：清和与激奋

德国理论家赫尔德（Johann Goeefried von Herder）说音乐奇妙地"表现喜怒哀乐"，"成了表现情感的魔术般的新语言"②。英国现代作家 J. 浮尔兹说："音乐——是一种其高尚的美包含在多义性中的'语言'。"③ 面对这种特殊的"多义性语言"，中、英诗人们笔下的表现各有不同。中国诗歌侧重表现人在音乐中达到一种物我合一、音乐与情理合一的境界，得到安抚、陶冶或宣泄，摆脱情绪的压力，和解怒悲等极度情感。

中国古人很早就注重音乐调理人情的作用与效果。《国语·周语下》记载伶州鸠提出"乐从和"的观点。《左传·昭公二十年》载晏子对齐侯说音乐有"短长、疾徐、哀乐、刚柔、迟速、高下、出入、周疏"等因素，"君子听之，以平其心。心平德和"。《乐记·乐本》说："乐者，通伦理者也。"《史记·乐书》说："故音乐者，所以动荡血脉、通流精神而和正心也。"嵇康《琴赋》说琴声"诚可以感荡心志而发泄幽情矣"，继承了司马迁的观点。因而人们借乐声慰藉感情。"昔公主嫁乌孙，令琵琶马上作乐，以慰其道路之思。"（《文选·王明君辞序》）三国时王粲久寓他乡，忧思重重，因而"独夜不能寐，摄衣起抚琴"

---

① 杨熙龄译：《雪莱抒情诗选》，上海译文出版社 1981 年版，第 221 页。

② ［美］阿伯拉莫斯：《镜与灯》（The Mirror And The Lamp），北京大学出版社 1989 年版，第 137 页。

③ 《英国作家论文学》，生活·读书·新知三联书店 1985 年版，第 561 页。

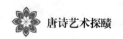

（《七哀诗》之二）。阮籍身处魏晋换代之际，忧时伤时，心绪纷乱，故"夜中不能寐，起坐弹鸣琴"（《咏怀》之一），幽愤之情在琴声中得到渲泄。

北朝诗人萧懿《听琴诗》写听悲凄之乐的感受：

> 掩抑朝飞弄，凄断夜啼声。
> 至人齐物我，持此悦高情。

唐代诗人孟郊《听琴》诗写到琴声对心情的调理：

> 前溪忽调琴，隔林寒琤琤。
> 闻弹正弄声，不敢枕上听。
> 回烛整头簪，漱泉立中庭。……
> 学道三十年，未免忧死生。
> 闻弹一夜中，会尽天地情。

从琴声中悟出物我齐一的"天地情"。白居易的许多诗是表现器乐对人情所起的调和效果，如其《听弹〈古渌水〉》诗写听《古渌水》琴曲后的感受："闻君《古渌水》，使我心和平。"《清夜琴兴》诗写琴声：

> 清泠由木性，恬淡随人心。
> 心各和平气，木应正始音。

"清泠"的琴声跟"和平"的心情达到共鸣。《好听琴》诗说：

> 一声来耳里，万事离心中。
> 情畅堪销疾，恬和好养蒙。
> 尤宜听三乐，安慰白头翁。

乐声对人的身与心均有一种镇静作用。他认为最好的音乐是"一弹一唱再三叹，曲澹节稀声不多。融融曳曳召元气，听之不觉心平和"（《新乐府·五弦弹》）。宋代黄庭坚《听崇德君鼓琴》诗说：

禅心默默三渊静，幽谷清风淡相应。

丝声谁道不如竹，我已忘言得真性。

罢琴窗外月沉沉，万籁俱空七弦定。

琴声使诗人身心与天地达到了一种合一和谐的境地。

现代文学史上湖畔社诗人潘漠华的《孤寂》诗写道：

沉闷的二月天底午后，

躺在屋角放着的藤椅上，

听那浮浪的朋友拉着寂寞的胡琴。

拉到呜呜咽咽了，

他面上忽涌出神秘的微笑。……①

"他"的孤寂只有在朋友的胡琴声中才能被驱走，从而得到安慰及愉悦，而其他任何事物都不能做到这一点：

石沙铺着的大街上，

他两手放在衣袋里向前走着，红萝卜放在篮里担过去了，

妇人拿着艳黄的一串一串的丝走过去，

喊卖落花生的粗厚的声音也抹过他底耳边，

还有那大袖光发的青年兄弟，

那红裳白衫的青年姊妹，

都说着笑着走过他底身旁，

但他们都没有带了他底孤寂去。

身边世俗的五声六色都不能消除这深深的孤寂。

中国诗歌这样的表现方式跟传统文化的审美定向很有关系。明代虞山派音乐家认为古琴演奏的最高境界是"清、和、淡、远"②。古琴家徐上瀛在《溪山琴况》中又归纳为八种："和、静、清、

---

① 潘漠华、冯雪峰等：《湖畔·春的歌集》人民文学出版社1983年版，第19页。

② 廖辅叔：《中国古代音乐简史》，人民音乐出版社1982年版，第133页。

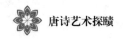

远、古、澹、恬、逸"①。全为清远闲静的境界。韩愈有一首诗
《听颖师弹琴》，其中说：

> 自闻颖师弹，起坐在一旁。
>
> 推手遽止之，湿衣泪滂滂。
>
> 颖乎诚尔能，无以冰炭置我肠。

为何要制止弹下去？宋代俞德邻《佩韦斋辑闻·论琴》认为：
"琴者本以陶写性情，而冰炭我肠，使泪滂滂而衣湿，殆非琴之
正也。"② 认为器乐的目的是使心情安抚，而非跌宕起伏。可见
传统观念之深。

亚里士多德在《政治学·论音乐教育》中曾把音乐分为
"伦理的乐调、实践的或行动的乐调以及狂热的乐调"③。如果说
中国诗重在表现音乐中那调节人情的"伦理的乐调"，那么就可
以说英诗则侧重描写那种种的"实践或行动的乐调以及狂热的乐
调"。有的英诗也写到音乐对人心的平和作用。

如密尔顿（John Milton）《幽思的人》（*Ill penseroso*）中曾说
优美的琴声使诗人在极乐中深解，眼前会出现天国（Dissolve me
into ecstasies，And bring all Heaven before mine eyes）。但大多英
诗还是反映器乐对人们激起的多种"情感"（passion）。"pas-
sion"一词含有愤怒、激情、兴奋、热恋等多方面含义，与中国
诗中单一的伦理之"情"不同。德莱顿《1687 年圣赛西利亚日
之歌》中写道：

> What passion cannot Music raise and quell？……
>
> The trumpet's loud clangor

---

① 北京大学哲学系编：《中国美学史资料选编》下册，中华书局 1981 年版，第
173 页。

② 钱仲联：《韩昌黎诗系年集释》，上海古籍出版社 1984 年版，第 1010 页。

③ 北大哲学系：《哲学美学家论美和美感》，商务印书馆 1980 年版，第 40 页。

Excites us arms,

With shrill motes of anger

And mortal alarms……

The soft complaining flute

In dying notes discovers

The woes of hopeless lovers,

Whose dirge is whisper'd by the warbling lute.

Sharp violins proclaim

Their jealous pangs and desperation,

Fury, frantic indignation,

Depth of pains, and reight of passion

For the fair disdainful dame.

（什么热情，音乐不能引它起落？……

喇叭高声响着

用忿怒和致命的警号

尖锐的音调

激励我们去斗争。……

轻柔、哀诉的笛声

以微弱的旋律透露

绝望的爱人的悲苦，他产哀歌以转鸣的琵琶低诉。

尖声的提琴

抒发他们那嫉妒的失望和苦痛

忿怒、忿怒得发狂，

深深的苦痛，激烈的热情

为了那个美丽高傲的女郎。）①

诗中写到了喇叭、笛子、琵琶、提琴所抒发的仇怒、抗争、轻

---

① 曹明伦译：《英诗金库》，四川人民出版社 1987 年版，第 330 页。

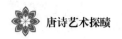

柔、哀诉、绝望、悲苦、嫉妒、激情等多种情感。18 世纪蒲伯（Alexander Pope）在《论批评》（*An Essay On Criticism*）中提到德莱顿《亚历山大的宴会》诗所表现的音乐：

> Hear how Timotheus' varied lays surprise,
> And bid alternate passions fall and rise!
> While, at each change, the son of Libyan Jove
> Now burns with glory, and then melts with love,
> Now his fierce eyes with sparkling fury glow,
> Now sighs steal out, and tears begin to flow：
> Persians and Greeks like turn of nature found,
> And the world's victor stood subdued by Sound!
> The power of Music all our hearts allow……

描写琴师提摩西阿斯的演奏使亚历山大听了，忽而得意扬扬，忽而沉湎爱情，忽而燃起斗志，时而悲哀不已，时而泪流如注。假如中国诗人韩愈听了这激荡起伏的音乐，就会"推手遽止之"，无法欣赏。威廉·柯林斯的《激情——音乐颂》描写了竖琴所抒发的各种情感，如疯狂、恐惧、愤怒、失望、希望、复仇、怜悯、嫉妒、爱情、仇恨、忧郁、快活、快乐（Madness, Fear, Anger, Despair, Hope, Revenge, Pity, Jealousy, Love, Hate, Melancholy, Cheerfulness, Joy）。英国诗人叶芝（William Butler Yeats）《东尼的琴师》（*The Fiddler Of Dooney*）写道：

> When I play on my fiddle in Dooney,
> Folk dance like a wave of the sea,……
> （在东尼我把胡弓一拉响，
> 人们跳舞像海里的浪。）①

---

① 郭沫若：《英诗译稿》，上海译文出版社 1981 年版，第 55 页。

也是表现音乐激奋人，促使人去行动，而不是使人闲静、平和。

（五）唐诗与英诗表现器乐的方式："以声拟声"与"以形写声"

在表现器乐之美的诗歌创作之中，很多作品运用别类的声响模拟表现各种不同器乐的美妙声响，即"以声拟声"。同时，诗歌创作对器乐声响的表现也有另外一种方式，即"以形写声""听声类形"，将听觉沟通视觉、转换为视觉形象来感受或创作。表现器乐的很多唐诗大多是运用"以声拟声"的表现方式。虽然也有一些运用"听声类形"手法的诗作，但是与"以声拟声"来表现器乐的唐诗相比，所占数量不多。如白居易《小童薛阳陶吹觱篥歌》就是以各种物象视觉表现器乐的各种音响效果：

> 有时婉软无筋骨，有时顿挫生棱节。
> 急声圆转促不断，栗栗辚辚似珠贯。
> 缓声展引长有条，有条直直如笔描。
> 下声乍坠石沉重，高声忽举云飘霄。

把觱篥声转换成一个个的视觉形象。再如韩愈《听颖师弹琴》诗描写琴声，听声类形：

> 划然变轩昂，勇士赴敌场，
> 浮云柳絮无根蒂，天地阔远随飞扬。
> 喧啾百鸟群，忽见孤凤凰。
> 跻攀分寸不可上，失势一落千丈强。

这段描摹琴声的诗句，却引起后世诗人争论的一件"公案"。博学多闻的欧阳修和苏轼认为此诗并不成功，认为从诗句上感受这是听琵琶诗，而非听琴诗，从而引起后人争论不休①。对于《琵

---

① 胡仔：《苕溪渔隐丛话·前集》，人民文学出版社 1981 年版，第 81 页。

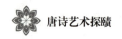

琶行》的艺术成就，我国历来学者并无异议，公认为佳篇名作，但对韩愈《听颖师弹琴》一诗却评价不一。可见中国诗人对"以形写声"这种表现方式还没有像对"以声比声"的方式那样普遍熟识或适应，人们普遍接受的还是《琵琶行》所运用的那种手法：

> 大弦嘈嘈如急雨，小弦切切如私语。
> 嘈嘈切切错杂弹，大珠小珠落玉盘。
> 间关莺语花底滑，幽咽泉流冰下滩。……
> 银瓶乍破水浆迸，铁骑突出刀枪鸣。

用珠落玉盘、莺语、泉流、银瓶乍破、铁马奔驰、刀枪撞鸣等声响比拟琵琶演奏中的种种音响效果。钱钟书先生说这"还是从听觉联系到听觉，把声音比方声音"[1]。在中国人心目中，《琵琶行》比《听颖师弹琴》更真切，更能表现器乐之美，连当代学者也说："白居易的诗写得比韩愈的诗妙。"[2]

南宋胡仔在列举了唐、宋诗人大量表现器乐的诗作之后，认为诗歌"听声类形"的表现方式并不成功："古今听琴、阮、琵琶、筝、瑟诸诗，皆欲写其声音节奏，类以景物、故实状之，大率一律，初无中的句，互可移用。是岂真知音者？"[3] 所谓"以景物、故实状之"，即将听觉转化为视觉形象来表现。可知胡仔认为此类诗作并不能准确表达器乐的效果。

中国古人认为器乐的声响是摹拟自然事物的声响（即所谓"天籁"）而来。《吕氏春秋·仲夏纪》载："惟天之合，正风乃行；其音若熙熙凄凄锵锵。帝颛顼好其音，乃令飞龙作效八风之

---

① 钱钟书：《七缀集》，上海古籍出版社 1985 年版，第 58 页。
② 丰华赡：《中西诗歌比较》，生活·读书·新知三联书店 1987 年版，第 103 页。
③ 胡仔：《苕溪渔隐丛话·前集》，人民文学出版社 1981 年版，第 103 页。

音，命之曰《承云》。""帝尧立，乃命质为乐，质乃效山林溪谷之音以歌，乃以麋革各置缶而鼓之，乃拊石击石，以象上帝玉磬之音。"① 华夏先祖仿效（象）风云山林那"熙熙、凄凄、锵锵"（拟音词）的声响，制作音乐。中国人也习惯通过声音的比拟来接受音乐。《管子·地员》载："凡听徵，如负豕，觉而骇；凡听羽，如马鸣在野；凡听宫，如牛鸣窖中；凡听商，如离群羊；凡听角，如雉登木以鸣。"用马、牛、羊、雉的鸣叫声等描摹音阶和音调。这样的传统观念深深影响了中国历代诗人喜欢用"以声比声"的手法表现器乐。由于以这种方式来表现器乐声响曲调，以听觉模拟听觉，较为真切，并且可用来比拟乐声的自然音响是无穷无尽的，而"听声类形"的手法则较为间接，需要一种在审美上较为复杂而综合的通感和联想，因此，在描摹器乐声响的方式上，中国诗人大多"以声拟声"，也取得很高的艺术成就。

如唐代诗人李颀《听董大弹胡笳弄兼寄语房给事》描摹乐师董庭兰弹琴的美妙乐声：

> 先拂商弦后角羽，四郊秋叶惊戚戚。……
> 嘶酸雏雁失群夜，断绝胡儿恋母声。……
> 幽音变调忽飘洒，长风吹林雨堕瓦，
> 进泉飒飒飞木末，野鹿呦呦走堂下。

用树叶、雏雁、胡儿、风雨、进泉、野鹿的声音比拟琴声的不同乐调。又其《听安万善吹觱篥歌》写道：

> 枯桑老柏寒飔飔，九雏鸣凤乱啾啾。
> 龙吟虎啸一时发，万籁百泉相与秋。

以风声、鸟鸣等声响摹拟簧管乐器觱篥的吹奏效果。与李贺同

---

① 吕不韦：《吕氏春秋》，线装书局2007年版，第103页、第104页。

时，顾况也有一首表现演奏家李凭弹奏箜篌的诗《李供奉弹箜篌歌》，描摹箜篌乐音"一声一声鸣锡锡""一弦一弦如撼铃""小弦似春燕，喃喃向人语""初调锵锵似鸳鸯水上弄新声"，以自然界其他的声响来描摹优美的箜篌乐声那各种音色的变化。韦应物《五弦行》说他听到的琴声如同"古刀幽馨初相触，千珠贯断落寒玉"。

方干《击瓯》诗写道："春漏丁当相次发，寒蝉计会一时鸣。"击瓯演奏是由古代的击缶演变而来，用木条敲击排列好的十二个盛水多少不等的瓷瓯，发出乐调。此诗说那击瓯乐调时而像铜漏一样丁当作响，时而如寒蝉那样一齐鸣唱。唐代女诗人李冶《从萧叔子听弹琴赋得三峡流泉歌》写道：

> 巨石崩崖指下生，飞泉走浪弦中起。
> 初疑愤怒含雷风，又似呜咽流不通。

描摹优美琴声各种音色的变化，极富于音乐形象。

宋人胡仔《苕溪渔隐丛话》中列举许多以声比声的诗[①]，如黄庭坚的听琴诗句：

> 斧斤丁丁空谷樵，幽泉落涧夜萧萧。
> 十二峰前巫峡雨，七八月后钱塘潮。
> 孝子流离在中野，羁臣归来哭亡社。

又如欧阳修所写的听琵琶诗句：

> 啄木飞从何处来，花间叶底时丁丁。
> 林空山静啄愈响，行人举头飞鸟惊。

可见，可用来比拟乐声的自然音响是无穷无尽的。

在诗歌创作之中，英国诗人也往往喜欢运用"以声拟声"

[①]　胡仔：《苕溪渔隐丛话·后集》，人民文学出版社1981年版，第71页。

的方式表现音乐之美，用别类的声响来模拟表现各种不同器乐的美妙声响。如19世纪英国诗人雪莱的《致某夫人，随赠一把吉他》（*To a Lady*，*with a Guitar*）：

> For it had learnt all harmonies
> of the plains and of the skies,
> of the forests and the mountains,
> And the many —voiced fountains,
> The clearest echoes of the hills,
> The softest notes of falling rills,
> The melodies of bird and bees,
> The murmuring of summer seas,
> And pattering rain; and breathing dew
> And airs of evening.
> （它学到了所有乐曲，
> 不论来自天堂或泥土，
> 来自森林或山岗，
> 还有喷泉的流响，
> 山峰的轻脆回声，
> 溪水的柔和清音，
> 鸟和蜜蜂的旋律，
> 夏天海洋的低语，
> 雨的拍打和露水的呼吸，
> 以及黄昏的气息 ……）①

诗歌用发自天空、森林、山岗、喷泉、溪水、飞鸟、蜜蜂、海洋、雨滴的声响，来形容吉它乐调的美妙。

但是，在欧洲，艺术家却往往喜欢"以形写声""听声类

---

① 王佐良：《英国文学名篇选注》，商务印书馆1987年版，第500页。

形"的创作模式。歌德听完音乐家门德尔松（F. Mendelssohn - Barthody）弹奏巴赫（J. S. Bach）的作品后惊叹道："这真是堂皇典雅，我仿佛见到一队衣裳齐楚的豪贵人踏大步下一个巨大的台阶。"[①] 19 世纪法国诗人兰波（Arthur Rimbaud）曾在《元音字母》诗中把 A、E、I、O、U 五个元音转换成视觉形象，如《字母"I"》：

"I. 灿烂的深红，淋漓的喷血

盛怒或沉醉而忏悔时的朱唇的笑"[②]。

在如此的审美传统意识之中，英国诗人们更多的是从"以形写声"的角度去表现器乐的感人声响，而非"以声摹声"。如威廉·柯林斯（William Collins）《激情—音乐颂》（*The passion, An Ode for Music*）中写道：

> And longer had she sung, —but with a frown
>
> Revenge impatient rose：
>
> He threw his blood – stain'd sword in thunder down；
>
> And with a withering look
>
> The war – denouncing trumpet took
>
> And blew a blast so loud and dread，
>
> Were ne'er prophetic sounds so full of woe.
>
> And ever and anon he beat
>
> The doubling drum with furious beat；
>
> And，though so sometimes，each dreary pause between，
>
> Dejected pity at his side
>
> Her soul – subduing voice applied，
>
> Yet still he kept his wild unalter'd mien，

---

① 王忠勇：《本世纪西方文论述评》，云南教育出版社 1989 年版，第 184 页。

② 朱光潜：《朱光潜美学文学论文集》，湖南人民出版社 1980 年版，第 130 页。

While each strain'd ball of sight seem'd bursting from his-
head. ……

But O! how alter'd was its sprightlier tone,

When Cheerfulness, a nymph of healthiest hue,

Her bow across her shoulder flung,

Her bustking gemm'd with morning dew,

Blew an inspiring air, that dale and thicket rung, ……

Last came Joy's ecstatic trial;

He, with viny crown advancing,

First to the lively pipe his hand addrest;

But soon he saw the brisk awak'ning viol,

Whose sweet entrancing voice he lov'd the best:

They would have thought who heard the strain

They saw, in Tempe's vale, her native maids

Amidst the festal – sounding shades

To some unwearied minstrel dancing;

While, as his flying fingers kiss'd the strings,

Love fram'd with Mirth a gay fantastic round;

Loose were her tresses seen, her zone unbound;

And he, amidist his frolic play,

As if he would the charming air repay,

Shook thousand odours from his dewy wings. ……

(她还想往下歌唱——然而"复仇"

皱着眉头忿然起身，

将带血污的剑猛然扔掉；

他脸上一副肃杀的神情，

吹出一阵十分响亮、可怕的号音，

那调子蕴含着深深的伤痛。

他时时敲击着回音鼓，
鼓声呼呼充满狂怒；
虽然他身旁面容沮丧的"怜悯"
在第一阴郁沉闷的间隙
插入她灵魂压抑的嗓音，
但他无动于衷，神色一样暴戾，
睚眦到眼眶都快要迸裂。……
当无比健美的"快活"仙女
靴上沾着晨露的珍珠，
肩上挎着出猎的弓弩，
吹起了响彻林壑的动人乐曲……
"快乐"最后作了热情的努力：
他头戴藤冠移步向前，
先想取下脆音的风笛；
但马上看见使他动心的弦琴，
那甜美的琴音使他心醉：
听见其旋律的人还以为
他们目睹了泰卑谷的仙女
在喜气洋溢的树荫里
为不知疲倦的行吟诗人跳舞。
他的指头飞快地拨弄琴弦，
"爱情"与"欢笑"跳起幻想的圆舞；
"欢笑"没系腰带，散着发辫；
他　面弹着快活的乐曲，
一面从带露的双翼将馥郁的香气抖落，
似乎以此来报答迷人的氛围。……)①

---

① 曹明伦：《英诗金库》，四川人民出版社1987年版，第759页。

诗中描绘了不同感情的曲调的视觉形象：

"复仇"情感的琴声好像皱眉狂怒的斗士，"怜悯"情感的琴声如同一位面容沮丧的人，"快乐"情感的乐调就像挎弓出猎的仙女，"快乐"情感的音乐好似头戴藤冠飞快弹琴的人。诗篇勾勒了一个个栩栩如生的视觉形象、一幅幅具体的场面，取得极高的艺术成就。

最后，提及一下现代诗人戴望舒的一首名作《闻曼陀铃（Mandoline）》诗：

> 你徘徊到我的身边，
> 寻不到昔日的芬芳，
> 你惆怅地哭泣到花间。
> 你凄婉地又重进我的纱窗，
> 还想寻些坠鬓的珠屑——
> 啊，你又失望地咽泪去他方。
> 你依依地又来到我耳边低泣；
> 啼着那颓唐哀怨之音；
> 然后，懒懒地，到梦水间消歇。①

诗中明显地运用了"以形写声""听声类形"的创作思维，用徘徊的步履、惆怅的哭泣、凄婉的找寻、懒懒的休歇这些可视的形象，去表现曼陀铃声的悲哀曲调。戴望舒本来是一位具有深厚中国传统诗歌艺术底蕴的诗人，但是他也同时致力于欧洲文学的翻译工作，如译西班牙洛尔伽（F. G. Lorca）的诗、法国梵第根（P. Von Tieghem）的《比较文学论》。其诗歌创作深受英国诗人陶孙（Ernest Dowson）、法国诗人魏尔伦（P. Verlaine）、西班牙诗人洛尔伽的熏陶。可以想见，他在此诗中运用把器乐乐曲转换为完整的视觉人物形象的手法，是受到西方诗歌的影响，给中国

---

① 戴望舒：《戴望舒诗集》，四川人民出版社 1981 年版，第 27 页。

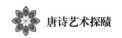

的新诗创作带来新的艺术元素，也是值得肯定的。

在英国与中国诗歌发展史上表现器乐方面的诗歌创作领域，有许多现象值得我们去深入探索。比较文学学者袁鹤翔曾说，对中、西文学的研究应从各个方面"来作慎重的比较或讨论，其目的不在'求同'，也不在'求异'，而是把中西文学作品当作整个人类思想演讲史中不可少的一部分来看，借此以求增进中西两个世界相互的深切了解和认识"①。说得颇为中肯。审视过去的篇什是为了繁荣世界今天和将来的诗坛。

二、唐诗艺术与声乐艺术

（一）"唐代歌诗"的盛况

唐代是我国古代诗歌艺术发展史上的高峰时期。鲁迅先生曾说："我以为一切好诗，到唐已被做完。"（《致杨霁云》）流传至今的约 5 万首唐诗，仍给我们以思想情感上的陶冶和艺术审美上的享受。今天，我们大多是从书本上去阅读、朗诵唐诗，实际上，在唐代许多诗篇配有曲调，以歌唱的形式流传，世人称之为"唐代歌诗"（或称"唐声诗"）。惜之由于年代久远，其歌唱曲调都已失传，如今我们已经无法听到当时那声情并茂的演唱了。

自古以来，我国诗歌的发展跟音乐密不可分，从《诗经》《楚辞》到汉魏乐府，到唐诗、宋词、元曲，都是如此。正如欧阳修《书梅圣俞稿后》所言："盖诗者，乐之苗裔与。""歌诗"一词，在唐代以前即有，但是，"唐代歌诗"这个概念有其特定意义。在唐朝，社会相对安定，国家统一强大，经济迅速发展，文学艺术空前繁荣。唐代音乐继承以前传统的"雅乐""清乐"，

---

① 卢康华：《比较文学导论》，黑龙江人民出版社 1984 年版，第 66 页。

又融入当时外来的"胡乐"，形成了以"燕（宴）乐"为主的新的音乐体系。特别在初盛唐时期，朝廷在两京大设教坊、梨园，大力促进唐代音乐的发展繁荣。

诗人也多普遍酷好音乐，精通乐律。例如，写下名句"年年岁岁花相似，岁岁年年人不同"（《白头吟》）的刘希夷，"善挡（弹奏）琵琶"（唐代刘肃《大唐新语·文章》）。王翰常"于席上自唱自舞，神气豪迈"（《旧唐书》本传）。王维擅长弹奏琵琶，"性娴音律，妙能琵琶"。曾因为创作一首"哀切"动人的琵琶曲《郁轮袍》，献给公主，而"一举登第"（《太平广记》卷179引《集异记》）。李白《南陵别儿童入京》写道："高歌取醉欲自慰，起舞落日争光辉。"《月下独酌》写道："我歌月徘徊，我舞影零乱。"可见李白也是能歌善舞。李贺曾担任管理音乐的"协律郎"之职。张志和经常"击鼓吹笛"（颜真卿《张志和碑》）。白居易也能谱写歌曲，在苏州任刺史时，他见东城下有一株孤独的桂树，便创作一支《桂花曲》歌曲，当时流传很广：

> 可怜天上桂花孤，试问姮娥更要无。
> 月宫幸有闲田地，何不中央种两株！

"唐代歌诗"就是在这样的文化背景下形成并兴盛的一种文艺形式，以新的丰富多彩的曲调歌唱当时的诗作名篇。天宝年间（742—756）成书的唐诗选本《国秀集》序中说："自开元以来，继天宝三载，谴谪芜秽，登纳菁英，可被管弦者，都为一集。"可知所选的当代诗歌皆可"被管弦"而配曲歌唱。从唐代诗人的诗句中也可以了解"歌诗"的情况。例如，"席上争飞使君酒，歌中多唱舍人诗"（白居易诗）；"最忆《阳关》唱，真珠一串歌"（白居易诗）；"休遣玲珑唱我诗，我诗多是别君辞"（元稹诗）；"今日便令歌者，唱兄诗送一杯"（刘禹锡诗）；"歌是伊州第三遍，唱着右丞征戍词"（陈陶诗）；"孺子亦知名下士，乐人争唱卷中诗"（韩翃诗）。可见唐诗歌唱极为普遍。诗人王维、李白、王昌龄、白居易、李贺和张祜等人都写下很多歌诗曲辞。《新唐书·李益传》载，诗人李益作诗，"每一篇成，乐工争以赂求取之，被之声歌"。即谱曲歌唱。李贺常即席作诗，艺人随即合乐歌唱，如《申胡子觱栗歌》即以诗配声（参见李贺《申胡子觱栗歌·序》）。据任半塘先生《唐声诗》考证，现存唐诗中约有1200首在当时是谱曲歌唱、广为流传的。唐诗题中有"歌""吟""咏""诵"的，也经常是可以歌唱的，亦应属唐声诗。如白居易的《长恨歌》和《琵琶行》。所以"童子解吟《长恨》曲，胡儿能唱《琵琶》篇"（唐宣宗《吊白居易》）。诗人的诗集也常以"歌诗"为名，如李贺的诗集即名为《李长吉歌诗》。

唐朝人薛用弱《集异记》记载了一个"旗亭唱诗"的故事。开元（713—741）年间，诗人王昌龄、高适和王之涣齐名，一日，天寒微雪，他们共去旗亭（即酒楼）饮酒，正值十多位皇家梨园伶人登楼会宴，三位诗人就避席围炉烤火旁观。乐曲奏起，歌女们开始演唱。王昌龄低声对其他两位诗人相约说："我们各擅诗名，不分上下。今可观看歌女们的演唱来判定，谁的诗被歌女唱的篇数最多，谁就为最优。"第一位歌女唱起王昌龄的《芙蓉楼送辛渐》：

寒雨连江夜入吴，平明送客楚山孤。

洛阳亲友如相问，一片冰心在玉壶。

王昌龄随即在墙壁上画了一道记号，说："是我的一首绝句。"第二位歌女又唱起高适的《哭单父梁九少府》：

开箧泪沾臆，见君前日书。夜台何寂寞，犹是子云居。

高适也画壁作记。又一位歌女唱起王昌龄的《长信秋词》：

奉帚平明金殿开，强将团扇共徘徊。

> 玉颜不及寒鸦色，犹带昭阳日影来。

王昌龄又画壁，说："我的第二首绝句。"

此时，王之涣颇为自信，指着其中最美丽的一位歌女，对高、王二人说："请听她的演唱，如非我诗，我就终身不敢跟你们两位争衡。若是我诗，你们就要拜倒在我的座下，奉我为老大。"大家说笑着等着。果然，那位最美丽的歌女唱起王之涣的《凉州词》：

> 黄河远上白云间，一片孤城万仞山。
> 羌笛何须怨杨柳，春风不度玉门关。

王之涣自豪地说："我说的不假吧。"三人大笑。歌女们见状过来询问，听王昌龄说了原由，知道他们就是歌诗的作者，遂拜请入席共饮，三位诗人大醉终日。这个有名的故事又称"旗亭画壁"，可知唱诗在当时非常流行。

孟郊《教坊歌儿》诗写道：

> 十岁小小儿，能歌得朝天。六十孤老人，能诗独临川。
> 去年西京寺，众伶集讲筵。能嘶竹枝词，供养绳床禅。
> 能诗不如歌，怅望三百篇。

此诗虽然是为作者的怀才不遇抒发牢骚，但从另一侧面也反映出歌曲的影响力之大。正如杜牧《李府君墓志铭》："诗者，可以歌，可以流于竹，鼓于丝……如风之疾速。"

"唐代歌诗"的诗辞主要是近体绝句，多为七绝。例如，唐玄宗曾经让梨园艺人李龟年歌唱李白的三首《清平调》，以及王维著名的《阳关三叠》，都是七绝。也有五言绝句。正如宋代《蔡宽夫诗话》所考证："大抵唐人歌曲，本不随声为长短句，多是五言或七言诗，歌者取其辞与和声相叠成音耳。予家有古《凉州》《伊州》辞，与今遍数悉同，而皆绝句也。"如王维《相思子》即为五绝。

当然，唐代歌诗也有其他各种体制的五、七言诗。如七律，有《龙池乐》。五言古体，有李贺《申胡子觱栗歌》。另外，"唐时伶官妓女所歌，多采名人五、七言绝句，亦有自长篇摘者"（王世贞《艺苑卮言》）。即截取长诗。如上述旗亭伶人歌唱高适的四句诗，即截取其五言诗《哭单父梁九少府》前四句。《明皇传信记》载，天宝末，玄宗曾登花萼楼听梨园弟子中善《水调》者歌唱：

> 山川满目泪沾衣，富贵荣华能几时。
> 不见只今汾水上，唯有年年秋雁飞。

感动得玄宗"凄然涕下……不待曲终而去"。此即截取李峤七言歌行《汾阴行》末四句。

（二）"唐声诗"的艺术特色

"唐代歌诗"在歌辞跟曲调的配合上主要有三种情况。

1. 依诗配曲，一种诗体常配有诸多不同的曲调，即诗体同而曲调异。例如，同为七绝体，就有《竹枝》《清平调》《杨柳枝》《浪淘沙》（又叫《过龙门》《卖花声》）《欸乃曲》等不同曲调。这里应注意区分开唐代歌诗中的《浪淘沙》等曲调和后来宋代同名的词谱牌，前者是整齐的诗句（当然也时有添加的衬字、衬词），后者则是长短不齐的词句，唱法也不同。

2. 依据曲调创作歌辞，一种曲调可唱不同的诗体，即曲调同而诗体异。例如，同为《江南曲》曲调，就可以歌唱五律、五绝、七绝等不同的诗体。唐代著名歌唱家刘采春就曾以《罗唝曲》歌唱过120首不同著名诗人的诗篇。

3. 选诗配曲，选取现成名人的诗作，以现成的某一曲调相配。如选《汾阴行》配《水调》，选王昌龄《从军行》配以《盖罗缝》曲调，选王维《从岐王过杨氏别业应教》配以《昆仑子》曲调，选王维《观猎》配以《戎诨》曲调，选岑参《赴北庭度陇思家》配以《簇拍六州》曲调，选李益《夜上受降城闻笛》配以《婆罗门》曲调，等等。

"唐代歌诗"多在人们的相会筵席上由乐工歌伎演唱，也在民间"歌场"上演唱。诗人也多能自唱，如刘禹锡就善于唱《竹枝》调，"能唱《竹枝》，听者愁绝"（白居易语）。在具体歌唱技法上，有叠句、泛声辞、和声辞等诸多手法，变化多样。例如，王维的《渭城曲》（即《送元二使安西》）：

> 渭城朝雨浥轻尘，客舍青青柳色新。
> 劝君更尽一杯酒，西出阳关无故人。

歌唱时，末句反复三遍，故又称为《阳关三叠》。另外如《竹枝》等歌诗，还可以联章歌唱。如刘禹锡的九首《竹枝》即是。

歌诗的演唱，重视以情动人，不仅"唱声"，还要"唱情"。如唱《阳关曲》，是"断肠声中唱《阳关》"（李商隐诗）。据记载，梨园艺人李龟年晚年流落江南，曾在湘潭的筵席间歌唱王维的《相思》：

> 红豆生南国，春来发几枝。愿君多采撷，此物最相思。

感情真挚，满座人为之泪下。

在思想内容上，"唐代歌诗"反映了广阔的社会现实。

首先，反映唐代的社会生活。例如，李益那首"天下传为歌曲"的《夜上受降城闻笛》唱道：

> 回乐烽前沙似雪，受降城外月如霜。
> 不知何处吹芦管，一夜征人尽望乡。

抒发了边塞士卒久戍思归的哀伤，成为当时传遍天下的歌曲。有的歌诗反映了唐代人民积极向上的时代精神，如著名歌女周德华善唱《杨柳词》，曾歌唱贺知章的《咏柳》：

> 碧玉妆成一树高，万条垂下绿丝绦。

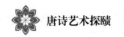

> 不知细叶谁裁出,二月春风似剪刀。

赞美了大好春光,唐代广为传唱,可知贺知章《咏柳》即是唐代歌曲《杨柳枝》的一首歌词。

其次,有的歌诗歌唱青年男女纯洁的爱情生活以及真挚的友情,如上述李龟年所歌唱的《相思子》。又如刘禹锡《竹枝词》唱道:

> 杨柳青青江水平,闻郎江上踏歌声,
> 东边日出西边雨,道是无晴却有情。

又如刘禹锡《杨柳枝》唱道:

> 城外春风满酒旗,行人挥袂日西时。
> 长安陌上无穷树,唯有垂杨管别离。

有的表达生活哲理。如刘禹锡《浪淘沙》唱道:

> 莫道谗言如浪深,莫言迁客似沙沉。
> 千淘万漉虽辛苦,吹尽狂沙始到金。

另外,上述旗亭歌女所唱的王昌龄、高适、王之涣的诗篇,皆抒发了当时人民的喜怒哀乐,脍炙人口。

总之,唐代音乐是"唐代歌诗"繁荣的重要因素,唐声诗又是唐代音乐的重要组成部分。唐代歌诗以其独特的风采在我国诗歌发展史上占有重要地位,成为文化艺术遗产中的瑰宝,在思想内容和艺术形式上都有极高的艺术价值。在今天,它给予我们的不仅是美的艺术享受,同时还给予我们当代新诗创作实践以很多的启迪和借鉴。"五四"以后发展的新诗有成功有失败,人们一直在探索。鲁迅先生曾说:"我有一个私见,以为剧本虽有放在书桌上的和演在舞台上的两种,但究以后一种为好;诗歌虽有看的和嘴唱的两种,也究以后一种为好。可惜中国的新诗大概是前一种,没有节调,没有韵,它唱不下来;唱不下来,就记不住；记不住，就不能在人们的脑子里将旧诗挤出，占了它的地位。"（《致窦隐夫》）当前诗刊、诗集、报纸杂志副刊上的新诗，读的人少，原因众多。但是，缺乏音乐性、歌唱性，想必也是原因之一。毛泽东也说："但用白话写诗，几十年来，迄无成功。民歌中倒是有一些好的。将来趋势，很可能从民歌中吸取养料和形式，发展成为一套吸引广大读者的新体诗歌。"（《致陈毅同志谈诗的一封信》）而引人注目的是，当代民歌、流行歌曲的曲调及歌词却深入人心，不胫而走，其艺术体制和传播方式，可以说跟"唐代歌诗"是一致的，这或许也是当代新诗创作的方向。我们相信在青年一代文学艺术家的手中和口中，当代诗歌创作将以更强的艺术感染力趋于繁荣，登上另一座可与"唐代歌诗"相媲美的诗歌艺术高峰。

第四章　唐诗艺术与书画艺术

一、唐诗艺术与书法艺术

（一）唐代诗人多为书法家

作诗与写字在唐代同为士人的必需素质，而且同为艺术领域，二者之关系当然紧密无间。唐人非常重视书法艺术。这一是由于源远流长的书法艺术传统的必然发展，二是因为唐代人才选拔制度科举制的直接刺激。马宗霍《书林藻鉴》言："唐之国学凡六，其五曰书学，置书学博士，学书日纸一幅，是以书为教也。又唐铨选择人之法有四，其三曰书，楷法遒美者为中程，是以书取士也。"唐代吏部选试即考核士人的"身、言、书、判"四项，"书"即书法，以字迹遒美为标准。可知书法在士人考核中占四分之一的比重，若书法不遒美，则不能步入仕途。

如诗人卢鸿就是书法家。唐张彦远《历代名画记》卷9谓之"工八分书"。《旧唐书》本传载："颇善籀篆楷隶。"

王维可谓诗、书、画皆绝，《新唐书》本传谓之"工草隶"。

贺知章以草书著名。他于天宝三年退休时，六卿百官为之送行。连玄宗都作《送贺知章归四明》相赠。李白《送贺宾客归越》写道：

镜湖流水荡清波，狂客归舟逸兴多。

山阴道士如相见，应与《黄庭》换白鹅。

言贺知章的书法堪与王羲之相媲美，应有同王羲之写经换鹅一样的佳事，评价可谓高矣。

另外，刘禹锡、温庭筠等，都曾写诗赞美贺知章书法的浪漫美。《宣和书谱》卷18《草书》载，在宋朝内府犹藏其《孝经》《洛神赋》《上日》《胡桃帖》《千字文》等字迹。现流传其草书《孝经》。

李白也擅长书法，曾称赞王羲之书法"右军本清真，潇洒在风尘"（《王右军》）。李白草书风格"奇崛"（《邵氏闻见后录》）。宋《宣和画谱》载，李白的行书"字画尤飘逸，乃知白不特以诗名也。今御府所藏五，行书《太华峰》《乘兴帖》，草书《岁时文》《咏酒诗》《醉中帖》"。今传其《上阳台帖》。

柳宗元也是一位著名书法家。《蔡宽夫诗话》载："柳子厚书迹，湖湘间多其有碑刻。"他还创立新的书法风格，所谓"柳家新样元和脚"。在南方影响一时。

杜牧的书风气韵生动，《宣和书谱》赞道："杜牧作草书，气格雄健，与其文章相表里。"真可谓字如其诗。其32岁所书《张好好诗并序》行书真迹，世代相传。后董其昌跋评道："樊川此书深得六朝人气韵，余所见颜、柳以后，若温飞卿与杜牧亦名家也。"

罗隐擅长行书。《宣和书谱》卷11《行书》载："罗隐不以书显名，作行书尤有唐人典型。观其《罗城记稿》诸帖，略无季世衰弱之习。"宋代廷内收藏其行书字迹《外罗城记稿》《喜慰帖》等四种。

和尚诗人贯休也是一位草书家，时称"姜体"。《图画闻见志》卷22载：贯休"兼善书，谓之'姜体'，以其俗姓姜也"。宋代黄休复《益州名画录》卷下称其"善草书图画，时人比诸怀素"。《宣和画谱》卷19载："作字尤奇崛，至草书益胜，崭峻之状，可以想见其人。喜书《千文》，世多传其本。"

《古今图书集成·书家部》载唐代书家 640 余人，其中著名诗人几乎全部包括其中。包括上述诗人，杜审言、白居易、杜甫、刘禹锡、薛涛、韩愈、杜荀鹤、李商隐以及温庭筠，都是艺术水平很高的书法家。王士祯《带经堂诗话》卷 23 说得好："《宣和书谱》唐诗人善书者贺知章、李白、张籍、白居易、许浑、司空图、吴融、韩偓、杜牧，而不载温飞卿。然余从他处见李商隐书亦绝妙，知唐人无不工书者，特为诗所掩耳。"著名诗人皆因诗名太盛而掩盖了其书名。

反之，唐代书法家也多精通诗歌艺术。如唐初书法家虞世南就是初唐著名诗人。另外，薛稷、怀素等，皆能诗。草圣张旭的诗歌，艺术成就也很高，其《山行留客》诗写道：

> 山光物态弄春晖，莫为轻阴便拟归。
> 纵使晴明无雨色，入云深处亦沾衣。

（二）唐代诗人关心、热爱书法艺术

唐代诗人多精通书法艺术，与书法家往来为友。如李白、高适、李颀就跟书法家张旭、李阳冰友情笃厚，成为莫逆之交。常常作诗盛赞书法家的书法艺术。张旭的书法在开元时期与李白诗歌、裴旻剑术并称"三绝"。李白写诗称赞张旭道：

> 楚人尽道张某奇，心藏风云世莫知。
> 三吴郡伯皆顾盼，四海雄侠争追随。

李颀的《赠张旭》描写了草圣独特的艺术创作方式：

> 露顶据胡床，长叫三五声。兴来洒素壁，挥笔如流星。

高适的《醉后赠张旭》表现了对草圣的敬佩：

> 世上谩相识，此翁殊不然。兴来书自圣，醉后语尤颠。
> 白发老闲时，青云在目前。床头一壶酒，能更几回眠。

再如著名书法家怀素，也常得到著名诗人的盛赞。李白《草书歌行》赞道（后苏轼及王琦谓非李白之作）：

> 飘风骤雨惊飒飒，落花飞雪何茫茫。
> 起来向壁不停手，一行数字大如斗。
> 恍恍如闻神鬼惊，时时只见龙蛇走。

在李白的诗笔之下，再现了怀素草书的艺术风貌。诗人任华《怀素上人草书歌》写道：

> 岂不知右军与献之，
> 虽有壮丽之骨，恨无狂逸之姿。……
> 人谓尔从江南来，我惟尔从天上来。
> 赞美怀素登峰造极的书法艺术，超过二王。

（三）唐代诗人深谙书法艺术理论

唐代很多诗人深谙书法艺术，为中国书法艺术审美理论的建设作出了贡献。如杜甫的书法艺术造诣极高，作有很多有关书法艺术的诗篇。如对张旭的草书，他非常有研究。在《饮中八仙歌》中盛赞道：

> 张旭三杯草圣传，脱帽露顶王公前，挥毫落纸如云烟。

描写张旭醉中得意挥洒疾书之状。后来又有《殿中杨监见示张旭草书图》赞之。特别是在《观公孙大娘弟子舞剑器行序》中说："吴人张旭善草书书帖，数尝于邺县见公孙大娘舞西河剑器，自此草书长进，豪荡感激。"记载张旭受舞蹈启发而书法艺术大进，在艺术理论里艺术各门类之间存有互动互补关系这一课题方面，为后世提供了著名的范本。

杜甫还提出不少书法艺术审美方面的范畴概念。书法家薛稷的书法结体遒丽，杜甫《观薛少保书画壁》一诗评谓"仰看垂

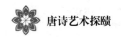

露姿，不崩亦不骞"。又在《送顾八分文学适洪吉州》赞顾戒奢的八分书艺术："顾侯运鑪锤，笔力破余地。"言顾戒奢书法历经百炼，独成一家。杜甫在《赠秘书监江夏李公邕》诗中赞扬时称"书中仙手"的书法家李邕：

> 声华当健笔，洒落富清制。风流散金石，追琢山岳锐。

赞美李邕"凌云健笔意纵横"的书法艺术成就。而《李潮小篆八分歌》一诗在书法史上更为著名。此诗对当时并不见重的书法家李潮大加赞誉：

> 况潮小篆逼秦相，快剑长戟森相向。
> 八分一字值百金，蛟龙盘拏肉倔强。

以兵家之事"快剑长戟森相向"比喻李潮篆隶之美，进而提出"书贵瘦硬方通神"的观点，成为后人尊奉的一条书法美学原则。杜甫所言及的"垂露姿""快剑长戟"以及"书贵瘦硬"皆常为后人论书时引用。

中唐大诗人韩愈也深谙书法艺术，许多诗作谈及书法。其《石鼓歌》中说："羲之俗书趁姿媚，数纸尚可博白鹅。"对王羲之的书风提出自己与众不同的观点，不仅可贵，而且中的，被范文澜称之为"一语道出王书的秘密"(《中国通史》第4册)。这其实也是不少唐代其他诗人的观点。如任华《怀素上人草书歌》写道：

> 岂不知右军与献之，
> 虽有壮丽之骨，恨无狂逸之姿。

认为二王字风仅丽而不逸。诗人认为"二王"书法"姿媚"的观点，在研究"二王"艺术成就方面，很有价值，也对后世书法审美范畴的完善很有影响。

韩愈《送高闲上人序》更是一篇著名的书法艺术论，盛赞张旭的书法："旭善草书，不治他技。喜怒、窘穷、忧悲、愉佚、怨恨、思慕、酣醉、无聊、不平有动于中，必于草书焉发之。观于物，见山水崖谷……歌舞、战斗、天地事物之变，可喜可愕，一寓于书。故旭之书，变动犹鬼神，不可端倪，以此终其身而后名世。……为旭有道，利害必明，无遗锱铢，情炎于中，利欲斗进，有得有丧，勃然不释，然后一决于书，而后旭可几也。"韩愈探讨张旭书法艺术成功的原因与规律，生动而深刻地告诉我们，要达到书法艺术创作的最高境界，就要具有丰富充沛的情感世界、不屈不挠的艺术追求精神，并且掌握创作过程的艺术规律。这段评论成为著名的书法艺术理论，不深明书法艺术之人不能道得此个中语。

另外，诗人白居易、顾况、孟郊、苏涣、韩偓、戴叔伦、李贺、司空图、王建、李商隐、许浑、温庭筠等，都写有关于书法美学的诗作。

二、唐诗艺术与绘画艺术

唐诗是我国诗歌史上的高峰，同样，唐代绘画也达到我国绘画史上的高峰。唐诗与绘画有密切的关系，试举一二。

（一）唐代著名诗人多兼精诗画

诗人卢鸿，"工八分书，兼画山水树石"（《历代名画记》卷9），至宋代内府犹收藏其《窠石图》《松林会真图》《草堂图》等（《宣和画谱》卷10载）。

王维更是诗画合一的伟大艺术家，曾自称"宿世谬词客，前身应画师。不能舍余习，偶被世人知"（《偶然作》）。在中国绘画史上，王维首创破墨山水。《封氏闻见录·图画》载："王维特妙山水，幽深之至，近古未有。"朱景玄《唐代名画录》评其

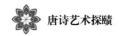

山水作品："山谷郁盘，云飞水动，意出尘外，怪生笔端。……山水松石，并居妙上品。"晚唐诗人张祜《题王右丞山水障子》写道：

> 右丞今已没，遗画世间稀。
> 咫尺江湖近，寻常鸥鸟飞。
> 山光全在掌，云气欲生衣。
> 以此常为玩，平生沧海机。

可见，王维的山水作品在世间广为流传，不仅神韵逼真，还可使人领悟世间事物沧海变化的真谛。

王维的作品在后世流传的尚有《雪里芭蕉》《蓝田烟雨图》《雪图溪》等。苏轼《书摩诘蓝田烟雨图》所言："观摩诘之画，画中有诗。"成为千古定评。又世传王维《山水诀》和《山水论》（《画学秘诀》载，王维集不载），虽被后人认为是伪托之作，但不无来由，仍为至今画家必读之画论。

他的诗歌，形象清新明晰，讲究构图布局。

《使至塞上》一诗是他出使西北边塞时所作，其中"大漠孤烟直，长河落日圆"两句为后人所称道。这两句诗以画家的眼光，捕捉塞外最有特色的景象：大沙漠一望无垠，远方与天相连，一条无边的地平线横在诗人面前。烽火台上一道狼烟直冲碧空。这两条直线形成一幅巨大的直立平面。同时，一条长河从眼前穿过，流向远方，画面更加开阔，形成了三维空间，在这三条直线构成的立体空间中，还有又红又大又圆的落日，它们交错一起，产生一种宏伟庄严的"千古壮观"（王国维《人间词话》），给人以苍茫浑厚的美感。在《红楼梦》第四十八回中，香菱曾说她读了这两句诗后，"合上书一想，倒象是见了这景的。要说再找两个字换这两个（指'直'和'圆'），竟再找不出两个字来"。可见这首诗的画面明晰，佳处全在"直"和"圆"这两种几何图形的运用。

在王维的诗歌创作中，这个艺术特点很突出。如《冬日游览》中"青山横苍林，赤日团平陆"的诗句，写苍林在远方形成一条直线，广阔平原上红红的夕阳显得那么浑圆。又如《辋川闲居赠裴秀才迪》中有"渡头余落日，墟里上孤烟"之句，诗人登高眺望，一条大河在眼前直流而去，落日在河上放射出黄红的余晕；远处平平的村落上空，一缕缕炊烟袅袅上升，构成一幅静谧闲淡的图画。皆运用"直"和"圆"这两种几何图形。

王维诗歌的这个特点，可以说就是苏东坡所谓的"诗中有画"（《东坡志林》）。绘画，当然不可缺少圆、直线以及构图这些工笔写实的基本要素，在此基础上才能形成含蓄蕴藉、意韵神妙的意境。这对今天的诗歌创作不无借鉴之功。

关于王维在中国绘画史上的地位，俞剑华《中国绘画史》的评语可谓确论："王维以诗境作画，赋予中国画以新生命，遂由宗教化而入于文学化。此种文学化之画，遂日渐扩充，而占领艺术界之全土。不特因此开中唐以后之风气，而且立一千余年文人画之基础，以形成东方特有之艺术，矫然独立于世界。王维开创之功，可谓伟矣。"

另外，诗人张諲"善草隶，工丹青。与王维、李颀等为诗酒丹青之友。尤善画山水"。顾况"善画山水"（张彦远《历代名画记》卷10）。

刘商"工画山水树石。初师于张璪，后自造真为意"（《历代名画记》卷10）。可见刘商还是以主张"外师造化，内得心源"而闻名于世的大画家张璪的弟子。

郑虔，唐玄宗谓之诗、书、画"三绝"（《封氏闻见录》卷5《图画》）。"能画鱼水山石，时称奇妙，人所降叹"（宋朱景玄《唐朝名画录》）。杜甫《送郑十八虔贬台州司户》称其"郑公樗散鬓成丝，酒后常称老画师"。

诗人刘方平"工山水树石"（《历代名画记》卷10）。"墨妙

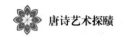

无前，性生笔先"（皇甫冉《刘方平壁画山水》）。

张志和也以能画闻名，"性好画山水"（颜真卿《浪迹先生玄真子张志和碑》）。据朱景玄《唐朝名画录》载，颜真卿曾"以渔歌五首赠之，张乃为卷轴，随句赋象，人物、舟船、鸟兽、烟波、风月，皆依其文，曲尽其妙。"颜真卿任湖州刺史时，曾与众人歌唱张志和的《渔父词》（"西塞山前白鹭飞"），而后大家和作25首，张志和即时"命丹青剪素，写景夹词，须臾五本，花木禽兽、山水景象、奇绝踪迹，今古无伦"（《太平广记》卷27引沈汾《续仙传》）。此亦可谓诗中有画、画中有诗。后世董其昌评道："昔人以逸品置神品之上，历代唯张志和可无愧色。"

韩愈喜爱绘画，其《画记》写及自己看到一卷古今人物画，非常喜欢，靠弹棋赌博才得到，"意甚惜之，以为非一工人之所能运思，盖丛集众工人之所长耳，虽百金不愿易之也"。深知此画的艺术价值，所以详细作这篇《画记》。

晚唐诗人贯休，也"长于水墨，形似之状可观"（宋赞宁《宋高僧传》卷30），常为杭州一带的佛寺画罗汉佛像。

（二）唐代诗人喜好题画论画

唐代诗人喜画、论画，运用他们独特的语言艺术来赞颂绘画创作，以一种特有的批评方式——以诗论画，表达他们的美学理念，在我国绘画批评史上，写下浓抹的一笔，对中国绘画艺术理论的建设，具有巨大贡献。

李白的论画诗歌现存7首，《赞》12篇。其《当涂赵炎少府粉图山水歌》描写山水画的气势：

> 峨眉高出西极天，罗浮直与南溟连。
> 名工逸思挥彩笔，驱山走海置眼前。

可见李白的审美观念是重气势、神气。

杜甫写下论画诗达29首之多，提出许多有关绘画艺术的独到见解。如"真宰上诉"（《奉先刘少府新画山水障歌》），即指画家应以自己的全生命去与客观表现对象相拥抱，将自然的山川、生物，化为自己胸中之物，再化为素幅上的艺术形象。

杜甫非常熟悉、崇敬东晋大画家顾恺之，在《送许八拾遗归江宁》中赞美顾恺之在金陵瓦官寺里所画的《维摩诘画像》壁画："虎头金粟影，神妙独难忘。""虎头"，顾恺之的小字。"金粟影"，指维摩诘的画像。顾恺之的《论画》和《魏晋胜流画赞》等画论中，强调"传神写照""以形写神""生气""骨法"和"骨趣"等绘画理念。杜甫在其著名的一首论画诗《丹青引赠曹霸将军》中，就继承发展了顾恺之的画论，以丰富的艺术素养根底，高度赞扬画家曹霸的画马艺术，表达自己对于绘画艺术的真知灼见：

> 诏谓将军拂绢素，意匠惨淡经营中。
> 斯须九重真龙出，一洗万古凡马空。

"意匠"，指艺术构思，"惨淡"，苦心用力。"意匠惨淡经营"，即指画家将客观对象化为艺术形象的复杂的创作活动全过程。画家应细心观察事物，熔铸客观，胸有成竹，从而达到形神俱肖。杜甫又说：

> 幹唯画肉不画骨，忍使骅骝气凋丧。
> 将军善画盖有神，必逢佳士亦写真。

借画家韩幹"画肉不画骨"的画艺特点，衬托曹霸的精湛之处，即骨气不丧，形神兼备。在艺术审美理论上，这与杜甫书法论所言"书贵瘦硬方通神"（《李潮小篆八分歌》）的理念也是一致的，皆为重视艺术作品的遒劲有力的神韵和气势。杜甫继承发展了顾恺之的画论，对端正唐代画风起到积极的作用。此诗也成为中国绘画批评史上的重要画论篇章。

白居易也非常关注绘画艺术。其《画记》说："画无常工，

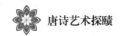

以似为工；学无常师，以真为师。"应达到"形真而圆，神和而全"的艺术境界。可知其所言的"似""真"，并非只指"相似""形真"，而是包含神韵之"似"与"真"。其《画竹歌》赞美画家萧悦的画竹作品：

> 植物之中竹难写，古今虽画无似者。
> 萧郎下笔独逼真，丹青以来唯一人。
> 人画竹身肥臃肿，萧画茎瘦节节竦。
> 人画竹梢死赢垂，萧画枝活叶叶动。
> 不根而生从意生，不笋而生由笔成。……
> 举头忽看不似画，低耳静听疑有声。

白居易也扬"瘦"抑"肥臃肿"，与杜甫的理念相通。特别是"不根而生从意生"一句，强调画家对客观对象的提炼、典型化、熔铸主观情思，从而达到"笔成""逼真"。诗中的"肥臃肿""梢死""根生""笋生""似画"，即指下乘绘画的"相似"；而"瘦""活""动""意""声"，即指上乘绘画的"形神兼备"。

元稹论画亦重传神。对大画家张璪，元稹极为欣赏，在《题张璪画松诗》说：

> 流传画师辈，奇态尽埋没。
> 纤枝无潇洒，顽干空突兀。

而张璪的树石山水则"往往得神骨"，与众不同。可见元稹也重视"神""骨"，与杜甫、白居易重"瘦硬""神骨"等"形神合一"的绘画理念，可谓异曲同工。

综上所述，唐代诗人对绘画艺术颇为精通，对中国绘画艺术理论多有建树，我们应认真加以研习。

抉微编

唐诗艺术探幽研究

第一章　唐诗艺术的词汇研究

一、唐诗英译与唐诗词汇

（一）唐诗英译的历史与现状

唐诗英译工作在当今世界日益频繁的中西方文化交流中占有重要地位，为传播辉煌的唐诗艺术、促进世界诗歌创作发展，起到了积极作用。考察近百年的唐诗英译历程，结合翻译理论的发展，可以见出，唐诗英译实践和理论建设中存在不同方向及其探索。一种是重视声韵，用传统英语诗律翻译唐诗，以求再现唐诗的整体美；一种则注重意象，用自由的散体译诗，以求传达唐诗艺术的真质。在主张以自由体译诗的学者、译家中，也各自有不同的努力，或简省或详尽；或照顾到韵脚，或完全抛开押韵和诗行。他们都有各自的成功与不足。在今后的唐诗英译工作中，把这两种方向结合起来，努力解决翻译中形式与内容、韵律与达意的矛盾，达到一种"化境"。这样的理论与实践的探索，将有益于中国古典诗歌艺术的继承及中西方诗学传统的交流。

具有辉煌艺术成就的我国唐代诗歌，是世界艺术宝库中的瑰宝，李白和杜甫等伟大诗人的诗篇传遍了各个大陆，受到各民族人民的喜爱，特别是在英语世界，得到了广泛的传播。据今所知，西方最早大力进行唐诗英译工作的是 18 世纪英国汉学家、诗人詹尼斯，其遗作经后人整理，编成《唐诗三百首选读》及

《续集》(*Selections from the* 300 *Poems of the Tang Dynasty*，*A Fur-ther Selections from the* 300 *Poems of the Tang Dynasty*)，于 20 世纪 40 年代在伦敦出版。最早英译唐代诗人专集的是小畑薰良，其《李白诗集》(*The Works of Li Po*，*the Chinese Poet*)，于 1922 年在纽约出版。最早英译唐诗选本的是宾纳和江亢虎合译的《群玉山头：唐诗三百首》(*The Jade Mountain*：*A Chinese Anthology Being Three Handred Poems of the Tang Dynasty*)，为蘅塘退士所编《唐诗三百首》的全译本，1929 年在纽约出版。自 20 世纪末以来，其他著名的唐诗英译家有戴维斯爵士（Sir J. F. Davis）、翟理斯（H. A. Giles）、庞德（E. Pound）、克兰默－宾（L. Cranmer－Bynng）、韦利（A. Waley）、洛维尔（A. Lowell）、弗莱彻（W. J. Fletcher）、洪业（煨莲，William Hung）、柳无忌、欧文（S. Owen）等，他们做了大量的唐诗英译工作。

唐诗的英译工作不仅把唐诗艺术介绍给英语世界，使西方读者得到美感享受，而且还对英语世界的现代新诗创作产生了巨大影响，如现代派诗人庞德、艾略特（T. S. Eliot）就深受唐诗艺术的影响，从中寻找欧美新诗运动的推动力，为世人所共知。美国批评家卡茨（M. Katz）就注意到意象派女诗人洛维尔的诗《凌晨两点：一条伦敦大街》(*A London Thoroughfare*) 与杜甫《月夜》的关系①，这两首诗都是描写了月下闺房的妇女形象。美国当代诗人雷克斯洛斯（K. Rexroth，中文名字为王红公）曾说："我认为中国诗对我的影响，远远大过其他的诗。我自己写诗时，也大多遵循一种中国式的法则（a kind of Chinese rule）。"② 他曾大量翻译唐诗并予以发表。1969 年美国出版了一本当代诗选

---

① ［美］卡茨：《艾米·洛威尔与东方》，见张隆溪编《比较文学译文集》，北京大学出版社 1982 年版，第 184 页。

② 钟玲：《体验和创作——评王红公英译的杜甫诗》，见郑树森编《中美文学因缘》，台湾东大图书公司 1985 年版，第 85 页。

《赤裸的诗：近年美国开放体的诗歌》（*Naked Poetry*：*Recent A-merican Poetry in Open Forms*），选录 16 首他的诗作，其中 14 首其实是翻译杜甫等人的诗歌。由于他年辈较早，所以他的诗作列在书首，诗评家们不无诙谐地感叹道，美国当代诗歌的发展序幕原来竟是由中国唐诗开启的①。当代诗人勃莱（R. Bly）也承认他自己以及他朋友们的诗歌创作的确受到白居易、李贺等唐代诗人的影响②。

在我国改革开放形势下的今天，面对世界东西方日益增多的文化交流，我国的唐诗英译工作正处于一个新的繁荣时期。20世纪 80 年代以来，国内已大量出版发行了由我国学者、译家翻译的唐诗译本，如杨宪益的《唐宋诗文选译》（与格雷蒂斯 Gladys 合译）、徐忠杰的《唐诗二百首新译》、王守义的《唐宋诗词英译》（与诺弗尔 J. Neville 合译），吴钧陶的《杜甫诗英译》、许渊冲的《唐诗三百首新译》《李白诗选译》《唐诗一百五十首英译》、张廷琛的《唐诗一百首英译》（与魏博思 Bruce M. Wilson 合译），以及翁显良的《古诗英译》等。

众所周知，把不同民族的文学、特别是诗歌，从语言形式到思想感情进行翻译，是一件难度极大的工作，因而西方流传一句意大利谚语："翻译者即叛逆者"（Traduttore traditore）。许多诗人、理论家他也持有"诗不可译"观点，诗人雪莱（P. Shelley）在《诗辩》（*Defence of Poetry*）中认为，企图把诗人的创作从一种语言搬移到另一种语言，就好比把一朵紫罗兰投入坩埚，来化验出它的颜色和香味的数据，"因此，译诗是徒劳无功的"③。弗罗斯特也认为诗一经翻译就会失去它自身的特质（poetry is what

---

①　钟玲：《体验和创作——评王红公英译的杜甫诗》，见郑树森编，第89页。

②　王佐良：《诗人勃莱一夕谈》，见《中外文学之间》，江苏人民出版社 1984年版，第 36 页。

③　伍蠡甫主编：《西方文论选》，上海译文出版社 1979 年版，第 52 页。

gets lost in translation）。语言学家雅各布森（R. Jakobson）断定诗严格说来是不能翻译的①。话虽然说得令人沮丧，但自詹尼斯以来的优秀译家的唐诗英译实践证明，诗是可以趋近准确而传神地译成另一种语言形式，在另一国度传诵。唐诗英译工作还将继续在东西方文化交流中发挥其重要作用。歌德（J. W. Goethe）在1827年7月写给苏格兰作家卡莱尔（T. Carlyle）的信中说："无论说翻译有什么不足之处，它仍然不失为世界上各项事务中最重要、最有价值的一项工作。"② 我们今天更应重视唐诗英译事业，弘扬祖国古代灿烂文化，以利于中外文化交流。

对于文学作品的翻译，应当走什么样的途径？用什么方法最合适？从公元前古罗马的西塞罗（M. T. Cicero）、贺拉斯（Horace），到20世纪初意大利的克罗齐（B. Croce）、德国的本亚明（W. Benjamin），人们从理论上进行了广泛而深入的探讨。英国翻译理论家诺克斯（R. Knox）曾把历史上的翻译理论归纳为两个问题：是文学翻译还是逐字翻译？译者是否有权选择任何文体与词语来表达原文的意思？③ 这个归纳是很恰切的。奥地利哲学家维特根斯坦（L. Wittgenstein）指出："从一种语言翻译成另一种语言是一项数学任务，把一首抒情诗翻译成外语好比解一道数学题……这个问题是可以解决的，但并无系统的解决办法。"④唐诗英译的实践及理论探索正是如此，它们一直在提出问题：是忠实地体现唐诗原文的形式、韵律，还是重视传达唐诗原文的思想、精神？是追求精练、含蓄的传情达意，还是保全原诗的真实与精确？学者、译家们一直在问题的两端之间艰难地走着钢丝，

---

① George Steiner, *After Babel*：*Aspects of Language and Translation*（Oxford UP, 1975），p. 106.

② 同上书，p. 112.

③ R. A. Knox：*On English Translation*（Oxford 1975），p. 4.

④ George Steiner, *After Babel*：*Aspects of Language and Translation*（Oxford, Oxford UP, 1975），p. 158.

追求着某种完美的"合格翻译"（adequate translation）及"等值效果"（equivalent effect）①，各持不同的宗旨和方法，弯弯曲曲地走过百年的唐诗英译进程。回顾历史，面对现状，考察这些翻译实绩，总结经验，会强有力地促进这项有益的工作健康地发展。

（二）唐诗词汇在英译中的直译与意译

在唐诗英译历史的初期，翟理斯等人坚持通常的那种"直译"（metaphrase）或"意译"（paraphrase）方法，并且期望能与再现唐诗的思想内容一样，通过具有音韵格律的诗体，再现唐诗艺术形式之美。但由于受韵脚和音步节拍的牵制，在译文的遣词方面就不得不作些较为灵活的增添、减省，或者换一种表达，甚至改变原诗的本义。早在 20 世纪 40 年代，吕叔湘先生就已指出："初期译人好以诗体翻译，即令达意，风格已殊，稍一不慎，流弊丛生。"② 并总结了以诗体译诗的三种弊端，一是"趁韵"，如弗莱彻译王绩《过酒家》中"眼看人尽醉，何忍独为醒"：

> With wine overcome when all our fellows be,
> Can I alone sit in sobriety?

为了与"sobriety"（酒醒）押韵，就在上句句尾安排了"be"这个词。

二是"颠倒词语以求协律"。如弗莱彻译杜甫《秋兴八首》其五中"几回青琐点朝班"：

> Just in dream by the gate when to number I sate
> The courtiers' attendants who throng at its side.

---

① 王佐良、丁往道《英语文体学引论》：外语教学与研究出版社，1987 年版，第 512 页。

② 吕叔湘：《中诗英译比录》，上海外语教育出版社 1980 年版，第 9 页。

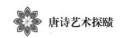

"青琐"是唐朝京城宫中门名，译诗打乱了原诗中"几回""青琐""点""朝班"这几个意群的前后次序，以求音步及韵脚的协律。

三是"增删及更易原诗意义"。如翟理斯译陈子昂《登幽州台歌》"前不见古人，后不见来者。念天地之悠悠，独怆然而涕下"：

> My eyes saw not the men of old;
>
> And now their age away has rolled.
>
> I weep—to think that I shall not see
>
> The heroes of posterity!

译诗失去了原诗中"念天地之悠悠"这句重要诗意，把"独怆然而涕下"诗句中丰富的感情和鲜明的形象，也只译为"I weep"，损减了许多。

蔡廷干曾以英诗格律体翻译刘禹锡的《乌衣巷》：

> Beside the Zhuque Bridge wild flowers thickly grow,
>
> Along the Wuyi Lane the sun is setting low.
>
> When once the swallows knew the mansions of the great,
>
> They now to humbler homes would fly to nest and mate.
>
> （朱雀桥边野草花，
>
> 乌衣巷口夕阳斜。
>
> 旧时王谢堂前燕，
>
> 飞入寻常百姓家。）

译诗每行12音节，呈抑扬格六音步，并且还有意体现了原诗首联对仗工整的语言结构形式。

与这种情况不同，一开始就有人对唐诗英译的方法进行另一种的探索，诗人、翻译家庞德就是其中的卓越代表。他确信唐诗艺术的真质在于它的"意象"。他没有沿循着翟理斯等人的道路走，去考虑唐诗的节奏、韵律及平仄，而是重视其中的直觉印象及效果，重视"意象的并置"（juxtaposition）、"鲜明的细节"（luminous details）以及"鲜明的呈现"（vivid presentation），为求严格对应原诗的结构，忠实再现词汇与意象的先后顺序。当然，他的这种意图和努力，自有其诗歌创作实践和理论以及翻译理论的背景，在此不再赘述。

庞德在 1915 年出版的《华夏集》（Cathay）中译李白《古风》其六"惊沙乱海日"为：

Surprised. Desert turmoil. Sea sun.

译作"惊奇""沙漠混乱""大海太阳"几种意象的并列。但李白原诗为："昔别玉门关，今戍龙庭前。惊沙乱海日，飞雪迷胡天。"是写北方边塞战事，所以"海"实指"瀚海沙漠"，庞德却误解地直译为"sea"。又如译其十四中"荒城空大漠"：

Desolate castle，the sky，the wide desert.

即对应地译为"荒凉的城堡""天空""广阔的沙漠"三种意象，但是原诗中的"空"是"空荡荡"的意思，而非指"天空"。

庞德的主张和译法产生了深远的影响。后来在 20 世纪 70 年代，华裔美国学者叶维廉从中国古典诗歌与英美现代派诗歌在美学上沟通的角度，很赞同庞德这种"脱节法"翻译。如叶维廉把杜审言《和晋陵陆丞早春游望》中"云霞出海曙，梅柳渡江春"译作：

Clouds and mists

Out to sea：

Dawn.

Plums and willows

Across the river：

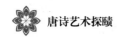

Spring. ①

跟庞德的方法是一致的。

庞德译诗只注意唐诗的意象，1918 年后又致力于表现原诗中汉字形体所包含的图画含义，以致出现不少曲解误译，受到一些人的指责。在当时，诗人洛维尔就说庞德的译作"完全不像是中国诗的翻译"，自称"我们的做法是：她（指合作者埃斯考 F. Ayscough）直接从中文搞出一份译文，完全是逐字逐句地译，她不仅给出这些方块字符号的对应词，而且还给出它们的所有部首。然后我再根据这份译文搞出一份尽可能接近原文的东西。她再校对原文。她说，根据她的汉语知识，我们商定的译稿简直是精确无误的……将完全压倒庞德的译文，因为庞德译文依据的是费诺罗萨从日译文转译过来的译文，我们的译文更忠实于原文。"② 她们还请了一位中国博士帮助她们使英译更准确。其实她们的工作是沿着庞德打开的缺口前进的，并保持了意象派的原则，只是做得更精确一些，力图忠实地表现唐诗中含意的丰富性。她们的中国诗译集《松花笺》（*Fir - Flower Tablets*）于 1921年出版后，即受到评论家们的肯定。但也有人说这些译诗用辞太多，过于繁复。韦利也反对她们把唐诗译为自由体，认为翟理斯格律体的译诗更接近原诗③。

但是，庞德以及洛维尔译唐诗的原则和方法还是被后来许多人所接受。宾纳与江亢虎的《群玉山头：唐诗三百首》就采用散体意译法，译笔活泼生动，力求传情达意，如译王昌龄的《闺怨》，与翟理斯的格律体显然不同，笔意简练得多：

① 叶维廉：《语法与表现》，见温儒敏编《寻求跨中西文化的共同文学规律》，北京大学出版社 1987 年，第 53 页。

② ［法］卡茨：《艾米·洛威尔与东方》，见张隆溪编《比较文学译文集》，北京大学出版社 1982 年版，第 192 页。

③ 同上书。

Too young to have learned what sorrow means，

Attired for spring，she climbs to her high chamber……

The new green of the street – willows is wounding her heart—

Just for a title she sent him to war.

正如吕叔湘先生所评价的："颇逞工巧，而亦未尝无平实处。"①

1965 年出版的格雷厄姆（A. C. Graham）所译《晚唐诗选》（*Poems of the Late T'ang*）书序《谈中国诗的翻译》中说："汉诗的译者最必需的便是简洁的才能。"格雷厄姆反对为了追求音步和尾韵而随意处理原诗的辞意，主张"宁信而不顺"。对于唐诗的对仗形式，他主张不能舍弃，但要在译诗中稍加变化，以避免使英语读者感到单调、矫揉造作。这本译著已列入联合国教科文组织的中文翻译丛书。其中如把杜甫《秋兴八首》中"匡衡抗疏功名薄，刘向传经心事违"译作：

A disdained K'uang Heng，as a critic of policy.

As promoter of leaning，a Liu Hsiang who failed.

用两个"as"，把原诗中对仗的整齐性打破。

近年来，我国翻译家对用散体译唐诗这种方法也进行了一些可贵的探索。如王守义等译王昌龄《闺怨》就与上述诸家不同：

She feels happy in her room this spring morning

Puts on her make – up and goes to the balcony

Suddenly sheseees below her in the garden

Poplar and willow in fresh newcolors

Thinks bitterlyhow could she have let him go off

Looking for a post as a high court official

①　吕叔湘：《中诗英译比录》，上海外语教育出版社 1980 年版，第 11 页。

译为六行，每两行一节，行首不大写，并且无标点。翁显良在这方面更为大胆，他主张"放开手脚"，"再现绝不是临摹。似或不似，在神不在貌，不妨得其精而忘其粗，这又可以说有极大的自由。至于声律，语言不同，自然要改创，更不必受传统形式的束缚……"①。他把唐诗译为不押韵、不分行的散文体，不拘泥于词句的对应，不顾及句的长短和次序。如译王之涣的《登鹳雀楼》：

> Westward the sun, ending the day's journey in a slow descent behind the mountains. Eestward the Yellow River, emptying into the sea. To look beyond, unto the farthest horizon, upward! up another storey!

> （白日依山尽，黄河入海流。欲穷千里目，更上一层楼。）

译诗打破了原诗句的整齐划一以及次序，译成了散文，完全抛开了唐诗原有的韵律形式。

有人曾说20世纪是"翻译的时代"。纵观唐诗英译的百年历程，大致呈现出两种不同的方向，或重声韵，用传统英语诗律翻译唐诗，以求再现唐诗的整体美；或重意象，用自由的散体译诗，以求传达唐诗艺术的真质。在主张用自由体译诗的学者、译家中，也各自有不同的努力，或简省，或详尽，或照顾到韵脚，或完全抛开押韵和诗行。这两种方向，都有各自的成功之处，又都有各自的遗憾。摆在我们面前仍有许多难题，最重要可能还是韵律与达意的矛盾。诗律有碍达意，"因形害义"；而达意又要丢弃唐诗本身的形式美，以致损害了唐诗本貌。真是难以两全其美。

面对这个矛盾，当今有一种主张认为：可以抛弃诗歌语言形

---

① 翁显良：《古诗英译·小序》，北京出版社1985年版，第1页。

式与内容不可分的观点；翻译家企图在英译中找出唐诗音韵美的对应形式"是徒劳的"；对唐诗的外在美不再去"硬性再现"①。笔者认为这种知难而退、方便行事的想法或做法似乎显得太急躁，从某种意义上说，这也是"诗不可译"说的变相表现。卡茨说得好："假如押韵、平仄、字数、对仗的确是汉诗形式不可分割的组成部分，难道译者不该设法尽量将这些因素连同原文的'精神'一起传达出来吗？"② 这种观点很中肯。另一方面，唐诗的格律音韵美也不能理解成为简单的外在形式美，假如没有这方面的艺术成就，唐诗就不会呈现出它现在所具有的光彩，哪能引起众多翻译家的兴趣，认为值得翻译介绍给英语世界呢？吴钧陶说自己在翻译工作中对押韵"还是觉得难以舍弃，倒宁愿哪一处差一点也胜过不要这一规律。而且，押韵在中国古典诗歌之中是很重要的一个方面，我认为只要有可能还是多少把它表现在翻译之中为好"③。英语世界中著名的翻译理论家对这一问题是有共识的。斯坦纳（G. Steiner）说："翻译之目的乃是把原作的内容吸收过来，同时尽可能保存原作的形式"；"译者和作者的关系应该是肖像画家和被画者的关系。好的译作好比一件新衣裳，既能译出我们所熟悉的固有形式，又不损害其完整的神态"④。奈达（E. A. Nida）也要求"不但是信息内容的对等，而且尽可能要求形式的对等"⑤。钱钟书先生拈出"化境"作为文学翻译的最高理想："把作品从一国文字转变成另一国文字，既能不因语文习惯的差异而露出生硬牵强的痕迹，又能完全保存原作的风味，那就算得入于'化境'。17 世纪一个英国人赞美这种造诣高

---

① 王守义：《论中国古诗词英译》，见《唐宋诗词英译》，黑龙江人民出版社1989 年版，第 165 页。

② E. A. Nida, *From One Language to Another*, p. 5.

③ 吴钧陶：《杜甫诗英译 150 首·序》，陕西人民出版社 1985 年版，第 34 页。

④ E. A. Nida, *From One Language to Another*, p. 5.

⑤ 同上书。

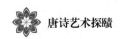

的翻译，比为原作的'投胎转世'（the transmigration of soul）。"①
这应该也是唐诗英译的最高理想和目标。

（三）唐诗词汇研究在唐诗英译中的重要性

唐诗英译是中外文化交流中的一项重要工作。百余年来，唐
诗英译中出现不少误译和曲解，其中原因，一是唐诗语言研究与
翻译界交流不够；二是译家对唐诗语言研究不够，或沿袭旧说，
或只依据一些流行的唐诗选本的诠释，没有跟上当代学术界唐诗
词汇研究的新发展。这种现状给唐诗英译工作带来了新的挑战。
唐诗英译与唐诗词汇研究有紧密联系，两者应做到互补，以求向
英语世界读者忠实而完美地传达出唐诗艺术的真质。

1. 唐诗英译应吸纳当代唐诗语言学术研究的新成果

唐诗是我国古典诗歌艺术的典范，唐诗英译是中西方文化交
流以及世界诗歌艺术发展当中的一项重要工作。不懂中文的英语
世界读者依靠英译来了解、欣赏唐诗，外国留学生也通过英译来
接触唐诗原文。我国许多英语学习杂志上也常登载唐诗英译，作
为青少年学习英文的辅助材料。早在 20 世纪 40 年代，教育家吕
叔湘先生就说过："先让中国学生读一点英译的中国诗，倒也不
失为引他入门的一个办法。"② 我国当今大学生也喜欢手持一本
英译《唐诗三百首》，边体味唐诗艺术之美，边学习英文词汇和
英诗格律，可谓一举两得。国内外许多翻译家投入大量的时间和
精力来英译唐诗，出版工作也一直未断，这是可喜的事情。

按一般的看法，翻译家选译的唐诗大多是人们熟悉的、流传
较广的优秀诗篇，特别是我国的翻译家，只要把原诗译为英文即
可；在英译过程中，一般认为最重要的是英文的熟练表达，因为

---

① 钱钟书：《林纾的翻译》，见《七缀集》，上海古籍出版社 1985 年版，第 67 页。
② 吕叔湘：《英译唐人绝句百首》，湖南教育出版社 1980 年版，第 2 页。

最后同读者见面的是英语译文；唐诗英译与唐词汇研究似乎无多大关系。其实，这种看法是片面的。纵观以往的唐诗英译实践，由于译者对唐诗原文词汇理解不准确，或因忽视唐诗研究界的新成果，往往出现误译。

大致有两种情况：一是出现不少因不明唐诗词汇而望文生义的误译。早在 20 世纪 40 年代，吕叔湘就重视这个问题，曾指出因不明李白《月下独酌》中"行乐须及春"的"及"为"乘"意，所以弗莱彻译成"等到春天来到"（Rejoice until the spring come in）。不明《长干行》中"早晚下三巴"的"早晚"为询问语气的口语，弗莱彻硬译为"早先和后来"（early and late），洛威尔（A. Lowell）硬译为"从清早到夜晚"（from early morning until late in the evening）。因不明"渔阳"是地名，翟理斯把白居易《长恨歌》中"渔阳鼙鼓动地来"里的"鼙鼓"译为"鱼皮战鼓"（fish – skin war – drum）①。因不明朱庆余《近试上张水部》中"洞房昨夜停红烛"里的"停"为"停放"意，宾纳（W. Bynner）误译为"熄灭"（out go）②。

二是把唐诗翻译变为译者个人的创作。如美国当代诗人王红公（K. Rexroth）把杜甫《玉华宫》中写秋景的诗句"万籁真笙竽，秋色正潇洒"，译为：

Ten thousand organs
Pipes whistle and roar，the storm
Scatters the red autumn leaves. ③

"万籁"本指自然万物的声响，王红公直译为"一万支风琴管"；

---

① 吕叔湘：《中诗英译比录》，上海外语教育出版社 1980 年版，第 2 页。

② 吕叔湘：《英译唐人绝句百首》，湖南教育出版社 1980 年版，第 78 页。

③ 钟玲：《体验和创作——评王红公英译的杜甫诗》，见郑树森编《中美文学因缘》，台湾东大图书公司 1974 年版，第 47 页。

把"笙竽"误译为"风琴管",又加上原诗所没有的"怒号"(roar);把本应为"凄清""凄凉"意的"潇洒"也误译为"风暴在驱散";又把"秋色"译成"红色的树叶"。由于王红公中文程度有限,又是根据别人的一些英、法译杜诗版本,对杜诗原语词含意不能确切地了解,成为一种"译诗"的"译诗"。再由于他抱着再创作的观念去翻译,把唐诗视为创作的素材和艺术借鉴,有意渗入自己个人的主观精神与体验,因而成为远离杜诗本文的创作。这不应是唐诗英译的方向。

这种误解误译唐诗词汇的情况,更有甚者。白居易《问刘十九》绝句云:

> 绿蚁新醅酒,红泥小火炉。
> 晚来天欲雪,能饮一杯无?

诗人以美酒佳肴邀请朋友小酌。古代的酒是将黍子或高粱煮烂后加酒母酿成,因其中有杂质而呈浊状,表面有浮渣飘浮,如同今天江浙的糯米酒,而非今天透明的白烧酒。"绿蚁"即酒面浮沫的美称,求得与下句中"红泥"对仗。南北朝时庾信《谢赐酒》诗云:"浮蚁对春开。"传说李白喜饮的"玉浮梁",所谓"浮蛆酒脂"(见宋代《清异录》载),可能就是这种所谓"绿蚁",实与"绿色""蚂蚁"无关。20世纪30年代,有人误译为"绿蜘蛛酒"(green spider wine)①,已令人瞠目结舌,而今天出版的英译《唐宋诗词选》又误译为"绿蚂蚁酒"(the green ant wine)②,《唐诗三百首新译》误译为"有绿色蚂蚁状的蔓枝游动的酒"(a swim in it, green ants of vine)③。如此之酒,谁还愿饮?另外,笔者认为,若将"绿蚁"译为"bug-juice"(美国英文

---

① 陆志韦:《中国诗五讲》,外语教学与研究出版社1982年版,第110页。
② 王守义:《唐宋诗词英译》,黑龙江人民出版社1989年版,第42页。
③ 许渊冲编:《唐诗三百首新译》,中国对外翻译出版公司1988年版,第299页。

俗称威士忌或指一般的酒），似较通妙，不知可否？

可见，在唐诗英译中，确切理解唐诗词汇本义，不再出现误解，仍是摆在我们面前的重要课题。更应引起我们重视的是，当代的唐诗词汇研究领域不断取得新的研究成果，解决了诸多以往对唐诗词汇理解的疑难问题，并且纠正了不少误解。唐诗英译理应及时跟上学术上的发展，否则，延续误译，又增加新的误译，再把这些误译传播到英语世界，岂不误人子弟？本文拟结合当代唐诗语言研究界的新发展，试论唐诗英译工作与唐诗词汇研究之间关系的重要性。

2. 唐诗英译中对名词的误解误译

在唐诗英译中，对原诗词汇产生误解误译的，往往是我们习以为常的普通词汇，译者极易望文生义，把现代词义强加于原义之上，导致误解。下面从唐诗词汇各种语言现象的不同侧面分别加以论述。

首先是对原诗名词的误解误译。

唐代诗人王之涣《凉州词》：

> 黄河远上白云间，一片孤城万仞山。
> 羌笛何须怨杨柳，春风不渡玉门关。

弗莱彻译为：

> In Mongolia
>
> The Yellow River rises far from fleecy cloud land tossed.
>
> 'Mid peaks so high our tiny town to sight is almost lost.
>
> Why need my Mongol flute bewail the elm and the willow missed?

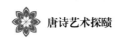

Beyond the Yumen pass the breath of spring has never crossed. [1]

诗的韵律和意境均翻译得很好。但是把《出塞》硬译为《在蒙古》，应为洋人不熟悉中国历史的缘故。在唐代，并不存在"蒙古"这样的民族、观念甚至地域。并且玉门关也不位于后来的蒙古地区，《凉州词》是唐代凉州即河西一带的歌曲。另外，"杨柳"也本指《折杨柳》那首哀怨的曲子。可见，一个地理的或历史的概念错误，虽然并不影响译者的艺术想象，但却损伤了这首唐诗的整体历史风貌。

秦韬玉的《贫女》诗写贫女盼嫁，同时也寄托着诗人怀才不遇的感慨，颔联写道："谁爱风流高格调，共怜时世俭梳妆。"有人把后句译为：

In time with such hard times as we're facing,

I have my toilet done simple and plain. [2]

即"我们共同面对着这艰难的时世，我打扮得简单而朴素"。把"怜"误译为"面对""承受"，把"俭梳妆"误译为"俭朴打妆"，而且又加上原诗中所没有的"艰难"语意，可谓添字作解。又有人译为：

Or care to value the plainness of my attire? [3]

即"谁还珍贵我这俭朴的装束？"把"怜"理解为"珍贵"，把"梳妆"译为"装束""衣饰"，亦不准确。

上述对原诗句理解的混乱，关键是由于对"俭梳妆"的误解。白居易《时世妆》诗写道：

① 吕叔湘：《英译唐人绝句百首》（*One Hundred Quatrains by the Tang Poets*），湖南教育出版社1980年版，第46页。

② 徐忠杰：《唐诗二百首英译》，北京语言学院出版社1990年版，第209页。

③ 许渊冲编：《唐诗三百首新译》，中国对外翻译出版公司1988年版，第375页。

时世妆，时世妆，出自城中传四方。……

乌膏注唇唇似泥，双眉画作八字低。……

圆鬟无鬓堆髻样，斜红不晕赭面状。……

元和妆梳君记取，髻堆面赭非华风。

可见"时世妆"是诗人所抨击的非传统发型与化妆，是由胡地传入唐朝的奇形怪状，并非俭朴的化妆。明代胡震亨《唐音癸鉴》载"时世妆"的样式是"松鬓危髻，取势颇高"①。可知是当时的时髦化妆，并非素妆。今人席云蓉引《唐会要》中群臣在唐文宗下诏禁止时世妆流行之前的奏语："妇人高髻险妆，去眉开额，甚乖风俗，破坏常仪，费用金银，过为首饰，并请禁断"，认为《贫女》诗中的"俭梳妆"即"高髻险妆"，亦即《唐音癸鉴》中所谓的"危""高"梳妆。而且，在古代汉语中，"俭"通"险"，并常互为异文。如《易·否卦》："君子以俭德辟难。"虞注："俭或作险。"又如《左传·襄公二十九年》："大而婉，险而易行，"《史记》作"俭"。《荀子·富国》："诛赏而不类，则下疑俗俭而百姓不一，"杨谅注："俭当作险。"所以，席云蓉认为"俭梳妆"即"险梳妆"，是贬义。因此，诗中实际是说："谁还爱贫女的高尚格调，人们都在喜爱时髦的奇异梳妆。"这样，诗意就文从字顺②。席云蓉的观点为现今唐诗词汇研究的专家学者们所接受。可知，英译为"俭朴"（simple and plain）是不妥的。

杜牧《寄扬州韩绰判官》绝句写道："二十四桥明月夜，玉人何处教吹箫。"其中"玉人"即指诗题所言的韩绰，含意甚明。而有人却把末句译为：

---

① 胡震亨：《唐音癸鉴》，上海古籍出版社 1981 年版，第 203 页。

② 席云蓉：《"俭梳妆"释》，《文史知识》1981 年第 6 期。

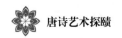

Where is the sweet girl who played the flute for you?①

把"玉人"译为"可爱的姑娘"。也有人误译为"玉样的美女"（jadelike beauty）②。看见"玉"字，便以为一定是代指女性，今人张传峰指出："这是一种习惯性思维定势。"③ 其实，古代也经常称男子为"玉人"，《诗经》里虽然曾赞美"有女如玉"（《召南·野有死麕》），但也照样褒扬男子如玉，如《魏风·汾沮洳》写道："彼其之子，美如玉；美如玉，殊异乎公族。"《小雅·斯干》写道："乃生男子……载弄之璋。"至今还有人祝贺别人生了男孩叫"弄璋之喜"。又如《晋书·裴楷传》载"楷风神高迈，容仪俊爽，博涉群书，特精理义，时人谓之玉人。"《卫阶传》载卫阶"总角乘羊车入市，见者皆以为玉人"。又杜牧《寄珉笛与宇文舍人》中"寄与玉人天上去"，"玉人"即指男性友人。可知，把杜诗中的"玉人"译为"美女"，是不准确的。

柳宗元《渔翁》写道："烟销日出不见人，欸乃一声山水绿。"有人把"欸乃一声"译为：

All's silence but plashing of oars. ④
A creak of the oars. ⑤

皆误译为"行船摇橹声"。这是承袭宋代郭茂倩和明代胡震亨的旧说，后人早有辨正。今人黄时鉴引唐代诗人元结《欸乃曲五首》序及其中"谁能听欸乃，矣乃感人情"诗句，又引宋程大昌《演繁露》说："殆舟人于歌声之外，别出一声，以互相其所歌也。"黄庭坚注《渔翁》说："湘中棹歌声。"认为"欸乃"

① 许渊冲编：《唐诗二百首新译》，中国对外翻译出版公司1988年版，第317页。
② 张廷琛：《唐诗一百首（汉英对照）》，中国对外翻译出版公司1991年版，第205页。
③ 张传峰：《唐诗零笺》，《湖南师专学报》1994年第2期。
④ 徐忠杰：《唐诗二百首英译》，北京语言学院出版社1990年版，第125页。
⑤ 许渊冲等编：《唐诗三百首新译》，中国对外翻译出版公司1988年版，303页。

是指船歌①。在这一点上，张廷琛译为"As his song rings out"，是对的。

可见，在古诗英译工作中，对唐诗中名词的了解非常重要。如自西域传入东土的葡萄，植物学名为 vitis vinifera。有西方学者认为，"葡萄"一词在汉代的发音应为希腊文 batrus 或者波斯语 budawa 的译音，在《史记》《汉书》之后的历代典籍中往往又写作为蒲陶、蒲桃等。如李颀《古从军行》："年年战骨埋荒外，空见蒲桃入汉家。"孟郊《和蔷薇花歌》："终当一使移花根，还比蒲桃天上植。"贯休《古塞上曲》："赤落蒲桃叶，香微甘草花。"皎然《送梁拾遗肃归朝》："天开芙蓉阙，日上蒲桃宫（汉武帝在上林苑中广植葡萄，题一宫名为蒲桃宫）。"宋代陈亮《采桑子》："桃花已作东风笑，小蕊嫣然。……一杯满泻蒲桃绿，且共留连。"所以，翻译古籍中"蒲桃"时一定要知道即"葡萄"，两者实为音译的不同字面写法。

据最新发现的严复手批《编订名词馆》一部原稿本显示，当初严复在中西名词对译工作中，反对魏易把 rose apple 和 malabar plum 两物都译成"蒲桃"。严复批注道："蒲桃见史汉，乃葡萄原字，不知与 rose apple 是同物否？应细考。"又批语道："蒲桃名见史汉，的系古葡萄字。诗文中往往尚作古名，今用以名 plum 李属，虽有所本，尚恐未安。"但是在当代的英汉词典中，"蒲桃"一词早已成为 rose apple 的固定译名，魏易好像更为在理。但实际上后来流行开来的，却也未必就最合理，有时不免造成误解。今天翻译古籍中的"蒲桃"时，若仅依赖汉英辞典，不经意间就容易将蒲桃（葡萄）译为 rose apple 或 malabar plum（莲雾、海南蒲桃），成为硬伤。今天学者感叹道："在当年选词对译 rose apple 时，严复作为一个具有相当学养的古文家，深知

---

① 黄时鉴：《欸乃》，见《文史》，中华书局 1995 版，第 22 辑。

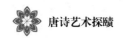

以中国文人学者熟悉的水果葡萄别名'蒲桃'来对译它，容易造成误解，故提出疑义，未尝没有引人深思之处。"①

3. 唐诗英译中对动词的误解误译

唐诗英译对原诗动词的误解误译，往往是字面普通简单而字义古今有别。如杜甫《茅屋为秋风所破歌》写道："布衾多年冷似铁，娇儿恶卧踏里裂。"有些译家将后句译作：

My boy's bed manners rip it where he rests his feet. ②

My boy, sleeping ill, trod the lining into pieces. ③

皆把"恶卧"误译为"不好的睡态"。今人程瑞君认为把"恶卧"理解为"睡态不好"，在词义、语法和情理上都讲不通。从词义上讲，"卧"可作"睡"解，但不能作"睡态"解。即使可解作"睡态"，那么"睡态不好"义应说成"卧恶"，而不应是"恶卧"，该诗不是律诗，不会因格律要求而改变词序，这是语法上的问题。其实，这里的"恶卧"二字为动词，即"厌恶睡觉""怕睡"，因为被子冷似铁而不愿盖它，所以厌睡。这样理解，"踏里裂"就有了原因，上下两句诗的情理关系就理顺了。程瑞君又引《荀子·解蔽》中"有子恶卧而焠掌"的句子，认为"恶卧"作厌睡之义解，确有先例④。可见此句英译不妥。

杜甫《月夜》诗说"遥怜小儿女，未解忆长安"。有人译作：

I'm sorry for our children dear. ⑤

① 黄兴涛：《薪发现严复手批"编订名词馆"一部原稿本》，《光明日报》2013年2月7日。

② 许渊冲编：《唐诗三百首新译》，中国对外翻译出版公司1988年版，第171页。

③ 吴钧陶：《杜甫诗英译》，陕西人民出版社1985年版，第202页。

④ 程瑞君：《唐诗名篇词语新解》，《北京大学学报》1995年第2期。

⑤ 吴钧陶：《杜甫诗英译》，陕西人民出版社1985年版，第54页。

把"怜"译为"怜悯"。今人蒋绍愚认为"怜"是"念"义，并引唐诗为证，如杜甫《奉赠韦左丞》诗句："尚怜终南山，回首清渭滨。"《戏题寄上汉中王》："尚怜诗警策，犹忆酒颠狂。"高适《人日寄杜二》："人日题诗寄草堂，遥怜故人思故乡。"可知杜诗中的"怜"亦应指"思念"[①]。杜甫《丹青引赠曹将军霸》写画师曹霸画可乱真，得到玄宗的赏赐："至尊含笑催赐金，圉人太仆皆惆怅。"有人把后句译作：

While amazement was the stablemen and Royal Grooms' award. [②]

把"惆怅"译为"惊奇"。其实，"惆怅"当为"懊恼""失意"解，不是"惊讶"意。杜甫写玄宗近仆因赐金给予画师曹霸而懊恼不止。英译不妥。

岑参《逢入京使》写道："故园东望路漫漫，双袖龙钟泪不干。"宾纳译后句为：

I am old and my sleeve is wet with tears. [③]

"龙钟"在此诗中应是"沾湿的样子"，而译者却混同于一般所说的"老态龙钟"，岑参出塞创作这首诗时只有 30 多岁，并非老迈，可知英译有误。

4. 唐诗英译中对虚词的误解误译

唐诗英译往往对虚词产生误解误译。如杜甫《饮中八仙歌》写道："李白斗酒诗百篇，长安市上酒家眠，天子呼来不上船。"有人将末句译为：

---

① 蒋绍愚：《唐诗语言研究》，中州古籍出版社 1990 年版，第 361 页。

② 许渊冲编：《唐诗三百首新译》，中国对外翻译出版公司 1988 年版，第 171 页。

③ 文殊选注：《诗词英译选》，外语教学与研究出版社 1989 年，第 14 页。

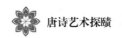

E'en when the Emperor asks him to boating he would decline. ①

误译为"决不上船""拒绝上船"。今人徐仁甫引钱谦益注杜诗语："被酒不能上船，故须扶掖登舟，非竟不上船也。"认为此处的"不"即"不能"义。《国语·越语下》："得时不成。"韦注："言得天时而人弗能成。"《汉书·淮南厉王长传》："兄弟二人不相容。"而高诱《淮南鸿烈解叙》作"兄弟二人不能相容"，可见"不"作"不能"用。杜诗此句谓天子呼来，而李白醉甚不能上船，此正写出李白饮中醉态。误解在于不明虚词"不"的用法②。

杜甫《白帝》写道："哀哀寡妇诛求尽，恸哭秋原何处村。"有人把后句译为：

On the autumn fields, villages sink in a sorry plight. ③

把"何处"理解成"到处""处处"。将杜甫《西阁夜》中"击柝可怜子，无衣何处村"后句译为：

Where is your village? And how thin is your cloth gown. ④

又把"何处"译为"哪里"。徐仁甫引《礼记·檀弓》："何以处我"古注："处"犹"安"也，谓何以安我? 冯衍《车铭》："车无轮安处?"谓车无轮怎么安放? 认为杜诗中"何处"是"安处""怎安"的意思，这两句中的"何处村"本来是说："怎能安身在村中?"或谓："寡妇无依，更夫无衣，怎么能在村中安身?"

杜甫《登岳阳楼》："亲朋无一字，老病有孤舟。"徐仁甫引

①　吴钧陶：《杜甫诗英译》，陕西人民出版社 1985 年版，第 16 页。
②　徐仁甫：《杜诗注解商榷》，中华书局 1979 年版，第 14 页。
③　吴钧陶：《杜甫诗英译》，陕西人民出版社 1985 年版，第 272 页。
④　同上书，第 294 页。

徐陵《内园逐凉》诗中"昔有北山北"一句，实际是说"昔在北山北"。又引陶渊明《戊甲岁六月中遇火》："贞刚自有质，玉石乃非坚。""有"一版本作"在"。杜甫《赠李白》："亦有梁宋游，方期拾瑶草。"亦"有"一版本作"在"。可知"老病有孤舟"实谓老病在孤舟，"有"即"在"的意义①。而有人译作：

Sick and aged，with me I have still a boat. ②

显然不妥。

杜甫《咏怀古迹》："画图省识春风面，环佩空归月夜魂。"有人译前句作：

Just by a portrait the Emperor knew her spring joy face. ③

译为"知道""认识"其面孔。徐仁甫认为杜甫诗中"省识"与"空归"对文，是"未识"的意思，恰与英译相反。《西京杂记》载："宫人皆赂画工，昭君自恃其貌而不与，乃恶图之。"画工怎能把她画得好、画得像？皇帝从画图上看，又怎能识其春风面呢？"省"字有"减"的意思。《礼识·月令》："省囹圄。"《战国策·秦策》："省攻伐之心。"《荀子·富国》："省商贾之数，"注皆云："省，减也。"所以此句杜诗其实是说，本来的如春风美丽的面孔在画图上减了色，变了样，使人"未识"，正有谴责画工毛延寿的意思④。在这点上，张廷琛译得恰当：

Who could trace the spring wind's visage in a painted image?⑤

---

①　徐仁甫：《杜诗注解商榷》，中华书局 1979 年版，第 89 页。
②　徐忠杰：《唐诗二百首英译》，北京语言学院出版社 1990 年版，第 90 页
③　许渊冲编：《唐诗三百首新译》，中国对外翻译出版公司 1988 年版，第 180 页。
④　徐仁甫：《杜诗注解商榷》，中华书局 1979 年版，第 45 页。
⑤　张廷琛：《唐诗一百首（汉英对照）》，中国对外翻译出版公司 1991 年版，第 157 页。

5. 余论

上述一些唐诗英译对唐诗原文词汇的曲解及误译，表面上看是一个对原诗词汇如何理解的问题，其实是一个关系到传达唐诗艺术精神的问题。不仅关系到翻译中的"忠实性"原则，而且也关系到能否准确地传达出唐诗原本的神韵和风采。把"绿蚁新醅酒"译为"上面浮动着绿色蚂蚁的酒"，怎能表现原诗情感的醇美？当然，出现误译，原因是多方面的。就唐诗词汇研究这方面而言，研究得还不够深入和广泛。就唐诗英译这方面而言，首先，是由于译者个人对唐诗研究得不够。这不仅是指应全面把握唐诗作品本身，而且还指应了解、研究自宋至今众家对唐诗的注释和考据，了解有关的校勘、版本、训诂诸学科的知识。德国诗人、翻译理论家荷尔德林（F. Holderlin）就曾说翻译也应包括校勘工作。其次，是由于有的译家满足于社会上流行的一般选本的诠释，沿袭一些早已被当代唐诗研究界否定的旧说和误解，而对当代的唐诗词汇研究新发展了解不够。

人们越来越认识到没有唐诗语言研究的参与，唐诗英译工作是不完美的，因为对唐诗艺术的准确理解与翻译，皆建立在对原诗词汇的准确理解与翻译，否则就谈不上传神而忠实地传达出唐诗艺术真貌。

唐诗词汇研究对唐诗英译工作的进一步发展具有重要意义，并给这项工作带来了新的挑战，应及时引起我国翻译界、出版界的重视，进而把研究与翻译紧密结合起来。译家要注意研究家的学术新成果，及时吸收；研究家也要注视英译的现状，及时辨正；译家或出版社在新译或再版译本时，要及时纠正已有的误译、曲解之处。做到研究与翻译互补。国内译家对唐诗语言的把握有优势，国外译家对英文的表达有优势，应做到国内国外互补。具体说来，可以在比较文学、翻译理论、中国近代汉语研究、唐诗研究诸多领域，举行学术研讨会、交流会，并创办刊物，进行交流。

当今也有学者提出在翻译工作中"打通中西、参互今古"："历史的任务对翻译专业人才提出了明确的要求，翻译人才在从事中西'打通'工作的同时，还必须要'参互'古今。""翻译学科应当致力于培养在实践和理论素养方面的'打通'人才，而中西'打通'首要的就是要了解自己的文化遗产，国学的知识能够造就翻译专业人才在学术上和操行上的无所不包的胸襟"。"翻译学人才不仅应具备娴熟的双语驾驭能力，更应具备深厚的国学功底，发挥综合提升，弘扬民族精神的使命。不管要继承自我传统，还是要吸收外来文化，最简捷的道路，便是直接从各民族的经典之中汲取其民族的文化源头活水。翻译专业的人才培养，不仅要返回到中国传统文化中汲取学养，更要从中取益，实现完美人格的塑造。新时期的翻译人才培养应当突破语言养成的层面，注重学习者国学素养的培育，使专业教育升格至'道'的培育和综合能力的养成①。"可谓颇中肯綮。

但我国目前在中译外翻译力量这方面尚有不足。有学者很担忧我国文化出版媒体的现状："在文化全球化过程中，力量并不平衡，我国有一支介绍我国文化的庞大、优秀队伍，但是把中国文化推向世界、让世界了解中国显得远远不够，目前国内汉译英工作者的人数和整体水平还远远不能满足'向世界介绍中国、让世界了解中国'的需要，中国文化的对外传播及其对世界的影响力与中国文化的自身内涵和厚度相去甚远②。"时代召唤着既精通英译艺术、又深谙唐诗真质的翻译家大量出现，把唐诗艺术的

---

① 辛红娟：《"国学重振"与翻译专业人才的培养》，《中南大学学报》2009 年第 1 期，第 139 页。

② 陈晓峰：《透视"国学热"与汉英翻译》，《吉林省教育学院学报》2008 年第 6 期，第 99 页。

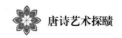

精神真实而全面地传播到英语世界的读者心中，这对于中外文化交流以及弘扬祖国文化，无疑是一项重要的事情。

二、论李白和杜甫诗歌的英译

（一）《静夜思》英译新探

> 床前明月光，疑是地上霜。
> 举头望明月，低头思故乡。

唐代大诗人李白的这首小诗，流传百代，妇孺皆知。因为其言辞浅显易晓，历代注家一般不作笺释和分析，读者也多认为对此诗的理解毋庸赘言。但是，笔者读到一些研究者对此诗的解释，又翻阅许多有关的今译和英译的书籍，觉得人们对这首小诗还不无误解。笔者认为，要透彻地赏析此诗，探究真意，避免误解，应注意以下几项：

第一，关于版本问题。诗题《静夜思》，有的版本作《夜思》，因而，翻译家们翻译诗题或有"quiet""silent""tranquil"（静）的字眼，或没有，不足为怪。第一句"床前明月光"，宋代以来的《李太白文集》各种刊本均作"床前看月光"，唯有清代王士禛《唐人万首绝句选》及沈德潜《唐诗别裁集》作"床前明月光"，虽为现今一般大众所接受，但学者们还是认为这是王士禛的臆改①。著名唐诗翻译家宾（L. Cranmer‑Byng）译为："I watch the moonbeams cast a trail,"日人小畑薰良（Shigeyoshi Obata）译为："I saw the moonlight,"② 有动词"看"（watch, saw）的辞意，就是依从"床前看月光"的版本的。"举头望明

---

① 瞿蜕园、朱金城：《李白集校注》，上海古籍出版社1980年版，第444页。
② 吕叔湘：《中诗英译比录》，上海外语教育出版社1980年版，第104页。

月"一句,《李太白文集》各刊本作"举头望山月",所以小畑薰译此句为"I raised my head looked out on the mountain moon"亦有所据。了解有的版本一作"望山月",对理解原诗意颇有帮助。

第二,诗中的"疑"字,在唐诗中多通"拟"(拟)字,读上声,是比拟、类似的意思,而非怀疑之意。如沈佺期《庆兴池》诗句:"汉家城阙疑天上,秦地山川似镜中。""疑"与"似"互文共义①。李白《望庐山瀑布水》诗句:"飞流直下三千尺,疑是银河落九天。""疑"作"犹如"讲。《静夜思》中的"疑"字,亦应为比拟、类拟的意义。如果理解成"怀疑",认为李白是在怀疑地面上的月光是不是白霜,则不仅不符原诗意,而且也显得造作,与这首小诗自然朴实的艺术风格不相符。对就在眼前的月光,大诗人李白反而弄不清是月光还是霜,使读者不可思议,所以今天有人因此戏说李白是近视眼,可谓是对这种解释的调侃。

其实,"疑是地上霜"一句是说:皎洁的月光洒在地面上,就好像一层白霜一样。可知,现今有的唐诗今译选本把"疑"径直解释为"怀疑"②,是不准确的。有些外国译诗家对此句也有误解,如宾纳(Witter Bynner)译为:"Could there have been a frost already?"③ 即谓"难道已经有了霜了吗"? 洛厄尔(Amy Lowell)译为:"I wonder if that can be frost on the floor?"④ 即谓"我不晓得那是不是地面上的霜"? 都把此句诗理解成为疑问句。小畑译为"Wondered if it were not the frost on the ground",亦误解了"疑"字。但是,很多外国译诗家是把握了这个字的本意的。

① 蒋绍愚:《唐诗语言研究》,中州出版社1990年版,第387页。
② 徐放:《唐诗绝句选译》,人民日报出版社1992年版,第101页。
③ 吕叔湘:《英译唐人绝句百首》,湖南教育出版社1980年版,第26页。
④ 吕叔湘:《中诗英译比录》,上海外语教育出版社1980年版,第104页。

如阿利（Rewi Ally）就译为："making it look like frost – covered ground"①，即"看起来好像地上的霜一样"，是准确的。另外，库珀（Arthur Cooper）译为"it seems like frost on the ground"②，贾尔斯（Herbert A. Giles）译为"Glittering like hoar – frost to my wandering eyes"③，宾译为"like hoar – frost on the margin of my dreams"，王守义和约翰·诺弗尔译为"frost covered the old earth like that"④，都是准确的。但当前又有个别译诗者忽视了这个字义，重复了前人的失误，如仍有人译为疑问句："is it hoarfrost upon the ground?"⑤ 或译为："Hoarfrost?"⑥ 也有人译为："I wonder if it's frost aground."⑦ 当然，对此诗中"疑"的曲解也是由来已久，如清代俞樾《湖楼笔谈》说："床前明月光，初以为地上之霜耳，乃举头而见明月，则低头思故乡矣。"⑧ 就把"疑"理解成"以为""错觉"，这也是不准确的。

第三，也是理解此诗最关键的一点："床"，是古代作为坐具的那种"床"，类似后世的横椅，而不是指今天睡觉用的那种大床。近期马未都认为即从北方游牧民族传来的"马扎儿"。"床"，在古代虽坐卧两用，但在多种情况下是指坐具。睡觉用的床一般用"榻"一类的词表示。《孟子·万章上》说："象往入舜宫，舜在床琴。"舜的兄弟的名字叫象，他步入舜的住所时，舜正坐着弹琴。可知"床"指坐具。《礼记·内则》说："父母

---

① 王守义、约翰·诺弗尔：《唐宋诗词英译》，黑龙江人民出版社 1989 年版，第 164 页。
② 同上书。
③ 吕叔湘：《中诗英译比录》，上海外语教育出版社 1980 年版，第 105 页。
④ 王守义，约翰·诺弗尔：《唐宋诗词英译》，第 13 页。
⑤ 许渊冲：《李白诗选》，四川人民出版社 1987 年版，第 52 页。
⑥ 翁显良：《古诗英译》，北京出版社 1985 年版，第 19 页。
⑦ 许渊冲：《汉英对照唐诗一百五十首》，陕西人民出版社 1984 年版，第 35 页。
⑧ 瞿蜕园、朱金城：《李白集校注》，上海古籍出版社 1980 年版，第 444 页。

舅姑将坐，奉席请何乡（向）；将衽，长者奉席请何趾，少者执床与也。"陈澔注："床，《说文》云：'安身之几坐'，非今之卧床也。"《说文解字》说："床，安身之坐者。"汉乐府《孔雀东南飞》写焦仲卿不愿赶走其妻刘兰芝，焦母深为不满："捶床便大怒。"后来，郡府太守遣媒人劝刘兰芝嫁给太守的儿郎，兰芝口头答应了，媒人完成了任务，"媒人下床去，诺诺复尔尔"。实际上，媒人决不会上刘母睡觉用的床上去说媒，这"床"即指坐具。《木兰辞》："开我东阁门，坐我西阁床。"南朝刘义庆《世说新语·容止》载魏王曹操"将见匈奴使，自以形陋，不足雄远国，使崔季珪代，帝自捉刀立床头"。这"床"亦指坐具。杜甫《忆昔二首》："犬戎直来坐御床，百官跣足随天王。"指吐蕃军士曾攻入京城，坐上皇帝的宝座过过瘾，而非指到皇帝的卧室去躺在睡觉用的"大床"上。唐代李阳冰《草堂集序》说玄宗诏征李白，"降辇步迎"，"以七宝床赐食，御手调羹以饭之"。范传正《唐左拾遗翰林学士李公新墓碑并序》说"玄宗嘉之，以宝床方丈赐食于前，御手和羹"。这里的"床"不可能是指皇帝睡觉用的那种床。

对"床前明月光"中"床"字的具体含义，外国一些优秀的译诗家们也注意到了，如弗莱彻译为"Seeing the moon before my couch so bright"[①]，小畑译为"I saw the moon light before my couch"，译"床"为"couch"。"couch"在英文中虽也指床榻，但多有含长椅、横椅的意义。这样的翻译，是考虑细致的，可谓做到"信、达、雅"，作为非母语译者，应该说是很不容易的。但也有的翻译家把"床"径直译为睡觉用的"bed"，如宾译为"Athwart the bed"，贾尔斯译为"I wake, and moonbeams play around my bed"，阿利译为"Over my bed the moonlight streams"，库

---

① 吕叔湘：《中诗英译比录》，上海外语教育出版社1980年版，第105页。

珀译为"Before my bed there is bright moonlights",都是不准确的。

综上所述,《静夜思》所呈现的情景应是:一个月明星稀的月夜,在外漫游的诗人李白,思念家乡,夜不成寐,坐在"床"(坐具)上,或站立在"床"(坐具)旁,一片如白霜的洁白月光映入眼帘,再由月光进而抬头,向撒出这月光的月亮望去,心中涌现出一腔思乡之情。最后,低下头叹息唏嘘。这样,《静夜思》就呈现出一个由低头到抬头、再到低头的过程,从中把月光、月亮与家乡联系起来,用精练的语言把思乡的情感的全过程和盘端出。这首诗的好处就在这里。今天许多青年学生躺在床上背诵这首诗,其实与诗的意境并不符。读这首诗,我们脑海中决不能先涌出诗人躺在睡觉用的床上这样的景象,否则,下面"举头望明月,低头思故乡"两句就讲不通。无论是仰躺,还是侧躺、俯卧,都不会同时产生"举头""低头"两个连贯的动作。相反,或者只能是其中一个动作,或者只能有转头、探头等动作。

《静夜思》的实际诗意,使把"床"理解成躺在睡觉的床上的英译者们颇费脑筋,如许渊冲的英译:

> Abed, I see a silver light,
>
> I wonder if it's frost around.
>
> Looking up, I find the moon bright,
>
> Bowing, in homesickness I'm drowned. ①

躺在床上,"举头"的动作无从谈起,所以译者就避开直译"举头",而译为"向上看",借以解决这个矛盾。又如宾纳的译文:

> So bright a gleam on the foot of my bed——
>
> Could there have been a frost already?

---

① 许渊冲:《汉英对照唐诗一百五十首》,陕西人民出版社1984年版,第35页。

Lifting myself to look, I found that it was moonlight.

Sinking back again, I thought suddenly of home.

没有像另外一些译者译为"I lifting my head""I raise my head"（举头）和"Lowering head""head bend""drop my head""I bowed my head"（低头），可能就是因为把首句理解成诗人躺在床上吟诗思乡，感到直译"举头""低头"讲不通，而意译为"Lifting myself to look"（起身观望）、"sinking back again"（俯下身来）。

翁显良的英译也避开直译"举头"、"低头"，而不分行地译为："I raise my eyes to the moon, the same moon. As scenes long past come to mind, my eyes fall again on the splash of white, and my heart aches for home。"① 译为"举目""低眼"，即转动目光，可能也是为了使译文符合诗人躺在床上这个情境，其实这是曲解了原诗意，这种曲解或曲译的最终原因就是把"床"译为睡觉用的床，把诗境理解成诗人躺在床上的情景，而这并不符合原诗意。

可见，《静夜思》这首小诗读起来可谓易读难解，清代梅鼎祚《李诗钞》评此诗"读不可了"②，确实如此。前贤的解释多是专家之论，本书的目的也并非指摘中外译诗专家们的英译，去评骘优劣；而只是求得窥探原诗的真意，只可算是试解或商榷。

（二）杜甫《登高》英译新探

风急天高猿啸哀，渚清沙白鸟飞回。

无边落木萧萧下，不尽长江滚滚来。

万里悲秋常作客，百年多病独登台。

---

① 翁显良：《古诗英译》，北京出版社1985年版，第19页。

② 瞿蜕园，朱金城：《李白集校注》，上海古籍出版社1980年版，第444页。

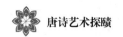

艰难苦恨繁霜鬓，潦倒新亭浊酒杯。

杜甫这首七律的写作时间以及地点，后人颇有争议。至今大致有三种观点。首先，宋代郭知达编《九家集注杜诗》卷三十《九日五首》题下引赵次公言："旧本题下注云阙一首，非也，其一在成都诗中，今迁补之。"赵氏迁补的就是这首《登高》诗，即认为此诗作于旅居成都时期，为成都诗。第二种观点是认为作于梓州，南宋吴若本杜集即将之列为杜甫梓州诗中。今人邓绍基亦认为此诗是广德元年（763）作于梓州①。最后一种观点是把此诗定为夔州诗。宋黄鹤龄说"此当是大历二年夔州作"②。清朱鹤龄、仇兆鳌皆依从此说，为今天大多数学者所接受。

杜甫在梓州"闻官军收河南河北"后，认为中原形势已平定，产生"青春作伴好还乡"的心愿；又因为老朋友严武去世，自己在蜀失去倚恃，便离开成都草堂，买舟东去。"即从巴峡穿巫峡"，于大历元年（766）春至夔州（今奉节县）。次年，杜甫56岁，贫病交加，生命的旅程仅剩下三年时间。诗人于重阳时节，登上夔州城外的高台，极目四望，情感涌动，写下《登高》这首千古绝唱之作。诗中前两联偏重写景，后两联偏重抒情，后人对之评价极高。元代有人评道："一篇之内，句句皆奇；一句之中，字字皆奇。"③ 明代胡应麟说此诗"如海底珊瑚，瘦劲难名，沉深莫测，而精光万丈，力量万钧。通章章法、句法、字法，前无昔人，后无来学。""此诗自当为古今七言律第一，不必为唐人七言律第一也。"又说此诗"一篇之中句句皆律，一句之中字字皆律，而实一意贯串，一气呵成"，"至用句用字，又皆古今人必不敢道，决不能道者，真旷代之作也"④。堪称定论。

① 邓绍基：《杜诗别解》，中华书局1987年版，第228页。
② 仇兆鳌：《杜诗详注》，中华书局1979年版，第1766页。
③ 同上书。
④ 胡应麟：《诗薮》《内编》（卷5），上海古籍出版社1958年版，第95页。

但是诗中结句之诗意，尚需学人细心探究。

结句云："潦倒新亭浊酒杯。"关键在"亭"字。通常注家多注明"通'停'"或"'停'通"，即谓与"停"字相通。朱鹤龄注道："时公以肺疾断酒，曰'新停'。"[①]把"亭"（停）理解成"停止"，因而产生"断酒""戒酒"的说法，遂成定论，现今通行的各种杜诗注本多从朱说，有的径直把"亭"字改印成"停"字。"停"字确由"亭"字而来。段注《说文解字·高部》说："亭之引申为停止，俗乃制停、渟字。""亭"字改印为"停"字，本来不误，重要的是应正确理解"停"字的字义。其本字"亭"，原为直立之意。晋戴逵《竹林七贤论》说："戎亭然不动。"《正字通·亠部》说："亭，直也。"

在唐诗中，"停"多作"停立""停放""直立"讲，是一个具体的动词，而非抽象的"停止"意义。如中唐诗人朱庆余《闺意上张水部》诗写道：

> 洞房昨夜停红烛，待晓堂前拜舅姑。
> 妆罢低声问夫婿，画眉深浅入时无。

据宋人计有功《唐诗纪事》载，这是一首寓意诗，字面上写新娘闺情，试探公婆（舅姑）的审美观，实际上是探试主考官张籍是否喜欢朱庆余自己的诗文。诗中的"停红烛"是指停放红烛，而非指熄灭红烛。白居易《岁暮长病中灯下闻卢尹夜宴》诗说"当君秉烛衔杯夜，是我停灯服药时"，"停"意谓直立停放，"停灯"决不是说停止点灯。又如杜牧《山行》诗：

> 远上寒山石径斜，白云生处有人家。
> 停车坐爱枫林晚，霜叶红于二月花。

准确地说，"停车"是说把车"停放"在寒山石径上，而不是一

---

① 仇兆鳌：《杜诗详注》，中华书局 1979 年版，第 1766 页。

般地说"车子停止前进"。

因此，杜诗"新亭浊酒杯"，是说把酒杯停放在面前，是当时的具体情景，恰恰是诗人正在喝酒，而非已经戒酒。"新"，谓刚刚、才。李白《行路难》其一说：

> 金樽清酒斗十千，玉盘珍馐直万钱。
> 停杯投箸不能食，拔剑四顾心茫然。

"停杯"是说面前正有酒，只是喝不下去，又把酒杯放在面前。李白《将进酒》诗说"将进酒，杯莫停"，是说不要把酒杯放下来。白居易《风雨中寻李十一因题舟上》诗说："停杯看柳色，各忆故园春。"是说正在喝酒，只是时常放下酒杯，欣赏柳色春光。李贺《同沈驸马赋得御沟水》诗说："别馆惊残梦，停杯泛小觞。"是说把酒杯停浮在水面上，大家一起流觞饮酒。"停杯"决非指停止喝酒。杜甫诗"新停浊酒杯"，明代唐汝询《唐诗解》释为"酒杯难举"，没说戒酒，是恰当的。朱鹤龄释作"断酒"，可谓"添字作释"，原诗中本无这层意思。

杜甫喜欢饮酒并不亚于"酒中仙"李白。据郭沫若统计，李白言及饮酒的诗文篇数占他现存诗文总数的16%，而杜甫言及饮酒的诗文则占其现存诗文总数的21%①。杜甫少年时，"性豪业嗜酒"（《壮游》），中年时，"酒债寻常行处有"（《曲江二首》），"数茎白发那抛得？百罚深杯亦不辞"（《乐游园歌》）。旅居成都时，他犹"莫思身外无穷事，且尽生前有限杯"（《绝句漫兴》之四）。有人认为这都仅仅是杜甫夔州以前的情况，旅居夔州时，他身患重疾，不可能不断酒。事实也并非如此。杜甫夔州诗中有一首七言十四韵的《醉为马坠诸公携酒相看》诗，大意谓有一次夔州刺史招宴，56岁的杜甫酣饮致醉，犹驰马疾奔，以致坠马受伤，卧床疗养。朋友们携酒赶来慰问，"酒肉如

---

① 郭沫若：《李白与杜甫》，人民文学出版社1971年版，第196页。

山又一时，初筵哀丝动豪竹。共指西日不相贷，喧呼且覆杯中
渌"。杜甫又和友人大喝其酒。与《登高》诗作于同时的《九日
五首》其一说：

> 重阳独酌杯中酒，抱病起登江上台。
> 竹叶于人既无分，菊花从此不须开。

可知诗人是携酒登台的，并没戒酒。今天有的注家据"竹叶于
人既无分"（竹叶：酒名）一句，谓杜甫虽携酒酌杯，实际上
却未饮。将"无分"解为"没有缘分"。这种理解也应商榷。
仇兆鳌说："曰独酌，意中便想及弟妹矣。曰人无分，恨弗同
饮也；曰不须开，恨弗同看也。"① 可见"无分"是说弟妹同
饮"无分"，不得共饮，而非说自己因病无法喝酒。杜甫在夔
州并未断酒。

　　按古人常情，患病与饮酒并不对立，病多愁繁，正需借酒消
愁。杜甫并不认为酒多伤身。他曾说"且看欲尽花经眼，莫厌伤
多酒入唇（《曲江二首》）"，并不在乎喝超过酒量而导致伤身的
酒。大历三年，杜甫离开夔州至江陵时，他还与朋友酣饮，"今
夜文星动，吾侪醉不归"（《宴胡侍御书堂》），畅饮一夜，"湖月
林风相与清，残樽下马复同倾。久拼野鹤如霜鬓，遮莫邻鸡下五
更"（《书堂饮既夜复邀李尚书下马月下赋绝句》），拼命痛饮，
不妨达旦。可知他一直没断过酒，尽管体病力衰。宋代诗人贺铸
曾在《病后登快哉亭》诗中说："病来把酒不知厌，梦后倚楼无
限情。"这可以帮助我们理解杜甫写《登高》诗时的心境，杜甫
也是"病来把酒"，他"悲秋""艰难""潦倒"，自然要登高饮
酒，排遣胸中块垒。"潦倒新停浊酒杯"，笔者认为，诗人应是
携酒登高，并且是饮酒了，并没有戒酒，因为酒杯就"亭"在
面前。

----

① 仇兆鳌：《杜诗详注》，中华书局 1979 年版，第 1764 页。

译诗家弗莱彻译为："Set down this failing cup of wine!"① 译"亭"为"放下酒杯"，理解准确。而我国有的译者反而未明其本义，说："按其时作者因疾断酒，故云。译文误。"② 其实弗莱彻的英译并不误。宾纳（Witter Bynner）译为："Heartache and weariness are a thick dust in my wine"③，虽然没有直译"亭"为停放，而意译为"悲痛与潦倒就如同我杯中的浊乱酒渣"，却也表明译者并没有把诗意理解成诗人已戒酒。但有的译者译为"Of late senility yet forces me to give up my wines"④，译为戒酒，依从了前人"断酒"说法的误解，没有细究"亭"（停）字的原意。

台湾地区作者蔡志忠"用漫画来诠释唐诗"，"希望读者能够一窥唐诗的堂奥"⑤，"以孩子可以吸收的管道，帮助他们消化这些（指唐诗——笔者按）养分"⑥。这是极有意义的一件工作，其数本《蔡志忠漫画唐诗说》风行一时，深受广大青少年读者的喜爱，但其中诠释杜甫《登高》诗时，配了四幅图画，每一幅诠释一联诗，最后一幅画面上画有四个人，两人在对酌，杜甫在旁边作悲伤状，又旁有一人持杯相劝，杜甫推辞道："谢谢，我刚刚戒酒不喝了。"⑦ 用这样的画面以及对话文字来诠释"潦倒新亭浊酒杯"诗句，既违背原诗"独登台"的诗意，也不符合"新亭浊酒杯"的含意，实为误解。

探明了诗中"亭"的准确意义，以及"新亭浊酒杯"的

① 石民编：《诗经楚辞古诗唐诗选》，香港进修出版社，第134页。

② 同上书。

③ 《唐诗三百首英译》，香港联益书店1974年版，第316页。

④ 吴钧陶：《杜甫诗英译一百五十首》，陕西人民出版社1985年版，第326页。

⑤ 蔡志忠：《蔡志忠漫画唐诗说》，生活·读书·新知三联书店1990年版，第7页。

⑥ 蔡志忠：《蔡志忠漫画唐诗说Ⅱ》，三联书店1990年版，第7页。

⑦ 蔡志忠：《蔡志忠漫画唐诗说》，生活·读书·新知三联书店1990年版，第76页。

含义，就可以使我们更加感受到诗中的悲剧感，诗人那悲愤痛苦的形象就更加突出了。他病愁交加，难以排遣，无处倾诉，只能以浊酒浇之，时而举杯，时而放下，欲休不止，饮而未尽，可谓忧苦深广无端之极矣！正如胡应麟所说："此篇结句似微弱者……只如此软冷收之，而无限悲凉之意，溢于言外。"① 体味到了其结句忧愤深远，含意无穷。而清人吴昌祺《删订唐诗解》说结句："结亦滞。"沈德潜《杜诗偶评》说："结句意尽语竭。"二人的理解应为不允，可能均由于他们把"亭"理解成"停止"，把"新亭浊酒杯"理解成戒酒不饮。没有了酒，与酒相关联的悲苦情感便失去了依存，失去了回味，所以就认为"结亦滞"，"意尽语竭"，实在是误解了杜诗的真意。

三、唐诗语言词汇的误读

阅读唐诗，应顾及全篇，切忌断章取义，曲解原意。特别是对名句警句，更应寻绎出处，细味诗意，否则就难免望文生义，产生误解，使人哑然失笑。

如初唐"四杰"之一骆宾王曾作《帝京篇》，其中描述京都的地理概况：

> 五纬连影集星躔，八水分流横地轴。
> 秦塞重关一百二，汉家离宫三十六。

但因诗中数目词用得较多，后人或有没通读全篇者，遂以为是"算博士"诗。

唐代大诗人杜甫《饮中八仙歌》诗中写道：

---

① 胡应麟：《诗薮·内编》（卷5），上海古籍出版社 1958 年版，第 96 页。

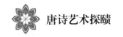

　　　李白一斗诗百篇，长安市上酒家眠；
　　　天子呼来不上船，自称臣是酒中仙。

一段描写李白诗思敏捷，酒兴豪迈的诗句。杜甫抓住诗仙李白的性格特点，写得极其流畅、豪放，在以沉郁顿挫为主要诗风的杜诗里是不多见的。但后人对其中"天子呼来不上船"一句可能有误解，以为是说李白连天子的邀请都不放在眼里，甘居酒家，不登天子宝船。有的学者释"船"为衣襟的俗语，"不上船"是说李白醉酒醺醺，不着衫衿而见皇帝。

　　何谓"天子呼来不上船"？其实，这里"天子呼来不上船"中的"不"意为"不能"，并非"不肯"。杜甫此诗是说，天子呼李白来上船同游，而李白已经在酒家醉甚，不能上船。这正写出诗仙饮中状态。所以读到此句，不能抛开上文"长安市上酒家眠"，李白已经醉眠酒家了。李白醉眠在前，玄宗邀请在后。李白不是愿意不愿意的问题，而是能不能的问题。检史料，范传正《李白新墓碑》载：玄宗"他日，泛白莲池，公（李白）不在宴，皇欢即洽，召公作序。时公已被酒于翰苑中，仍命高将军扶以登舟。"《旧唐书》本传亦载："白既嗜酒，日与饮徒醉于酒肆。玄宗度曲，欲造乐府新词，亟召白，白已卧于酒肆矣。"可知史实是天子召李白时，李白已在酒家醉眠，无法从命登舟赋诗，而非不肯赴帝召。许多史籍载此事，可知这是李白在当时的一件闻名之事，杜甫诗作所言，亦当记此事。

　　杜甫此诗是说天子呼来，而李白已经醉甚，不能上船，天子诏命，如同空纸，这正写出诗仙李白醉中状态。如果从李白蔑视权贵的角度看此诗，这样理解才更符合诗题、诗意，也符合实际情况。今天有的注本谓此句"写李白连天子也不放在眼里"，好像是赞美李白，其实乃不确，是过于拔高。在那个时代，李白蔑视的是权贵，而非天子唐玄宗。他在市面上喝得酩酊大醉，对天子邀请上船共饮的诏命置之不理，天子亦无可奈何，在客观上也正同样体现出诗仙李白的高大、天子的渺小。反之，如果理解成李白不服从天子邀请上船的诏令，那就失去了历史的真实，不仅体现不出李白超凡脱俗的神韵、豪放不羁的性格，而且也失去了杜甫这首诗中的浪漫主义气氛。

另外，在古代汉语里，"不"字常意为"不能"。如"不败之地""不辨菽麦""不逞之徒""不得人心""不登大雅之堂""不见天日""不解之缘""不刊之论""不名一钱""不识一丁"等成语中的"不"，皆为"不能"之意。"不死药""不济事""不及格"中的"不"也皆为"不能"之意。在唐诗中，"不"经常是"不能"的意思。王之涣《凉州词》中"春风不度玉门关"，即意为春风不能来到玉门关。再举李贺的诗歌为例，如《李凭箜篌引》中"空山凝云颓不流""吴质不眠倚桂树"。《雁门太守行》中"霜重鼓寒声不起"。《致酒行》中"主父西游困不归"。"不"皆为"不能"之意。

由于对虚词"不"有误解，也会致使对杜甫此诗的整体诗意的产生误解。其实，后人注家对杜诗此句已有辨证，钱谦益《杜工部集笺注》说："被酒不能上船，故须扶掖登舟，非竟不上船也。"仇兆鳌《杜诗详注》亦认同钱注。钱注所言极是。故读杜诗不可不读有关的史料以及旧注。

白居易的名诗《长恨歌》叙唐明皇杨贵妃故事，其中写到蜀中道士用法力为明皇招贵妃的魂魄：

> 排云双气奔如电，升天入地求之遍。
> 上穷碧落下黄泉，两处茫茫皆不见。

有人不熟悉《长恨歌》，就以为这是写佛家传说中目莲下地狱救母的诗句。晚唐诗人曹唐有诗句云：

> 风回水落三清月，漏苦霜传五夜钟。

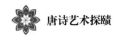

树影悠悠花悄悄，若闻箫管是行踪。

后世有人不明出处，误以为是鬼诗。其实，这是曹唐七律《汉武帝将候西王母下降》诗中的后两联，原本是渲染传说故事中武帝候王母时的神秘气氛。前四句是这样的：

昆仑凝想最高峰，王母来乘五色龙。
歌听紫鸾犹缥缈，语来青鸟许从容。

罗隐写有一联名句："若教解语应倾国，任是无情亦动人。"传说晚唐诗人曹唐戏称之为咏女子障诗（见《诗话总龟》卷39引《卢瓌抒情》）。实际上，这两句诗是出自罗隐的《牡丹》诗，原为咏牡丹之美的。全诗写道：

似共东风别有因，绛罗高卷不胜春。
若教解语应倾国，任是无情亦动人。
芍药与君为近侍，芙蓉何处避芳尘。
可怜韩令功成后，辜负秾华过此身。

贯休有首无题诗，写道："几处觅不得，有时还自来。"后世有人断章取义，误解为失猫诗。其实贯休原诗是自述吟诗之苦的：

经天纬地物，动必计仙才。
几处觅不得，有时还自来。
真风含素发，秋色入灵台。
吟向霜蟾下，终须神鬼哀。

晚唐诗人卢延让曾写有一首《哭边将》诗：

自是硇砂发，非干砲石伤。
牒多身上职，盎大背边疮。

有人谓是"打脊诗"（《唐摭言》卷6），当为戏说。

　　上述例子，虽然有的是后人有意曲解，或用以比喻事理，或以求理趣诙谐，或用以调侃原作，或用以吹毛求疵，但从力求完整地欣赏唐诗原作这个角度来说，我们还是应细究其真面目，避免误读与曲解。

第二章　唐诗艺术的句法研究

一、唐诗中的"字对"

对仗，是我国律诗艺术形式的基本元素，种类繁多。唐朝时来过中国的日本弘法大师曾著《文镜秘府论》，列有29种对仗方式，其中有"字对"一种，解释道："（义）不用对，但取字为对也。"并举例："何用金扉敞，终醉石崇家。"从字面上看，"金"对"石"，"扉"对"崇"，而实际上在诗意中并不构成对仗。"金扉"是泛指绮丽的宫室器物，而"石崇"则为历史人物。

又如杜甫《八阵图》诗写道："功盖三分国，名成八阵图。"虽字面上成对仗，但实际上"八阵图"为军阵名，而"三分国"则为国家名。杜甫《江南逢李龟年》诗："岐王宅里寻常见，崔九堂前几度闻。"虽句中"寻常"为"经常"之意，但在字面上是与下句"几度"构成正对，因皆属数目词。又《九日》："竹叶于人既无分，菊花从此不须开。"字面"竹叶"对"菊花"，皆属植物，但诗意"竹叶"是指"竹叶酒"，与"菊花"并不构成对仗。

刘长卿《江州重别薛六柳八员外》："寄身且喜沧州近，顾影无如白鬓何？"是借"沧"作"苍"，与"白"相对。刘禹锡《西塞山怀古》诗："千寻铁锁沉江底，一片降幡出石头。"咏晋灭孙吴之事，字面对仗非常工整，"江"对"石"，皆为山川地理一类词，"底"与"头"成对，皆为方位词。但"江底"是泛指长江底，而"石头"则指石头城，即金陵，这两个词在意义上并不成对仗，一指方位，一指城名。

李商隐《马嵬二首》其二："此日六军同驻马，当时七夕笑牵牛。"咏唐明皇昔日的欢乐与马嵬兵变时的悲哀。字面上对仗工整，"驻""牵"皆为动词，"马""牛"皆为动物。但在诗意中，"驻马"与"牵牛"并不构成对仗，一指"六军不发无奈何，宛转蛾眉马前死"（白居易《长恨歌》）的历史事件，一指天文星辰。"笑牵牛"是说唐玄宗与杨贵妃当年耽溺声色，讥笑天上牵牛、织女只能一年一相逢。又李商隐《隋宫》中："玉玺不缘归日角，锦帆应是到天涯。"讽刺隋炀帝杨广的骄淫昏庸，言若不是李渊和李世民掌握了政权，还不知隋炀帝再到什么遥远的地方去荒淫游乐呢。"日角"，指额骨隆起如日头，古人认为是帝王之相。《后汉书·光武帝纪》载刘秀的相貌是"隆准日角"。所以，《隋宫》中"日角"指帝王，与"天涯"并不构成对仗，但只在字面上看，却同是天地一类的词汇。

温庭筠《苏武庙》中写道："回日楼台非甲帐，去时冠剑是丁年。"感慨苏武自匈奴归汉后的人事变迁。字面上"甲"对"丁"，而实际上"甲帐"是指汉武帝的殿阁，《汉武故事》说武帝"以琉璃、珠玉、明月、夜光错杂天下珍宝为甲帐，其次为乙帐，甲以居神，乙以自居"。"丁年"则是指苏武奉使匈奴时正值壮年，是年岁一类的词汇。李陵《答苏武书》中说苏武"丁年奉使，皓首而归"。可见在诗意上，"甲帐"跟"丁年"也并不成对仗。

字对义不对，是唐诗创作艺术形式上的一项创新。了解这种对仗形式，有助于我们对唐诗的赏析与品味。清代大文人金圣叹在这方面就有所失误，其《选批唐才子诗》力辩崔颢《黄鹤楼》首联应为"昔人已乘黄鹤去，此地空余黄鹤楼"，而否定"昔人

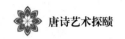

已乘白云去"的版本，认为是"大谬"。理由之一就是"白云"与"黄鹤"在意义上不成对仗："若起乎未写'黄鹤'，先已写一'白云'，则是'黄鹤''白云'两两对峙。'黄鹤'固是楼名，'白云'出于何典耶?"其实，"白云"对"黄鹤"，正是很正常的"字对"，是讲得通的。

二、唐诗中的"影略句法"

宋代人对唐诗艺术的体味揣摩下了极大工夫。僧惠洪的《冷斋夜话》可谓是在这一方面颇有价值的诗话，其中提到晚唐诗人郑谷的《咏落叶》诗：

> 返蚁难寻穴，归禽易见窠;
> 满廊僧不厌，一个俗嫌多。

惠洪对此诗评道："郑谷咏落叶，未尝及凋零飘坠之意，人一见之，自然知为落叶。"并名之为"影略句法"。今天看来，惠洪即指一种类似谜语式的咏物诗体制，即使不看诗题，但一读诗句便能了解所咏的事物。

惠洪又说："贾岛诗影略句，韩退之喜之。"但没举具体诗例。检贾岛诗集，有一首诗云：

> 游魂自相叫，宁复记前身。
> 飞过邻家月，声连野路春。
> 梦边催晓急，愁处送风频。
> 自有沾花血。相和雨滴新。

读后便可知是咏子规鸟，与题目《子规》相符。唐代咏物诗中此体颇多，贺知章那首著名的《咏柳》诗写道：

> 碧玉妆成一树高，万条垂下绿丝绦。
> 不知细叶谁裁出，二月春风似剪刀。

诗中不提"柳"字，但一读便知是咏柳。另外，如韦应物《咏玉》诗说：

> 乾坤有精物，至宝无文章。
> 雕琢为世器，真性一朝伤。

韩偓《蜻蜓》写道：

> 碧玉眼睛云母翅，轻于粉蝶瘦于蜂。
> 坐来迎佛波光久，岂是殷勤为蓼丛。

张乔《促织》写道：

> 念尔无机自有情，迎寒辛苦弄梭声。
> 椒房金屋何曾识？偏向贫家屋下鸣。

皆形神兼备，隐而有趣，一读便知是"玉""蜻蜓"和"促织"，亦可谓此类"影略句法"体制的咏物诗。

此体运用得较多的还有李商隐，其《雨》诗写道：

> 械械度瓜园，依依傍竹轩。
> 秋池不自冷，风叶共成喧。
> 窗迥有时见，檐高相续翻。
> 侵宵送书雁，应为稻粱恩。

宋代吕本中《童蒙诗训》评道："此不待说雨，自然知是雨也。后来鲁直、无己（指黄庭坚、陈师道）诸人，多用此体。作咏物诗不待分明说尽，只仿佛形容，便见妙处。"

这种咏物诗体制开始能较好地捕捉现实事物的典型特点，来刻画事物，但后来有的诗人趋向于铺叠典故来隐喻事物。如李商隐有名的《泪》诗：

> 永巷长年怨绮罗，离情终日思风波。
> 湘江竹上痕无限，岘首碑前洒几多。

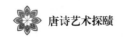

> 人去紫台秋入塞，兵残楚帐夜闻歌。
> 朝来灞水桥边问，未抵青袍送玉珂。

熟悉文学典故的读者一看便知是咏泪的。首联写宫女怨君之泪与闺人思夫之泪，颔联写亲人伤逝之泪与百姓怀德之泪，颈联写绝域怀乡之泪与英雄末路之泪，尾联写寒士在达官贵人面前的内心屈辱之泪。

李商隐此诗还算是一首优秀的感情饱满的咏物诗。但后人学习这种作法便走入歧途。宋代杨亿、钱惟演、刘筠诸人的《西昆酬唱集》中有很多咏物诗，大量运用李商隐的手法，如《鹤》《蝉》《荷花》《泪》等，但没有李商隐的深思与挚情，不是情动于中而外发为咏吟，而只是堆积书本典故，流入"掉书袋"，成为纯粹诗谜，正如王夫之所说的"谜子"（《船山遗书》卷 64），并非真正的"影略句法"，而是此法的流弊，艺术价值并不高。

三、杜甫诗中的"错综句法"

诗歌语言不同于散文语言，古今中外诗歌作品中有许多特殊的句法安排，如倒置、省略，等等。诗句中的语序倒置，就是众多诗家语法中的一种。宋人惠洪《冷斋夜话》中称之"错综句法"。这种句法有时是为了适应声律的需要，但更主要的是为了增加诗味，更好地表现诗人的情感。

诗圣杜甫自谓"为人性僻耽佳句，语不惊人死不休"，对语句千锤百炼，颇多倒置句法。如其名诗《秋兴八首》之八中，回忆自己往年在长安郊游时的诗意豪情，其中写到物产之美："香稻啄余鹦鹉粒，碧梧栖老凤凰枝。"按一般的散文句法，此句应为"香稻，鹦鹉啄余粒；碧梧，凤凰栖老枝"。清代黄生《杜诗概说》谓之"倒剔"句法。宋代沈括评道："此语反，而意奇"（《梦溪笔谈》卷 14）。又如，杜甫《曲江雨二首》之一中写道："且看欲尽花经眼，莫厌伤多酒入唇。"表达伤春感怀之情，意谓看着那春尽花落的景色，喝不够那超过饮量的愁酒。还原成散文句法，应是"且看经眼欲尽花，莫厌入唇伤多酒"。

杜甫写于蜀地阆州苍溪县的《放船》中有"青惜峰峦过，黄知橘柚来"的诗句，实即"峰峦过惜青，橘柚来知黄"。是说放船经过青山，觉得青绿可爱；橘柚树林迎面扑来，感到黄嫩可喜。但是，杜甫原句之所以作"青惜峰峦过，黄知橘柚来"。是写放船即景感受，正如仇兆鳌所体味："见青而惜峰过，望黄而知橘来，皆舟行迅速之象。青是雨后色，黄是秋深色"（《杜诗详注》卷12）。若作"峰峦过惜青，橘柚来知黄"。则流于一般，无此效果。另外，据宋代项安世说，老杜此句"盖柿也，地物不产橘柚，特过客遥见，似是橘柚尔"（《永乐大典》卷808引《项安世家说》）。楼钥在《答杜仲高颖书》（《攻愧集》卷66）中说，杜甫此句写错了，楼钥"曾亲到苍溪县，顺流而下，两岸黄色照耀，真似橘柚，其实乃此桦也。问之土人，云：工部既误以为橘柚，有好事者欲为之解嘲，为于其处大种橘柚，终以非其土宜，无一活者"。若宋人之言为真，则可见此名句作用之大。人们对杜诗如此喜爱，仅为此诗句而大种橘柚。

杜甫在《陪郑广文游何将军山林》诗中有"绿垂风折笋，红绽雨肥梅"的句子，按平常语序也应为"风折笋垂绿，雨肥梅绽红"。杜甫喜用此类句法。如"碧知湖外草，红见海东云"（《晴》）。"红取风霜实，青看雨露柯"（《栀子》）。"红如桃花嫩，青归柳叶新"（《早春》）。皆可谓倒置句法。

由以上所列杜甫的"错综句法"，我们可以看出，诗人都是把感觉的中心词以及情感的重心语，放在诗句的前头，如"绿""红""青""黄"，还有"香稻""碧梧""欲尽花""伤多酒"，形成错综句法，即倒装句。这样，使诗意的表达具有一种节奏感，突出主要的事物，产生一种强烈的艺术感染力。

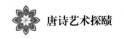

杜甫诗歌中的错综句法，对后人影响极大，远及9个世纪以后江户时代的日本俳句诗人松尾芭蕉。松尾芭蕉写有很多句法倒置的诗句。日本当代学者公认他是受杜甫的影响，如松尾芭蕉写道："钟消花香里，撞起暮色中。"实即"撞钟花香里，消散暮色中"。另外还有"林萤火吾身，青楼宿夜灯"等句（可参见吉川幸次郎《中国诗史·杜甫小传》），皆为倒装句法。可见诗圣杜甫的诗歌艺术影响及海外。

四、唐诗与"活剥体"

在我国诗歌传统中，有一种雅俗共赏的作诗方法，即"活剥体"，有些类似打油诗的情况，其特点是模拟前人的诗作，一般是名人名作。活剥体往往调换一些字辞，而在诗法形式上与原作保持一致，但在内容意义上引申发挥，别开意趣，收到调侃或其他效果。传说诗人张籍对杜甫很崇拜。据五代时冯贽《云仙杂记》卷7载："张籍取杜甫诗一帙，焚取灰烬，副以膏蜜，频饮之，曰：'令吾肝肠从此改易。'"张籍把写有杜甫诗歌的书卷焚烧成灰，然后和着膏蜜一起吃下，说道："让我的诗思从此大大改变一番。"想用"吃"杜甫诗的办法来提高自己诗歌创作的水平。真可谓生吞活剥了。在这里主要谈谈唐诗的被"活剥"。

第一种情况是唐人剥唐诗。如宋人阮阅《诗话总龟》前集卷29引《王直方诗话》谓，王维《积雨辋川庄作》中诗句："漠漠水田飞白鹭，阴阴夏木啭黄鹂。"是剥李嘉祐的诗句："水田飞白鹭，夏木啭黄鹂。"但今检李嘉祐集，却无此诗句。当然，后来居上，王维的诗句世人传诵。好在何处？宋代叶梦得《石林诗话》卷上认为："此两句好处正在添'漠漠''阴阴'四字，此乃摩诘为嘉祐点化，以自见其妙，如李光弼将郭子仪军，一号令之，精彩数倍。不然，如嘉祐本句，但是咏景耳，人皆可到。"

杨万里认为，王维二句"以'漠漠''阴阴'二字，唤起精神"（《诚斋诗话》），颇有道理。

又如，王楙《野客丛书》认为，杜甫《小寒食舟中作》中"春水船如天上坐，老年花似雾中看"。是学沈佺期"人如天上坐，鱼似镜中悬"（《钓竿篇》）。韩愈《井》：

> 贾谊宅中今始见，葛洪山下昔曾窥。
> 寒泉百尺空看影，正是行人喝死时。

乃剥杜甫《江南逢李龟年》诗：

> 岐王宅里寻常见，崔九堂前几度闻。
> 正是江南好风景，落花时节又逢君。

又，白居易《长恨歌》"回眸一笑百媚生，六宫粉黛无颜色"是学韦应物《广陵遇孟九卿》："西施且一笑，众女安得妍。"

又如李白《望庐山瀑布二首》其一："海风吹不断，江月照还空。"而白居易"野火烧不尽，春风吹又生"，句法如此相似，吴开《优古堂诗话》认为是白剥李诗句。

唐诗被唐人剥，最有名的应该是沈佺期的《龙池篇》：

> 龙池跃龙龙已飞，龙德先天天不违。
> 池开天汉分黄道，龙向天门入紫微。
> 邸第楼台多气色，君王凫雁有光辉。
> 为报寰中百川水，来朝此地莫东归。

这种顶真、环接的句法，后来崔颢加以摹拟而作《黄鹤楼》：

> 昔人已乘黄鹤去，此地空余黄鹤楼。
> 黄鹤一去不复返，白云千载空悠悠。
> 晴川历历汉阳树，芳草萋萋鹦鹉洲。
> 日暮乡关何处去，烟波江上使人愁。

此诗登高临远，写景抒情。唐宋以后认为气势雄大，一气浑成。
严羽认为"唐人七言律诗当以崔颢《黄鹤楼》为第一"（《沧浪
诗话》）。李白后来也登上黄鹤楼游览，读到崔颢的诗，大为折
服，说："眼前有景道不得，崔颢题诗在上头。"不敢题诗。但
是，后来他还是效仿崔颢诗，写了一首《鹦鹉洲》：

> 鹦鹉来过吴江水，江上洲传鹦鹉名。
>
> 鹦鹉西飞陇山去，芳洲之书何青青。
>
> 烟开兰叶香风暖，岸夹桃花锦浪生。
>
> 迁客此时徒极目，长洲孤月向谁明。

不久，李白又写了《登金陵凤凰台》：

> 凤凰台上凤凰游，凤去台空江自流。
>
> 吴宫花草埋幽径，晋代衣冠成古丘。
>
> 三山半落青天外，二水中分白鹭洲。
>
> 总为浮云能蔽日，长安不见使人愁。

元代方回《瀛奎律髓》说："太白此诗，乃是效崔颢体。"崔颢
《黄鹤楼》和李白《登金陵凤凰台》孰优孰劣，历来评价不一。
清代沈德潜力为李白辩护"从心所造，偶然相似。必谓模仿司
勋，恐属未然"（《唐诗别裁集》卷13）。其实李白确为摹拟崔
颢之作，当然，李白自然是青蓝冰水，后来居上。

　　第二种情况是唐诗被后人剥。例如，温庭筠《商山早行》
写道："鸡声茅店月，人迹板桥霜。"据说欧阳修喜之，尝作
《过张至秘校庄》诗云："鸟声梅店雨，野色柳桥春。"效仿温诗
（参见《三山老人语录》）。又如，刘禹锡《酬乐天扬州初逢席上
见赠》写道："沉舟侧畔千帆过，病树前头万木春。"陆游诗则
云："沉舟侧畔千帆过，剪翮笼边百鸟翔。"白居易《琵琶行》：
"间关莺语花底滑，幽咽泉流水下难。"欧阳修《听筝》则云：
"绵蛮巧啭花间舌，呜咽交流水下泉。"李贺《秋来》："秋坟鬼

唱鲍家诗，恨血千年土中碧。"清代王士禛《题聊斋志异》诗则云："料因厌作人间语，爱听秋坟鬼唱诗。"皆可谓剥句。

宋代《王直方诗话》载："僧惠崇有诗云：'河分岗势断，春入烧痕青。'士大夫奇之，然皆唐人旧句。崇有师弟学诗于崇，赠崇诗曰：'河分岗势司空曙，春入烧痕刘长卿。不是师偷古人句，古人诗句似师兄。'大都诵古人诗多，积久或不记，则往往用为己有。"（《诗话总龟》前集卷6）可知宋人常剥唐诗。苏轼也时常喜剥唐诗，如其《题真州范氏溪堂》诗写道：

> 白水满时双鹭下，绿槐高处一蝉吟。
> 酒醒门外三竿日，卧看溪南十亩阴。

宋曾慥《高斋诗话》认为是剥杜甫《绝句》：

> 两个黄鹂鸣翠柳，一行白鹭上青天。
> 窗含西岭千秋雪，门泊东吴万里船。

又苏轼《赠刘景文》诗曰：

> 荷尽已无擎雨盖，菊残犹有傲霜枝。
> 一年好景君须记，最是橙黄橘绿时。

胡仔《苕溪渔隐丛话》认为是剥韩愈《早春》：

> 天街小雨润如酥，草色遥看近却无。
> 最是一年春好处，绝胜烟柳满皇都。

唐诗名句也常常为宋词所剥。如王维《汉江临泛》诗有名句："江流天地外，山色有无中。"后来欧阳修《朝中错·醉偎香》词写道："平山栏槛依晴空，山色有无中。"苏轼《水调歌头·黄州快哉亭》词写道："认得醉翁语，山色有无中。"皆整句引用王维"山色有无中"这一句。王楙《野客丛书》卷20《词句祖古人意》说晏几道《鹧鸪天》"今宵剩把银釭照，犹恐相逢是梦中"是出于杜甫《羌村》"夜阑更秉烛，相对如梦寐"。

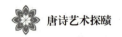

王国维《人间词话》说周美成《齐天乐》："渭水西风，长安乱叶，空忆诗情宛转。"白朴《德胜乐》："听落叶西风渭水，寒雁儿长空嘹唳。"皆剥唐代贾岛"秋风吹渭水，落叶满长安"。

又世传纪晓岚曾活剥唐诗的趣闻。孟浩然《岁暮归南山》有两句有名的牢骚诗"不才明主弃，多病故人疏"。杜甫《兵车行》曾写道："新鬼烦冤旧鬼哭，天阴雨湿声啾啾。"李商隐《马嵬》："海外徒闻更九州，他生未卜此生休。"纪晓岚曾活剥这几句唐诗名句，用来讽刺一位庸医："不明财主弃，人多病故疏。""新鬼烦冤旧鬼哭，他生未卜此生休。"讽刺庸医医才不具，屡致患者死亡。

又传说有位秀才颇熟唐诗，曾将贺知章《回乡偶书》中"少小离家老大回"之句与白居易《琵琶行》中"老大嫁作商人妇"之句串在一起，戏剥道："少小离家老二回，老大嫁作商人妇。"颇具风趣。

鲁迅先生也曾活剥过唐诗。1933 年年初，日本侵略者进攻关内，山海关失守，威逼北平，国民党投降派放弃古城，盗运文物南下，实行不抵抗主义，但却装腔作势地指责大学生们离校疏散。企图掩盖他们自己卖国投降的罪恶行径。鲁迅极为气愤，遂"废话不如少说，只剥崔颢《黄鹤楼》诗以吊之"（《伪自由书·崇实》）。活剥唐代崔颢的《黄鹤楼》诗，激愤地写下一首无题诗：

> 阔人已骑文化去，此地空余文化城。
> 文化一去不复返，古城千载冷清清。
> 专车队队前门站，嗨气重重大学生。
> 日薄榆关何处抗，烟花场上没人惊。

此诗跟崔颢诗感慨宇宙变换以及乡关之思的主题不同，而是充溢着讽刺与激奋。尾联说：日本侵略军攻打山海关（榆关），但无人抵抗。国民党投降派对国难无动于衷，还在妓院鬼混，在烟花场上醉生梦死。

　　毛泽东也喜欢活剥唐诗。1958 年 3 月成都会议结束后，毛泽东乘轮船经过三峡，到达公安县（亦为江陵一带）时，曾对江诵诗道：

　　　　朝辞白帝彩云间，千里江陵一日还。
　　　　两岸猿声听不见，汽笛一鸣到公安。

即活剥李白的《早发白帝》一诗。

　　杜甫《咏怀古迹》其三写道：

　　　　群山万壑赴荆门，生长明妃尚有村。
　　　　一去紫台连朔漠，独留青冢向黄昏。

　　今天社会生活当中，也有人活剥孟浩然《春晓》诗，以讽刺打牌赌博不良社会现象：

　　　　春眠不觉晓，处处把人找。
　　　　夜来麻将声，花钱知多少。

在校园里，也流行活剥唐诗。如有的外地学生思念家乡时，活剥李白《静夜思》：

　　　　床前明月光，疑是地上霜。
　　　　举头望明月，低头便"上网"。

在活剥唐诗之中，体现了当代网络信息普遍的时代气息。人们喜欢活剥唐诗，说明人们对唐诗的无比热爱。

第三章 唐诗艺术的题材研究

一、唐诗中的菜蔬食品

（一）杜甫诗歌中的野蔬

韭菜是我国古已有之的蔬菜。《诗经·豳风·七月》写道："四之日其早，献羔祭韭。"《礼记·内则》："豚，春用韭，秋用蓼。"意谓在春天，应以韭菜为佐料烹调猪肉食用。

杜甫很喜欢吃韭菜。安史之乱后，杜甫在华州见到老朋友卫八处士，乱世重逢，惊喜万千。杜甫《赠卫八处士》写到朋友赶快准备酒菜：

> 问答未及已，驱儿罗酒浆。
> 夜雨剪春韭，新炊间黄粱。

卫八知道老朋友杜甫喜欢吃韭菜，所以冒雨在夜间到菜圃剪韭菜来招待杜甫。

后来，杜甫流落到秦州，一位姓阮的朋友给他送来一捆韭菜。杜甫很高兴，在《秋日阮隐居致薤三十束》中写道：

> 隐者柴门内，畦蔬绕舍秋。
> 盈筐承露薤，不待致书求。
> 束比青刍色，圆齐玉箸头。
> 衰年关膈冷，味暖腹无忧。

薤，就是韭菜一类的蔬菜植物。此诗写韭菜形状整齐，茎白如玉，色好味美。《本草》载，韭菜"温，无毒，归心，安五脏"。杜甫食之可饱腹、可温补，聊慰漂泊潦倒之行。

　　韭菜乃蔬中之美物，对于贫穷的杜甫来说，并非经常享用，所以往往以野菜杂之。如在奉节县所作的《驱竖子摘苍耳》诗中写到让孩子去挖野菜苍耳充饥：

> 登床半生熟，下箸还小益。
> 加点瓜薤间，依稀橘奴迹。

"床"，这里指饭桌。"加点"，指加入掺杂。把一点儿韭菜掺入野菜中，以充饭菜数量。

　　杜甫在漂泊西南时期，经常食不果腹，常吃野菜。在夔州所作的《园官送菜》写道：

> 清晨送菜把，常荷地主恩。
> 守者愆实数，略有其名存。
> 苦苣刺如针，马齿叶亦繁。
> 青青嘉蔬色，埋没在中园。
> 园吏未足怪，世事固堪论。
> 呜呼战伐久，荆棘暗长原。

战乱不断，园圃荒芜，只能吃苦苣、马齿苋一类的苦野菜。

　　但是，生活虽然艰苦，而杜甫以苦为乐，并不失去生活的信心。杜甫有时还吃槐树叶，他在成都所作的《槐叶冷淘》诗写道：

> 青青高槐叶，采掇付中厨。
> 新面近来市，叶滓宛相俱。
> 入鼎资过熟，加餐愁欲无，
> 碧鲜俱照箸，香饭兼苞芦。
> 经齿冷于雪，劝人投此珠。……

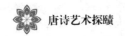

君王纳凉晚，此味亦时须。

"冷淘"，即今天所说的凉面，用槐树叶汁和面做成。《说郛》卷22《山家清供》载："于夏采槐叶之高秀者，汤少沦，研细浓清，和面作淘，乃以醯酱熟蒸，簇细苗以盘行之，取其碧鲜可爱也。"杜甫诗言槐叶淘色佳、味美、口凉，有投珠之美，劝人可食。末联或许是表达每饭不忘君之意，希望皇帝于日理万机之中也能吃到如此山家清供；也或许希望君王体谅民情，以戒奢侈。

杜甫经常在诗里写自己吃菜蔬，但那是自叹贫穷，他并不是不爱吃鱼肉。安史之乱后，在自华州回洛阳的旅途中，在阌乡受到一次鲙宴款待。杜甫非常高兴，在《阌乡姜七少府设鲙戏赠长歌》描写道：

> 姜侯设鲙当严冬，昨日今日皆天风。
> 河冻味鱼不易得，凿冰恐侵河伯宫。
> 饔人受鱼蛟人手，洗鱼磨刀鱼眼红。
> 无声细下飞碎雪，有骨已剁嘴春葱。
> 落砧何曾白纸湿，放箸未觉金盘空。
> 偏劝腹腴愧年少，软炊香饭缘老翁。

"鲙"，即今天的生鱼片。诗中写冬天黄河鲤鱼不易得。"饔人"，指厨师。"无声细下飞碎雪，有骨已剁嘴春葱。"言鱼片雪白极薄。去骨留肉，杂以春葱。"落砧何曾白纸湿"，言黄河鲤鱼鲙干洁纯净。诗人非常高兴，食欲大动。但是从中亦反衬出他平素饮食的粗简、生活的潦倒。

另外，同样流寓南方，杜甫习惯于贫困的饮食，甘于野蔬。而韩愈遭贬潮州，却极不适应广东的饮食。《初南食贻元十八协律》写道：

> 鲎实如惠文，骨眼相负行。
> 蚝相粘为山，百十各自生。

> 蒲鱼尾如蛇，口眼不相营。
>
> 蛤即是虾蟆，同实浪异名。
>
> 章举马甲柱，斗以怪自呈。
>
> 其余数十种，莫不可叹惊。
>
> 我来御魑魅，自宜味南烹。
>
> 调以咸与酸，芼以椒与橙。
>
> 腥臊始发越，咀吞面汗骍。
>
> 唯蛇旧所识，实惮口眼狞。
>
> 开笼听其去，郁屈尚不平。

写韩愈初吃潮汕饭食时的情形与心情。诗中所描写的并非是今天烹制海鲜、做工精致的"潮州菜"（那是明代后期以后才逐渐形成的），而是令初到潮州的逐臣韩愈生畏的"腥臊"之物。"惠文"，古代一种帽子的形状，以形容鲎的形状。"面汗骍"，是指因饭菜辛辣而流汗、面红。可见，在潮州，鲨、蠔（牡蛎）、蛤（青蛙）、蛤蟆、章鱼、蚌、蛇，皆可入宴，而北方人韩愈却不喜欢吃，也不敢吃。韩愈又有《答柳柳州食蛤蟆》诗，写吃蛤蟆时的害怕心情：

> 余初不下喉，近亦能稍稍。
>
> 常惧染蛮夷，失平生好乐。

可见，入乡随俗，吃在广东，左迁南方的韩愈无奈也只能慢慢适应。

（二）唐诗与螃蟹

自古以来，我国人民就把螃蟹作为美食佳肴，唐代诗人亦经常写及螃蟹。杜甫曾有"二螯堪把持"的诗句。白居易也写到螃蟹乃人们公认的美食："乡味珍蝤蛑，时鲜贵鹧鸪。"（《和微之春日投简阳明洞天五十韵》）诗人李颀《赠张旭》一诗写张旭

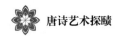

吃螃蟹，把螃蟹与书法家联系在一起：

> 张公性嗜酒，豁达无所营。
> 皓首穷隶草，时称太湖精。
> 露顶距胡床，长啸三五声。
> 兴来洒素壁，挥笔如流星。
> 下舍风萧条，寒草满户庭。
> 问家何所有，生事如浮萍。
> 左手持蟹螯，右手执丹经。
> 瞪目视霄汉，不知醉与醒。

诗人李颀写下张旭"左手持蟹螯，右手执丹经"的典型动作，描写大书法家"草圣"张旭书法创作时脱帽、长啸、饮酒那解衣般礴的情态。看来吃螃蟹才给张旭书法创作带来灵感，使之书法笔意恣肆而有神。

螃蟹不仅给文人墨客带来创作灵感，还给诗人们的日常生活带来丰富的意趣。晚唐诗人陆龟蒙就很喜欢螃蟹，曾作《蟹志》，记捕捉螃蟹的过程等。有一次，他收到友人赠送的螃蟹，高兴万分，写下《酬寄海蟹》诗：

> 药杯应阻蟹螯香，却乞江边采捕郎。
> 自是扬雄知郭索，且非何胤敢猖狂。
> 骨清犹似含春霭，沫白还疑带海霜。
> 强作南朝风雅客，夜来偷醉早梅傍。

诗中所言"郭索""猖狂"，都是汉代扬雄和南朝何胤文章中形容螃蟹爬行姿态的词语。诗人说本来自己正服药，不能吃螃蟹等海鲜发散之食物，但一见到友人赠送的那正吐沫清新的螃蟹，忍不住夜里伴酒大嚼。诗歌描绘了诗人那自然潇洒的自我画像。

据清代王士禛、郑方坤《五代诗话》卷2《王贞白》记载，有一次大家宴饮，主食螃蟹。晚唐诗人王贞白面对螃蟹，即席赋诗道：

> 蝉眼龟形脚似珠，未曾正面向人趋。
> 如今钉在盘宴上，得似江湖乱走无？

极形象传神地刻画出螃蟹的形体长相、横行走态，语言诙谐幽默，似又具比喻世态意味，既使人忍俊不禁，又令人咀嚼无穷，可谓一首有名的螃蟹诗。这是对螃蟹的揶揄之辞，而皮日休的《咏蟹》诗则别出心裁，从正面称道螃蟹的骨气与霸气：

> 未游沧海早知名，有骨还从肉上生。
> 莫道无心畏雷电，海龙王处也横行。

诗作也是从螃蟹的体形特点生发开去，借以象征世间的一种人格，也给我们以别样的启迪。螃蟹本是自然生物，无关于人间道德之优劣，但是，诗人拈来用以寓意寄志，则形象生动，耐人寻味。

　　唐诗不仅常写及螃蟹，而且有的唐诗本身也常被后人喻为螃蟹。许尹说："孟郊、贾岛之诗，酸寒俭陋，如虾蟹蚬蛤，一啖便了，虽咀嚼终日，而不能饱人。"（《黄陈诗注原序》）苏轼《读孟郊诗》云：

> 夜读孟郊诗，细字如牛毛。……
> 初如食小鱼，所得不偿劳。
> 又似煮蟛蜞，竟日持空螯。

说读孟郊之诗，如同吃小螃蟹（蟛蜞），整天拿着蟹脚，却吃不到蟹肉蟹黄。形象生动地比喻孟郊的寒苦诗风。

（三）唐诗中的西域食品

　　在唐代，内地文化深受西域（今新疆一带）的影响，饮食也是如此。西域的西瓜、葡萄、葡萄酒大量传到内地，连主食也

流行于内地。杜甫在夔州苦熬炎热的夏季时，有一次友人送西瓜给他吃，他很高兴，写下《园人送瓜》一诗：

> 江间虽炎瘴，瓜熟亦不早。……
> 倾筐蒲鸽青，满眼颜色好。……
> 浮沉乱水玉，爱惜如芝草。
> 落刃嚼冰霜，开怀慰枯槁。
> 许以秋蒂除，仍看小童抱。

"蒲鸽"，是一种瓜名。诗中说，这西瓜颜色美好，很大，小儿需抱持。吃了瓜瓤，可感到如水玉冰霜那样凉爽，如芝草那样甘甜。可见，西瓜在蜀地栽培很流行。

葡萄本为西域瓜果，汉唐以后在内地大量培植，很多唐诗写及葡萄和葡萄酒。如刘禹锡《葡萄歌》写道：

> 野田生葡萄，缠绕一枝蒿。
> 移来碧墀下，张王日日高。
> 分歧浩繁缛，修蔓蟠诘曲。……
> 繁葩组绶结，悬实珠玑蹙。
> 马乳带轻霜，龙鳞曜初旭。

"张王"："茂盛、兴旺"的意思。诗中言"马乳""龙鳞"等品种的葡萄如珠玑簇簇。又如其《和令狐相公谢太原李侍中寄葡萄》诗写道：

> 鱼鳞含宿润，马乳带残霜。
> 染指铅粉腻，满喉甘露香。
> 酝成十日酒，味敌五云浆。
> 咀嚼停金盏，称嗟响画堂。

葡萄的香甜美味令诗人称嗟不已。

不仅葡萄，而且葡萄酒在内地也普及开来。如王翰那首著名的《凉州词》：

> 葡萄美酒夜光杯，欲饮琵琶马上催。
> 醉卧沙场君莫笑，古来征战几人回。

可见葡萄酒在唐朝已是很流行了，成为美酒，刘禹锡《葡萄歌》称之："酿之成美酒，令人饮不足。"李贺《将进酒》曾描写道："琉璃锺，琥珀浓，小槽酒滴真珠红。"都盛赞葡萄酒的美味。

内地的主食也深受西域的影响，西域的芝麻烧饼在内地广为流行。如白居易有一首《寄胡饼与杨万州》诗：

> 胡麻饼样学京都，面脆油香新出炉。
> 寄于饥馋杨大使，尝看得似辅兴无？

"胡饼"，即今天所谓的芝麻烧饼，也是从西域传来，成为唐代内地的主食。当时白居易在忠州（今四川境内）刺史任上。"辅兴"是京城长安城内一个坊的坊名，那里出产的胡麻饼非常有名。从诗中可见，胡饼在蜀地也很流行，"面脆油香"，堪与京城长安的产品相媲美。

二、唐诗中的文体活动

（一）唐诗中的杂技百戏

我国的杂技艺术具有鲜明的民族特色和悠久的历史，险难奇谐，是世界最古老的杂技艺术之一。在春秋战国时期，"跳剑""弄丸"（手技）等杂技艺术，达到相当高的技艺水平。到汉代，顶竿技艺也达到很高超的地步，演出很普遍。张衡《西京赋》中曾载竿技的盛况："建戏车，树修旃……百马同辔，骋足并驰，橦（音床）末之技，态不可弥。"很高的竿木（橦）竖立在戏车上，马拉着车奔驰，演员在高竿上姿态无穷。

到唐代，乐舞杂技艺术空前繁荣，唐诗中很多诗作描写、表现了杂技之巧之美。据《明皇杂录》记载，玄宗有一次与贵妃在勤政楼上观看杂技表演。宫廷歌舞伎王大娘表演的百尺顶竿，上有一座木山，山上有小儿歌舞。神童刘晏奉明皇之命口吟一绝《咏王大娘戴竿》：

> 楼前百戏竞争新，唯有长竿妙入神。
> 谁谓罗绮翻有力，犹自嫌轻更着人。

写出杂技演员那上下翻腾、轻巧有力的身姿。

但是，安史之乱后，玄宗失去皇位，成为太上皇，就没有机会再欣赏盛大豪华的杂技表演了。被肃宗朝的宦官李辅国所逼迁出禁宫后，玄宗有一次观赏木偶戏，大有感慨，咏《傀儡吟》（一作梁锽《咏木老人诗》）一首：

> 刻木牵丝作老翁，鸡皮鹤发与真同。
> 须臾弄罢寂无事，还似人生一梦中。

由木偶被牵线摆动，逢场作戏，感叹人生如梦如幻。唐诗中写道杂技百戏的诗篇很多，例如：

> 前头百戏竞缭乱，丸剑跳踯霜雪浮。
> 狮子摇光毛彩竖，胡姬醉舞筋骨柔。（元稹《和李校书新题乐府二十首·西凉伎》）
> 立部伎，鼓笛喧，舞双剑，跳七丸，
> 嫋巨索，掉长竿。……
> 立部贱，坐部贵。
> 坐部推为立部伎，击鼓吹笙和杂戏。（白居易《新乐府·立部伎》）
> 人间百戏皆可学，寻橦不比诸般乐。……
> 大竿百夫擎不起，袅袅半在青云里。（王建《寻橦歌》）
> 八月平时花萼楼，万方同乐奏千秋。

> 倾城人看长竿出，一伎初成赵解愁。（张祜《千秋乐》）
>
> 拜象驯犀角觝豪，星丸霜剑出花高。
>
> 六宫争近乘舆望，珠翠三千拥赭袍。（陆龟蒙《开元杂题·杂伎》）

这些诗歌都具体描写了跳剑、弄丸等手技，人体柔术、舞狮子、顶竿、驯兽等杂技马戏。演员们身怀绝技，技艺高超，姿态万千，惊心动魄。

杂技百戏还给诗人以启发。初唐四杰之一的杨炯就是个例子。托名晚唐冯贽的《云仙杂记》中记载："杨炯每呼朝士为'麒麟楦'。或问之，曰：'今假弄麟麟者，必修饰其形，覆之驴上，宛然异物，及去其皮，还是驴耳！无德而朱紫，何以异是！'"唐时曾有一种耍弄假麒麟的马戏表演，事先把饰有麒麟图案的外皮覆盖在驴子身上，然后绕场地跑动，宛然神圣的麒麟。表演完毕后，就脱下画皮，恢复原形，驴子还是驴子。杨炯以这个生动而形象的比喻，讽刺那些惯于弄虚作假的豪绅高官，只不过是身穿一套华丽的官服，而并没有真才实德。同时，也显示了杨炯恃才傲物的性格。

（二）唐诗中的马球运动

马球是现代西方国家人民很喜爱的一项体育运动，它技术难度大，又把马术与球技融为一体，因而吸引着很多爱好者。在我国唐代，这项运动开展得也极普遍，当时叫作"打球"或"击鞠"。《封氏闻见录》卷6《打球》载，唐中宗时，"吐蕃遣使迎金城公主，中宗于梨园亭子赐观打球。吐蕃赞咄奏言：'臣部曲有善球者，请与汉敌。'上令仗内试之。决数都，吐蕃皆胜。"当时唐玄宗为临淄王，与另外四人上场，敌吐蕃十人，"玄宗东西驱突，风回电激，所向无前。吐蕃功不获施。……中宗甚悦，赐强明绢数百段，学士沈佺期、武平一等皆献诗"。可见，唐玄

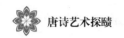

宗是一位打球高手。沈佺期、武平一的诗作至今犹存。沈佺期
《幸梨园亭观打球应制》写道：

> 宛转萦香骑，飘飘拂画球。俯身应未落，回辔逐傍流。
> 只为看花鸟，时时误失筹。

武平一同题写道：

> 骖骢回上苑，蹀躞绕通沟。影就红尘没，光随赭汗流。

可见，打马球的场面激烈，速度很快，对参与者的身体素质要求
很高。开元时蔡孚《打球篇》也描写了马球比赛时的宏观和
热闹：

> 红鬐锦鬃风骢骥，黄络青丝电紫骝。
> 奔星乱下花场里，初月飞来画杖头。
> 自有长鸣须决胜，能驰迅走满先筹。

据《唐语林》记载，开元天宝年间，唐玄宗也常观看打球比
赛，打球好手能"左萦古拂，盘旋宛转"。但体育比赛总会有意外
发生，"马或奔逸，时致伤毙"，所以后来有人反对开展这项运动。
代宗时，吴县有个叫刘钢的人上书刑部尚书薛公云："打球一则损
人，二则损马。为乐之方甚众，何必乘兹至危，以邀晷刻之欢
耶！"认为不宜提倡。但人们的喜好不能禁止，打球运动仍然普
及，不论是宫中还是民间。特别在军队中，马球是军事练武活动，
成为一种必备的军事操练，"打球乃军中常戏"（《封氏闻见录》卷
6《打球》）。在各大驻军所在地均建有宽阔的马球场，常常举行打
球比赛，这在唐诗中也可以看出。如韩愈《汴泗交流赠张仆射》
诗曾生动描写了一次军中打马球的比赛场面：

> 汴泗交流郡城角，筑场千步平如削。
> 短垣三面缭逶迤，击鼓腾腾树赤旗。……
> 分曹决胜约前定，百马攒蹄近相映。

> 球惊杖奋合且离，红牛缨绂黄金羁。
>
> 侧身转臂著马腹，霹雳应手神珠驰。……
>
> 发难得巧意气粗，欢声四合壮士呼。

"汴泗交流"，指汴、泗二水交合之地的徐州武宁军节度使张建封幕府所在地，贞元年间，韩愈曾为张仆射（建封）幕僚。马球是木质的，中间掏空，外面涂一层红色的漆，在球场上飞来飞去，所以诗人称为"神珠"。骑在马上的参赛者用木质的"球杖"击球。韩愈在诗中把这场马球赛的气氛渲染得很紧张、热闹，还写到观众的欢呼声四起。

韩愈把这首诗献给张建封后，张建封又作了一首《酬韩校书愈打球歌》，其中写道：

> 俯身仰击复傍击，难于古人左右射，
>
> 齐观百步透短门，谁羡养由遥破的。

说马球场上双方队员时而俯身仰击，时而又旁敲侧打，他们的技艺比古人的左右开弓还要难，当观众看到了很远就能射门得分的场面，又有谁还羡慕古代神射手养由基的百步穿杨呢？诗中的"短门"指很小的球门，"破的"指破门得分。

晚唐女诗人鱼玄机也有一首《打球作》诗：

> 坚圆净滑一星流，月杖争敲未拟休。
>
> 无滞碍时从拨弄，有遮拦处任钩留。
>
> 不辞宛转长随手，却恐相将不到头。
>
> 毕竟入门应始了，愿君争取最前筹！

"坚圆净一星流"，指场上飞驰的球。"月仗"指月牙形状的球杖（近似现在的冰球杆）。这首七律写了球员的进攻、防守、带球、射门，充分表现了唐代人民要赢球得胜、"争取最前筹"的高昂精神。

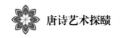

三、唐诗中的外交活动

中国是诗歌的国度，诗歌艺术在社会政治生活的各个层面发挥着重要的作用。汉代儒家学者尊称为《诗经》，列入"五经"之中，视为同政治、道德密切相连的教化人民的教科书，即所谓"诗教"。孔子对《诗经》评价很高，即《论语》中所谓"诗三百，一言以蔽之，思无邪""不学诗，无以言""可以兴，可以观，可以群，可以怨。迩之事父，远之事君；多识于鸟兽草木之名""温柔敦厚，诗教也"。显示出《诗经》对中国古代社会的深刻作用与影响。

春秋时期各国之间的外交，经常用歌诗或奏诗的方法来表达政治意图以及外交辞令。朱自清《诗言志辨》根据春秋时期"赋《诗》外交"的历史特点，认为"《诗》可以观"的含义还包括"观志"的内容。又引班固《汉书·艺文志》载："古者诸侯卿大夫交接邻国，以微言相感，当揖让之时，必称《诗》以谕其志，盖以别贤不肖而观盛衰焉。"认为这就是指政治外交场合的"称《诗》"，即"由诗以观志。……了解赋诗者的个人之'志'，并进而窥察该国政治、外交等方面的治乱盛衰，即所谓'别贤不肖而观盛衰焉'"。可知诵诗赋诗成为中国历史上政治、外交或礼仪的重要活动和表达方式。

孔子曾说："诵《诗》三百，授之以政，使于四方，不能专对；虽多，亦奚以为"（《论语·子路》）。就是直接讲诗歌艺术的政治外交功用的，说明了诗歌可以提高人们从事政治、外交等实际工作的能力。所谓"专对"就是当时对行人（使者）出使别国时随机应变的言语问答。在各种外交场合，善于根据实际情况引用诗词歌赋，娴熟外交辞令，能给政治外交场合带来益处，可让对方认识自己的势力和才能，使紧张的气氛消融在雍容尔雅的诗歌的吟咏之中，可以化干戈为玉帛，转危为安。社交场合赋诗的内容得当与否，关系到礼节与国运，不能熟稔赋诗或者对答失礼就会遭到对方的蔑视。公卿大夫在危机四伏、变化莫测的外交舞台上，保持着优雅精致的文化底蕴，在互相揖让之间，在细微言谈之际，称引诗歌篇章，在各自维护各自的国家利益的博弈中，发挥着作用。

外交题材的诗歌，作为以表达邦交情谊和描述往来情景为主要内容的特殊产物，在我国也有着十分悠久的历史，特别是在唐代，外交诗歌随着中外关系的空前发展而进入鼎盛时期。唐朝专设迎宾机构鸿胪寺接纳来使，据《唐会要》卷6记载，鸿胪寺曾接待70多个国家的外交使节。特别是中日时常举行"鸿胪馆（国宾馆）诗会"，开诗筵，每次留下的赠酬诗歌很多，日方往往编撰成集并附之以序，以纪其盛。从日方主管意图来看，则是有意以此扩展政治影响，鸿胪笔会显然不仅仅是作为诗坛盛事，而是作为一种外交手段被对待的。唐玄宗《送日本使》送别日本遣唐大使藤原清河一行回国而作，表现远土佳客的关怀与抚慰，也流露了对日本参考中国礼教治国的赞赏之情。又于天宝十五年在《赐新罗王》写道：

> 四维分景纬，万象含中枢。玉帛遍天下，梯航归上都。
> 缅怀阻青陆，岁月勤黄图。漫漫穷地际，苍苍连海隅。
> 兴言名义国，岂谓山河殊。使去传风教，人来习典谟。
> 衣冠知奉礼，忠信识尊儒。诚矣天其鉴，贤哉德不孤。
> 拥旄同作牧，厚贶比生刍。益重青青志，风霜恒不渝。[①]

赞美中朝两国之间兄弟般的情谊。

唐代外交诗作为特殊的外交语言，在外交史上的作用和地位

---

① 本编所引唐诗均见（清）彭定求等编：《全唐诗》，中华书局1960年版。

是不言而喻的。同时也表现了中国人民兼收并蓄的宽广胸怀和极度自信自尊自豪自立自主自强的民族心理。现存唐诗反映中外友好往来的有近 300 首，诗人王维、李白、白居易，乃至于唐太宗、唐玄宗等，都有这方面的诗作留世，以融洽性和亲和性的方式，达到了非一般外交文书（国书、信函、敕令）所能达到的目的和效果。例如，钱起《送僧归日本》赞颂了日本僧人东渡求法、不畏艰难的精神，寄寓了颂扬中日民间友好的情意：

> 上国随缘住，来途若梦行。
> 浮天沧海远，去世法舟轻。
> 水月通禅寂，鱼龙听梵声。
> 惟怜一灯影，万里眼中明。

上国指中国。来途指从日本来中国。去世是离开尘世，这里指离开中国。一灯是佛家用语，比喻智慧，同时亦寓双关之意，以喻舟灯。这首赠给日本僧人的送别诗前半部分写日本僧人来华，后半部分写日本僧人回国，全诗带有浓厚的禅理风格。遣词造句融洽、自然，诗句清丽，音韵和谐，并且多用了"随缘""法舟""禅寂""水月""梵声"等佛家术语，海趣禅机，深情厚谊，融为一体。明代周敬《唐诗选脉会通评林》评此诗道："日本有是僧，无愧来游中国矣。"这首送别诗在清代选入《唐诗三百首》，在社会上广为流传，可见人们对中日人民友好的愿望。后来，明代唐寅《彦九郎还日本作诗饯之》一诗写道：

> 萍踪两度到中华，归国凭将涉历夸。
> 剑佩丁年朝帝庭，星属午夜拂仙槎。
> 骊歌送别三年客，鲸海遄征万里家。
> 此行倘有重来便，须折琅玕一朵花。

表达了古代中日民间的友好情感，亦广为世人所传诵。

在中日邦交正常化 20 周年之际，1992 年 10 月日本天皇访华。天皇夫妇访问西安时，陕西省领导人赠日本天皇的礼物是唐代《唐三藏圣教序》碑刻拓片，赠皇后的是我国书法家刘自棒的书法，书写的是唐代诗人王维《送秘书晁监还日本国》一诗：

> 积水不可极，安知沧海东！九州何处远？万里若乘空。
>
> 向国惟看日，归帆但信风。鳌身映天黑，鱼眼射波红。
>
> 乡树扶桑外，主人孤岛中。别离方异域，音信若为通！

诗中所说的秘书晁监即日本友人晁衡（又作朝衡），原名仲满、阿倍仲麻吕（698—770）。这可谓一曲中日两国的传统友谊之歌，王维还专为此诗写了很长的序文，热情赞颂中日友好的历史以及朝衡的超人才华和高尚品德。朝衡于唐玄宗开元五年（717）随日本遣唐使来中国留学，崇慕华夏文化，尤其酷爱汉唐文学，不肯回日本，遂改姓名为晁衡。历仕玄宗、肃宗、代宗三朝，任秘书监，兼卫尉卿等职，在中国生活了54年，直到大历五年卒于长安。他和李白的交往也最值得称道。他曾经赠李白一袭白裘，李白《送王屋山人魏万还王屋》一诗中有"身著日本裘，昂藏出风尘"之句，自注"裘为朝衡所赠，日本布为之"。后来李白听说晁衡所乘的海船出事，误以为他死于海难，写下一首广为人知的《哭晁衡》：

> 日本晁卿辞帝都，征帆一片绕蓬壶。
>
> 明月不归沉碧海，白云愁色满苍梧。

可以窥见二人友谊的深厚。朝衡与众多唐代诗人交往，为增进中日两国的友谊做出了杰出贡献，成为中日友好和文化交流的先驱者。日中两国于1978年、1979年在奈良和西安分别建立了"阿倍仲麻吕纪念碑"，碑上镌刻着他的生平事绩及其《望乡》诗和李白的《哭晁衡》诗，供人瞻仰怀念。1979年为庆祝中国西安和日本奈良建立友好城市，剧作家还新编了以他为题材的历史故事剧。

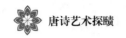

天宝十二载，晁衡乘船回国探亲，长安朝野人士纷纷送别，依依不舍。唐玄宗、王维、包佶等人都作诗赠别，表达了对这位日本朋友深挚的情谊，其中以王维这一首《送秘书晁监还日本国》写得最为感人。诗人设想晁衡战胜艰难险阻，平安回到祖国，但又感叹无法互通音讯，进一步突出了依依难舍的深情。朝衡作《衔命还国作》诗篇，赠答友人：

> 衔命将辞国，非才忝侍臣。天中恋明主，海外忆慈亲。
> 伏奏违金阙，骓骖去玉津。蓬莱乡路远，若木故园林。
> 西望怀恩日，东归感义辰。平生一宝剑，留赠结交人。

抒发了他留恋中国、惜别故人和对唐玄宗的感戴心情，意境深远，感人至深，成为歌颂中日两国人民传统友谊的史诗，千百年来为两国人民所传诵。此诗后来作为唯一外国人的作品被收录在宋代著名文集《文苑英华》中。

至今我国有关人士在外交场合给日本来宾赠送王维写给朝衡的诗歌，其表达对中日两国友好关系发展的希冀，重要性自不言而喻。可见唐诗艺术对于当代中日邦交起到重要的作用。

四、唐诗中的仙鬼虫豸

（一）唐诗与仙鬼

鬼神本为古人认为不可知世界而虚构的产物，人们把人死后的魂灵称为鬼。《礼记·祭义》谓："众生必死，死必归土，此之为鬼。"鬼成为神秘灵性之物，唐诗跟"鬼"牵扯在一起，增加了唐诗艺术的神秘性。

传说唐诗中的妙句就得益于鬼的帮助，最著名的有诗人钱起的故事。《旧唐书·钱起传》载："起能五言诗。初从乡荐，寄家江湖，尝于客舍月夜独吟，遽闻人吟于庭曰：'曲终人不见，江山数峰青。'起愕然，摄衣视之，无所见矣，以为鬼怪，而志其一十字。起就试之年，李晬所试《湘灵鼓瑟》诗题中有'青'字，起即以鬼谣十字为落句，晬深嘉之，称为绝唱。是岁登第。"可见钱起的中第乃因鬼之助力。这里所言之诗，即指钱起所作的唐朝最有名的考试诗《省试湘灵鼓瑟》：

> 善鼓云和瑟，常闻帝子灵。
> 冯夷空自舞，楚客不堪听。
> 苦调凄金石，清音入杳冥。
> 苍梧来怨慕，白芷动芳馨。
> 流水传湘浦，悲风过洞庭。
> 曲终人不见，江山数峰青。

"曲终人不见，江山数峰青"渲染出湘灵的飘忽与神力，成为千古名句。在这里又可知唐代考试诗格式为五言 12 句，并不是唐人常用的五言 8 句诗。

传闻在作诗中遇见鬼的不只是钱起。晚唐诗人曹唐也遇见鬼。《太平广记》卷 349 引《灵怪集》载："进士曹唐以能诗名闻当时。久举不第，常寓居江陵佛寺中，亭沼境甚幽胜，每自临玩赋诗，得两句曰：'水底有天春漠漠，人间无路月茫茫。'吟之未久，自以为常制皆不及此作。一日，还坐亭沼上，方用怡咏，忽见二妇人，衣素衣，貌甚闲冶，徐步而吟，则唐前所作之二句也。唐自以制无翌日，人固未有知者，何遽而得知？因迫而讯之，不应而去。未十余步间，不见矣。唐方甚疑怪。唐素与寺僧法舟善，因言于舟。舟惊曰：'两日前，有一少年见访，怀一碧笺示我此诗，适方欲言之。'乃出示。唐颇惘然。数日后，唐卒于佛寺中。"曹唐写诗可谓白日见鬼了。

《灯下闲谈》载唐末诗人贾松曾在罗浮山松林中吟诗，"因夜靠松瞑目，吟曰：'白发不由己。'如是数四，至于中夜，忽闻松上应声曰：'黄金留待谁。'"松树精灵用"黄金留待谁"来

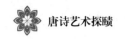

对仗"白发不由己",可谓巧妙的"字对",表达了一种时光如梭、人生似过客的感慨。可见,连唐代的神仙鬼怪也掌握了诗歌对仗艺术。当然,以上皆小说家者之姑且虚言而已。

又《本事诗·征异》载,开元年间,幽州有个姓张的衙将和妻子孔氏生有五个儿子,后孔氏不幸去世,儿子们饱受后母李氏的鞭箠虐待。"五子不堪其苦,哭于其葬。母忽于塚中出,抚其子,悲恸久之,因以白布题诗赠张曰:'不忿成故人,掩涕每盈巾。死生今有隔,相见永无因。……有意怀男女,无情亦任君。欲知肠断处,明月照孤坟。'五子得诗,以呈其父。其父恸哭,诉于连帅。帅上闻,敕李氏杖一百,流岭南,张停所职。"张家五子就因生母之鬼的一首诗,感动朝廷皇上,张扬道德,使后母受罚。当然,死鬼不可能复活作诗,此仅为故事而已,但也可见诗歌在唐代很普及,人人能诗,平民妇人亦能诗。

唐代诗人很多在诗歌创作中写及鬼,或渲染意境,或比喻象征,连诗圣杜甫在诗句中也写到鬼,其《移居公安山馆》写道:"山鬼吹灯灭,厨人语夜阑。"鬼的形象宛然在面前。又其《营屋》说在成都浣花溪营建房屋时,"甚疑鬼物凭,不顾剪伐残"。言房屋旁边竹林茂密蔽日,杜甫担心其中有鬼,所以大加剪伐。但在诗中提到鬼,最多的还是"诗鬼"李贺。

李贺喜创造鬼怪之意境,渲染冷艳凄清的诗境,表达其哀愤孤激之思。如其《南山田中行》中写道:"鬼灯如漆点松花。"《感讽》之三写道:"南山何其悲,鬼雨洒空草。"真是一片鬼世界。《春坊正字剑子歌》写宝剑之英气:"提出西方白帝惊,嗷嗷鬼母秋郊哭。"鬼世界中尚有母亲之鬼。《秋来》写道:"秋坟鬼唱鲍家诗,恨血千年土中碧。"写鬼魂犹能唱歌诗抒情。《神弦曲》写道:"百年老鸮成木魅,笑声碧火巢中起。"百年老鬼在嘎嘎大笑,更令人毛骨悚然。杜牧《李长吉歌诗序》谓李贺为"牛鬼蛇神,不足为其虚荒诞幻也"。确不为过。世人遂称之为"鬼才""鬼仙"(《沧浪诗话》)。或称之为"才鬼"(《居易录》),能写出如此奇特之诗句,当然是有"才"之鬼乃有可能。

实际上,称得上"诗鬼"的不仅有李贺,白居易酷爱吟诗,不绝于口,自称"知我者谓以为诗仙,不知我者以为诗魔"(《与元九书》)。白居易亦可谓"诗鬼"。还有晚唐很有名气的诗人曹唐,他作诗多写及鬼神,诗风凄暗阴森,所以当时人们多称之为"鬼诗",如其《汉武帝将候西王母下降》诗云:

> 昆仑凝想最高峰,王母来乘五色龙。
> 歌听紫鸾犹缥渺,语来青鸟许从容。
> 风回水落三清月,漏苦霜传五夜钟。
> 树影悠悠花悄悄,若闻箫管是行踪。

借风声雨声、树影花影以及箫管呜咽,来渲染传说故事中武帝候王母时的神秘、缥渺的气氛。曹唐又有《大游仙诗》传播于时,被称为鬼诗。其中《仙子洞中有怀刘阮》写道:

> 不将清瑟埋霓裳,尘梦那知鹤梦长。
> 洞里有天春寂寂,人间无路月茫茫。
> 玉沙瑶草连溪碧,流水桃花满涧香。
> 晓露风灯零落尽,此生无处访刘郎。

诗中,"洞里有天春寂寂,人间无路月茫茫"这两句流传甚广,得到人们的称道。《诗话总龟》卷 39 引《卢瓌抒情》载:"曹唐、罗隐同时,才情不异。罗曰:'唐有鬼诗。'或曰:'何也?'曰:'洞里有天春寂寂,人间无路月茫茫。'"

但是,据有关史籍记载,曹唐比罗隐早生约 30 年。二人似并没有可能相逢对面谈诗论鬼,《诗话总龟》等书所记之事,亦为小说家言,不足为证。但从中可见出,曹唐的诗歌闻名于时,受到人们的喜爱。当然,确切地说,人们喜欢"鬼诗",喜欢的不是鬼,而是新异奇丽、令人赞叹的意境。

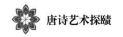

鬼神秘、超乎人工，故鬼就等于"神"，鬼神连称。故唐人常以"鬼神"作为诗歌艺术最高境界的审美标准。如魏颢《李翰林集序》赞美李白诗歌"鬼出神入"。范传正《李白新墓碑》载，贺知章读到李白《乌栖曲》后，惊赞道："此诗可以哭鬼神矣！"皮日休《刘枣强碑文》言李白诗歌"言出天地外，思出鬼神表"。杜甫在《寄李十二白二十二韵》中称李白诗作："笔落惊风雨，诗成泣鬼神。"其实，杜甫的诗作也是能"泣鬼神"的，与"鬼"相通。宋代李颀《古今诗话》载："杜少陵因见病疟者，谓之曰：'诵吾诗可疗。'病者曰何，杜曰：'夜阑更秉烛，相对如梦寐'之句，虐犹是也。又曰：诵吾'手提髑髅血模糊'。其人如其言诵之，果愈。言感鬼神，亦不妄。"（《诗话总龟》前集卷46引）此说当然为小说家言，仅为谈资，但亦可见民众对杜甫诗歌的喜爱和熟悉程度。

宋人多言"诗仙""诗鬼"，而朱熹《朱子语类》曾评李白和李贺，虽一为"仙才"，一为"鬼才"，但二者相去不过"些子"间，认为俱为会意于比兴风雅，即二李诗作实质一致，殊途同归。朱熹可谓独具眼光，一语中的，正如清人王琦《李长吉歌诗编序》所言，是"得其精而遗其粗"。可见，"仙才"难得，而"鬼才"亦不易，故后人有"与为顽仙，宁为才鬼"之语（见李维桢《昌谷诗解序》）。由此角度看，李贺、曹唐等"诗鬼"与"诗仙"李白相比，也应为颉颃之才。

（二）元稹的《虫豸》诗

元稹是唐代著名文学家，有"元才子"之称。其长篇歌行《连昌宫词》堪与白居易《长恨歌》相媲美。其《莺莺传》传奇导致后世种种《西厢记》之文学故事。其《遣悲怀》等多篇悼亡诗，后世广为传诵，如《离思》中"曾经沧海难为水，除却巫山不是云"，成为千古名句。

元稹生平前期关心时政，在诗歌创作上主张"刺美见（现）事"，创作新乐府。在监察御史任上，痛恨奸吏剥夺百姓，与弊政斗争，得罪宦官与权贵，受到排挤打击，左迁南方，于元和十年（815）贬为通州（现在四川达县一带）司马，其《叙诗寄乐天书》写道："通之地，湿垫卑褊，人士稀少，近荒札死亡过半，邑无吏，市无货，百姓茹草木，刺史以下，计粒而事。大有虎貘蛇虺之患，小有蟆蚋浮尘蜘蛛蛒蜂之类，皆能钻啮肌肤，使人疮痏。夏多阴霾，秋为痢疟，地无医巫药石，万里病者，有百死一生之虑。夫何以仆之命不厚也如此，智不足也又如此，其所诣之忧险也又复如此！"写下《虫豸》五言组诗，结合描写贬所恶劣的生活环境，借物咏怀，既描摹剧毒之昆虫，又抒发世态之险恶。

如《蛒蜂》组诗写毒蜂的厉害：

> 近树禽垂翅，依原兽绝踪。
> 微遭断手足，厚毒破心胸。

毒蜂使鸟兽为之绝迹，更能置人于死地。这正如元稹之前的诗人苏涣《变律十九首》其二所写："毒蜂成一窠，高挂恶木枝。行人百步外，目断魂亦飞。"但是，元稹笔锋一转，写道："安知人世里，不有噬人人。"讽喻宦途上亦有厚毒杀人之蛒蜂。又写道："兰蕙本同畹，蜂蛇亦杂居。"明显讽喻世态复杂，好恶难辨，令人叵测。

其《蜘蛛》诗写道：

> 蜘蛛天下足，巴蜀就中多。
> 缝隙容长蹄，虚空横织罗。
> 萦缠伤竹柏，吞噬及虫蛾。
> 为送佳人喜，珠栊无奈何。

那毒蜘蛛无缝不入，虚空织罗，就是阴险毒辣、陷害忠良的佞

臣，就是罗织罪名、何患无辞的小人。他那首著名的《织妇词》也是运用这种"寄兴讽喻"手法：

"簷前嫋嫋游丝上，上有蜘蛛巧来往。羡他虫豸解缘天，能向虚空织罗网。"

其《蚁子》诗写道：

> 时术功虽细，年深祸亦成。
> 攻穿漏江海，噬食困蛟鲸。
> 敢悍榱梁蠹，深藏柱石倾。
> 寄言持重者，微物莫全轻。

写巴蜀白蚁，专蛀栋梁。白蚁一时的作为虽细小，但积时成祸，可以穿透堤坝，江海涌流而出；可以使大厦的基础倾倒，为害巨大。诗中自有"千里之堤溃于蚁穴"之意。警告当政者，要防微杜渐，"不省其微，而祸成倾压"（《蚁子》诗序）。

《蟆子》诗写道：

> 蟆子微于蚋，朝繁夜则无。
> 毫端生羽翼，针喙噬肌肤。
> 暗毒应难免，羸形日渐枯。
> 将身远相就，不敢恨非辜。

写蟆子这种吸血的小微虫"晦景权藏毒，明时敢噬人"的特性，光天化日即敢叮蜇人体。其中自有讽喻恶人气焰嚣张之寓意。"将身远相就，不敢恨非辜"抒发了诗人蒙屈贬谪流放远方、遭受蟆子的叮咬、无奈而沉痛的自悲。正如元稹在《叙诗寄乐天书》中所感慨道："夫何以仆之命不厚也如此？智不足也又如此？其所诣之忧险也又复如此？"元稹对这种贬所恶劣生活环境以及宦海险恶的恐惶、惧怕，可能也是他后来变节依附宦官的原因之一吧。

元稹《浮尘子》诗写道：

可叹浮尘子，纤埃喻此微。
宁论隔纱幌，并解透棉衣。
有毒能成痏，无声不见飞。
病来双眼暗，无计辨雾霏。

写"浮尘子"这种微不可见的吸血小虫，能穿透衣物，毒害肌肤，无声无息，致人重创。刘禹锡《聚蚊谣》也写到蚊子一类毒虫的危害："我躯七尺尔如芒，我孤尔众能我伤。"皆讽喻人世间那些狡猾暗藏的邪恶敌人。

元稹《虻》诗写道：

辛螫终非久，炎凉本递兴。
秋风自天落，夏蘖与霜橙。
一镜开潭面，千峰露石棱。
气平虫豸死，云路好攀登。

诗人希望肃杀秋气早日到来，消灭毒害人体的虫豸，表达了诗人对社会生活美好的愿望，冀盼一种正气压倒邪气的理想政治生活。

细读元稹这组《虫豸诗》，我们可见，咏物诗的题材到中晚唐开始向体物入微转变，重视描摹细小微物。宋代叶水心《志徐山民墓》谓唐诗有"验物切近"的特色，盖指这种变化。在中晚唐之前，风骚比兴，多假虫鸟，但少及蚊蚁之类。元稹"善状咏风态物色"（《旧唐书》本传）。其《虫豸诗》"备琐细之形状"（《虫豸诗·序》），专写虫豸，前人少有。在咏物诗题材上，可谓前人少涉足的一个领域，可算是一个开拓与创新。

通过元稹的这组《虫豸诗》，我们也可得滴水见海之启迪，即诗歌在题材上的变化，与中国绘画题材发展的进程很相似。如在初盛唐时期以人物、山水为主，到中晚唐便向花鸟虫豸发展，如李逊、陈恪工昆虫，卫宪工蜂蝶，等等（参见俞剑华《中国绘画史》)。又如晚唐罗隐《扇上画牡丹》诗写道:"闲挂几曾停蛱蝶,频摇不怕落莓苔。"在小小扇面上画蛱蝶、莓苔等。相应地,中晚唐诗风已不像初盛唐那样写宏景大物,"无边落木萧萧下,不尽长江滚滚来"那种的诗风体格,已开始向后来宋诗"小荷才露尖尖角,早有蜻蜓立上头"的体格转变。

第四章　唐代诗坛的奇行逸事

一、唐诗"发表"的工具

文学艺术在社会生活中的流传、发表，皆需附著于一定的物质工具。如音乐需乐器，雕塑需泥土，书画需尺幅，戏剧需舞台，舞蹈需服装，电影需胶片等。诗歌是文学艺术的一种，也需要一定的工具来发表、流传。由于时代历史科技的限制，千载之上的唐人"发表"诗作，没有今天的铅字印刷、光电排印，唐诗发表所附著的媒质尚不无简陋，诗人们努力因地制宜，运用各种工具来发表自己的作品，可谓不易矣！

唐代诗人常规"发表"作品，大多借助于纸张卷轴，除此以外，他们还开发非常规的特殊工具，略举数例如下。

墙壁。驿站、邮亭中的墙壁都是发表诗作的好工具。白居易《蓝桥驿见元九题诗》写道："每到驿亭先下马，循墙绕柱觅君诗。"可见驿站墙壁题诗已为惯例。寺观廊下的白壁也是公开诗人作品的工具。刘禹锡《碧涧寺见元九侍御和展上人诗》："廊下题诗满壁尘。"韩愈的《谒衡岳庙遂宿岳寺题门楼》成为名诗。

另外，学校、酒店、村舍、名胜、古迹、甚至妓馆的墙壁，都是诗人们题诗的工具。蜀地的飞泉亭、饶州的干越亭，题诗很多。在吴县虎丘山名妓贞娘墓，白居易、李绅、张祜、李商隐、罗隐等皆有题诗。后来宋代宋江在浔阳楼题反诗，当亦属唐代墙

壁题诗的遗风。

木板。在墙壁上题诗，空间有限，不便更新，故唐人又使用木板题诗，以便书写和换置，美其名曰"诗板"。《云仙杂记》卷2载："李白游慈恩寺，寺僧用水松牌，刷以吴胶粉，捧乞新诗。"晚唐诗人张祜《题灵彻上人旧房》："寂寞空门支道林，满堂诗板旧知音。"郑谷《送进士吴延保及第后南游》："胜地昔年诗板在，清歌几处郡筵开。"《全唐诗》卷597载高璩诗句："公斋一到人非旧，诗板重寻墨尚新。"据《全唐诗话》卷2载，蜀地飞泉亭曾有诗板一百多只，巫山庙也有诗板近千只。可见诗人们往往使用诗板。张祜"喜游山而多苦吟，凡历僧寺，往往题咏。……如杭之灵隐、天竺，苏之灵岩、楞伽，常之惠山、善卷，润之甘露、招隐，皆有佳作"（宋葛立方《韵语阳秋》卷4）。他曾在全国各地几十座寺庙里题诗。李涉《岳阳赠张祜》诗赞道：

> 岳阳西南湖上寺，水阁松房遍文字。
> 新钉张生一首诗，自余吟著皆无味。

"新钉"即指把写好诗歌的诗板钉在墙壁或宇檐下。

竹筒。诗壁、诗板是固定的，不能使异地的读者及时读到。诗友要互赠诗作，数量稍多一些，信封又装不下，唐代又没有电传、E－Mail。根据诗稿多为卷轴形式的特点，白居易和元稹发明了用竹筒来盛诗传递，美其名曰"诗筒"。《唐语林》卷2载：白居易为杭州刺史时，为了与在会稽任越州刺史的元稹往来交换诗作，经常让别人"每以诗筒，盛诗往来"。白居易《醉封诗筒寄微之》写道："为向两州邮吏道，莫辞来去递诗筒。"又《与微之唱和来去常以竹筒贮诗》云："拣得琅玕截作筒，缄题章句写心胸。"

葫芦瓢。不论是固定的诗壁、诗板，还是可以流动的诗筒，都是达官名人方可使用的发表作品的工具，一般诗歌爱好者或没有资格使用，或用不起，他们只能苦思冥想，因地制宜地开发新的发表工具。晚唐诗人唐求颇有诗名，如其名句道："数点水泉雨，一溪霜叶风"（《题郑处士隐居》）。《唐诗纪事》卷50载："求居蜀之味江山，方外之士也。为诗撚稿为圆，纳之大瓢中。后临病，投瓢于江曰：'斯文苟不沉没，得者方知吾苦心尔。'至新渠，有识者曰：'唐山人瓢也。'接得之，十才二三。"可见唐求多么希望能有更多的读者读到自己的创作，但苦于印刷术的不发达，自己又非身居都市的官员，真难为他想出用葫芦瓢来发表诗作的办法，可谓用心良苦。但这种工具并不完善，丢失很多，大部分都遗失了。

衣袍。宫女是受压迫受凌辱的阶层，她们作诗抒情，却没有正常的发表工具，就巧思妙想。《本事诗·情感》载，开元年间，朝廷命宫女制作纩衣（棉衣），颁赐边塞军士。一位宫女就趁机在纩衣内题诗，以表达对美好爱情的企盼：

> 沙场征戍客，寒苦若为眠。
> 战袍经手作，知落阿谁边？
> 蓄意多添线，含情更著绵。
> 今生已过也，重结身后缘。

后来，边塞上的一位兵士有幸得到这件题有诗句的纩衣，非常惊奇，遂向边帅报告，边帅又上奏玄宗。玄宗查得此题诗宫女，对她表示同情，并将她嫁与那位兵士，宫女美梦成真。

梧桐树叶。《本事诗·情感》载，诗人顾况在洛阳上阳宫御沟流水边得到一片大梧桐树叶，其上有宫女的一首题诗：

> 一入深宫里，年年不见春。
> 聊题一片叶，寄与有情人。

表达了少女怀春的情感。顾况随即也在梧叶上题诗，以表回复：

> 花落深宫莺亦悲，上阳宫女断肠诗。

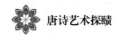

帝城不禁东流水，叶上题诗欲寄谁？

十天后，顾况又得到宫女的叶上答诗：

> 一叶题诗出禁城，谁人酬和独含情。
> 自嗟不及波中叶，荡漾乘春取次行。

宫女的诗作就是靠树叶才得到发表，可谓一片树叶寄真情。红叶题诗，后世成为姻缘巧合的具有浪漫色彩的象征。

门扉。《本事诗·情感》载士人崔护在清明日独游都城郊南，在一个庄院遇到一位美丽女子，一见钟情。来年清明日，崔护又造访那个庄院，但见门扉紧锁，不见女子。崔护遂于门扉题诗道：

> 去年今日此门中，人面桃花相映红。
> 人面只今何处去？桃花依旧笑春风。

题诗后离去。数日后，崔护又来到此庄院，闻有哭声，扣门以问，出来一位老父说，女儿归家入门，读了崔护题在门扉上的诗作，便大病绝食而死。崔护入门，到女子床边为她哭祝祈祷，须臾女子开目复活，二人结为夫妻。

人体。发表诗作，自有吾体，何需他求？唐人还利用胸背双臂来发表诗作。段成式《酉阳杂俎》前集卷8载，有位叫宋元素的诗歌爱好者，在自己左臂上刺有他创作的一首七绝：

> 昔日已前家未贫，苦将钱物结交亲。
> 如今失路寻知己，行尽关山无一人。

诗作表达寻觅知音的渴望，感慨世态炎凉，不满以利相交的世风。

还有一位叫葛清的人，"自颈以下，遍刺白居易舍人诗"（《酉阳杂俎》前集卷8）。诗歌与他的身体合而为一，可谓诗歌的狂热者。白居易的诗作有这样的人体广告为其发表作宣传，难怪其发行量巨大，正如元稹《白氏长庆集序》中所言："二十年间，禁省、观寺、邮候墙壁之上无不书，王公、妾妇、牛童马走之口无不道。至于缮写、模勒，炫卖于市井，或持之以交酒茗者，处处皆是。"

二、唐代诗人的绰号

很多唐代著名诗人都有美称或绰号，来由不一，颇有情趣，大体有如下几种情况。

（一）因诗人的总体诗歌创作成就而得名

如初唐诗人王绩，少时聪颖，时称"神仙童子"。他"年十五，谒杨素，占对英辩，一坐尽倾，以为'神仙童子'"（宋晁公武《郡斋读书志》卷4）。

王勃、杨炯、卢照邻和骆宾王以诗名于天下，时人呼为"四杰""四才子"（见张鷟《朝野佥载》、郗云卿《骆宾王文集序》）。

王昌龄擅长七绝，时称"诗家夫子"，也称"七绝圣手"。元辛文房《唐才子传》卷2载，王昌龄的诗歌，"缜密而思清，时称'诗家夫子王江宁'"。

李白的绰号叫"谪仙人""李谪仙"。李白至京城，曾拜见贺知章，并出示自己的诗作。贺知章读到《蜀道难》一诗（或有记载是《乌栖曲》，或言为《乌夜啼》），大为赞叹，呼为"谪仙人"（见孟棨《本事诗·高逸》、李白《对酒忆贺监二首并序》）。

刘禹锡被时人称为"诗豪""国手"。其诗歌清新健雅、意气风发。其"沉舟侧畔千帆过，病树前头万木春"等名句，广为世人传诵。他多与白居易唱和，白居易推为"诗豪"（见白居

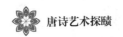

易《刘白唱和集解》)。又被推为"国手"。白居易《醉赠刘二十八使君》说:"诗称国手徒为尔。"

元稹诗才横溢,时号"元才子"。白居易《元微之墓志铭》载:"尤工诗,在翰林时,穆宗前后索诗数百首,命左右讽咏,宫中呼为'元才子'。"

晚唐诗人温庭筠时号"温八叉""温八吟",颇为新奇。《唐才子传》卷8载:"与李商隐齐名,时号温李。才情绮丽,尤工律赋。每试押官韵,烛下未尝起草,但笼袖凭几,每一韵,一吟而已。场中曰'温八吟'。又谓八叉手成八韵,名'温八叉'。"原来是赞许温庭筠诗思敏捷。其名作《商山早行》中写道:"鸡声茅店月,人迹板桥霜"千古流传。

应该注意的是,上述美称绰号皆为诗人在世时而得。而有的绰号则为诗人去世后,后人所称。如杜甫,后人称为"大杜""老杜",杜牧为诗"情致豪迈,人号为'小杜',以别杜甫云"(见宋代曾季狸《艇斋诗话》)。宋初,众人因许浑诗作佳句多用"水"字,故称"许浑千首湿"。因杜甫一生篇篇叹愁,故称之为"杜甫一生愁"。罗隐诗篇表现喜怒哀乐、心志去就,常常不离乎自己一身,故称之为"罗隐一生身"(见《苕溪渔隐丛话》前集卷12引《桐江诗话》)。另外,杜甫、王维和李贺得"诗圣""诗佛""诗鬼"诸绰号,皆为其身后人所呼,与生前之美名,不可同日而语。

一般来说,绰号皆为别人所呼,但也有的绰号是诗人的自封。如刘长卿作诗,雅畅精炼,擅长五言诗,颇为自信,曾自称"五言长城"(见权德舆《秦徵君校书与刘随州唱和集序》),时论小许之。其诗如"柴门闻犬吠,飞雪夜归人"(《逢雪宿芙蓉山主人》),世人传诵。

(二) 因诗人的性格长相而得名

中唐诗人窦巩,为人口讷寡言,时称"嗫嚅翁"。《旧唐书》

本传载其"性温雅，多不能持论，士友言议之际，吻动而不发，白居易等目为'嗫嚅翁'。"窦巩虽口语"嗫嚅"，但诗作亦颇具特色，如其《放鱼》诗写道：

> 黄金赎得免刀痕，问道禽鱼亦感恩。
> 好去长江千万里，不须辛苦上龙门。

借放鱼之事而发挥，用拟人象征之手法，以喻人事，体现出别样的人生理念，透露出一种豪迈之气，为世人所称。

以其《悯农》诗而闻名于世的李绅，因其身材矮小，时人称为"短李"。《新唐书·李绅传》载："为人短小精悍，于诗最有名，时号'短李'。"但是，他人短而诗不"短"，擅长歌行，致力于新乐府创作，所作乐府诗，心存忧国忧民之大志，其诗题径直标以新题，"雅有所谓，不虚为文……病时之尤急"（元稹《和李校书新题乐府十二首序》）。为元、白创作新乐府之先导。

晚唐诗人方干，时称"补唇先生"。五代何光远《鉴戒录》卷8载，方干天生唇缺，"为人唇缺……后数十年，遇医补得，年已老矣，遂举足不出镜湖。时人号曰'补唇先生'"（这也可见我国古代外科手术之高明）。方干作诗勤奋，苦吟锤炼，自称"才吟五字句，又白几茎髭"（《赠喻凫》）。其《题报恩寺上方》诗有一联名句"来来先上上方看，眼界无穷世界宽"，写出一派登高临远、放眼世界的豪迈气概，为世人所爱。又有《除夜》诗写道："明日便为经岁客，昨朝犹是少年人。"运用时间坐标，写出时不我待，光阴似梭之感受，富于理趣。俗谚云：人不可貌相，海水不可斗量。时人称其为"句满天下口，名骋天下耳"（吴融《赠方干》），应为不误。

细检史籍、诗文，可知上述诗人因长相缺陷而得的绰号，似非取笑之称，应视之为时人因其诗佳而所给予的爱称特指。

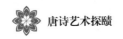
（三）因诗人自己诗歌的佳联警句而得名

如韩翃曾作《寒食》诗，为时人所推许：

> 春城无处不飞花，寒食东风御柳斜。
> 日暮汉官传蜡烛，轻烟散入五侯家。

据《本事诗》载，唐德宗极喜此诗，亲自点名任命为中书舍人，在御批任免名册时，因当时有同姓名者，德宗还特御批称为"'春城无处不飞花'韩翃"。

晚唐诗人许棠时称"许洞庭"，出于其《过洞庭》诗：

> 惊波常不定，半日鬓堪斑。
> 四顾疑无地，中流忽有山。
> 鸟飞应畏堕，帆远却如闲。
> 渔父时相引，行歌浩渺间。

道出诗人乘舟凌波于浩淼洞庭水的亲身感受，颇为真切。五代孙光宪《北梦琐言》卷3载："许棠有《过洞庭》诗，尤工，时人谓之'许洞庭'。"卷7载："而后无继斯作。"

诗人赵嘏，曾为渭南尉，世称"赵渭南"，因诗句而得的绰号叫"赵倚楼"。其七律《早秋》诗中写道：

> 云物凄清拂曙流，汉家宫阙动高秋。
> 残星几点雁横塞，长笛一声人倚楼。

据《唐摭言》卷7《知己》载，大诗人杜牧对此诗吟咏不已，称之为"赵倚楼"。"残星几点雁横塞，长笛一声人倚楼"这一联诗句也因此流传开来。

诗人罗隐的绰号叫"罗牡丹"，颇为美丽。他的诗作擅长表现牡丹花。其著名的《牡丹》诗其一写道：

> 似共东风别有因，绛罗高卷不胜春。

若教解语应倾国，任是无情亦动人。
　　　　芍药与君为近侍，芙蓉何处避芳尘。
　　　　可怜韩令功成后，辜负秾华过此身。

全诗用拟人手法描写牡丹的妩媚动人。那牡丹就是美人，只差不能说话，若能开口言语，那一定是倾城倾国的美女。艳红牡丹高立盛开，似乎还有别的期待，那就是期待着理解和爱情。此诗咏牡丹之美，同时也是叹美人不嫁，并且似乎也大有深意，感人生才华之士的未遇。诗中"韩令"指谁？注家多谓之汉代韩信。但笔者检宋严有翼《艺苑雌黄》载（宋胡仔《苕溪渔隐丛话》后集卷 23 引）："余考之唐元和中韩弘罢宣武节制，始至长安私第，有花，命斫去，曰：'吾岂效儿女辈耶？'"因而，笔者认为诗人似乎应该是用韩弘的典故，韩弘侵凌残暴牡丹，故罗隐有"可怜韩令功成后，辜负秾华过此身"的诗句。

　　罗隐《牡丹》其二写道：

　　　　公子醉归灯下见，美人朝起镜中看。
　　　　当庭始觉春风贵，带雨方知国色寒。

诗意形象生动美丽，世人传诵。因此"罗牡丹"之称（见朱庭珍《筱园诗话》卷 4 载），可谓不误。

（四）以鸟名作为诗人的绰号最为灵动而有趣

　　晚唐诗人郑谷曾为都官郎中，时称"郑都官"。而又称"郑鹧鸪"，本得自于其《鹧鸪》诗：

　　　　暖戏烟芜锦翼齐，品流应得近山鸡。
　　　　雨昏青草湖边过，花落黄陵庙里啼。
　　　　游子乍闻征袖湿，佳人才唱翠眉低。
　　　　相呼相唤湘江曲，苦竹丛深春日西。

古人谓鹧鸪鸟，"其志怀南不思北"（崔豹《古今注·鸟兽》），其鸣声，俗以为极似"行不得也哥哥"之音。"黄陵庙"在湘江旁黄陵山下，用以祭祀溺死于湘江的舜的两位妃子（娥皇和女英）。"佳人才唱"，指唐代流行的《山鹧鸪》曲。此诗借鹧鸪写人情，被后来金圣叹称赞其"深得比兴之意"（《圣叹选批唐才子传》）。其中尤以"雨昏青草湖边过，花落黄陵庙里啼"一联著称，时称"郑鹧鸪"（见郭绍虞《宋诗话辑佚》引《古今诗话》载）。

诗人崔珏喜写鸳鸯，世人称之为"崔鸳鸯"。现存《和友人鸳鸯之什》3 首，皆写物细腻生动，寄寓情感。其中一首写道："暂分烟岛犹回首，只渡寒塘亦共飞。"描写鸳鸯冷暖与共、比翼同飞的优雅身姿。有使人读后，感到诗意岂止于鸳鸯，也是人间有情人的象征。其二写道：

> 寂寂春塘烟晚时，两心和影共依依。
> 溪头日暖眠沙稳，渡口风寒浴浪稀。
> 翡翠莫夸饶彩饰，鹔鹴须羡好毛衣。
> 兰深芷密无人见，相逐相呼何处归。

写春天日暮，烟霭轻悠，水塘波荡，鸳鸯在兰芷草丛中两两相依，相逐相呼，我们读后不禁油然而生"愿做鸳鸯不羡仙"（卢照邻《长安古意》）的情感。

雍陶有"雍白鹭"之美称。实来自其《咏双白鹭》一诗：

> 双鹭应怜水满池，风飘不动顶垂丝。
> 立当青草人先见，行傍白莲鱼未知。
> 一足独拳寒雨里，数声相叫早秋时。
> 林塘得尔须增价，况与诗家物色宜。

"拳"是蜷曲的意思。诗篇描写白鹭洁白身姿，顶羽垂丝，寒雨飘风之中，岿然不动，亭亭玉立，不仅为大自然增辉，而且也是诗人寓意寄情的极好对象。

346

了解一些唐代诗人的美称别号，有助于我们对唐诗艺术的理解和研究。

（五）唐代诗人往往自名绰号

唐代国力强盛，疆域广阔，文化繁荣，在当时世界处于领先地位。在这种自信的时代气氛中，唐代诗人们也多纵情高歌，傲物放言，狂肆不羁，往往自名"钓鳌客"。

唐代封演《封氏见闻记·狂谲》中记载："王严光颇有文才，而性卓诡，即无所达，自称'钓鳌客'。巡历郡县，求麻铁之资，云造钓具。有不应者，辄录取名姓，藏于书笈中。人问：'将此何用?'答曰：'钓鳌之时，取此懔汉以充鳌饵。'"这位王严光可谓狂傲之极。

宋代王谠《唐语林》载"李白开元中谒宰相，封一板，上题曰：'海上钓鳌客李白'。宰相问曰：'先生临沧海，钓巨鳌，以何物为钩线?'白曰：'风波逸其情，乾坤纵其志。以虹蜺为线，明月为钩'。又曰：'何物为饵?'白曰：'以天下无义气丈夫为饵。'"李白自视为钓鳌客，以表示蔑视权贵之心志。

五代何光远《鉴戒录·钓巨鳌》载诗人张祜见名人李绅，自称"钓鳌客"。李绅"怒其狂诞，欲以言下挫之。及见祜，不候从容及问曰：'秀才既解钓鳌，以何物为竿?'祜对曰：'用长虹为竿。'又问曰：'以何物为钩?'曰：'以初月为钩。'又问曰：'以何物为饵?'曰：'用唐朝李相公为饵。'"张祜也自视为钓鳌客。

这些故事虽属小说家言，互相不免雷同，似有抄袭附会，多与诗人事迹不符，但亦可见出唐代诗人之气魄。唐代诗人多喜以"钓鳌客"自许，实际上皆源自《庄子》里的故事。

庄子多以汪洋恣肆的大言狂语，表达其宇宙观与社会观。《庄子·外物篇》说："任公子为大钩巨缁，五十犗以为饵，蹲乎会稽,投竿东海,旦旦而钓,期年不得鱼。已而大鱼食之,牵巨钩,陷没而下,鹜扬而奋鬐,白波若山,海水震荡,声侔鬼神,惮赫千里。"庄子说任国的公子准备钓大鱼,制作了巨大的钓钩,粗大的黑绳子,用 50 头犗牛做鱼饵,蹲在会稽山上,向东海甩鱼竿,每天都在钓,一整年没有钓到大鱼。但不久有条大鱼来吞鱼饵,牵动巨大的钓钩沉下海中,霎时,大鱼翻腾奋鳍,白浪如山,海水摇荡,声如鬼神号吼,震惊千里之外。庄子本来是以此比喻经世者应当见多识广,立大志、做大事,"未尝闻任氏之风俗,其不可与经于世亦远矣!"没有听说过任公子的魄力风格的人,是不可能成就大业的。

唐代诗人文士多喜欢庄子的文辞,故引以自喻,继以自傲,展现自己的奔放狂傲的个性,无可见怪。元稹《酬独孤二十六送归通州》也以钓鳌自许:

> 我有平生志,临别将具论。
> 十岁慕偂儶,爱白不爱昏。
> 宁爱寒切烈,不爱旸温暾。
> 二十走猎骑,三十游海门。……
> 鳌钓气方壮,鹘拳心颇尊。

当代郭启宏创作的话剧《李白》也写及李白自称"钓鳌客"。后世类似比喻夸张的狂语还有相传朱元璋自许钓客的诗作:

> 燕子矶分一秤砣,长虹做杆又如何。
> 天边弯月是钩挂,称我江山有几多。

朱元璋要钓的不是鳌,而是权利江山,是"钓皇位之客",稍嫌俗气势利,比不过唐代"钓鳌客"诗人的旷逸和逍遥之气。

三、唐代诗人的"一字师"

子曰："三人行，必有吾师。""一字师"是我国文学史上文学创作的优良传统，在现代较有名的例子，是郭沫若虚心接受一位演员的建议，将话剧《屈原》里婵娟骂宋玉的话"你是没有骨气的文人"中的"是"改为"这"，以加强感情和语气。唐代诗歌创作中有很多一字师的佳话。

"推敲"这个词语就是一个"一字师"的故事，来自中唐诗人韩愈和贾岛。宋代胡仔《苕溪渔隐丛话》前集卷19引《刘公嘉话》载："岛初赴举京师，一日，于驴上得句云：'鸟宿池边树，僧敲月下门。'始欲作'推'字，又欲作'敲'字，炼之未定，遂于驴上吟哦。时时引手作推敲之势。时韩愈吏部权京兆，岛不觉冲之第三节，左右拥之尹前，岛具对所得诗句云云。韩立马良久，谓岛曰：'作"敲"字佳矣'。遂与并辔而归，留连论诗，与为布衣之交。"看来是韩愈最后"敲"定为"僧敲月下门"，可谓贾岛的"一字师"。

宋代刘斧《青琐后集》记载，唐末诗人王贞白曾作《御沟》诗：

> 一派御沟水，绿槐相阴清。
> 此波涵帝泽，无处濯尘缨。
> 鸟道来虽险，龙池到自平。
> 朝宗心本切，顾向急流倾。

王贞白将此得意之作送示当时著名诗僧贯休，贯休说："剩一字。"即谓全诗皆好，只有一字当改，让王贞白独自揣摩。王贞白拂袂而去，贯休说："此公思敏，当即来。"并且在自己手掌上书一"中"字。一会儿，王贞白回还，说："将'此波涵帝泽'，改为'此中涵帝泽'如何？"即将"波"改为"中"。二人诗思不异，遂订为诗友之交。二人皆可称得上"一字师"。

又宋代陶岳《五代史补》卷3《齐己》载，诗僧齐己携诗往谒著名诗人郑谷。当读到齐己《早梅》中的诗句："前村深雪里，昨夜数枝开。"郑谷笑道："'数'枝非早，不若'一'枝，则佳。"齐己矍然起敬，"不觉兼三衣叩地膜拜。自是士林以谷为齐己一字之师"。大家公认郑谷是齐己的一字师。郑谷做齐己的一字师并非一次。据翁方纲《石洲诗话》卷2记载，齐己曾谒见郑谷，献上自己的诗句："自封修药院，别下著僧床。""谷览之云：'请改一字，方可相见。'经个数日再谒，改云：'别扫著僧床。'谷嘉赏，结为诗友。"看来"孺子可教"，齐己在郑谷的教诲下，也能自我推敲字眼了。

一字师并非为大诗人的"专利"，在唐代，诗歌艺术普及，可谓人人能诗，人人懂诗，大众之中亦不乏一字师。据明代李东阳《麓堂诗话》引《唐音遗响》载，诗人任蕃曾游台州，在寺壁上写下《题台州寺壁》一诗：

> 绝顶新秋生夜凉，鹤翻松露滴衣裳。
> 前峰月照一江水，僧在翠微开竹房。

"既去，有观者取笔改'一'字为'半'字。翻行数十里，乃得'半'字，亟回欲易之，则见所改字，因叹曰：'台州有人。'"可能"半江水"比"一江水"可以更好地体现出月光斜映，或表现出江水蜿蜒，是眼前即景的细致而实际描写，避免意境笼统、粗糙。可见英雄所见略同，民众与任蕃具有同样的诗艺。

实际上，"一字师"即为一个在诗歌创作的艰苦过程中"咬文嚼字"、锤字炼字、创造意境的问题。正如诗人卢延让《苦吟》诗中所说：

> 莫话诗中事，诗中难更无。
> 吟安一个字，捻断数茎鬚。

可见唐代诗人为创作诗歌付出多大的精神劳动。另外，有关"一字师"的佳话在中晚唐时期出现较多，亦可见出唐诗艺术已经由注重整篇气象浑厚向注重字词锤炼、体物细致的方向发展。

四、唐诗与强盗无赖

在唐代，人人喜爱诗歌，蔚为风气，就连强盗无赖也时常附庸风雅，喜欢谈诗。诗人先前亦往往是强盗。如苏涣年轻时的绰号叫"白跖"。据唐代高仲武《中兴间气集》卷上载，苏涣少时曾在巴地行侠，是拦截商人的强盗，"善放白弩，巴中人号曰'白跖'。"后来折节从学，成为颇具时名的诗人。曾作《变律诗》19 首。如其二，写毒蜂窝危害行人，一少年持弹弓射中蜂窠：

> 一中纷下来，势若风雨随。
> 身如万箭攒，宛转迷所之。
> 徒有嫉恶心，奈何不知机。

"机"，指时机、策略。此诗具有一定的思想性，"其文意长于讽刺，亦有陈拾遗一鳞半甲"（宋计有功《唐诗纪事》卷26），名于当时。杜甫流落潭州时，跟他成为朋友，有数诗赠答。杜甫称之"才力素壮，辞句动人。……殷殷留金石声"（《苏大侍御访江浦并序》）。许之甚高。

俗谚云：秀才遇见兵，有理讲不清。但在唐代却有不同，若诗人遇到兵匪强盗，常能因诗歌而化险为夷，得到解救，唐诗功不可掩。中唐诗人李涉作诗，诗风卓荦不群，才名闻于时。唐代范摅《云溪友议》卷下载：李涉曾有一次到九江看望弟弟，"至浣口之西，忽逢大风，鼓其征帆，数十人皆持兵杖，而问是何人。从者曰：'李博士船也。'其间豪首曰：'若是李涉博士，吾辈不须剽他金帛，自闻诗名日久，但得一篇，金帛非贵也。'"

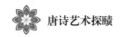

看来这位强盗也怕是假冒诗人，出题面试，凭诗验身。李涉当场写下《井栏砂宿遇夜客》一诗；

> 暮雨潇潇江上村，绿林豪客夜知闻。
> 他时不用藏名姓，世上如今半是君。

强盗大喜，设酒肉为李涉饯行，并馈赠丰厚的礼物，拜送李涉。从爱好诗歌这一点上看，这位强盗倒也满可爱。

宋计有功《唐诗纪事》卷 51 载：中唐时诗人杨衡"初隐庐山，有盗其文登第者，衡因诣阙，亦登第。见其人，盛怒曰：'"——鹤声飞上天"在否？'答曰：'此句知兄最惜，不敢偷。'衡笑曰：'犹可恕也。'"这里的"盗偷"并非实际的抢夺，而是指抄袭别人的诗文。杨衡诗歌艺术水平高，曾有人抄袭他的诗文而登第，但对他"——鹤声飞上天"等最珍爱的名句，就不抄用。对杨衡这位当时并非闻名大诗人的诗作，抄袭者也不掠人之"最美"。可见，唐代文人可谓"有行"，亦有道德的刻度。

唐末诗人王毂在未中第时曾写有《玉树曲》一诗：

> 璧月夜，琼树春，莲舌泠泠词调新。
> 当时狎客尽丰禄，直谏犯颜无一人。
> 歌未阕，晋王剑上粘腥血。
> 君臣犹在醉乡中，面上已无陈日月。

诗歌讽刺感叹南朝陈后主陷害忠良，奸佞受宠，歌舞升平，导致灭亡。当时广为传播。宋代阮阅《诗话总龟》前集卷 29 引《百斛明珠》载："毂未第时，尝于市尘中，忽见同人被无赖辈殴打，毂前救之，扬声曰：'莫无礼！识吾否？吾便是解道"君臣犹在醉乡中，面上已无陈日月"者！'无赖辈闻之，敛手惭谢而退。"王毂仅凭恃自己的诗名，就敢于凛然痛击地痞无赖，无赖"敛手惭谢而退"，可见唐代民众道德文明，重视文学，尊敬诗人之风习，唐代社会文化繁荣亦可见一斑。个中原因，还应是唐诗艺术的普及繁荣。

　　林庚先生在谈到中国文学史研究时曾言："精神方面的影响主要靠艺术的熏染，而不能只靠哲学的概念，或一个什么口号，那是教条。……对于人的精神影响，主要的还是诗教"（《文史知识 2000 年第 2 期》）。此言中的。大唐强大，文明昌盛，唐诗的熏染作用，功不可没。完善社会文明，延续中华礼仪之邦，需有诗歌艺术的熏陶，寓教于乐。唐代如此，后世亦应如此。唐诗伟哉！

五、顽皮出诗人

　　唐诗创作讲究立意、想象。王昌龄《诗格》讲"诗有三境"："物境""情境"和"意境"，皆需"用思""驰思""张之于意而思之于心"。"诗有三格"："生思""感思""取思"。而一个人儿时的天真活泼、玩耍顽皮，与他以后诗歌创作的创造力、想象力具有极大的关系，影响着其后来诗歌创造的成就。

　　李白自小并不是一个老实听话的乖孩子。他喜欢剑术，常常打架。据宋代祝穆《方舆胜览》记载，李白儿时在眉州象耳山读书，但却"未成弃去。过小溪，逢老妪，方磨铁杵。问之，曰：'欲作针'。太白感其意，还卒业"。可知"诗仙"李白在儿时也逃过学。郭沫若曾为李白故迹题楹联赞道：

> 酌花酒间，磨针石上；
> 倚剑天外，挂弓扶桑。

可见，把李白因逃学而发生的"磨针石上"一事，作为李白人生及其文学创作道路的一个重要组成部分。杜甫《百忧集行》诗曾回忆自己儿时的情景：

> 忆年十五心尚孩，健如黄犊走复来。

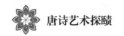

> 庭前八月梨枣熟，一日上树能千回。

可知"诗圣"杜甫小时是个爱爬树上高的调皮孩子。但是，这些都没有妨碍他们后来成为我国古代最伟大的浪漫主义诗人和现实主义诗人。

晚唐五代时的著名诗人、词人韦庄也是如此。《天平广记》记载："韦庄幼时，常在华州下邽县侨居，多与邻巷诸儿会戏。"韦庄自己后来在《下邽感旧》诗中回忆道：

> 昔为童稚不知愁，竹马闲乘绕县游。
> 曾为看花偷出郭，也因逃学暂登楼。
> 招他邑客来还醉，才得先生去始休。

可知韦庄儿时喜欢同当时的小伙伴们一起玩竹马游戏，常常没有得到大人允许，就偷着出城逛景，逃学登楼，喝酒取闹。韦庄还在《途次逢李氏兄弟感旧》诗中回忆道：

> 御沟西面朱门宅，记得当时好弟兄。
> 晚傍柳阴骑竹马，夜偎灯影弄先生。
> 巡街趁蝶衣裳破，上屋探雏手脚轻。

他与李氏兄弟常常在室外玩耍，在大街上奔跑，追赶蝴蝶，上房捉小鸟。黄昏时则常玩扮演戏谑教书先生的游戏。在这里，"趁"，是追赶的意思；"弄"，是扮演、装扮的意思。后来，韦庄在诗词创作上取得很高的成就，"一咏一筋之作，具能感动人也"（元代辛元房《唐才子传》中评语）。他写的《秦妇吟》诗，长达1666字，是现存唐诗中篇幅最长的诗篇之一。

儿时顽皮不一定以后就能成为诗人，诗人儿时也不一定都顽皮，但顽皮亦可出诗人。

附编

高玉昆诗集

诗　　目

自序

卷一

卷三

自　序

　　予赋性愚而幽夏，少耽索居，好艺文之乐。垂髫之年即受家风熏陶，喜临帖刻石，阅古览籍。唯憾时值"文革"时期，家中与社会上古籍不现，所读不多。中学毕业后，有幸考入京华燕园攻读，得师门先醒之教诲，遂好古慕雅，心仪古贤之诗骚文赋，览子建、靖节之高古，仰子美、义山之淳厚。诗文诚乃不朽之盛事，永恒之雅趣，窃谓子桓之言非虚也，固应视之为世情之升华，大千之镜像。又憾其时学业繁重，仅于课后粗识格律声韵，偶尔尝试为情造文设辞，不足道哉。

　　学成后从事教育工作，深感古贤重三立，林禽期一鸣。曩昔杜元凯有言：德者非所企及，立言或可庶几。鄙以为立言谈何易，辞章犹可及，故存叶韵缀字以抒吾生性情之志矣。于教学与撰述工作之余，始渐多吟哦酬答，抒发性情。山水草木，比兴寄怀。感于哀乐，涉世欷歔。作诗之本，岂忘孔圣之兴观群怨；摘辞之用，力求周诗之比物咏怀。黄花翠竹，无非般若；家长里短，尽是菩提。时有口占走笔，权作缘情感遇；类孟郊捻断茎须，效贾岛推敲月下，苦吟何如子美，呕心怎比长吉。状香草以讬类，慕屈子之风；承古韵之纯粹，依平水之体制。其中鸭饮春水，冷暖自知。入室几何，冀方家之雅正，明此道之不孤。

　　昔金楼子尝慕有汉世俗雅风，家家有制，人人有集。嗟夫！已近耳顺之年，惯看苍狗白驹；正逢承平之岁，无忧茶米油盐。今风暄日丽，春和景明，怀铅付梓，敝帚自珍；搜罗所作，都为一集，以时序分卷而编，各体杂之。癖于斯，觅知音，亦为后日可观可忆矣！清儒陈澧谓：欲知人之性情，则后世之人不如同时之人；欲知人之学术，则同时之人反不如后世之人。信夫东塾先生此言！拙作偶缀典故，皆不出注，简者知者易知，难者识者自识，间有隐衷，唯凭今时后世之雅人好事者寻绎矣。

己亥高玉昆谨序于京华海淀坡上村大有书斋

卷　　一

西苑行

乙亥秋月，余应邀赴京城西苑中直机关老龄大学讲授诗词艺术课程，得与诸公奇文同赏，异义共析，诗韵齐吟，教学双喜，厥结艺文忘年之交，幸甚至哉，歌以咏之。

玉泉山脚昆明水，金秋西苑行伊始。
初逢忝为文字师，讲坛上下双相喜。
古稀耄耋来听课，耳顺心明满堂坐。
骥老伏枥志犹驰，白发翁媪神矍铄。
湖水南流声渐小，路径已埋西苑草。
萋萋蒹葭知何方，无从溯回嗟天老。
苍狗白驹逝如斯，我生有涯知无涯。
生涯蹉跎各回首，诗赋过眼唏嘘滋。
君不见孔夫子、马文渊，
二毛个知老将至，老当益壮本大器。
俯仰神游得文心，忘我忘年两交谊。

戊寅初度

迤遭三纪似滩湍，客寄幽燕叹世艰。

而立已超应再立，将看不惑奈何看。

漫抛老子他时读，且挈小儿此刻欢。

放眼大千风物好，今日休吟行路难。

赠美国玛院教授陈文蔚翁

乙酉年仲秋，予忝为访问学者赴美国俄亥俄州玛瑞埃塔学院，幸会该院经济学教授陈文蔚。蜀人陈公年逾八十，自20世纪40年代居美教学至今。闲聊诗艺，不免唏嘘，遂赋诗以呈之。

人生到处知何似，恰似鸿飞踏雪泥。

相忘五湖庄子悟，独思三昧东坡知。

从心所欲君自得，过眼烟云惑早离。

夫子乘桴浮海外，自应寻道志不迷。

戊子腊月拜访王个簃弟子林心传老人寓所有感二首兼呈之

其一

暮岁寒风带夕阳，丝丝甫透矮居窗。

四墙博古画师写，三变俨温君子藏。

信手抹涂呈墨彩，流眸深邃寓沧桑。

偏西日脚憾辞别，吾意半忻半怅茫。

其二

也曾学步摹涂鸦，今始拨霾识大家。
冬日一番谈古篆，春风四面沐朝霞。
甫悲已去迷无路，转喜应追托有涯。
祈愿吾师常矍铄，岂期卑米更期茶。

己丑岁首

乌飞兔走逝流光，地漏山崩黎庶殇。
甫见金牛喜爆竹，将瞻玉虎叹沧桑。
半生回首泮池苦，三乐盈心桃李芳。
且盼春来偕学棣，谈文论艺共黉堂。

酬燕园学长王兄茂福温州寄诗二绝句

其一

瓯越遥看霞鹜闲，仁兄真乃世尘仙。
持螯品酒吟佳句，应忆燕园日下烟。

其二

已知天命吾兄奇，耳顺之年惑早离。
遥羡永嘉风日沐，卜居东海戏鸥鹚。

临习吴昌硕花卉写意有感二绝句

其一

昨爱墨痕今喜红，斑斓造化与禅同。
人言身老追奇艳，真意应存写彩中。

其二

前日描枝今写葩，大千世界甚堪夸。
弥知一叶即禅意，在此存真不在他。

庚寅元日收悉王茂福君自威海贺年短信有感兼呈之

昨夜京城爆竹声，晨兴推牖喜春更。
乍观短信感君意，欲叙长言愧己情。
似水流年湖塔阅，如烟往事泮宫行。
卜居东海诚怡事，心慕随君伴鸥盟。

人日夜酬王君茂福寄诗

爆竹初春已渐稀，仁兄遥寄句唏嘘。
燕园故友渐疏远，但喜君情伴月飞。

辛卯元日答学棣孙志明君

志存持戈挥，明月共星稀，心寄新年夜，意随鸿鹄飞。

元日赠王茂福学兄

楼前爆竹数声闻，顿觉晴空春气熏。
且喜白兔逐朝阳，更悲苍狗伴浮云。
二毛渐染京华客，一意唯通宁夏君。
同学而今多不贱，唯知足下赋诗勤。

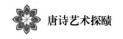

忆昔十六韵

忆昔卜居住，西苑草菁菁。右为万寿阁，左乃傍园明。
西眺玉泉塔，塔影水天澄。禾畦绿片片，澄澈可濯缨。
放眼镜中画，荷池苇絮轻。仲夏秧苗长，金秋稻丰登。
时见鸡豚走，偶遇老村翁。田埂戏白鹭，雨后讶彩虹。
极目夜空下，携幼数星星。更有藕深处，蛙鸣三两声。
乐闻虫声聒，心物喜双清。卅年刹那过，而今车笛鸣。
高架桥南北，楼厦矗重重。不见兼葭迹，唯有车纵横。
家居虽云好，稍缺怡然情。举目眄天际，心期与鸥盟。

有感燕园同窗李兄有事相求兼呈之

别梦依稀卅载惊，欲言愧对故人情。
携玉同窗多贵介，怀铅独自一书生。
愚弟直同泥菩萨，仁兄犹唱金刚经。
愿君诺奖探囊得，世界文坛维凤鸣。

壬辰仲春《国学经典论读》书稿付梓感杯

自去年深秋，予含咀经典英华，焚膏继晷，爬罗六艺五经，剔抉百家九流，以撰《国学经典论读》一书。恨一己之才识浅陋，美国学之博大精深。冀同仁方家之赐教，明读书学问之不孤。壬辰春至，书稿付梓。惊蛰时节，万物复苏。仰观天云之苍狗，俯视地草之氤氲。遂赋七律一首，亦为后日可观可忆矣！

似感春雷物候新，抛书出户凯风频。
顾红经眼枝枝萼，盼绿迎颜簇簇筠。
拊掌妻嘲六艺腐，舒眉自品九流醇。
不思半载祭鱼獭，目送归鸿天际巡。

五十初度

纔知半百吾生痴，卅载黉池忝字师。
片片荷花如盖立，堆堆柳絮似蓬驰。
且看桃李遍天际，可奈鹡鸰抢地垂。
应悟圣贤天命语，北溟遥望漫深思。

壬辰初秋刘晓峰学兄邀同窗相逢黄山

甫闻旧友聚，顿起子猷兴。奇石有婀娜，彩云无滞凝。
目舒观雾海，足健慕霄鹰。卅载念同学，何须论德名。

燕园文学七八级同门师生同游黄山适逢暴雨

一线天中湍水奔，万珠雨里情谊存。
摩肩低语无诗笔，携手高谈有酒樽。
才智万千聚蔡校，文学七八立程门。
同窗抗迈多雅士，卅载功名谁复论。

赠郭人骍老人一百字

一从识郭老，曾登门品茶。忘年交多载，说古谈今嗟。

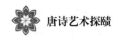

矍铄近白寿，神态似瑠骅。笑语对桑榆，仰天赏晚霞。
草书犹蛇走，素绘呈春葩。往往觅佳句，心系我中华。
浮生途有雨，艺海知无涯。每周来上课，吟诗道桑麻。
慕圣不耻问，论文时不赊。吾意其诗外，墨妙德更嘉。

癸巳元日寄王茂福君

同窗一别后，几次柳依依。又到新年日，远方鸿鹄飞。

夏日闻故乡诗会

遥望白云绕乳山，骚人墨客雅兴闲。
乡情共叙缺游子，羁旅京华正泪潸。

初夏读林心传老人书画册有感十一韵兼呈之

红瘦续绿肥，京华满烟柳。流观菩提图，心摹林翁叟。
早登个师堂，意趣绍老缶。不逐世轻浮，籀碑笔法守。
遒劲绘葫芦，洒脱画荷藕。水墨呈五彩，浓淡渲不苟。
众芳伴鼎彝，格调古意有。举案侍老妻，写梅傍矮牖。
此中风范存，岂止丹青手。近来泼墨余，奏刀治石否。
窃愿拙手追，门下为走狗。

寄王茂福君

挥手黄山后，鸥应飞海滨。浃背京华客，暑日漫思君。

夏日思儿十三韵

皇城骤雨过，绿肥柳丝长。仰天叹苍狗，俯首思儿郎。
入泮十八载，辛勤读书忙。为父多劝学，如今似梦茫。
九龙四春夏，自立又自强。负笈旧金山，最爱仍故乡。
昔日稚容面，归来转轩昂。生计客港岛，权宜为稻粱。
甫喜暂露角，不见泪浪浪。时持少年照，拂拭细端详。
虽言慕溟渤，终思共一廊。何当共餐饮，携手醉数觞。
远帆归收揽，促膝话沧桑。

喜读刘君明亮词作有感兼赠之

太极嘉名立，更怀国学情。跃腾无敌手，词作伴拳经。

儿时十一韵

儿时家居苦，开支计分毫。求赁农人屋，文革厄运遭。
尤惧每出户，邻门恶犬嚎。恰似景阳虎，又如灵公獒。
弱雏惊弦久，常牵吾母袍。慈亲谆教诲，男儿学牛皋。
厉声吓猛狗，畜生果不嗷。始知人与兽，皆欺孩与羔。
母今垂老迈，力单病中熬。千载凯风句，一生母劬劳。
童年讵堪忆，忆昔心滔滔。

近乡

烈日驱车伴路埃，故乡近望漫徘徊。
携儿暂立山邨口，往事如烟俱忆来。

拜访《中国诗词年鉴》编审刘君庆霖兼呈之

诗坛驰骋大名闻，细雨有缘今见君。
始诵幽燕老将句，更览吴楚少年文。
高人一等吟哦苦，入木三分评论勤。
可羡刘郎真国手，何时对酌赏风云。

忆恩师倪其心先生

云卷云舒望杜鹃，一思容貌一潸然。
谗言三及少夷路，兰舸孤航多险川。
元史唐文勤剔抉，宋诗汉赋细评诠。
吾师万木千帆后，蓑雨平生待郑笺。

读林心传老人《祈梦楼诗稿》感怀兼呈之

日暮诵诗无夜眠，画师浩气溢星天。
卅章辞句飘江海，七纪德行走楚燕。
情系个簃最切切，心怀老缶弥绵绵。
椿龄茶寿何须梦，彩墨清辞伴百年。

赞业师费振刚先生

燕园博雅草萋萋，旧地重来忆吾师。
言教谆谆弟子记，身传耿耿同仁知。
著文屡校上林赋，授课长吟茉苜诗。
可叹今人空掉舌，乾嘉朴学逝如斯。

忆昔拜访林庚先生燕南园寓所

斜阳缕缕静无尘，轻叩宅门透绿筠。
隔牖英文歌咏慢，入庭闽语诵吟频。
屡称汉简韦编错，更证唐诗气象真。
谁叹而今夫子逝，燕园四望漫逡巡。

暑日感怀十四韵

冬去春来，予检古籍、抚键盘，拟完成多年旧稿《中国诗歌艺术研究》一书，尤其于最后定稿阶段，正值癸巳酷暑，予怀铅提椠，闭门斟酌，废寝忘食，校雠杀青，可谓焚膏油以继晷，味甘苦而自知矣。嗟夫！愧呈井蛙之陋以窥井，叹观风骚之美于昭天。敝帚自珍，仅忝怀踌躇四顾之微悦，岂敢言庖丁解牛之大玄。学术探赜，付梓唯艰。愚视之为自己又一述古立言之人生美事，期与同仁相与析义，怀古晤言，兹赋诗十四韵云。

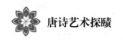

哪咤驱火轮，更似祝融迩。京兆白晶天，微云纤如纸。
月夜喘吴牛，草木皆披靡。葛衣汗浃流，畏见褴襻子。
戚瞿恼金乌，冀邀后羿矢。撰述务笔耕，爬罗搜文史。
秉烛苦属辞，览古悟归指。因想建筑工，曝晒岂休止。
王孙把扇摇，黔首忙田里。货郎游乡间，尘途屡举趾。
静思居承平，柴米有赖倚。承传古诗词，懈怠应知耻。
安得起清风，翼彼万物喜。稼禾度三伏，人寰伴四美。

京兆酷暑

焦月京华暑气奔，蜀川淫雨毁民村。
新闻急读叹灾祸，旧稿闲吟杂泪痕。
游戏避离小辈席，诗文慕登老苍门。
玉壶击缺衰筋力，漫掷毛颖伴酒樽。

酬西苑张长兴君

金秋北雁击云鸣，君抱五车才气呈。
诗社后来新挚友，燕园前辈旧师兄。
前曾撰述评时事，今更吟哦写己情。
共忆课堂辨平仄，何当对酒论枯荣。

恭贺林心传老师九十华诞并送花篮

国泰平居望楚天，桂秋寿诞月婵娟。
九旬风雨一蓑里，翰墨彩渲逾百年。

三五夕有感赠家兄玉山

遥看昆嵛月婵娟，家有侍慈孝子贤。
扶母病房忙进出，伴萤县志苦雠笺。
生涯踧踖万千路，笔砚琢磨数十年。
手足何时共浊酒，吟诗促膝话团圆。

中秋夜遥寄家兄玉山

又叹山川路万重，养慈孝子浴秋风。
情同手足寄明月，款款冰轮碾夜空。

赠后生钱嘉禾随乐团赴悉尼演奏梵哦玲

幼鹰振翅动，雏凤发清音。遥想悉尼地，绕梁三日频。

桂月观电视直播钱塘潮歌

天下奇观世无双，江海滔天有钱塘。
阅尽河川览风物，心系此潮未曾忘。
昔日也登六和塔，东望观潮城云匝。
早闻胜地老盐仓，心驰神往江边踏。
多年欲观惜无缘，正喜视频今日传。
承平盛世有科技，咫尺千里荧屏看。
八月十八潮头起，江泻似倾东溟水。
天下雄壮东坡诗，汹涌奔前无休止。

肩摩踵接观江潮，江潮人潮共杂嘈。
潮头击岸众人喊，澎湃情感逐浪高。
一线潮来似银线，人字潮涌闪鳞片。
又如攀堤飞锦龙，观客万人齐赞叹。
浊浪排空千堆雪，遥看造化撒盐屑。
恰似江面飘梨花，震天涛声千万迭。
更惊弄潮有洋妮，惊涛骇浪增险奇。
惜仅洋人炫勇技，不见唐宋弄潮儿。
东海之水拍巨石，潮涨潮落无穷极。
古来多少诗骚客，对潮唏嘘漫叹息。
君不见，潮涌亘古西复东，毕竟东流留不得。
镜头摇上入天际，望断江南锦绣地。
流眄寰球涌浪潮，轩辕大纛潮头立。

于林心传老人寓所幸遇席小平君兼呈之

远山秋色远枫红，谭艺相逢拜岱翁。
娓娓论文饶雅意，谦谦待友有儒风。
情缘翰墨百家品，岁月如歌万句聪。
临别华灯星数点，啜茗他日眄飞鸿。

圆明园秋兴三首

暮秋，余携诗友学棣二三子同游于圆明之园，西陆萧瑟，草木摇落，纵然亭台再葺，楼阁重建，却时见残石横陈，蓬蒿杂生。叹今残败之状，追昔繁盛之时，吾

辈皆若有所失。夫物之兴衰之理，非内即外，其自内者
也徐，其自外者也疾。今观夫圆明园者，信夫！今雄狮
复醒，华夏中兴，昔日悲剧，岂可复演乎！

其一

棘乱树斜沟水清，荒垣残瓦黍离迎。
心惊雁阵园中唳，耳感车流墙外鸣。
众喟俱来悲帝圄，我思岂止忿洋兵。
漫看游客戏船桨，可叹几人吊废楹。

其二

铜驼寂寞草悠悠，岁岁旧愁伴暮秋。
今日野花拥石舫，古来急水覆方舟。
皆言炮舰西欧祸，谁忖萧墙中国忧。
长啸一声惊别鸟，断碑难自忘前雠！

其三

偏寻残塔野苔踪，一叶飘零寒意浓。
惊瞥出林鸦鹊黑，细观落地叶枝彤。
人行寂寂声无雀，风掠微微语有松。
回首暮云出苑去，满街车水马如龙。

菊月在京感皇考九十一诞辰兼寄玉山兄

祖碑遥望傍山尖，松柏露霜六载沾。
早岁昂扬弃耒耜，壮年寂寞陷罗钳。
营生矻矻奔波苦，教子谆谆鞠育甜。
心祝父魂安乐土，鹤飞仙影梦中瞻。

癸巳秋暮悼念慈亲作东征八十韵

　　昔杜少陵自凤翔赴鄜州探亲，吟有《北征》五百字，叙一路山川之景色，抒满怀家国之忧愁。入声叶韵，辞情凄切，穷极笔力，波澜顿挫。实乃赤子之情愫，古今之绝唱。予于癸巳之秋，自京赴故乡乳山奔慈亲之丧，缅怀先妣之盛恩，可谓圣善大德，昊天罔极。深感不有慈母之哺育，何来吾生之平居。遂效杜子北征体式韵律，乃得八十韵，忆母氏鞠我之劬劳，悟吾生逆旅之不易。唯抒蓼莪失恃之痛苦，以期天下七子之共鸣矣！

癸巳素秋杪，九月廿七日。家兄报噩耗，慈母昨已逝。
甫闻吾心悲，痛定愈唧唧。高子将东征，苍茫奔母卒。
但恨故乡遥，惟愿驱车疾。星辰匆动身，残夜路如漆。
携妻驶东南，道途犹恍惚。心祈车毂飞，刹那至母室。
京华向乳山，长途何时毕。靡靡逾阡陌，两侧秋萧瑟。
东方旭日升，津冀草木苴。大道如青天，盛世四海一。
九州无豺虎，哀心稍可悦。高速公路宽，绵延无断绝。
燕赵原野景，或彤红似血。或绿如碧玉，或黑如缁涅。
神州锦绣地，岂容敌分裂。忽过黄河桥，大河东北泄。
哺育我中土，浪涛黄明灭。昔遭倭寇践，叹息九肠热。
又至即墨地，遥想田横杰。悲鸿有绘画，千载颂英烈。
忆卅五载前，火车如电掣。皇考伴我行，嘱咐语切切。
懵懂北负笈，燕园苦读阅。往返数十计，甘苦自品啜。
燕齐回乡路，旅途饶风雪。今又回胶东，时光如骎驶。
儿时家道苦，冬寒被似铁。骑驴客京华，酸辛何人说。

途经乳山河，近乡情更怯。羲和归崦嵫，至家日西拽。
轻推母宅门，遗像祭案设。慈母似犹在，哀子已泣啜。
敬燃三炷香，噙泪更呜咽。不孝谬远游，未见便永诀。
拊胸三鞠躬，衔哀语却噎。先慈平生事，顿涌心头列。
早岁母坚贞，革命情切切。青春献理想，辞亲奔飞雪。
鞠育八儿女，秉烛缀衣袜。心肠慕菩萨，炎凉沧桑阅。
"文革"遭雨打，忍辱熬岁月。更有恶侫欺，唯伴泪与血。
雨后见彩虹，桑榆享耄耋。数番访京华，戏孙情意勃。
身边孝儿女，共期米寿越。不意力不支，便忍身先殁。
念此心悲催，戚戚涕汩汩。今成孤哀子，无复绕母膝。
祝母如鹤翔，再无病魔蛰。七纪母劬劳，今始可永歇。
我悲晒晴空，望日昏似月。是夜常开眼，心哀气欲绝。
翌日随家兄，圆坟烧纸烈，聊尽儿孙孝，绕墓勤拾掇。
竹篁弥长青，松柏更高洁。肃穆占风水，秋日沐祖碣。
魂兮可归来，永葆绵瓜瓞。吾心一何悲，欲言多结舌。
显妣入土安，稽颡致永诀。先母励吾志，不畏寒风冽。
慈德传家族，后嗣有圭臬。旅途山河阻，洒扫知何日。
生计不自由，恨己乏无术。明日返燕京，尘雾相摩戛。
途中遇风雨，蚩尤似凶煞。车祸连环续，雾浓车难刹。
堵塞时辰久，羡看展翅鹊。天灾抑人祸，肉食者应察。
国兮我忧患，生息应有节。国策需美政，欲速则或缺。
民奔小康衢，勿因失衡跌。实施现代化，环境亦应洁。
赤县黎庶盼，日丽天永澈。居安须思危，吾民气不夺。
上下齐努力，终将雾霾拨。入夜回幽州，慨叹意难捺。
五环路灯粲，极目京畿阔。煌煌轩辕业，明朝更宏达。

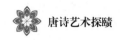

喜得林心传老人书画册《秋波集》有感兼呈之

素节望飞鸿，萧萧木叶下。细览吾师图，胸暖似春夏。
佳人回秋波，画叟师造化。蛇走老笔浓，花笑童心泻。
欣欣彩意荣，簇簇墨气射。烦忧顿远离，避我有三舍。
丹青手如云，阿堵妙无价。岱翁傲艺坛，居冠讵居亚。

酬诗友滕君绍英赠诗

冬月天玄兼地黄，手持赠作有余香。
漫说七言辞句短，细看每字韵味长。
景前拈笔叹今古，课后掩书论盛亡。
众赞谢家夸道韫，承平歌赋共朝阳。

感钱志熙兄为拙作《古典诗歌艺术研究》题序兼呈之

斗室羁世尘，窗外绪风飔。忽得砚兄文，心暖如沐日。
雅辞致提携，勉励句句悉。读罢眄青天，感激难再述。
昔游江心屿，江树层峦密。永嘉多贤士，德厚饶学术。
君作有等身，燕园才横溢。往往赋登临，篇篇大手笔。
何当醉一觞，谈诗共促膝。

贺嫦娥三号火箭发射成功

轰鸣神箭射天河，展翅鲲鹏圆梦多。
且喜蟾蜍询玉兔，漫道后羿悔嫦娥。

更栽桂树布千景，再筑月宫奏九歌。
回望寰球沧海笑，炎黄巨舰辟新波。

读学棣赖君向阳《宿莽集》有感兼呈之

冬暮绪风日脚垂，喜观宿莽品佳诗。
廿三载里吟燕粤，五七言中抒乐悲。
独望岭南山嵯峨，共叹蓟北路逶迤。
抚新思旧烂柯意，何日持觞共忆追。

腊八

梅传春色白云浮，腊日风俗世代留。
儿捧三秋谷粒杂，妻熬八宝粥汤稠。
季鹰菰菜鲈鱼叹，子美稻粱鸿雁谋。
饱腹僧民漫念佛，吾侪啖粝伴诗讴。

癸巳小年自京初至香港

早闻繁盛一江香，夜上摩云高厦望。
天挂霓虹仰摘取，地铺黼黻俯端详。
舒眉甫诧粤南暖，挥手已离塞北凉。
忽忆洋人曾耀武，人间正道是沧桑。

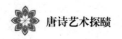

岁杪访澳门

岭南冬暖趁天晴，渡海初观新葡京。
残壁三巴迎日矗，旧街万众庆春更。
洋兵遗迹默无语，旅客游玩嬉有声。
心喜庶民逢盛世，应知正赖国昌荣。

卷　二

甲午元日忆甲午海战有感时事

数声爆竹腊冬休，漫忆国悲畏上楼。
甲子两轮铭旧恨，春秋一样起新愁。
百年以弱胜强事，千载远交近伐谋。
盛世轻肥岂可忘，滔滔东海鬼回头。

次韵王君茂福甲午春节有赠

同学少年讵可忘，镜中霜鬓发苍苍。
且看前景绣黻黼，更赞后生跃骕骦。
峦岭层层萌绿草，城邨处处染红装。
忽思甲午硝烟日，忧愤顿齐千仞岗。

正月九日喜京城初雪又晴十韵

久盼雪瑞祥，孟春始及陆。昨忧一何迟，今惊密云促。
细听落无声，回视鸟归宿。盐屑撒京华，梨花映吾目。
霏霏覆青松，更偎园中竹。弥喜今朝晴，阴霾一并逐。

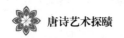

万物开新颜，天地美如玉。承平有袁安，街坊无漏屋。
畅想龙马年，风调伴五谷。万民乐业居，雨顺仰鸿鹄。

早春游望

年年杏月似诗章，掷卷偷闲觅众芳。
城市熙熙浮野马，心田寂寂系孤凰。
阴霾始至风无语，阳气终来天有常。
吾劝蚩尤应退舍，谢公春草绕池塘。

甲午仲春游威海

山海绵连石径盘，群鸥自在戏涛澜。
拍沙软浪似无暖，拂面绪风犹有寒。
工地颇忙建广厦，闲云不急绕层峦。
刘公岛影远方映，游客谁生甲午叹！

清明

晴空何有雨纷纷，游子京华双泪痕。
一瓣心香连祖冢，㧅膺远吊先亲魂。

拙著《中国古典诗歌艺术研究》出版取书

京城风不力，满目絮低飞。气候多霾雾，心田少扃扉。
怀铅忆枳棘，嗅墨胜蔷薇。新卷今持取，情同抱子归。

喜读段莹君所呈手书《南浦》《点绛唇》两阕有感兼呈之

柳眼舒烟时，读罢眄春树。墨写二王风，境呈一气铸。
萤窗廿载功，尽入婉约赋。道韫咏絮诗，易安思项句。
今看巾帼才，词坛冀独步。文苑纵横驰，何须辨双兔。

惊闻业师吴小如驾鹤兼忆昔日聆听先生授课

乌兔飞度，已至甲午。仰观博雅，塔影苍云变幻；俯视未名，湖光涟漪依旧。曩昔大家硕儒，而今已半仙逝。音容笑貌，中心永铭。不有恩师执鞭，何有学生拾慧。口号一首，以悼先生之灵矣！

惜春甲午百花零，仙逝初闻老泪盈。
湖塔从前多俊彦，燕园今后少才英。
徐哦宋曲论柔韵，详说杜诗辨入声。
洒脱铿锵音貌永，艺通文史任人评。

采桑子·初夏雨后

雨霏过后群花瘦，催绿吹红，
絮落霏蒙，双燕枝头沐夏风。
行人路上寻芳少，始觉心空。
月窥帘栊，昨日青春犹梦中。

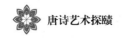

采桑子·夏日圆明园藻园

争妍芍药迎风弄，竞笑含情，
绿肥红凝，青春无声粉泪盈。
俯首濠梁鱼不语，燕雀呼晴。
杨柳娉婷，雨后偷闲万籁听。

和滕绍英君赠诗贺拙作《古典诗歌艺术研究》出版

雨催菡萏荇花黄，锦绣齐州五色章。
自咏谢陶抬望眼，更吟李杜涤回肠。
唏嘘览古时光短，侘傺抚今雅兴长。
君赠佳辞诚激励，熏风共赏意情扬。

和张长兴君赠诗贺拙作《古典诗歌艺术研究》出版

阴阴夏木可人心，艾叶熏风似酿醇。
不有淡茶友谊旧，何来浓墨性灵新。
后生缀字愧愚语，前辈希声乃大音。
今诵张君赠佳句，口香胜饮瓮头春。

酬杨志远老人

米寿平生历大千，暮年诗路更挥鞭。
幸随前辈吟平仄，共赏风光翠接天。

读乔长柱君《自得集》有感兼呈之

平生自得写心衷，句句抒怀韵味丰。
忧喜国家情荡漾，炎凉世界志从容。
数行诗里抒新意，万里途中觅旧踪。
读罢嘉篇香满口，推窗顿感沐春风。

和乔长柱君赠诗贺拙作《古典诗歌艺术研究》出版

爬罗古韵乃心衷，喜得乔君褒赞丰。
夏雨润花已烂漫，秋云拂木更从容。
品诗后论愧新意，探艺前贤觅旧踪。
何日共樽持彩笔，放歌赤县诵尧风。

酬郭盈老人

忝呈弊帚愧西昆，诵罢赐诗蓬荜新。
矍铄九旬沧海阔，琳琅四韵意情深。
飞卿曩昔吟叉手，郭老今朝辞出神。
扶杖吟哦眄紫竹，且看万寿寺边云。

甲午仲夏欣遇秦刚君兼呈之

雨后天气晴，校园草木绿。与君一相逢，卅载光阴速。
寒暄何其谦，仁风更厚笃。辨路四逶巡，似怀母校育。

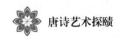

昔日优秀生，外交展手足。对外发言人，力扬大国肃。
挥斥眄寰球，捭阖奋鸿鹄。

步韵林心传老师观赏新版《王个簃画册》

暑日流观个簃画，古气扑面斐然殊。
喜奔岱翁燕居处，共赏前贤笔意腴。
矻矻人生有风雨，幅幅境界无尘涂。
弹指九旬寻鸿爪，盈泪双眦忆怡愉。
君不见，画坛代代丹青手，皆赖先师频指途。
吴派艺术自源流，神韵逸态旷世无。
缶庐笔道个师墨，岱翁承继不含糊！

赞故乡《母爱文化》期刊

每捧新书倍喜欢，嘉篇读后我泪潸。
小城有情冠齐鲁，大爱无疆望乳山。
撰述先秦孟母德，绘描当代孔贤颜。
辛勤作者文辞美，矻矻笔耕只等闲。

随林心传老师赴中国美术馆赏吴昌硕及其弟子画展

瓜叶忙里却偷闲，又睹大师笔墨鲜。
齐赞笔锋昌硕老，更称仁德个簃贤。
听翁数句评花鸟，胜我十年摹芥园。
观罢共叹风尚弊，逸情古意林师传。

幸会张洸先生同游密云数日兼呈之

久羡诗名盛，今逢幸偕游。日初观露滴，月晚望云浮。
共话叹驹逝，同行喜鹿呦。明晨怅尘网，车马暂分舟。

初秋游密云水库堤坝有感水位大降

忆昔至密云，赤脚戏水面。十载后重游，湖底成草甸。
人祸抑天灾，明镜不成片。极目远玉簪，唏嘘泪欲溅。
盼南调水来，首善多上善。何时水盈盈，涟漪弄雨燕。
鸥鹭翩翩飞，青山层染遍。绿水绕京畿，寰球美赤县。

甲午桂月幸逢林心传林志诚梁玉年三老聚会

白云紫竹叶摇香，万寿寺旁秋水凉。
说古谈今情未尽，雅集把酒意沧浪。

恭得关树芬老人赠文集兼呈之

云飘紫竹雁南翔，喜读华章口满香。
学贯中西评世事，行连燕粤阅沧桑。
篇篇潇洒闻兰芷，字字轩昂望骕骦。
吾辈愿翁米茶寿，共吟赤县更荣昌。

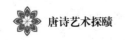

和关树芬老人赠诗

愧抱雕虫技，临溪无钓纶。陶潜不慕利，庄墨唯凝神。
人老不言利，诗多更健身。白云晴晚美，紫竹物华真。

甲午仲秋惊闻汤一介先生仙逝兼忆昔日燕园听其授课

书香门第饱群书，承父讲坛辨释儒。
燕园口传波罗蜜，教室手捻淡巴菰。
戏言文不过三代，严证术应归一途。
今悼业师已驾鹤，不禁涕下衣襟濡。

欣访马自力兄并拜读其《诗心文心与士心》有感兼呈之

云白菊黄时，乘兴访旧雨。燕园别卅年，霜鬓添数缕。
探赜唐诗谭，爬梳国史补。清谈慕士心，他日共场圃。

观吾儿香港实习办公室兰花照片

屋角幽兰立，横斜熠熠光。婆娑如有冀，我思接香江。

秋兴八首（用杜少陵《秋兴》八首韵）

其一

朝眺幽燕霜覆林，金风玉露柏清森。
曾思兄姊助升米，犹悼严慈惜寸阴。

三匝乌飞千振翮，半生客寄一凭心。
凉飔拂木气萧瑟，隐隐圆明园里碪。

其二

蒹葭俯仰茎横斜，年年抚时感物华。
随雁望巅陟羊阪，盟鸥临海觅星槎。
凌烟阁上何需笔，迎雨途中且伴笳。
波冷潭澄丹桂艳，无蝉三径积黄花。

其三

芦荻披靡带夕晖，寒鸦数点晚霞微。
叶飘片片枯荷立，鱼戏群群老蝶飞。
宋玉九秋情易感，鲁贤三立志难违。
低吟回首眄寥廓，诗癖明春赋鳜肥。

其四

烂柯人境换局棋，古调自弹谁自悲。
咄咄书空空叹世，拳拳心念念忧时。
独行缀字自闲步，同学成名各骤驰。
别鸟惊心伤契阔，暂凭杯酒逗沉思。

其五

掷卷登高忆乳山，孩提桑梓白云间。
此时电掣驶通路，早岁路长越隘关。
曩厌趋庭父训语，今需追梦母慈颜。
国贫家厄可堪诉？屡忍萧萧鸣马班。

其六

刺股苏秦争上头，燕园萤烛七春秋。
留连博雅漫寻乐，惆怅未名亦识愁。

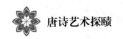

存志塔峰不学雀，忘机湖畔岂猜鸥。
浮生矻矻辨书蠹，思壮几回游九州。

其七

极目乾坤大禹功，羲和驱日太清中。
金瓯迢递遭斜雨，茅屋飘飘惹疾风。
苦记儿时四壁黑，喜观盛世万山红。
正逢甲午讵忘耻，长啸仰天忆放翁。

其八

蓟北长城自逶迤，浮萍簇簇满西陂。
溪前余暖花凝影，岩后新寒鹊踏枝。
懵懂童髫喜月动，蹉跎繁鬓恨星移。
南翔鸿雁杳然去，暮色独看双袖垂。

寒夜流观《王个簃书画》

星换羲和眄斗移，前贤风范几人知。
寒风窗外飞黄叶，心慕手追思画师。

步韵同仁李树先君赞评剧《海棠红》

花红怎比海棠红，艺苑百年续旧踪。
锣鼓戏台演旧事，风光世界唱新声。
人间情意昆仑立，华夏精神牛斗横。
白傅观后应泣下，但凭诗句赞名伶。

和李树先君贺评剧《海棠红》彩排成功

久慕玉霜曲，绕梁入太空。人夸松柏绿，吾爱海棠红。
观罢邈云淡，归来品韵浓。唱腔一板眼，风雨十年工。

甲午岁暮赴中华诗词学会纪念宣南诗社佰年座谈会

葭飞叶落覆冰凌，共忆宣南诗社英。
前辈围炉叹往事，吾侪聚会赋新声。
则徐除弊扶沉疴，陶澍挥毫掣巨鲸。
二百年前恨国弱，今歌盛世九州平。

赴中华诗词学会年会赠刘君迅甫二绝句

其一

绪风瑟瑟送三秋，雅集岂忘家国忧。
诗社鹿鸣吟往事，刘君书画最风流。

其二

德艺大名贯耳中，诗会幸逢沐春风。
我侪原本痴诗画，异日共樽眄鹄鸿。

聆钱志熙君论龚自珍诗歌演讲

雅集闻鹿鸣，诗会忝列席。钱君论定庵，数语即中的。
才学兼钟情，瑗人格调逆。聆君一番言，顿开吾茅塞。

羁尘谋稻粱，更恨影中昃。异日闻鹿鸣，再立君之侧。
仁兄开口吟，清句当如璧。

幸遇陶渊明陶澍后人陶稳固君自
长沙赴京纪念宣南诗社卌年座谈会

五柳古今闻，我慕结庐境。今见姓陶人，肃然心起敬。
宛然立东篱，豆苗伴草盛。五斗如浮云，把卷卧三径。
湘南有子孙，不辱古陶姓。谈吐颇古风，吟咏亦遒劲。
又馈安化茶，一啜我神净。携手忆柴桑，何时共酒甄。

小寒咏月

遥挂青冥瞰世人，劫灰度尽出冰轮。
桂宫霜重姮娥冷，无奈悔心诉近邻。

甲午小寒游雍和宫

京华青碧透苍穹，云卷书祥赞佛功。
游客消寒祈福祉，柳杨珍重待春风。

甲午腊月二十二日先慈诞辰忌日

慈母羽仙去，年来儿断肠。忆容倍戚切，持像屡端详。
每饭多羹肉，常叹少爹娘。春晖谁报得，低首醉三觞。

卷　三

赞北京东方诗书画院乙未二月二雅集

京华杏月四郊香，龙跃抬头未耜忙。
莫叹微微浮野马，且看勃勃奔神羊。
阴霾始至风无力，阳气终来天有常。
诗客一堂吟节令，共期春草伴池塘。

乙未二月二游大觉寺

古柏群鸦绕老巢，千年佛寺耸山坳。
只缘情比早春早，且喜枝头花有苞。

游大觉寺恨桃花未发

西山风暖白云纤，如织游人接踵瞻。
莫怨看花花未放，应知花色隐枝尖。

乙未清明未能回乡扫墓

树树海棠花叶连，清明时节玉兰妍。
上坟兄姊应烧纸，我望胶东又一年。

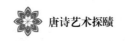

林心传老人《红竹图》引

新柳老槐逐绿肥，年年熏风伴芳菲。
画师赐图运朱笔，谦谦此君着绯衣。
一枝一叶写劲直，妙手丹砂发五色。
满幅赤心映夕阳，以意击物何须墨。
挥洒敨仄幽篁景，竹节生辉映红影。
四顾顿觉蓬荜暖，飒飒风吹叶声永。
君不见，文与可与苏东坡，宁不食肉胸竹多，
今我红竹挂家壁，心摹手追日观摩。

北窗老槐吟

寄居京华卅载余，半生矻矻一蜗居。
我家四壁补旧画，漫掷秃笔半屋书。
唯喜窗外有老槐，每至暮春白花开。
老妻每赞香扑鼻，吾言香自苦寒来。
煦风拂叶似琴弄，远世天籁鸟声送。
夏日闲览唐传奇，黲夜空有槐国梦。
去冬风雪来一夜，狂风忽至扫落叶。
偶有乌鹊踏枯枝，寒风梳林空瑟瑟。
若莫悲，莫唏嘘，
天明旭日白云舒，雪落琼枝碧玉疏。
再盼明春吾意惬，槐花飞进袭我裾。

执教卅年感怀

又到暑风试葛天，泮池卅载忆如烟。
可堪半世青春去，转瞬青丝鬓已斑。

乙未初度

槐庭荫绿草如茵，五十三年忆我辰。
父母劬劳永在目，京华道路振缁尘。

夏日游圆明园

自远闹市草成畦，绿鸭留连戏石堤。
忽见尖尖荷露角，淤泥不染忆濂溪。

仲夏与毕业诸弟子饯别

风飘雨霁日偏低，黉舍四年鸿踏泥。
且尽杯酒邀皓月，一声道别各东西。

燕园学长郭小聪君致仕有感兼呈之

燕园早岁大名闻，驰骋诗坛颇领军。
风雨坡村卅载度，浮生难遇淡交君。

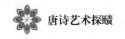
恭得林心传老人写《菩提图》

画师妙手挥，活泼泼之树。盎然叶婆娑，劲直树干固。
枝柯扶疏荫，笔墨禅意吐。顽石静不言，谁解因缘趣。
三昧涤我心，明镜促谁悟。迷途觅醍醐，摸象堕云雾。
此中识慧能，绘事云后素。屡视六尘无，一睹大千具。
挂壁观流连，心猿岂驰骛。菩提伴吾师，茶龄自可度。

乙未端午寄家兄玉峰

京华晴日柳丝低，雨燕双双觅夏泥。
手足人间情意重，莫言山海阻东西。

次韵王佃启君乙未端午游坝上草原

何劳择吉出，大道似青天。坝上携书去，关边策马旋。
王维指瀚海，李广射狼烟。他日循君迹，吟诗冀北巅。

临吴昌硕墨迹

亭亭院中松，依依楼下柳。弥漫暑热侵，闷来摹老缶。
半生观百家，此为老辣手。石鼓兼彝盘，墨气干云斗。
金石融之中，意态卓不偶。而今人追新，谁将传统守。
时风何其浮，吾以古为友。书罢望南天，得意如醉酒。

参加国际问题学术会议有感二绝句

其一

阳盛天街暑气浮，高朋馆内运筹谋。
百年国际法何用，览史掩书思汉刘。

其二

蝉噪枝头日影拖，一堂济济谈谐和。
吾侪记取宋人恨，议论未休兵渡河。

单位聚会

人声鼎沸正伏天，小聚粗如子建筵。
闲叙家常将进酒，半生同事乃因缘。

记梦

忙乱世尘类转蓬，钱囊丢失急忡忡。
鸟鸣忽觉蘧然笑，所幸难堪乃梦中。

梧桐咏十四韵

屋前一梧桐，绿荫映我牖。亭亭叶如盖，夏凉树下守。
星稀夜望月，光透皎似藕。传说良鸟栖，讵见凤凰偶。
忆昔儿时贫，贫似丧家狗。兄姊戏迷藏，赤足绕树薮。
云飘雨忽来，我持叶遮首。天晴吾欢愉，桐叶乃吾友。
卅载倏忽过，口体不再苟。营生虽奔波，时时伴诗酒。

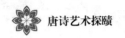

盛世今幸逢，顾镜却老丑。贞干已老苍，髫年亦何有。
树犹此参天，何堪人成叟。昨日抚树皮，盈泪叹良久。

登昌平蟒山望十三陵水库

登高秋气爽，羊阪傍崚嶒。雀影藏新木，蝉声绕古藤。
城关如碎石，阡陌似丝绳。水库呈绿泪，应为叹明清。

乙未九月三日观直播抗战胜利七十周年阅兵

暑气初销秋色晴，银鹰布彩洒京城。
九州昔恨卢沟炮，八路今看细柳营。
汉将刀前胡马毙，戚家梦里倭奴烹。
中华戈铖志怀远，礼运大同天下平。

中秋

桂影伴幽姿，蟾光犹可期。今秋月更好，共仰满圆时。

乙未菊月携妻回故乡高家台村祭拜祖坟

拨草寻碑路不迷，阳秋竹茂蓼莪萋。
昊天无极先人德，山鸟盘翔闻数啼。

回乡得旧时数帧与先母合影感怀

离乡三纪鬓多斑，再睹慈祥先妣颜。
悲催无缘携母手，望天哽咽泪潺潺。

幸会威海书法家兰鹏燕君有感兼呈之

同乡书道大名闻，相逢恨晚意情殷。
可叹把盏时太急，他日兰斋细论文。

喜得兰鹏燕先生所赠《桑梓春秋》

菊月秋空不惹埃，手持书册仰君才。
二王洒脱轻车路，魏晋风流扑面来。

乙未中秋回乡与兄姊团聚有感

家乡风貌年年新，又至小城倍感亲。
最喜姊兄闲叙话，海鲜细啖忆艰辛。

仲秋记梦

忽晴忽雨变虹霓，红叶青藤映紫泥。
夸父逐光饮渭泽，羲和敲日掷玻璃。
时闻有狮河东吼，且喜无鸮窗北栖。
沧海麻姑赠我酿，酒醒肠热眄天鸡。

在京闻家兄玉峰将游览庐山

闻兄寻迭翠，庐顶自心闲。昨时辞北海，今日眄南天。
瀑布应无恙，香炉可有烟。愿携棠棣手，共陟三千旋。

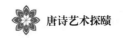

乙未冬日书稿杀青后野望

霾散负暄喜向阳，寒鸦绕树逐晴翔。
剥除凉夏缤纷色，赢得暖冬素朴妆。
掠水绿鸭频振羽，缘岩白雪屡呈光。
岁余正沐赵衰日，觅嗅溪梅一段香。

冬日游园

独步荒园远杂尘，风吹寒水起微皱。
君看林下枯苍色，化育明年五彩春。

颐和园葭月游览

众踏雪冰携手随，家家娃叟乐游嬉。
有情宫阙齐观望，应喜神州无乱离。

丙申元日闲笔兼寄诗友王佃启君与段莹君

梅芷含芳年味醺，闲吟短句友情殷。
今弹古调谁人赏，唯有王兄与段君。

丙申春节

交集喜悲叹雪鸿，万家爆竹日曈曈。
神猴符像满城有，凡界几人识悟空？

元日

元日说猴不说羊，镜中鬓白感沧桑。
岂因世界多冷眼，不信众生少热肠。
冬夜霾开寻七斗，春朝雪尽呈三阳。
且吟诗友寄佳句，窗下草书独醉觞。

孟春

又见山青奈老何，已过天命感蹉跎。
漫言春月荫枝少，且待秋时硕果多。
闹市人往长袖舞，静窗自得短吟歌。
缁尘拂去衣犹素，如寄生涯叹烂柯。

春游圆明园杂咏一什

白玉兰

早春二月领群芳，如雪满枝树树妆。
昨夜风吹落碎玉，花飘无奈太匆忙。

儵鱼

一树夭夭桃叶摇，飞红点点逐春潮。
悠游潜底仰眸望，恰似彩云天上飘。

柳絮

春月万千红紫肥，团团似雪掠蔷薇。
老夫忘却衰筋力，喜脱冬装试葛衣。

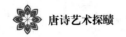

绿鸭

溯洄试水戏沧浪，振翅双双绕浅塘。
行者惜春暗嘱咐，莫传声响扰鸳鸯。

春风

三月絮飞烟水笼，撩人情思浴曛风。
漫抛书册寻春去，领略群芳争万红。

榆叶梅

春半彤彤一树燃，幽燕思乡望南天。
清明未至乡思发，正似花开在叶前。

桃树

游目山青奈老何，四时代序感蹉跎。
莫看春日绿枝瘦，且待秋来硕果多。

牡丹

绿波旖旎白云纤，如织游人接踵瞻。
莫恨看花花未放，应寻花色隐枝尖。

断碑

春水潋滟绕野郊，百年残壁对丘坳。
行人情比早春早，齐指枝头花有苞。

园林

又沐熏风令节新，掷书出户踏湖滨。
渐红经眼层层萼，争绿迎颜簇簇筠。

清明未至故乡祭亲

燕晋介推日，微寒无雨烟。玉兰稍落地，香絮未飞天。
怀旧思棠棣，观新感杜鹃。南望先祖墓，春绿又经年。

喜逢砚兄赵伯陶君于燕园聆听商伟君讲《红楼梦》有感兼呈之

花落燕园柳絮纷，卅年刹那喜逢君。
昔时黉舍忆同席，此日讲坛辩异文。
注目鸡虫忘有得，躬身鱼獭自无勋。
红楼听罢恍如梦，临别华灯望暮云。

闻英国公投脱欧

西洋汹涌起纷争，华夏家家说大英。
番域常滋遍地恨，神州自抱普天情。
流观时事思忧患，漫卷诗书爱太平。
避暑海滨听白浪，欧盟何似吾鸥盟。

丙申回乡作十九韵

半世谋稻粱，沦为京华客。去乡日已长，乡情日已隔。
路上逢行人，行人讵相识。同学奔东西，师友走阡陌。
兄姊俱苍颜，皱纹布满额。惟喜神爽清，健康好体格。
长辈皆长眠，何处觅亲戚。倍感考妣恩，念念牵魂魄。
遥想吾祖先，漂泊至此域。此域本他乡，久居成故国。
譬如羁旅途，途中各有驿。人生天地间，到处即休息。
飞鸿踏雪泥，指爪随疲翼。吾生直百年，君看驹过隙。
求其不可求，寿非金与石。唯有佳文章，乾坤留踪迹。

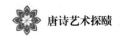

处处乃青山，离乡何必惑。何处为故乡，故乡居心宅。弃之勿复言，吾思飞振翮。

杂诗十五韵

君看百炼钢，遇击辄应折。君试硬琉璃，触热遂崩裂。君揾细水流，谁能抽刀截。君闻趵突泉，千年无枯竭。守弱以自持，弃智而贵拙。大块默无言，浩浩万世阅。风雨至弱柔，沐浴乾坤澈。老聃智慧真，吾侪需悟彻。庄周观乐鱼，谁知此中哲。世有群儿愚，逞强多饶舌。不读圣贤书，玄理那得说。观象望崦嵫，先鸣有鹈鴂。把卷视鸡虫，子美吾圭臬。物理应细推，浮名自可蔑。何当追赤松，扶摇白云悦。

游威海伴月湾海滨二绝句

其一

沙滩细浪水溶溶，远望刘公岛上峰。
熙攘人群嬉游泳，谁人记得倭奴凶。

其二

伴月湾边无雾霾，风推碧浪一排排。
举头忽见刘公岛，甲午国仇涌我怀。

重见故乡同学

卅年不见始逢君，海上热风白日曛。

漫说时光无迹影，且看容貌有沟纹。

扬眉共话儿孙乐，促膝徐谈酒菜荤。

缘分吾生悲苦短，数言惜别意殷殷。

烟台养马岛杂咏十二绝句

养马岛在今山东省烟台市北海中。传说秦始皇御驾东征，经过芝罘沿海东进，见此岛水草丰美，骏马呈祥，遂御封为"皇宫养马岛"，并诏令养马训马专供御用。今岛上有巨大白马雕塑巍耸于高塔之上，又有宏伟秦皇雕塑，依稀可见当年始皇之雄风。

嬴氏驾车挥戈姿，参差犹见马如螭。

惜哉无计越东海，他日倭奴祸患滋。

东夷百姓世风淳，盐铁古来富海滨。

若使姜田早努力，岂能齐地一归秦。

秦戈东挥六国师，寰球华夏立雄姿。

田横壮士如应在，亦揭神州一统旗。

秦师如火亦风林，无力齐军只待擒。

我意田横悲自刭，应知统一乃民心。

兼并九州振六垓，更驱龙马自西来。

而今黔首撒渔网，帝力于之何有哉。

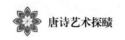

鸥觅鱼虾居海隈，滩涂拾蛤众人来。
嗟夫吾类稻粱足，与鸟争食何陋哉。

云吐朝霞五彩光，初秋薄雾水苍苍。
忽飞双影天端落，原是海鸥觅食忙。

连岛红桥大路长，黎明渔夫驶船忙。
熙熙车水马龙景，谁记当年秦始皇。

浴风赏景海光开，仰目群鸥日日来。
物我同齐此世界，自应人鸟两无猜。

矻矻营生鬓稍皤，自然本性喜吟哦。
久居闹市无情思，一睹丘山诗意多。

秋后晚潮日脚偏，一钩银月挂西天。
滩涂渐暗人声寂，却思双鸥何处眠。

灰鹊倦飞暑气吹，蝉鸣正是立秋时。
自知裋褐行人少，赤膊啜茗闲作诗。

养马岛游泳

身逐海涛泳，波漂宇宙浮。地球如稊米，天月似槎桴。
摩诘称禅道，渊明居野畴。仰观云变幻，自爱伴双鸥。

练习萨克斯

伴吾平生萨克斯，荡胸涤臆泻欢悲。
回家一曲声扬抑，扬子何须哭路歧。

丙申重见兄姊十一韵

未见又一年，见面语唧唧。光阴不饶人，阳乌来相逼。
耳顺一瞬间，白发渐掩黑。共话昔儿时，苦乐俱可忆。
先言双亲恩，后道子孙德。父母鞠我身，长成奔南北。
体性生俱来，处世各有则。家家难念经，忧乐杂交织。
又及谈养生，兄妹自有得。临别无杂言，但道慎饮食。
健康愿百年，吾生不有惑。

自烟台回京作

飞机携我上云端，极目俯看渤海湾。
的的一张碧玉镜，何时天外落人寰。

有感南海时事

诏下和戎四十春，遥望南海志难伸。
共开蛮地利蛮鬼，空置国权愧国人。
宋主战泓终病股，农夫暖蛇反伤身。
放翁应耻怀柔策，同盼伏波万里巡。

七月十五夜望月

子夜冰轮皎洁光，云高星退秀琳琅。
吴刚信手轻摇树，便化秋风世界凉。

秋意

暑气初销无杂尘，远看蓟北岭披皴。
京华又值好时节，天澹风凉云似鳞。

偶于电视书画频道观钱君志熙讲唐诗有感兼呈之

与君离两载，电视又看君。娓娓谈诗律，殷殷析字文。
前时忆促膝，他日望停云。碧海转秋月，应期共一樽。

在京喜得南粤赖向阳学棣寄诗

已知天命视茫茫，万籁渐稀聆月光。
共赏冰轮巡碧海，思君不见望南方。

七八级同窗聚会喜获程郁缀老师赠其《缀玉小集》

云树无蝉南雁征，燕园塔影喜相逢。
荫荫黉舍绕轻雾，切切同窗叙厚情。
不有前师赠缀玉，何来后学识繁蘅。
挑灯读罢金针度，细品文心望月明。

冬日

叶飘冰薄北风吹，零乱荷枯似铁丝。
不知夏虫何处去，吾侪正是战兢时。

孟冬感遇

散髪掷蠹书，沐风漫徙倚。孟冬瑟瑟吹，乌鹊掠寒水。
万木渐销红，千山始凝紫。不以外物悲，岂碍内心喜。
冬日低远林，秋叶落郊畤。薄冰似皱縠，行人慎举趾。
鹡鸰觅泥虫，君子思冰履。欣处升平世，随时赏四美。

游无锡杂咏八绝句

其一

冬日辞京避雾霾，携儿同赏蠡园槐。
朴枝犹绿天犹暖，满耳吴音闹市街。

其二

朝乘高铁似离弦，午后下车游蠡园。
最爱太湖冬水暖，绿鸭不必待春天。

其三

偏怜群鹜戏菖蒲，鱼贯游人绕蠡湖。
原是一瓢酌碧水，无关浣女与陶朱。

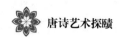

其四

朝发燕都晚入吴，夕阳落处宿沙凫。
芳堤十里蒹葭绿，犹暖绪风拂太湖。

其五

千载运河绕锡城，仲冬暮云傍山平。
崇安寺外人如织，茶院负暄细品茗。

其六

东林书院水潺潺，耄耋倘佯谈笑闲。
明季风云谁管得，输赢且乐纸牌间。

其七

学人已去鸟嘤嘤，似诉东林旧迹情。
犹有关心天下事，已无入耳读书声。

其八

一把胡琴阿炳庐，雷尊殿角苦悲抒。
二泉映月今谁识，商肆熙熙众宴如。

寒轻三绝句

其一

寒轻气暖笼燕幽，极目京畿黄雾浮。
遥想当年黄帝战，信哉涿鹿有蚩尤。

其二

腊月蚩尤弥巷街，高楼低院漫无涯。
何当诸葛祭坛设，共借罡风扫雾霾。

其三

冀州自古饶风沙，谁料而今雾气遮。
却想阪泉驱虎豹，轩辕始作指南车。

除夕祭先亲

里巷焰花天外流，玉鸡岁首唱啾啾。
先人像畔念魂魄，后辈手端祭馔修。
愿弃今朝孤富乐，换回当日共贫忧。
更知欲养亲何待，应悔晨昏吾远游。

卷　四

丁酉岁首崇礼行

久闻崇礼美名扬，人传冀北好风光。
岁首趁闲等不得，呼儿黎明奔苍茫，
驱车蜿蜒星明灭，长城依稀自愉悦。
穿居庸，越怀来，遥见燕山层层雪。
百里崎岖嶂巘盘，千峦逶迤道路弯。
更喜北国冬日壮，青天白云阅素颜。
峰头鹘隼云外眺，滑雪健儿驰雪道。
忽有莽撞跌路旁，众人惊呼朋友笑。
手持雪杖人如织，身着彩衣飘我侧。
凭虚御风如飞鹰，男女少年犹带翼。
君不闻，此地当年乃胡天，几曾汉家起狼烟。
忽忆骁将有李广，军守上谷弯弓弦。
匈奴闻之胆已慑，飞将锋锷不敢接。
自此封疆我中华，大好河山玉嶙峋。
不有当年李将军，何来当今国势殷。
叹罢南望京畿地，无垠九州日欣欣。

和穗城赖向阳学棣品茗赏墨雅集寄诗

京华闻雅会，南粤诗飞翰。挥墨拭群砚，品茗尽数坛。
张芝书隶草，陆羽眄幽兰。何日一觞咏，临池论湿干。

读林心传老人所辑王个簃通信墨迹有感廿六韵

草长柳垂丝，桃李繁簇簇。杏林始初红，京畿丽日沐。
喜得前贤书，净几窗下读。见字如春风，驰荡满吾屋。
篇篇笔墨道，德行眼前矗。真诚寓行间，古雅自特独。
卓尔意不群，笔笔皆不俗。君子风谦谦，点划似兰竹。
相问无杂言，但道松与菊。偶尔询家常，长者谆谆嘱。
殷勤问短长，仁厚态可掬。往事伴云烟，苦乐忆昔夙。
贵在心相知，寒暄虚若谷。两代传缶翁，逸气贯承续。
盈盈师生情，读罢心欲哭。吾慕新泉风，自谓比私淑。
学艺曾迷茫，逆旅苦寻鹄。缶庐古韵浓，个簃新意熟。
新泉两者兼，最是我佩服。盘礴写菩提，闻道夕亦足。
我生本有涯，自当秉夜烛。临池须手追，艺海应有蓄。
岂可掷时光，倍感日促促。释卷眄孤云，唏嘘心潮逐。
暮霭去悠悠，摇荡如彩縠。目送雁北归，莺飞绿山麓。

春日午后野望

纸鸢也盼上青天，驰荡春风三月三。
白鹄双翔浮碧水，紫云数卷耀银边。

夭夭桃萼已红染，点点苇芽待绿连。
远处一声闻杜宇，更知鬶皤又经年。

和玉山兄寄清明祭扫祖茔诗

客居蓟北又清明，遥望柏松绕祖茔。
泪下空怀乌哺意，梦中时忆鲤庭情。
绵绵怙恃百年在，切切德恩七子仍。
他日应携吾兄手，抚碑烧纸祭先灵。

惊闻曹惇教授仙逝

首夏槐初绿，良师竟逝鸿。网球健体寿，羽笔撰文雄。
术业精西语，德行追古风。前贤弃我去，松柏哭曹翁。

赞北京举行"一带一路"国际论坛

人间四月白云悠，湖畔雁栖丝路猷。
绿水五洲思感德，青山万国望怀柔。
郑和南下备帆橹，张骞西行演算筹。
尧舜文明传宇宙，泱泱华夏铸金瓯。

步韵林峰先生丁酉年宵吟

蕙兰南国散清香，志士挥毫思履霜。
港粤谁家琴缱绻，幽燕几处笛悠扬。

苦吟诗圣捻须短，舒啸鄂王视剑长。
放眼金瓯歌不尽，挑灯一夜望天章。

丁酉端午赖向阳学棣微信以书法见示有感兼呈之

楚天米粽散清香，雅士挥毫追二王。
南粤寄情抒蕴藉，北燕寻景咏沧浪。
苦吟东野捻须短，漫笔右军铺纸长。
锦绣物华写不尽，来年端午共持觞。

雨游天津五大道民国名人宅居

海河东去入天穹，别墅轻烟泛彩虹。
藤绕栏杆披实绿，花攀垣壁映虚红。
悠游旅客今迎雨，莽撞军人昔避风。
深巷狭斜忽路转，津门车马响隆隆。

贺《桑榆诗草》创刊卅周年

荷香湖面草连茵，诗社欣逢卅载春。
奕奕前贤风调古，孜孜后进句辞醇。
鲁阳挥戈激情沛，夸父追晖壮志伸。
垂翅东隅何必叹，桑榆未老布霞新。

仰望京城中国樽大厦在建

帝京立地标，挺拔矗霄汉。人称曰酒樽，我言似钢钻。

421

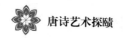

吊车钓白云，工人可拭汗。一旬增一层，旧貌日日换。
鹤群侧目飞，游人仰观赞。孤鹜不得飞，鹨雀更畏惮。
子美若莅临，应起望岳叹。我愿厦顶登，一览众山冠。
远眺幽燕低，锦绣更璀璨。超然越雾霾，望日升海畔。

暑月京华郡王府初遇北京《朝阳诗刊》主编赵永生君

久仰大名今识颜，春风扑面气神闲。
炼辞开口谈平水，观景会心望远山。
灌圃朝阳勤浸润，吟诗晚月苦增删。
听蝉携手亭台静，他日再来绿筱间。

丁酉酷暑作

燕地虽无喘月牛，恼人暑气漫蒸浮。
不迎裋褐心中喜，挥汗誊诗躲小楼。

赴中山公园音乐堂观童声合唱音乐会

晚霞渐暗俯雕甍，夏日紫空星斗横。
自乐人生无老意，共叹天籁有童声。
翩跹冬雪飞丹鹤，旖旎春晴舞彩莺。
丝管古来何似肉，一歌听罢觉心清。

戏答耄夫兄《秋虫吟》

鹊桥已驾正佳期，欢诵海滨故友诗。

夏色悠悠闻促织，秋声唧唧叹螽斯。
昔时扪虱心犹烈，今日听蝉意不羁。
却盼共觞思子美。鸡虫得失亦何奇。

喜逢同窗刘震云君于河南大厦

惊叹卅年隔，燕园存故情。同眠上下榻，晨练后前行。
忆昔谭村野，看今写众生。重逢共把酒，临别斗星横。

游通州北运河故址公园十三韵

携儿共驱车，京畿寻野鹤。仲秋访通州，一览秋寥廓。
放眼古运河，河水何磅礴。浩汤东南流，游船伴鱼跃。
晨曦映蒹葭，气爽闻鸟雀。两岸草木繁，中河波闪烁。
游人正熙熙，岸边赏花萼。忽忆炀帝时，南北河渠凿。
南通达余杭，北溯燕山脚。九州四海同，此水功确确。
应知古人劳，才有后辈乐。对儿追史踪，谈罢壮心魄。
当今继隋唐，又开新天朔。

登昌黎碣石山三十五韵

久仰碣石山，今始为访客。仲秋云天高，豪情陟山陌。
金风开我襟，足着谢公屐。竹杖手中持，吾儿伴身侧。
野卉遍山坡，亭亭立松柏。羊肠坂蜿蜒，藤蔓杂荆棘。
或时攀天梯，或时扶山脊。或左惊山涧，或右叹崖壁。
时令虽秋寒，微汗满我额。凉风习习来，倚树坐喘息。

叠嶂四百旋，终登山顶极。上与浮云齐，拔地三千尺。
一览小幽燕，脚下渤海碧。巍峨远尘嚣，屏息听静寂。
忽闻声嘶嘶，决眦望鸟翾。不见山岛踪，庶几星可摘。
转忆古枭雄，汉末有孟德。当年伐乌桓，幽燕留其迹。
魏武挥长鞭，功名炳史册。武略兼文韬，后辈谁比翼。
步出夏门行，儿时颇记忆。慷慨气浑然，今诵心潮激。
又忆韩文公，辟佛倡儒籍。舍身济苍生，潮阳遭贬谪。
兀兀作古文，功名若弃舄。韩文似江潮，韩诗如日赫。
载道挽狂澜，千载天下则。首开八大家，文章真本色。
古贤已去哉，令我感戚戚。阿瞒值乱时，千里无人迹。
萧瑟又秋风，神州沧桑易。我幸值复兴，庶民得其益。
叹罢意盈盈，目断海天极。迟迟白日斜，呼儿下山巅。

家姊玉玲自山东寄栗叹

客居倦京华，又收姊寄栗。阿姊情仁慈，每年寄秋实。
颗颗皆丰圆，粒粒甘如蜜。食之思亲人，暖流心中溢。
乃忆孩提时，游戏绕姊膝。时值家艰辛，屋内徒四壁。
群儿但嗷嗷，食粃度朝日。我似陶令儿，唯觅梨与栗。
充饥且啖瓜，披褐时扪虱。阿姊如母慈，平居兼体恤。
长大各东西，道阻念契阔。荏苒时光流，我亦生白发。
姊已近古稀，貌应镌岁月。时常见梦中，几番依依别。
栗枣带姊情，载情千山越。往事涌心头，此情谁与说。
且待相见时，挑灯叙话悦。

秋游颐和园昆明湖晚归

独赏秋岚绕水坳，忘归日晚世尘抛。
非因偏爱夕阳美，只为相看鸟返巢。

丁酉京华除夕

官家今夕禁烟花，年味漫叹淡如茶。
昔羡刘伶纵肉酒，今追陶令思桑麻。
白云无心变苍狗，青柏有声绕黛鸦。
明日桃符又换旧，乡情顿生盼朝霞。

读故乡辛明路君赠其所著《乳山风俗》有感兼呈之

岁首京城花已萌，得书开卷吾心倾。
钩沉八斗怀铅着，搜索五车持笔耕。
谈古谈今卅万字，绘声绘色一腔情。
何时伴月回桑梓，山海采风且共行。

戊戌人日寄砚兄诸君

端月京城未见花，遥思故友品清茶。
燕园四载春风柳，人世半生秋雨麻。
捷足轻裘谁得鹿，衰颜枯笔自涂鸦。
何当仙侣重逢日，携手持樽昐晚霞。

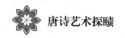

春游颐和园耶律楚材祠堂不果

玉泉山下水，春暖宿冰开。游客赏燕景，谁人怜楚材。
温良施汉制，风雅化胡埃。祠庙岂应闭，前贤感我怀。

戊戌暮春入学燕园卌周年聚会

因缘前世感灵犀，千里重逢自有蹊。
投辖俱夸陈子厚，锄金不谓华公低。
倏忽四载同窗坐，荏苒半生拣木栖。
怀旧梦回博雅塔，酒阑折柳又东西。

答家兄玉山扫墓怀思

晷移驹影又清明，遥望祖茔热泪盈。
再托家兄燃一炷，馨香代我诉心声。

赠志明学棣赴任贵州

芳林莺出谷，春水送君行。觅古牂牁道，阅今遵义城。
扶贫访寨舍，勖富虑民生。待到回京日，细谈霞客程。

偶睹少时同学集体劳动海边渔船旧照歌

有所思，乃在大海边。少时意懵懂，仰望旭日圆。
秋收聚农场，劳作刈稻田。同学赴南北，蹉跎度华年。

或处地之角，或在天之偏。人生各贵贱，鸿爪踏云烟。
浮世照露影，知命阅大千。
君不见，白驹过隙变苍狗，镜中衰鬓皤发连。
旧照岂堪顾，旧情谁相牵。
唯有今朝故乡浪，应犹潚渤拍旧舷。

忆卅年前游学京华燕园

当年负笈别慈亲，湖塔聚萤开卷新。
春短偏惊鹈鴂血，秋长亦恨崦嵫尘。
存心通读馆藏籍，立志神交史载人。
一别燕园今鬓皤，不辞此世作儒身。

北大校庆喜遇校友诸君

塔湖百廿感唏嘘，相聚燕园柳絮飞。
莫道桑榆催髪白，青春回首敞心扉。

端午正值世界杯足球赛

蒲香端午盛阳天，都市少年弃夜眠。
不说龙舟说蹴鞠，谁人可对忆前贤。

赴故宫观吴昌硕书画篆刻展有感兼呈林心传老人四十韵

鹑月炎暑天，郁蒸似火溢。触热赴故宫，观画赏苦铁。
丹青何处寻，文华殿中室。入堂古风来，顿感对冰雪。

幅幅皴染遒，真乃男儿笔。行草虬龙游，篆籀写猎碣。
书法画素绢，梅菊气勃勃。墨色呈湿焦，幽篁风飐飐。
或画石浑然，或写松傲倔。或画桃夭夭，或写藤萝缀。
或画牡丹娆，或写梅枝密。或画菡萏风，或写竹有节。
草卉皆含情，意态俱古拙。纵横笔锋藏，精神沛然出。
书画自相通，渊源本不裂。篆刻书画诗，缶庐居四绝。
人赞其画佳，自谓诗最杰。哦吟四百篇，古调辞黼黻。
观罢欲出门，不忍逸品别。睹像观其容，无须颀白皙。
马迁述留侯，秦末志高逸。相貌如妇人，体弱情浩烈。
铁椎击秦皇，长虹贯天阔。高祖论战绩，运筹功第一。
缶翁面斯文，豪气不可夺。壮美寓柔阴，老聃早有说。
守雌知其雄，肮脏自无匹。仓石精神传，德艺道不失。
艺海历沧桑，蚍蜉撼树聒。百年时推移，老缶永圭臬。
弟子有个簃，承韵自挺拔。今有林新泉，三代继其钵。
慷慨续缶翁，笔墨如一辙。体态示弱柔，中心贮热血。
信手写菩提，笔耕勤不辍。目明兼耳聪，画心自有佛。
旧法更出新，禅意活泼泼。大块共沉浮，寿可至期颐。
今应倚南窗，翻书古今阅。老缶居白云，当喜道不歇。

病暑

鹑火临躔迎祝融，老夫中暑目瞢瞢。
薄荷除疾偏无效，闲草抄诗却有功。
绿柳独看心沐雨，青荟数饮腋生风。
何时斗转履冰雪，休问噪蝉与夏虫。

喜得林心传老人书画扇面

昌硕传人艺不穷，画坛大隐九三翁。
清新扇面寓天地，一展顿生拂暑风。

京城老旧小区改造吟廿七韵

恰逢暑蝉噪，小区改造忙。后羿射九日，留得一日煌。
吴地喘月牛，至京应惊惶。工人正搬运，浃背戴骄阳。
午休席地坐，渴饮大碗汤。大口咽蒸饼，体疲盘飧香。
我作裋褐子，上前话短长。借问家何处，云是邯郸乡。
本为河北民，弃耜务建筑。邻居漳河边，自小种麦菽。
春耕又夏收，时复驱牛犊。粮价听官家，收入颇不足。
京华正繁荣，进城谋积蓄。营生自艰难，岂顾烈日曝。
酬金虽可观，衣食节俭束。积钱寄故乡，为家建房屋。
工作虽苦辛，换得一家乐。言罢一挥汗，推车又运钢。
听罢我心动，俯首细思量。远思子弟兵，戈壁守边疆。
又思稼穑汉，黔首勤农桑。引车卖浆辈，酷暑转街坊。
我身有何德，读书安居凉。掩卷诵孟子，检书又读庄。
五亩之宅好，鸡犬宜相忘。闾里谨庠序，大道继炎黄。
何当大同日，重见三代光。

喜逢家兄玉山来京兼呈之

夏色云留绣晚霞，家兄千里访京华。
如烟往事何须叙，先尽眼前一盏茶。

梦先母吟十三韵

半世客京华，思母情意永。情怯亦恐惶，急回旧乡井。
喜入儿时居，桌几犹前整。慈母独徘徊，门户如旧景。
唯怅母不言，只睹母背影。不得靠母身，屋内顿觉冷。
忽闻乌鹊声，卧榻我复醒。始知见慈容，虚幻乃梦境。
七子失先亲，犹如水漂梗。夜烛照浮生，不知何由秉。
念此倍悲伤，唏嘘涕泣哽。仰望窗外星，秋高光清烔。
蓼莪飘悲风，寒月似银饼。

立秋

残暑阑珊蝉噪枝，天凉又感四时移。
目衰厌读长篇论，心壮爱吟短句诗。
研墨漫留自己蘸，抚琴岂冀别人知。
秋蛩入梦应笑我，除却夏虫谁更痴。

贺熊光炯君新诗集《无眠的星光》问世兼呈之

诗翁卅载梦，慷慨聚幽燕。忆静图书室，观游山水船。
友朋皆有醉，星斗亦无眠。且尽杯中酒，同看往事烟。

喜得兰考洛尘品牌古琴

平生慕古调，流水高山看。识曲谈何易，知音觅更难。
前思燕地苦，今抚洛尘欢。弦上一挥手，桐鸣心自安。

除夕

梅芷含芳辞旧尘，换符万户喜迎春。
戊戌菜市怜谭氏，己亥杂诗思自珍。
斗转众称今酒美，星移独感古贤亲。
老夫抖擞且吟诵，放眼九州风物新。

腊月廿二先母九十诞辰有感二首

其一

家家祀灶备瓜糖，独忆先人祭瓣香。
六眷三亲乐打点，寸薪半米苦掂量。
任劳一己忍寒泪，叹息众生怀热肠。
遗像每看过五载，几回梦见涕沾裳。

其二

岁暮幽燕寒气吹，每年忆母每年悲。
慈呼七子常开口，忧虑一生未展眉。
物理纵存享少福，世情漫阅吃多亏。
而今我辈应遗憾，无复兰陔爱日葵。

喜收家兄自东海寄牡蛎有感兼呈之

京华正隆冬，冰月寒风激。家兄情意浓，寄我东海蛎。
肉多味美鲜，犹带海气息。煮熟盛满盘，持蛎把酒吃。

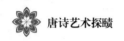

且效魏晋贤，擘蟹乐今夕。忽忆少壮时，百感来交织。
与兄携手行，海滩留足迹。壮志云海间，慕鲸奋双翼。
灯下同切磋，共耽文字癖。促膝谈文辞，提椠校书籍。
栖迟度半生，往事何历历。仁兄近古稀，身健颇有力。
昨日可作诗，今朝可吹笛。何当返故乡，持觞共忆昔。
不负常棣吟，手足情不易。

酬学棣赖君向阳穗城寄诗

燕都摇落叶，霜降散秋声。少俊传诗至，老夫沽酒醒。
谁思张翰叹，共忆稼轩情。望断高云渺，南飞雁正鸣。

己亥上元游京华故宫博物院

龙阙巍峨辞旧年，前朝宫禁艳阳天。
美轮美奂易新瓦，人去人来认古砖。
不有逸仙除帝制，应无游客享民权。
又逢灯节盛时乐，岂忘西洋犹炮坚。

赞燕园同窗宏彬兄写《牡丹松柏图》

一睹画师松卉图，尘埃顿扫眼前无。
倾城柔美人应赞，傲岸阳刚德不孤。
富贵浮云巾帼志，勇仁铸铁丈夫躯。
何时携笔随君去，临水登山写五湖。

喜逢赖向阳与蒋莹学棣京华相聚有感兼呈之

葡萄美酒净瓷杯，千里相逢能几回。
一楪粗茶分白米，三人细菜共红醅。
畅谈莫让乾坤闭，欢笑任凭肺腑开。
他日闲云随野鹤，伴君且赏岭南梅。

和家兄清明扫墓祭祖寄诗

又闻鹈鸪一声新，绕墓青松悲暮春。
历历儿时今如梦，严慈犹若语谆谆。

和王佃启君清明访游燕园

偏爱燕园笼翠烟，清明丽景映湖天。
残碑怊怅悲前代，旧景从容乐盛年。
何处可寻元亮柳，几人犹识伯牙弦。
思君见戴应乘兴，他日流觞认前贤。

春望

梅开柳岸凯风徐，野望京畿二月初。
游子北天甫盼雁，农夫南陇已驱驴。
曾思击水鹏超鹊，岂料怀铅獭祭鱼。
且待芳林花似海，应随春雨袭吾裾。

酬耄夫莳花有赠

芳林翠谷出飞莺，邻叟莳花悦景明。
何惧蔷薇芒刺手，早知兰瓣叶含情。
小诗细读追陶令，大赋常吟慕长卿。
他日相逢且纵酒，与君听取鹧鸪声。

戏酬佃启兄病榻书怀并步其韵

春暮闻君病杜门，应叹辜负树烟邨。
呕心长吉诗犹丽，抱疾少陵志且存。
滚滚红尘独忘己，萋萋青草共推恩。
要言妙道何须信，疗治百疴唯酒樽。

父亲节忆先父

柳绿风香雨打萍，又思先父日暝暝。
始迎倭鬼持枪剑，终遇蚁虫折羽翎。
何有佩弦悲背影，再无孔鲤过前庭。
哀哀失怙蓼莪茂，梦见依稀几次醒。

己亥夏拙作《唐诗艺术探赜》书稿付梓

扇引清风柳树林，蜗居仲夏品唐音。
可堪老态诗中乐，曾记儿时烛下吟。
不有吾师开吾眼，何来愚笔写愚心。
书成应伴香三炷，思念先贤泪满襟。

后　记

唐诗——心中的明灯

　　岁入己亥，我于繁杂的教书工作之余，伏案抚敲电脑键盘，陆陆续续数月，终于在付梓之前将本书书稿文档整理完毕。时入三伏，额汗屡揾，如释重负，略有所思。

　　我自幼启蒙之时，即喜爱语文课程。受父母兄姊的影响，心仪文学艺术方面的知识与书籍。我的童年，可谓少年求知欲望旺盛的时光，同时也是文化生活与物质生活贫乏的时光。当年虽然家居县城，但是当时的环境是所谓"贫下中农"管理学校。所读小学，校舍不定。有时是借用人民公社所属的一座闲置的庙宇作为课堂。雨季上课，外面大雨滂沱，里面小雨霏霏，往往需要头顶一张塑料布上课。有时是借用生产大队饲养场旁边的一排房屋上课，鸡鸭猪马的鸣叫声伴随着我们的琅琅读书声。那是"教育要革命、学制要缩短"的时代，中小学总共仅为 9 年。《化学》课本改名为《农业基础知识》，《物理》课本改名为《工业基础知识》。即使这匆匆而过的 9 年，按照当年的教育方针计划，其中尚且夹杂着"夏收""秋收"等许多停课时段，去参加生产大队的农业劳作。抗旱、运粪、插秧、刈麦、脱粒、割稻、挖番薯，等等，皆无不一一躬身。同时还需要赴工厂车间参加工业劳动，诸如冷拔铁丝、制造螺丝钉等。另外还时常裹挟置身于政治运动的群众大会、反美反苏游行、批判走资派的游街等活动。因此，在所受学校教育时间之中，有一半时间，白天里基本是在教室之外度过，只有夜晚回家在炕头一角的油灯之前，才可写写作

435

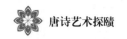

业、读读课外书籍。

儿时家居，那是父母租赁之屋，一家老小，数次搬家，饱受房东催促租金之窘迫，庶无安居乐业之感。名曰身居县城，屋宇内却并无电灯。在昏暗油灯之前读书，我们兄弟姊妹常常因倾心写字，不小心烤焦额前的头发，颇为尴尬。那时的课外时光，唯有一本字典、一册字帖、一部《唐诗三百首》，成为我懵懂的少年时代触探语言文学海洋的一盏明灯。记得当年翻开《唐诗三百首》第一页，是人称"岭南第一丞相"张九龄的诗篇："孤鸿海上来，池潢不敢顾"，那宏大高远的形象意境，给我少年情志留下深刻的印象，颇有精神飞扬之感。

吾生亦有幸。1977年冬，高中毕业之前，恰逢国家拨乱反正、改革开放、恢复高考。我粗拾功课，临阵磨枪，考场一试。遗憾于数理化科目荒疏，雁塔无名。当年同少年同桌姜兵、冷文广诸君的相互激励，至今仍历历在目。翌年酷夏，考场再战，成绩可观，有幸录取于北京大学。燕园四年，踌躇满志，颇有阅毕北大图书馆全部藏书之志，而最终还是那纯真深蕴的唐诗艺术成为我精神上与学业上的至爱。自本科学习至攻读古代文学研究生，寒窗七载，师从于众多燕园文史大师，诸如林庚、褚斌杰、倪其心、袁行霈、费振刚、陈贻焮、冯钟芸、沈天佑、陈铁民、阴法鲁、吴小如、乐黛云、吴组缃、王瑶、谢冕、孙静诸师，或亲蒙其授业，或聆听其教诲，或濡染其畅谈。皆获益匪浅，受惠终生。特别悲伤的是，我本科论文与研究生论文的指导老师倪其心先生，去世已经17年了，至今我时时回想，十分怀念倪先生当年对我的教诲。

又尤记砚兄田长山、刘德然、刘震云、阎云翔、王扬泽诸君，同住一间宿舍，于人格与学问方面，对我裨益良多。王茂福、赵伯陶、王长安、张曼菱、吴会劲、刘宏彬、商伟诸君（其他同窗恕不一一具名），皆给了我校园学习生活许多的关心与启迪。还有郭小聪砚兄，而后有缘工作在同一教学单位，竟成为三十年相伴的同事，亦给予我诸多的帮助与鼓励。而如今许多往日老师与同窗已经过早地驾鹤仙逝，不免使我心生悲催、欷歔不已。

后跋涉于教学科研之途，独上高楼，望尽天涯，其间不免心有旁骛，也涉猎比较文学、书画艺术、国学文化等领域，但是唐诗艺术始终是我的兴趣所在。唐诗可谓华夏文化的基因、国人的灵魂。中华儿女，何人不能背诵数十首唐诗？谁家没有收藏一册《唐诗三百首》？正如同中国历史文化已赋予《诗经》以“诗教”的意义，经过历代社会的诠释，已将其圣典化，已超越其具体的草木鸟兽表象，而成为华夏民族德行的精神食粮。对于唐诗亦应如是观，唐人的诗篇寄兴于山水边塞，摅情于国事人生，是中国人的情感所系、涵咏必至，不仅是“文”“艺”，更是“道”“术”。我对唐诗艺术的关注，始终念记于胸。数十载春花秋月，灯下笔耕，孜孜不倦，不忘初衷。今成兹集，可谓自己多年来研习唐诗艺术过程的一次总结，也是与爱好唐诗艺术的读者的一次交流。在此十分感谢业师费振刚先生在此书前言中对我的鼓励，感谢我们当年1978级文学专业班主任程郁缀老师为此书撰写序言。同时，感谢我现任教的国际关系学院相关部门领导对此书科研立项出版的支持。感谢知识产权出版社编辑室蔡虹主任为此书出版所作的辛勤工作。

契阔谈宴，心念旧恩。在我对唐诗典籍考据钩沉之同时，慕古践行，感遇吟哦，得数百首诗歌，在此结集并附于本书。在此尤应感谢林心传先生对我人生的教诲与鼓励。慈城林心传老人是现当代著名书画家王个簃的高足，亦为吴昌硕大师之再传弟子，现已年近百岁，仍然精神矍铄，格调高逸，时时握管写画，笔意雄健。我身值中年幸遇私淑林先生，不仅仅得到一些书画笔墨的点拨，更重要的是受到情志的强化、德行的熏陶。林先生鼓励我

多多创作诗文，往往同我吟诗感慨，共谭声律。我诗集中的这些歌吟律绝的创作，跟林先生对我的鼓励实乃密不可分。

在兹抚今思昔，歌以咏志。诗曰：

扇引清风柳树林，小楼獭祭品唐音。

可堪老态诗中乐，曾记儿时烛下吟。

不有吾师开吾眼，何来愚笔写愚心。

书成应伴香三炷，思念先贤泪满襟。

高玉昆　己亥仲夏记于京华海淀坡上村大有书斋